PAVILLON

COLIN FORBES

Lawinenexpress

Roman

Aus dem Amerikanischen
von Hans-Joachim Maass

PAVILLON VERLAG
MÜNCHEN

Pavillon Taschenbuch
Nr. 02/357

Titel der Originalausgabe
AVALANCHE EXPRESS

Umwelthinweis:
Dieses Buch wurde auf
chlor- und säurefreiem Papier gedruckt.

Taschenbuchausgabe 01/2004

Der Pavillon Verlag ist ein Verlag der
Ullstein Heyne List GmbH & Co. KG
Printed in Germany 2004
Umschlagillustration: mauritius-images/AGE
Umschlaggestaltung: Nele Schütz Design, München
Druck und Bindung: GGP Media, Pößneck
http://www.heyne.de

ISBN: 3-453-87494-3

Teil I
DER SPARTA-RING

1. Basel und Zürich, Schweiz

Es war Mittwoch – gefährlicher Mittwoch – und wie immer der erste Mittwoch des Monats. Es war Mittwoch, der 3. Dezember, ein bitterkalter Tag mit tiefem Schnee auf den Straßen der altehrwürdigen schweizerischen Stadt, die im Lauf der Geschichte der Schauplatz so vieler geheimnisvoller Machenschaften gewesen ist.

VAGONE LETTI.

MOSKWA – MINSK – BREST – WARSZAWA – BERLIN – FRANKFURT/MAIN – HEIDELBERG – BASEL.

Das Schild mit den Zielortangaben außen an dem einzelnen Schlafwagen auf Gleis 1 ließ Vorstellungen von einer romantischen und gefährlichen Reise wach werden. Der Waggon stand für sich allein im Basler Bundesbahnhof; die Reisenden waren soeben ausgestiegen. Er machte einen verlassenen, fremdartigen und mit den Städtenamen auf dem Schild fast düsteren Eindruck. Für den Schlafwagen war dies die Endstation. Dieser Schlafwagen, der ständig von irgendwelchen Zügen abgekoppelt und an neue angehängt wurde, machte jede Woche die Reise vom Herzen des kommunistischen Weltreichs bis ins Zentrum Westeuropas.

Er hatte Moskau am Montag, dem 1. Dezember, um vier Uhr nachmittags verlassen – an dem Tag, an dem das sowjetische Politbüro zusammengetreten war, um die von Marschall Grigorij Pratschko persönlich geleiteten militärischen Großmanöver zu erörtern und zu bewerten. Der Schlafwagen war um 9 Uhr 20 am Basler Bundesbahnhof angekommen. Jetzt war es 9 Uhr 45. Das

Bahnpersonal war schon gegangen; der Waggon stand verlassen an dem menschenleeren Bahnsteig. Vor dem nahen Bahnhofsrestaurant standen zwei Männer in dunklem Mantel und Hut. Für den Schlafwagen legten sie kein erkennbares Interesse an den Tag. Der kleinere, schwerer gebaute Mann rauchte eine französische Zigarette, wobei er versuchte, seine Abneigung gegen den ungewohnten Tabak zu verbergen.
»Da rührt sich noch nichts«, murmelte er auf deutsch.
»Geduld, Gustav«, erwiderte sein schlankerer und größerer Begleiter. »Warten ist unser Beruf.«
Drinnen im Restaurant, an einem Tisch in unmittelbarer Nähe der Tür, blickte eine junge Engländerin auf ihre Uhr, während sie an einem Kaffee nippte, den sie nicht gemocht hatte. Sie hatte schon gezahlt und war bereit, jeden Augenblick das Lokal zu verlassen. An Elsa Lang wirkte alles unattraktiv. Sie trug einen schäbigen Regenmantel von militärischem Schnitt, und ein großer Hut mit herabhängender Krempe verbarg das meiste von ihrem dunklen, strähnigen Haar. Eine häßliche Hornbrille ließ fast das ganze Gesicht verschwinden. Ihre Schuhe wirkten abgetragen und waren an den Spitzen schäbig und rissig, ihr Koffer war zerkratzt und von einem trostlosen Grau. Sie nippte weiter an dem Kaffee, bis ihre Uhr 10 zeigte. Als der Sekundenzeiger senkrecht stand, erhob sie sich.
Sie nahm den Koffer, schlurfte aus dem Restaurant und ging an den beiden Männern mit ihren dunklen Mänteln und Hüten vorbei. Der jüngere, schwer gebaute Mann warf ihr einen Blick zu und sah dann weg. Sie ging langsam und mit vorgezogenen Schultern, als wäre ihr der Koffer zu schwer, und sah sich kurzsichtig um. Gustav, der sich eine zweite Gauloise angezündet hatte – wenn er unter Spannung stand, rauchte er zwanghaft, selbst ungewohnten Tabak –, machte hinter ihrem Rücken eine Handbewegung.
»Das ist vielleicht 'ne graue Maus, diese Kuh«, sagte er höhnisch.
»Laß deine Augen da, wo sie hingehören«, fauchte Walther Fischer im Flüsterton.

Dies war jedenfalls der Name in dem Paß, den er in der Tasche trug, in dem Paß, den die Fälschungsabteilung im Souterrain des KGB-Hauptquartiers am Moskauer Dscherschinskij-Platz mit großer Sorgfalt hergestellt hatte. Fischer begann, sich Sorgen zu machen. Der Bahnhof füllte sich immer mehr mit Reisenden, die den Transalpin-Expreß Basel–Wien und andere Züge erreichen wollten. Die beiden Männer bewegten sich vorwärts, um den Schlafwagen im Auge zu behalten, während Elsa Lang in der wimmelnden Menschenmenge stehenblieb, als wüßte sie nicht, wohin.

Im selben Augenblick erschien ein kleiner, stämmiger Mann in weißer Kellnerjacke aus der Richtung der Bahnhofshalle. Im Schutz der Menge ging er mit raschen Schritten zum hinteren Einstieg des Schlafwagens aus der Sowjetunion. Er ging zielstrebig auf den Waggon zu, als hätte er das selbstverständliche Recht, ihn zu betreten, und verschwand im Gang. Fischer, der größere der beiden Männer, hatte den Kopf über die Menge gehoben und gesehen, was geschehen war.

»Jemand ist eingestiegen«, flüsterte er. »Angezogen wie ein Steward.« Er packte seinen Begleiter, der sich schon in Bewegung gesetzt hatte, am Arm. »Noch nicht. Warte, bis er wieder ausgestiegen ist. Wegen dieser weißen Jacke werden wir uns was einfallen lassen müssen...« Er zog seinen dunklen Mantel aus, legte ihn zusammengefaltet über den Arm und wartete.

Im Innern des Schlafwagens machte sich der Kellner in der weißen Jacke zielbewußt ans Werk und ging sofort zum dritten Abteil. Nachdem er es betreten hatte, zog er die Tür zu, klappte das Waschbecken in der Ecke auf und langte mit dem Arm tief in das breite Abflußrohr des Beckens. Die Kassette wurde mit wasserfestem Klebeband an der Rohrwand gehalten, und er fluchte lautlos vor sich hin, während er sich abmühte, sie freizubekommen. Jeden Moment konnte irgendein Schweizer Bahnpolizist hereinkommen. Die verdammte Kassette ließ sich gewöhnlich leichter lösen. Er packte fest zu, drehte ein paarmal mit hartem Griff und hatte das Ding in der Hand. Er riß die Überreste des Klebebands von der Kassette ab und steckte sie in die Tasche.

Draußen in der Bahnhofshalle strömten immer mehr Menschen zusammen, als der Kellner ausstieg und schnell auf den Ausgang zuging. Fischer und Gustav setzten sich im selben Augenblick in Bewegung und drängten sich rücksichtslos durch die Reisenden. Der Kellner streifte Elsa Lang, die inmitten eiliger Reisender festgehalten wurde, und setzte seinen Weg zum Ausgang fort, als die beiden Männer zu ihm aufschlossen. In diesem Moment lichtete sich die Menschenmenge plötzlich; nur ein Mann war noch da – ein Mann mittlerer Größe mit einem Schnauzbart, der, in eine Zeitung vertieft, an einer Wand lehnte. Unter dem Schutz seines zusammengelegten Mantels preßte Fischer dem Kellner eine 9-Millimeter-Luger-Pistole in den Rücken.
»Ein falscher Schritt, und Sie sind ein toter Mann. So, jetzt hier entlang...«
Sie schoben den Steward mit sanfter Gewalt in einen leeren Teil der Halle rechts vom Ausgang. »Ziehen Sie diesen Mantel hier an«, befahl Fischer, während er die Luger in die Jackentasche zurückgleiten ließ. Während der bleichnasige Kellner gehorchte, behielt Fischer den Mann mit Brille und Schnauzbart im Auge, der nach wie vor in seine Zeitung vertieft schien. »So, und jetzt rein in den Mercedes da am Bordstein«, befahl Fischer. »Auf den Rücksitz...« Sie gingen hinaus in den Schnee; nach dem Ansturm der Reisenden war die Straße jetzt fast völlig leer, abgesehen von einem Wäschereiwagen ohne Firmenaufschrift, der wenige Meter vor dem Mercedes geparkt war.
Auf dem Rücksitz des Wagens durchsuchte Gustav den Kellner mit geübten Händen, während Fischer sich hinter das Lenkrad des gemieteten Fahrzeugs setzte und sich auf dem Fahrersitz umdrehte. »Ich kann absolut nichts finden, nur dieses Zeug hier«, meldete Gustav. Er zeigte eine Handvoll zerrissener und verfilzter Klebestreifen.
»Durchsuch ihn noch einmal – und zwar schnell. Wir werden noch den Expreß verpassen...« Im Schutz der Rückenlehne umwickelte Fischer den Lauf der Luger mit einem Wollschal. Das würde den Schall dämpfen, wenn er den Kellner erschoß. Anschließend

würde ein Reiseplaid über der Leiche auf dem Rücksitz die Entdekkung hinauszögern. Zudem war der Wagen in Mannheim angemietet worden. Dort würde die Schweizer Polizei zuerst Auskünfte einholen, und während sie damit beschäftigt sein würde, wären Fischer und sein Begleiter mit dem Transalpin-Expreß schon längst in Wien.

In der Bahnhofshalle schlenderte Matt Leroy, der englisch gekleidete Amerikaner mit dem Schnauzbart, langsam am Ausgang vorüber, wobei er seine zusammengefaltete Zeitung gelangweilt gegen das Hosenbein schlug. Der Fahrer hinterm Lenkrad des Wäschereiwagens sah das Signal im Rückspiegel, sprach kurz zu seinem Begleiter auf dem Beifahrersitz, stieg aus und ging mit einer Rolle sauberer Handtücher in der Hand nach hinten. Er steckte den Kopf durch das vordere Seitenfenster des Mercedes und sagte leise etwas auf deutsch, was Fischer herumfahren ließ.

»Steigen Sie aus, und dann rein in den Laderaum des Wagens dort.«

Fischer starrte auf das Ende der Handtuchrolle, die der Wäschereimann in der Hand hielt, starrte auf den Pistolenlauf, der in der Rolle steckte. »Und das Ding da nehme ich erst mal an mich, wenn's recht ist...« Der Mann im Overall fischte die Luger von Fischers Schoß und ließ sie in die Tasche gleiten. Auf dem Rücksitz blickte Gustav in eine andere Pistolenmündung, die durch ein zusammengerolltes Handtuch verdeckt wurde. Diese Waffe hielt der zweite Mann im Overall, der die Ladetür aufgerissen hatte. Der Kellner hatte Gustav schon seine Automatik abgenommen.

Von der Bahnhofshalle aus beobachtete Matt Leroy, wie die vier Männer in den Laderaum des Wäschereiwagens einstiegen, sah, wie die Türen sich schlossen, als der Kellner sich hinters Lenkrad setzte und den Motor anließ. Erst als der Wäschereiwagen abgefahren war, lief Leroy in den Bahnhof zurück und verlangsamte dann seine Schritte zu einem schnellen Gehen. Er blickte auf die große Bahnhofsuhr. Sie zeigte 10 Uhr 08. Zwei Minuten vor Abfahrt des Transalpin nach Zürich. Vor Zürich würde es keinen Aufenthalt geben.

Als er spürte, wie das Fahrzeug anrollte, stellte Fischer im Laderaum des Wäschereiwagens seine Frage, mit der er die Männer ablenken wollte, die ihn gefangen hatten. »Was hat er im Schlafwagen geholt? Und wie hat er's verloren...« Er sprach noch, als er versuchte, dem Mann, der ihm am nächsten stand, das Knie in den Unterleib zu stoßen. Der Wäschereimann wich dem Stoß aus und ließ den Pistolenlauf auf Fischers Schädel niedersausen. »Sehr dumm.« Er nickte kurz und lächelte Gustav an. Der zweite Wäschereimann ließ seine Pistole krachend auf Gustavs Hinterkopf landen. Beide Schläge waren tödlich gewesen; beide Männer lagen tot auf dem Boden des schwankenden Lastautos.

Kurz nach Tagesanbruch entdeckte am nächsten Morgen ein Schweizer Polizeibeamter bei einem Streifengang am Fluß in der Nähe des tosenden Rheinfalls von Schaffhausen einen großen Überseekoffer, der sich zwischen zwei massiven Felsblöcken verklemmt hatte. Der Fluß führte Hochwasser, und die Wassermassen überspülten den Koffer mit Gischt und Schaum. Vier Stunden waren nötig, um ein mit Hebekran und Greifer ausgerüstetes Polizeiboot unterhalb des Wasserfalls in Position zu bringen. Eine weitere Stunde verging, bis es gelungen war, den Koffer aus dem Hexenkessel gischtenden Wassers herauszuzerren. Am Ufer, beim Öffnen des Koffers, entdeckten die Beamten die nackten Leichen zweier Männer, die in den Koffer gezwängt worden waren. Eine Identifizierung war nicht möglich. Beide Männer waren an einem schweren Schlag auf den Schädel gestorben.

Als Matt Leroy langsam am Ausgang vorüberschlenderte und eben mit seiner zusammengefalteten Zeitung dem Fahrer des Wäschereiwagens das verabredete Zeichen gab, bestieg Elsa Lang den Erster-Klasse-Waggon Nr. 43 des Transalpin-Expreß Basel–Wien, der um 10 Uhr 10 abfahren sollte. Der Gang war menschenleer, als sie einen Waschraum betrat und die Tür verschloß. Dann handelte sie sehr schnell. Sie zog ihren schäbigen Regenmantel und ihre abgetragenen Schuhe aus und nahm den formlosen Hut und die Hornbrille ab. Einen Augenblick später hatte sie auch ihre

schwarze Perücke abgenommen. Darunter kam blondes Haar zum Vorschein, das sie rasch durchkämmte.
Sie legte ihren unscheinbaren grauen Koffer auf den Toilettensitz, öffnete den Reißverschluß der Kofferhülle und ließ ein teures Gepäckstück aus Schweinsleder zum Vorschein kommen. Sie machte den Luxuskoffer auf und entnahm ihm ein Paar Gucci-Schuhe, schlüpfte hinein, holte eine passende Gucci-Handtasche und einen Zobelmantel heraus, den sie sofort anzog. Die abnehmbare Kofferumhüllung stopfte sie zusammen mit der Perücke, dem Hut und den ausrangierten Schuhen unter teure Wäschestücke. Sie verschloß den Koffer, legte Make-up auf und blickte kurz prüfend in den Spiegel. Die Hornbrille verschwand in der Gucci-Handtasche. Die Elsa Lang, die den Waschraum verließ, hatte keinerlei Ähnlichkeit mehr mit dem schlampig wirkenden Mädchen, das ihn vor nur wenigen Minuten betreten hatte.
Das Umziehen hatte nicht nur ihre gesamte Erscheinung verändert; als sie jetzt zu ihrem reservierten Platz ging, wirkte sie auch schlanker und hochgewachsener, da sie nicht mehr gebückt schlurfte. Ihre Art zu gehen – am Gang erkennt man jede Frau und jeden Mann – hatte sich gleichfalls verändert. Sie ging mit einem forschen, elastischen Schritt, erreichte das leere Abteil und trat hinein. Um es für sich zu behalten, zog sie den Zobelmantel aus, breitete ihn auf einem anderen Sitz aus und legte die Gucci-Tasche auf einen dritten. Sie setzte sich, legte ihre schlanken, eleganten Beine übereinander und sah auf die Uhr. 10 Uhr 08. In zwei Minuten würde der Zug auf seiner langen Fahrt nach Wien zunächst nach Zürich abfahren. Sie öffnete ihre Handtasche – die Kassette, die der Kellner ihr zugesteckt hatte, befand sich in einem Seitenfach mit Reißverschluß –, nahm eine elfenbeinerne Zigarettenspitze heraus, steckte eine Zigarette hinein, zündete sie an und nahm einen tiefen und langen Zug.
»Mein Gott«, sagte sie zu sich selbst, »schon wieder dieses Rumoren im Magen. Werde ich in solchen Augenblicken nie die Spannung loswerden?«
Dann fiel ihr ein, was Harry Wargrave ihr einmal gesagt hatte.

»Wenn du keine Anspannung mehr spürst, bist du raus aus diesem Geschäft – du brauchst sie, damit die Reflexe rasiermesserscharf bleiben...« Die Erinnerung an diese Bemerkung tröstete sie ein wenig, während sie sich zwang, zu entspannen, sich zurückzulehnen und zu fühlen, wie ihr Puls sich normalisierte.
Sie fühlte sich noch mehr getröstet, als sie Matt Leroy vor ihrem Abteilfenster vorübergehen und in den nächsten Waggon einsteigen sah. Mein Gott, dachte sie, diesmal ist er spät dran; möchte gern wissen, warum? Der Expreß setzte sich in Bewegung, glitt nach Osten aus der riesigen Halle des Bundesbahnhofs in den Schneefall hinaus und beschleunigte rasch auf seiner schnellen einstündigen Fahrt nach Zürich.
Der Schweizer Bahnschaffner kam wenige Minuten später herein, als der Zug schon durch die Landschaft raste. Er ließ sich Zeit mit dem Prüfen ihrer Fahrkarte: Er war ein Mann, der weibliche Schönheit zu schätzen wußte. Und die hier ist eine Schönheit, dachte er, als er die Fahrkarte knipste und Elsa Lang dann wieder betrachtete. Gleichmütige graue Augen, in denen die Andeutung eines schelmischen Lächelns aufblitzte, erwiderten seinen Blick. Sie hatte eine auffallende Gesichtsform, eine wohlgeformte Nase, volle, aber feste Lippen und ein Kinn, das auf Charakter und Entschlossenheit schließen ließ.
»Angenehme Reise, Madame«, sagte er in gepflegtem Englisch. Er sah aus dem Fenster und zuckte die Achseln. »Trotz des Wetters...« Er verließ das Abteil. Ein aufmerksamer Schweizer, dachte Elsa Lang, als sie die Rückfahrkarte wieder in die Geldbörse steckte. »... Madame.« Er hatte ihren Ehering bemerkt, obwohl sie in Wahrheit mit ihren achtundzwanzig Jahren noch sehr ledig war. Ein weiteres Detail, auf dem Harry Wargrave bestanden hatte. »Verheiratete Frauen ziehen eine Spur weniger Aufmerksamkeit auf sich als ein alleinstehendes Mädchen, das allein reist.«
Draußen auf dem Gang prüfte der Schaffner die Rückfahrkarte des Amerikaners Matt Leroy, der sich gegen die Leiste des Türrahmens lehnte und eine Zigarette rauchte. »Ich habe um einen Platz in einem Raucherabteil gebeten«, bemerkte er beiläufig, »und

dann hat man mir diesen gegeben«, log er. Er zeigte auf das leere Nichtraucherabteil hinter ihm, in dem seine Reisetasche auf einem Sitz lag. Der Schaffner schloß aus dem Akzent Leroys, daß er es mit einem Engländer zu tun hatte. Diesen Akzent hatte Leroy während seiner zwei Jahre als Sicherheitsbeamter an der amerikanischen Botschaft am Grosvenor Square zur Perfektion gebracht. Außerdem trug der Amerikaner einen in der Savile Row gekauften Kamelhaarmantel.

»In den Raucherabteilen ist noch viel Platz«, meinte der Schaffner, als er die Fahrkarte knipste.

»Macht nichts«, versicherte Leroy. »Bis Zürich ist es ja nicht weit.«

In Wahrheit hatte er sich den Platz im Nichtraucherabteil reservieren lassen, um in der Nähe Elsa Langs zu sein. Während der Schaffner seine Runde fortsetzte, sah Leroy auf die Uhr und strich sich über den Schnauzbart. Der Zeitplan war wie immer sehr knapp, und er hoffte wieder einmal inständig, daß der Expreß rechtzeitig in Zürich ankam. Die Tatsache, daß er genau wie Elsa mit einer Rückfahrkarte reiste, war nur ein weiteres Detail, auf dem der Engländer, Harry Wargrave, bestanden hatte. »Das läßt darauf schließen, daß Sie nach Basel zurückfahren werden«, hatte er hervorgehoben. »Nur für den Fall, daß die falsche Person in Ihrer Nähe steht...«

Punkt 11 Uhr 12 lief der Expreß im Züricher Hauptbahnhof ein. Elsa Lang stand bereits mit ihrem Koffer am Ende des Waggons, um sofort aussteigen zu können. Sie eilte zum Ausgang und trug ihren Koffer selbst zum Taxistand gegenüber vom Hotel Schweizerhof auf der anderen Straßenseite. Sie stieg in das erste wartende Taxi ein. Erst als sie im Wagen saß, sagte sie dem Fahrer mit leiser, sanfter Stimme, wohin sie wollte.

»Zum Flughafen, bitte. Ich bin ziemlich verspätet...«

Matt Leroy, der nach ihr aus dem Zug ausgestiegen war, hatte einen anderen Weg gewählt. Er sprintete durch die breite Seitenhalle an der Gepäckaufbewahrung vorbei und hatte die Wagenschlüssel schon in der Hand, als er den an der Stirnseite des Bahnhofs geparkten Citroën erreichte. Der Motor sprang augenblicklich an – der Wagen war ihm erst vor wenigen Minuten hingestellt worden –, und er fuhr noch so rechtzeitig zur Vorderseite des Bahnhofs, daß er Elsas Taxi wegfahren sehen konnte. Sie sah aus dem Fenster, so daß er sie erkennen konnte. Er folgte ihr in unauffälligem Abstand zum Flughafen, rund sechzehn Kilometer außerhalb der Stadt.

Der vierunddreißig Jahre alte Leroy hatte eine täuschend beflissen wirkende Erscheinung, aber es lag etwas wie stählerne Wachsamkeit in seiner Haltung, als er durch seine silbergeränderte Brille nach vorn spähte, um Elsas Taxi im Blickfeld zu behalten. Er sah immer wieder in den Rückspiegel, um sich zu vergewissern, daß kein Fahrzeug sie verfolgte. Seine Aufgabe bestand darin, dafür zu sorgen, daß Elsa Lang sicher den Züricher Flughafen erreichte. Unterstützt wurde er dabei von dem Team in Basel; das hatte die beiden Männer verschwinden lassen, die den Kellner abgefangen hatten. Und wie bei den vorhergehenden allmonatlichen Fahrten sah er auch diesmal mit einem Gefühl der Erleichterung, wie Elsa Langs Taxi vor dem Flughafengebäude vorfuhr, wie sie mit ihrer Gucci-Reisetasche ausstieg und ins Innere des Gebäudes eilte. Er ließ den Citroën stehen und folgte ihr.

Seine Erleichterung wurde noch größer, als er in der Halle einen hochgewachsenen, dunkelhaarigen Engländer an einem Zeitungsstand stehen sah, der sich für die ausliegenden Taschenbücher zu interessieren schien. Leroy seufzte; seine Aufgabe war wieder einmal erledigt. Jetzt übernahm Harry Wargrave.

Mit seinen siebenunddreißig Jahren hatte Harry Charles Frederick Wargrave dreimal soviel erlebt wie andere Männer seines Alters. Er war über einen Meter achtzig groß, schlank und bewegte sich leicht und mühelos. Seine Augenbrauen hatten die gleiche dunkle Farbe wie sein dichtes Haar. Wenn er Menschen mit seinem spöttischen Blick ansah, hoben sich oft unmerklich die Augenbrauen. Er hatte eine lange Nase, vorstehende Backenknochen und einen breiten Mund, dessen Mundwinkel Humor ahnen ließen. Als er in seinem militärisch geschnittenen Regenmantel am Zeitungsstand wartete, vermittelte seine ganze Erscheinung den Eindruck von einem Mann, dem im Leben alles glatt und leicht von der Hand ging und der unbekümmert dahinlebte. Sein Verhalten strahlte eine sorglose Nachlässigkeit aus. Manch einer hatte seine Fehleinschätzung von Wargraves Person bedauern müssen. Einige waren schon vorher gestorben.

Mit neunzehn hatte Wargrave seine Pilotenausbildung durchgestanden – damals war er der jüngste Pilot der britischen Marine gewesen. Daneben besaß er einen Pilotenschein für Hubschrauber. Er hatte Torpedoboote gesteuert und beschrieb sich manchmal selbst als einen »›Technik-Verrückten‹. Wenn ich an einem Fahrzeug oder einem Flugzeug etwas Neues sehe, muß ich das Ding fahren oder fliegen...«.

Später, nach der Überstellung zum Nachrichtendienst der Marine im Rang eines Commanders, war er der britischen Botschaft in Washington mit der Aufgabe zugeteilt worden, in den USA tätige Spione aufzuspüren. Diese Spione hatten der Sowjetunion technische Geheimnisse verraten, die Großbritannien seinerseits mit den USA geteilt hatte. Dies alles war aber nur ein Anfang gewesen. Mit seinen fließenden französischen, deutschen, italienischen und serbokroatischen Sprachkenntnissen war er danach zum Secret Service abkommandiert worden – dem noch immer besten Geheimdienst der Welt, mögen einige Romanschreiber auch versuchen, ihn als einen Klub von lauter Trotteln hinzustellen.

Nachdem er in verschiedenen Teilen Westeuropas gearbeitet hatte – in dieser Zeit hatte er sämtliche Spitzenleute der Abschirmdienste und der Abwehrorganisationen gut kennengelernt –, wurde Wargrave zum Balkan in Marsch gesetzt. Von seinem Hauptsitz in Athen aus hatte er sich Aktivitäten gewidmet, die noch immer in Dunkel gehüllt waren. »Die größte Mördergrube der Welt«, hatte er den Balkan einmal genannt. »Wenn jemand dort unten überleben kann, kann er überall überleben...« Mit sechsunddreißig war Wargrave aus dem Dienst ausgeschieden und nach Kanada ausgewandert, wo er auf die Anlageratschläge des Industriellen und

Millionärs William Riverton gehört und sein kleines Kapital verzehnfacht hatte. Bei seinem Ausscheiden hatte er seine Philosophie in der für ihn typischen markigen Manier erklärt.
»Es ist wie bei einem Rennfahrer: In dem Beruf muß man aussteigen, bevor man vierzig ist, oder man ist ein toter Mann...«
Jetzt stand er im Züricher Flughafengebäude am Zeitungsstand. Er wußte genau, daß Elsa Lang gerade am Check-in-Schalter stand und sich für ihren Flug eintragen ließ, daß die Angestellte Elsas Reisetasche schon auf das Förderband gestellt hatte, das sie zu der wartenden Maschine befördern würde – obwohl er nicht einmal in Richtung der Agentin geblickt hatte. Er sah auf die Armbanduhr. 11 Uhr 37. Wieder einmal verdammt knapp, aber die gute Elsa hatte es geschafft. Wargrave hatte immer auf einem sehr knappen Zeitplan bestanden. Bei einer Meinungsverschiedenheit mit Matt Leroy hatte er die anscheinend durchaus vernünftigen Einwände des Amerikaners verworfen.
»Für Irrtümer oder Fehler gibt es nicht den kleinsten gottverdammten Spielraum«, hatte Leroy protestiert. »Wir haben die denkbar wenigste Zeit, um die Kassette aus dem Schlafwagen herauszuholen. Elsa stehen nur Minuten zur Verfügung, um den Transalpin-Expreß zu erreichen. Der Expreß muß fahrplanmäßig in Zürich ankommen, damit sie überhaupt eine Chance hat, rechtzeitig auf dem Flughafen anzukommen und ihre Maschine zu erwischen...«
»So ist es«, hatte Wargrave lakonisch bestätigt.
»Um Himmels willen; das ist alles, was Sie dazu zu sagen haben?«
»Je schneller der Fuchs sich bewegt, um so geringer wird die Chance der Hunde, die Fährte aufzunehmen, Matt«, hatte Wargrave mit einem sadonischen Grinsen bemerkt. »Ein knapper Zeitplan macht die Sache für uns verdammt schwierig – aber für den Feind noch schwieriger. Schon mal gesehen, wie sich ein Falke auf seine Beute stürzt? Er stößt herab wie der Blitz, und dann ist er auf und davon. Wir sind dieser Falke...«
Wargrave wollte sich gerade vom Zeitungsstand entfernen, um an

Bord von Elsas Maschine zu gehen – die Zeit wurde jetzt schon verdammt knapp –, als er sich bewußt wurde, daß Matt Leroy neben ihm stand. Der Amerikaner nahm einen Roman von Harold Robbins in die Hand. In Wargraves entspannter Haltung deutete nichts darauf hin, daß er aufs höchste konzentriert war. Leroy hatte strikte Anweisung, sich ihm nur im Notfall zu nähern. Über Lautsprecher erfolgte gerade der letzte Aufruf zum Flug 160 der Swissair.

Leroy kaufte das Taschenbuch und legte es dann auf einen Zeitschriftenstapel, während er bedächtig die Brieftasche einsteckte. Wargrave rief die Verkäuferin zurück und kaufte ein Exemplar desselben Romans. Er nahm es aber nicht an sich, nachdem das Mädchen es neben das von Leroy gelegt hatte. Er zahlte und wartete, bis das Mädchen einen anderen Kunden bediente. Erst dann nahm er Leroys Exemplar und lief auf das Gate zu, das Elsa Lang bereits passiert hatte.

In der Ersten Klasse der Schweizer DC-10 wählte Wargrave einen Platz auf der anderen Seite des Ganges eine Reihe hinter Elsa Lang. Sie saß da mit übereinandergeschlagenen Beinen und starrte aus dem Fenster. Eine Symphonie in Nylon, dachte Wargrave anerkennend, während er sich anschnallte. Und dies war ein weiteres kleines Detail, das er ihr eingeschärft hatte, als sie vor einem Jahr mit diesen allmonatlichen Routineflügen begonnen hatte.

»In der Maschine müssen Sie immer mit übereinandergeschlagenen Beinen dasitzen...«

»Tatsächlich?« hatte sie ironisch wissen wollen. »Hältst du es für wahrscheinlich, daß ich neuntausend Meter über dem Atlantik meine offizielle Unschuld verliere?«

»Ich muß gestehen, daß meine Möglichkeiten begrenzt sind, sie dir zu rauben«, hatte er ihr versichert. »Wenn mich aber jemand dabei ertappt, daß ich dich beobachte, wird der Anblick deiner Beine eine höchst unschuldige und ausreichende Erklärung sein.«

»Oder ist es vielleicht so, daß du einfach deine Pflichten zugunsten unverhüllter sexueller Absichten mißbrauchst?«

Nicht zum erstenmal im Umgang mit Elsa Lang war Wargrave damals um eine Antwort verlegen gewesen. Darüber dachte er jetzt nach, während er ihre Beine musterte und dann die anderen Fluggäste betrachtete. Unterdessen ließ der Pilot die Triebwerke aufheulen, um Schubkraft aufzubauen. Dann rollte die Maschine zur Hauptstartbahn. Das ist die falsche Reihenfolge, erinnerte Wargrave sich selbst: Erst die anderen Fluggäste, dann Elsas Beine. Nach dem Start mußte er den Waschraum aufsuchen, um die Notiz zu lesen, die Matt Leroy in sein Taschenbuch gesteckt hatte.
Vor dem Flughafengebäude hatte Matt Leroy es sich in seinem Citroën, in dem das Heizungsgebläse auf vollen Touren lief, gemütlich gemacht. Er rauchte eine Zigarette und wartete auf das Abheben der Maschine. Es hatte aufgehört zu schneien, aber die Wolkendecke hing niedrig; die prallen Wolken verhießen weiteren Schnee, und dabei war es erst Dezember. Die Wetterfrösche sprachen bei ihren langfristigen Vorhersagen schon jetzt davon, auf Europa komme der härteste Winter seit vielen Jahren zu. Und das nach dem heißesten und längsten Sommer seit Menschengedenken, in dem Westeuropa von Dürre heimgesucht worden war und die Temperaturen selbst im Süden Englands auf weit über dreißig Grad geklettert waren. »Das nennt man wohl Kompensation, glaube ich«, sagte Matt zu sich selbst. Er blickte hoch und sah die Maschine.
Die DC-10 stieg steil empor und zog einen Schweif schmutziger Abgase hinter sich her. Dann war sie verschwunden, verschluckt von der dichten Wolkendecke. Der Flug 160 der Swissair ging aber nicht in die USA oder nach Großbritannien, was normal gewesen wäre, hätte das Unternehmen drei Jahre früher stattgefunden. Der Zielort war Montreal in Kanada.

2. Montreal und Washington, D.C.

Im zehnten Stock des Baton Rouge Building in Montreal öffneten sich die Türen des Fahrstuhls um 15 Uhr 30 Ortszeit, und Elsa Lang stieg aus, gefolgt von Wargrave, der ihre Reisetasche trug. Es war noch immer Mittwoch, der 3. Dezember. Elsa warf einen Blick in beide Richtungen und ging dann durch den Korridor zu der Tür mit dem Schild, das die Aufschrift *Riverton Corp. Inc.* trug. Sie machte die Tür auf und sah sich einem Mädchen hinter einem riesigen Empfangstisch gegenüber. Wargrave sprach als erster.

»Wir werden erwartet...« Er sprach mit amerikanischem Akzent, nahm beim Sprechen nicht die Zigarre aus dem Mund und trug zudem eine Sonnenbrille. »Mrs. Perkins und Clyde Wilson. Mr. Riverton erwartet uns...«

Elsa Lang trug ihre dunkle Perücke und die Hornbrille, die sie aufgesetzt hatte, als Wargrave sie in dem gemieteten Wagen vom Flughafen herfuhr. Die Empfangsdame würdigte sie keines zweiten Blicks, sagte etwas in die Gegensprechanlage und bat sie dann, einzutreten. Elsa ging durch die vertraute Tür voran, und Wargrave schloß sie sorgfältig hinter sich, als ein gedrungener, pokergesichtiger Mann sich hinter einem Schreibtisch erhob, der viel kleiner war als der der Empfangsdame.

»Freue mich, daß Sie wieder da sind.«

Das war alles, was William Riverton, der legendäre kanadische Millionär und Industrielle, sagte, als er langsam und zielstrebig auf eine Tür an der Seitenwand seines Büros zuging und sie aufschloß. Der jetzt dreiundsiebzigjährige Riverton hatte während des Zweiten Weltkriegs eine der geheimsten Abwehrorganisationen der westlichen Hemisphäre geleitet. Selbst jetzt noch besaß dieser außergewöhnliche Mann eine starke Ausstrahlung. Sein unbewegliches Gesicht und seine sich nur langsam bewegenden Augen ließen etwas von enormer Willenskraft ahnen. Wargrave beobachtete den alten Krieger fast mit Zuneigung, während der Kanadier die schwere Tür aufschloß und beiseite trat, um die beiden einzulassen.

Der weitläufige Raum hinter der Tür war fensterlos und wurde durch Neonröhren an der Decke erleuchtet. An einer Wand zeigten einige Uhren die Uhrzeit in verschiedenen Teilen der Welt – Züricher Zeit, Bukarester Zeit, Moskauer Zeit...

»Setzen Sie sich, Sie müssen müde sein. Wie ist es gelaufen? Kaffee?«

Die Stimme war die eines Amerikaners. Der Mann, der gesprochen hatte, war fünfundfünfzigjährig, gut gebaut, mit sich lichtendem grauweißem Haar, einer fein gemeißelten Stirn und einem aufmunternden Lächeln, das Zuversicht und Gutmütigkeit ausstrahlte. Nur die Augen blickten prüfend, als suchten sie nach Anzeichen der Anspannung, nach einer Andeutung, es könnte Schwierigkeiten gegeben haben. Julian Haller umarmte Elsa und drückte sie an sich, half ihr aus dem Regenmantel und grinste, als sie Perücke und Brille abnahm.

»Das gefällt mir schon besser«, bemerkte er.

»Danke, Julian.« Elsa schenkte ihm ihr herzlichstes Lächeln. »Und Kaffee wäre fabelhaft – diese Zeitverschiebung macht mich noch wahnsinnig.«

»Hab' ich genau richtig hingekriegt, was?« grinste Julian Haller, als er Kaffee eingoß und dann genau so viel Sahne zugab, wie sie mochte. »Auf dem Seitentisch steht ein großer Scotch für dich, Harry«, fuhr er fort. »Ed hat vom Flughafen aus angerufen und euch angekündigt.« Als er ihr die Tasse reichte, blickte er auf die andere Seite des Raums, wo Wargrave die Kassette, die er aus Elsas Handtasche herausgenommen hatte, in einen Recorder steckte. »Wozu diese Eile?« fragte er leise.

»In Basel hat es ein bißchen Ärger gegeben«, erwiderte Wargrave. »Es sieht so aus, als sei jemand Angelo auf den Fersen – zwei bewaffnete Männer haben Necker geschnappt, nachdem er Elsa die Kassette zugesteckt hatte.«

Elsa fuhr in ihrem Stuhl herum. »Mir sagst du nie etwas«, beschuldigte sie ihn. »Auf dem Weg hierher im Wagen hättest du Zeit genug gehabt, es mir zu erzählen...«

»Du warst müde. Ich dachte, das hätte noch Zeit.« Wargrave setzte seinen Bericht an Haller fort, der sich eine Zigarette anzündete. Das Lächeln des Amerikaners verflüchtigte sich, als er dem Engländer mit gespannter Aufmerksamkeit zuhörte. »Leroy hat gute Arbeit geleistet – sehr gute«, bemerkte Wargrave. »Er hat entdeckt, was sich da abspielte, und seine Mannschaft hat Necker gerettet.«

»Und die beiden Männer, die ihn geschnappt hatten?«

»Auf dem Grund des Rheins, würde ich vermuten«, sagte Wargrave leichthin. Er sprach schnell weiter, als er Elsa zusammenzucken sah. »Ich werde jetzt die Kassette unseres unbekannten russischen Freundes Angelo abspielen. Alles bereit?«

Im Raum war plötzliche Spannung zu spüren, als die Spulen sich zu drehen begannen, als die vertraute Stimme deutlich in englischer Sprache zu reden anfing. Es war ein heiseres Flüstern, eine offensichtlich verstellte Stimme, die aus dem fast siebentausend Kilometer entfernten Moskau zu ihnen sprach – eine Stimme, von der sie jetzt wußten, daß sie nur einem wichtigen Mitglied des sowjetischen Politbüros gehören konnte.

Die Stimme des Mannes, den sie nur unter dem Codenamen Angelo kannten, hatte aufgehört zu sprechen. Ein entsetztes Raunen ging durch den Raum. Dies war die erschreckendste Nachricht, die Angelo je geschickt hatte. Die nach außen hin normalerweise so ruhige und entspannte Elsa saß verkrampft und angespannt da; die brennende Zigarette zwischen ihren Fingern hatte sie im Augenblick vergessen. Haller saß reglos hinter seinem Schreibtisch. Er hatte den Kopf leicht zur Seite geneigt. Wargrave, der beherrschteste der drei, nahm die Kassette heraus und sah Haller an.

»Also, der nächste Schritt wäre?«
»Du setzt dich am besten in die nächste Maschine nach Washington. Ich werde Bruno vorwarnen, daß du unterwegs bist...«
Der Amerikaner zog eine Schublade seines Schreibtischs heraus, verglich Abflugzeiten und dah auf die Uhr an der Wand, die Montrealer Zeit zeigte. »Wenn du dich sehr beeilst, Harry...«
»Bin schon unterwegs.«
Haller schloß die Tür, die zu Rivertons Büro führte, mit seinem eigenen Schlüssel auf, und Wargrave setzte seine dunkle Brille auf, während er hinauseilte. Er winkte dem kanadischen Industriellen mit zwei Fingern einen kurzen Gruß zu, den Riverton, ohne zu sprechen, mit einem Kopfnicken erwiderte. Sechzig Sekunden später saß Wargrave hinter dem Lenkrad seines Mietwagens.
Er hielt sich knapp unter der erlaubten Geschwindigkeit und kam gerade rechtzeitig am Flughafen an, um den nächsten Flug nach Washington zu erreichen. Als die Maschine abhob und wieder einmal in einer Wolkendecke verschwand, ließ Wargrave sich entspannt zurückfallen, achtete aber peinlich darauf, daß er nicht die Augen schloß, denn er durfte nicht einschlafen. Die Kassette hatte er in der Brusttasche. Die Zeitverschiebung des Fluges von Zürich nach Montreal traf ihn jetzt mit voller Wucht. In den nächsten Stunden mußte er jeden Gedanken an Schlaf vergessen. Harry Wargrave war unterwegs zu Bruno – das war der Codename für Joseph Moynihan, den Präsidenten der Vereinigten Staaten.

Am Dulles Airport in Washington hatte James Ryder, ein hochgewachsener dickbäuchiger Amerikaner, seine übliche Aufgabe. Er trug eine dunkle Brille und einen Vicuña-Mantel, was auf einen Mann von einiger Bedeutung schließen ließ, und stand mit einer Reisetasche in der Hand vor der Ankunfts-Anzeigetafel, aus der er ersah, daß die Maschine aus Montreal soeben gelandet war. Er mischte sich unter die Passagiere dieses Fluges, schlenderte zum Ausgang des Flughafengebäudes und wartete, während einige Fluggäste den Flughafenbus bestiegen. Er wartete weiter, während andere in Taxis einstiegen, und sah ungeduldig auf die Uhr, als

wäre er über die verspätete Ankunft seines eigenen Wagens verärgert.
Zehn Minuten später fuhr ein blauer Cadillac am Bordstein vor. Ryder blieb still stehen, während ein hochgewachsener Mann in Chauffeursuniform ausstieg, um den Wagen herumging und den hinteren Schlag öffnete. Ryder stieg ohne ein Wort des Dankes ein und machte es sich auf dem Rücksitz bequem, während der Fahrer sich wieder hinters Lenkrad setzte.
»Also, los jetzt. Treten sie drauf«, befahl Ryder und begann, in einer Zeitschrift zu lesen, die er aus der Tasche gezogen hatte.
Sie fuhren durch das Verkehrsgewühl des frühen Abends zum Weißen Haus, und während der Fahrt wurde zwischen den beiden Männern kein Wort gewechselt. Bei der Ankunft am Weißen Haus zeigten beide Männer dem diensttuenden Geheimdienstbeamten die von Joseph Moynihan persönlich unterzeichneten Sonderausweise. Weitere Formalitäten gab es nicht; sie wurden sofort in ein Vorzimmer geleitet, das direkt ins Ovale Büro führte. Wie befohlen ließ der Geheimdienstbeamte sie im Raum allein und schloß die Tür von außen ab.
Ryder setzte sich auf einen Stuhl und zog wieder seine Zeitschrift aus der Tasche, während Harry Wargrave seine Chauffeursmütze abnahm, die Uniformjacke zurechtrückte und an die Tür klopfte, die ins Ovale Büro führte. Nicht einmal der Chef der Geheimdienstbeamten, die den Präsidenten bewachten, war sich bewußt, daß der Chauffeur der wichtige Besucher war.

Nach dem Verlassen des Flugzeugs am Dulles Airport war Wargrave direkt zu einem für ihn persönlich freigehaltenen Raum gegangen, einem Raum, zu dem nur er einen Schlüssel besaß. Dort hatte er sofort die bereitliegende Chauffeursuniform angezogen. Dann war er zu der Stelle geeilt, wo der Cadillac geparkt war, und war zu dem wartenden Ryder um das Flughafengebäude herumgefahren. Ryder war »blind« – er hatte keine Ahnung, wer Wargrave war, und nahm an, der Engländer sei ein Kanadier. Ryder gehörte zur Geheimdienstmannschaft des Präsidenten und befolgte dessen persönliche Befehle, ohne Fragen zu stellen – und ohne seinen Chef über das zu informieren, was er tat. Auf Wargraves Klopfen hin öffnete Präsident Moynihan selbst, bat ihn herein und schloß die Tür.

»Irgendeine Art Notfall, Harry?« fragte Moynihan kurz.

»In unseren Augen ja, Herr Präsident...«

Wargrave ging zum Schreibtisch, auf dem der Recorder bereitstand, und legte die Kassette ein. Joseph Moynihan, einen Meter fünfundachtzig groß und in Hemdsärmeln, setzte sich hinter seinen Schreibtisch und goß einen großen Scotch ein. Er schob Wargrave das Glas hin. Moynihan war eine eindrucksvolle Gestalt, und das nicht nur wegen seiner Größe und seines Körperbaus.

In seinem runden Gesicht bewegten sich die Augen schnell hin und her, und er blieb selten mehr als ein paar Minuten still und unbeweglich. Er strahlte Vitalität aus; beim Sprechen veränderte sich sein Gesichtsausdruck ständig, und er hatte eine unverblümte und direkte Art. Mit seinen einundvierzig Jahren war er in diesem Jahrhundert der jüngste Hausherr in der Präsidentenvilla; zudem war er der am stärksten antikommunistisch eingestellte Präsident seit der Oktoberrevolution. Er hockte sich auf eine Ecke des Schreibtischs, verschränkte die Arme und lauschte, als der Mann, dem sie den Codenamen Angelo gegeben hatten, zu sprechen begann.

»Hier spricht Angelo... Westeuropa ist von einer großen Gefahr bedroht... Marschall Pratschko hat soeben die bislang massivste militärische Vorübung für die Invasion Westdeutschlands, Frankreichs, Belgiens und der Niederlande beendet... Der Plan geht davon aus, daß sowjetische Panzer dreißig Minuten nach der Stunde Null in Hamburg einrollen... innerhalb von achtundvierzig Stunden werden jenseits des Rheins drei größere Brückenköpfe errichtet. Es werden einhundertsechzig sowjetische Divisionen eingesetzt... davon einhundert vollmotorisierte, fünfzig Panzerdivisionen und zehn Luftlandedivisionen... Panzerspitzen werden die Kanalhäfen sieben Tage nach der Stunde Null erreichen... Das Unternehmen Donnerschlag ist im Gebiet zwischen Kasachstan

und der ukrainischen Grenze geprobt worden; die Entfernungen entsprachen exakt denen, die unsere Rote Armee in Westeuropa vorfinden würde...«
Angelo fuhr fort, das Unternehmen Donnerschlag mit all seinen zutiefst erschreckenden Einzelheiten zu beschreiben. Das sowjetische Oberkommando habe eine transparente Karte von Westeuropa auf eine Karte über den Westen Rußlands im gleichen Maßstab gelegt. Die Wolga sei zum Rhein geworden. Wegweiser – unsichtbar für die in fast fünfhundert Kilometer Höhe vorüberziehenden amerikanischen Spionagesatelliten – mit Aufschriften wie *Paris 30 km, Hamburg 45 km, Calais 80 km* hätten auf die in der jeweiligen Entfernung befindliche sowjetische Stadt gezeigt. Eine sowjetische Armeegruppe habe die gegnerische NATO-Streitmacht dargestellt. Die angreifende sowjetische Hauptstreitmacht, Armeegruppen, die den NATO-Streitkräften im Verhältnis drei zu eins überlegen gewesen seien – was den tatsächlichen Verhältnissen entspreche –, sei von Marschall Pratschko persönlich befehligt worden. Der Angriff sei mit so überwältigender Macht vorgetragen worden und so schnell gewesen, daß man davon ausgegangen sei, der amerikanische Präsident werde es für zwecklos halten, einen atomaren Vergeltungsschlag anzuordnen.
Kurz vor dem Ende der Nachricht sprach Angelo die letzten Worte mit tiefer und kraftvoller Stimme. »Es ist unerläßlich, sofort eine gewaltige Demonstration amerikanischer Macht zu geben, um Marschall Pratschko und seine Anhänger abzuschrecken, die dabei sind, im Politbüro die Mehrheit zu bekommen...«
Für einen Augenblick hing die gleiche erschrockene Stille über dem Ovalen Büro, die nach dem Abspielen des Bandes über dem Raum im Baton Rouge Building in Montreal gelegen hatte. Aber schon als Wargrave den Recorder abstellte, stand Moynihan vom Schreibtisch auf, von dem er sich während der Wiedergabe des Bandes nicht weggerührt hatte.
»Ich glaube, wir können dies als einen größeren Notstand bezeichnen«, bemerkte Moynihan. »Eingegangene Satellitenmeldungen

bestätigen, daß in dem von Angelo genannten Gebiet umfangreiche militärische Manöver stattgefunden haben. Aber diese Meldungen können uns natürlich nicht das sagen, was Angelo uns berichtet hat. Und dann ist da noch das Problem mit den Laserwaffen – hier und in Moskau sind Wissenschaftler der Ansicht, daß sie kurz vor einem Durchbruch stehen.«

»Einem Durchbruch wozu?«

»Eines Tages, vielleicht schon sehr bald, werden Laserstrahlen über große Entfernungen in der Lage sein, Raketenleitsysteme zu stören – und das bedeutet, daß jede abgefeuerte Rakete unter Umständen auf die eigene Abschußbasis stürzt. Ergebnis Nummer eins? Ende der nuklearen Abschreckung. Ergebnis Nummer zwei? Die Sowjets werden sich in der Lage fühlen, ihre Landstreitkräfte in Europa einzusetzen, ohne einen nuklearen Vergeltungsschlag befürchten zu müssen...«

»Wie lautet also die Antwort darauf?« wollte Wargrave wissen.

»So.« Moynihan drückte einen Knopf auf seiner Gegensprechanlage. »Ed, berufen Sie bitte sofort eine Sitzung des Nationalen Sicherheitsrates ein. In einer Stunde. Es ist mir schnuppe, wo die Leute gerade sind. Sorgen Sie dafür, daß sie herkommen...«

Innerlich seufzte Wargrave erleichtert auf. Er war erleichtert, daß Joseph Moynihan im Weißen Haus saß. Wie viele der vorhergehenden Präsidenten wären so schnell zu einer Entscheidung gekommen, wie viele hätten so entschlossen gehandelt? Als wollte der Präsident Wargraves unausgesprochene Gedanken bestätigen, zog er seinen Hosenbund hoch und sagte knapp:

»Diese Sitzung ist eine rein formelle Sache. Ich habe schon entschieden, was zu tun ist. Die Sparta-Leute haben großartige Arbeit geleistet. Das sage ich Ihnen persönlich, Harry.« Er streckte die Hand aus und schüttelte Wargrave die Hand. Der Präsident hatte einen festen Griff. »Und Julian Haller können Sie das gleiche sagen...«

Vierundzwanzig Stunden später, nach der Rückkehr nach Montreal, wurde Wargrave die enorme Stärke von Moynihans Reaktion

bewußt. Schon in der Nacht waren drei amerikanische Luftlandedivisionen in Fort Worth, Texas, mit ihrer gesamten Ausrüstung an Bord einer riesigen Flotte von Lockheed-C-5 A-Transportmaschinen gegangen. Im Weißen Haus blieb Moynihan die ganze Nacht in Hemdsärmeln auf und telefonierte mit dem Bundeskanzler der Bundesrepublik Deutschland, dem Premierminister Großbritanniens, dem Präsidenten der Französischen Republik und dem Oberkommandierenden der NATO in Brüssel. Und in dieser Zeit starteten laufend die riesigen Transportmaschinen und machten sich auf den Weg nach Osten über den Atlantik, zum europäischen Festland. Die Flugpläne waren darauf abgestimmt, die größtmögliche psychologische Wirkung zu erzielen – die geballte Streitmacht sollte die Moral der Europäer heben.
Um neun Uhr morgens, auf dem Höhepunkt der Rush-hour, hörten erschreckte Londoner auf dem Weg zur Arbeit plötzlich ein donnerndes Röhren am Himmel. Sie blickten hoch und sahen den endlosen Strom amerikanischer Flugzeuge, die knapp unterhalb der Wolkendecke flogen, einen unablässigen Strom von Maschinen, denen immer neue folgten. Weniger als sechzig Minuten später überflog die gigantische Kavalkade Brüssel, und innerhalb einer weiteren Stunde war die Luftstreitmacht in der Bundesrepublik gelandet. Um seinen Standpunkt mit letzter Klarheit zu verdeutlichen, hielt Moynihan eine kurze Fernsehansprache, die über Satellit in die ganze Welt ausgestrahlt wurde, eine Rede in der für ihn typischen direkten Sprache.
»Damit bei niemandem ein Mißverständnis aufkommt – die amerikanische Verteidigungslinie verläuft entlang der westdeutschen Grenze zu den sowjetischen Satellitenstaaten. Und was die Maschinen betrifft, sie soeben in der Bundesrepublik gelandet sind – wo die hergekommen sind, gibt es noch weit mehr...«

»Die Sparta-Leute haben großartige Arbeit geleistet...«
Als Präsident Moynihan im Weißen Haus Harry Wargrave beglückwünschte, hatte er sich beim Sparta-Ring bedanken wollen, der Sondereinheit des Geheimdienstes, die ihren Sitz außerhalb

der USA in Montreal in Kanada hatte. Um zu erklären, wie diese einzigartige Einheit ins Leben gerufen wurde, ist ein Rückblick auf das vorhergehende Jahr notwendig – in die Zeit, zu der Vizepräsident Moynihan das Amt des Präsidenten von seinem Vorgänger übernommen hatte, der bei einem Skiunfall in Colorado plötzlich ums Leben gekommen war.

3. Prag, Tschechoslowakei

In diesem Moment der Zeitgeschichte hatte Matt Leroy – der später Elsa Lang bei ihren allmonatlichen Reisen von Basel zum Züricher Flughafen bewachte – kurz vor dem Ende seiner Dienstzeit als Sicherheitsoffizier an der amerikanischen Botschaft in Prag gestanden.

Es war der 8. Dezember. Es herrschte mildes Wetter, obwohl in der Hohen Tatra Schnee gefallen war. Der amerikanische Botschafter hatte zu einem Abendempfang für einige sowjetische Politbüromitglieder geladen, die der Tschechoslowakei einen Besuch abstatteten. Für Leroy sah es so aus, als würde sein letzter Abend vor der Rückkehr in die Staaten am folgenden Tag zu einem Ereignis werden.

»Meine erste Chance, Spitzenmänner des Feindes aus der Nähe zu betrachten«, vertraute er einem Untergebenen an.

Der Botschafter war nicht so begeistert. Er hatte soeben eine persönliche Weisung des erst vor kurzem zum Präsidenten ernannten Joseph Moynihan erhalten, in der dieser in der später so vertrauten markigen Art seinen Standpunkt darlegte. »Halten Sie ja nicht Händchen mit diesen Burschen aus dem Kreml. Feste Höflichkeit ist jetzt das Gebot der Stunde. Und bringen Sie auf keinen Fall irgendwelche Toasts auf die gottverdammte falsche russische ›Entspannung‹ aus...«

Während er sich unter die Gäste mischte, die unter glitzernden Kronleuchtern umherwanderten, blickte Matt Leroy scheinbar gleichgültig in die Runde. Gelegentlich nippte er an seinem Bourbon, den er in der Hand hielt. In Wahrheit nahm er jeden Anwesenden genauestens unter die Lupe. Dabei entging ihm nicht das kleinste Detail. Unter den wichtigeren Gästen aus dem Politbüro war auch Anatolij Sarubin, der Minister für Handel und Außenwirtschaft. Es war Sarubin, der auf Leroy zuging und mit dem Amerikaner anstieß.

»Auf ein Andauern der Entspannung, mein Freund«, meinte Sarubin in perfektem Englisch.

»Auf die Entspannung«, stimmte Leroy ohne Begeisterung ein.

Sarubin war ein kleiner, dunkelhaariger Russe mit einem gepflegten Schnurrbart, von fröhlichem Gehabe, und er stand im Ruf, ein ziemlicher Schürzenjäger zu sein. Trotz seiner Zweifel hatte Leroy entdeckt, daß er diesen gesprächigen, zu Scherzen aufgelegten Minister mochte, der eine fanatische Bewunderung für den Jazz David Brubecks gestand. »Ich habe alle seine Platten, spiele sie immer und immer wieder«, plauderte er weiter. »*Take Five* – diese Nummer ist mein Lieblingsstück...« Andere sowjetische Gäste waren Leroy weit weniger liebenswürdig erschienen.

Gegen neun kam etwas mehr Leben in die Party, und in der Umgebung Marschall Grigorij Pratschkos, des sowjetischen Verteidigungsministers, floß der Wodka bereits in Strömen. Pratschko, ein bulliger achtundfünfzigjähriger Mann mit einem mächtigen Brustkorb, war in voller Uniform erschienen. Seine Brust schmückten viele Reihen von Orden. »Genug, um eine Pfandleihe in der First Avenue auszustatten«, dachte Leroy säuerlich. Pratschko war ganz offensichtlich dabei, jeden anderen betrunken zu machen. Er bestand auf einem Trinkspruch nach dem anderen.

»Entspannung! Entspannung! Ist jemand da, der sich weigert, darauf mit mir anzustoßen? Dann soll er sich zeigen und als Feind des Friedens zu erkennen geben!«

Leroy beobachtete ihn unauffällig, bemerkte die brutale Nase, das aggressive Kinn, die aus Ohren und Nasenlöchern herausragenden Haarbüschel. »Haargenau der Dreckskerl, als der er beschrieben wird«, dachte Leroy. »Und Gott sei denen gnädig, die unter ihm dienen...« Leroy blieb immer in Bewegung. Er hielt nach einem bestimmten Mann Ausschau, einem Mann, von dessen Aussehen er seltsamerweise keine Beschreibung hatte. War es möglich, daß sich in dieser großen Menschenmenge auch Oberst Igor Scharpinsky befand?

Für westliche Geheimdienstchefs war der stellvertretende Leiter des KGB, Scharpinsky, nur ein Schatten. Sogar so sehr, daß man ihm den Spitznamen Oberst Schatten gegeben hatte. Über ihn war buchstäblich nichts weiter bekannt, als daß es ihn gab, und das Washingtoner Dossier über ihn bestand nur aus einer einzigen Seite mit wenigen Zeilen. Selbst diese wenigen Zeilen enthielten nur vage Informationen und nichts wirklich Greifbares. »Man munkelt, daß er der Verbindungsoffizier zum GRU ist, dem militärischen Abschirmdienst der Sowjets.« Und das war schon fast alles.

Einen Augenblick später entdeckte Leroy ein weiteres wichtiges Politbüromitglied. Auch dieser Mann pflegte nicht gerade romantische Gefühle zu wecken. Überrascht – der Mann war auf der Gästeliste nicht verzeichnet gewesen – tat Leroy so, als nähme er noch einen Schluck Bourbon, während er einen der gefürchtetsten Männer der Welt in Augenschein nahm. General Sergej Marenkow, den Chef des KGB. Der Chef der sowjetischen Geheimpolizei hielt sich am Rande der Menge, als wollte er jeden der Anwesenden unter die Lupe nehmen.

Marenkow, der einen dunkelblauen Anzug trug, war ein kleinwüchsiger, untersetzter Mann von fünfundfünfzig mit breiten Schultern. Er stand ruhig da; sein Gesicht mit dem kräftigen Kinn zeigte keinerlei Ausdruck. Als er unter buschigen Augenbrauen hervorblickte, schien er jeden der beim Empfang anwesenden Gäste einzuordnen – und genau das dürfte der KGB-Chef auch getan haben, dachte Leroy. Anders als bei seinem mysteriösen Stellvertreter, Oberst Scharpinsky, besaß Washington über Marenkow ein acht Zentimeter starkes Dossier. Der General war dafür bekannt, ein enzyklopädisches Gedächtnis zu haben. »Ich könnte wetten, daß er jeden einzelnen Mann in unserer Botschaft kennt – weiß, welchen Job er hat und wann er pinkeln geht«, sagte sich Leroy.

Marenkow begann plötzlich, sich um die Menge herumzubewegen. Inzwischen war der Raum von Lärm, lautem Stimmengewirr und endlosem Gläsergeklirr erfüllt. Anatolij Sarubin wurde nicht müde, zu plaudern und zu scherzen. Leroy nutzte seine Gelegenheit, als Marenkow an ihm vorüberging. Er hob sein Glas. »Frieden und guter Wille, um alles in der Welt, General...« Marenkow sagte etwas auf russisch und stieß mit Leroy an. Seine braunen Augen starrten den Amerikaner hart an, dann ging er weiter. Es war keine sonderlich freundliche Begegnung gewesen, aber Leroy hatte der Chance nicht widerstehen können, den KGB-Chef aus nächster Nähe zu studieren – wenn auch nur für wenige Sekunden.

Am Ende des Abends hatte Leroy das Gefühl, nichts ausgerichtet zu haben. Er hatte ganz gewiß niemanden entdeckt, der Igor Scharpinsky hätte sein können, niemanden, der sich in der Nähe Marenkows gehalten hätte. Es war ein interessanter Abend gewesen, etwas, was in seinem Abschlußbericht brauchbar sein würde, aber mehr nicht. Der Schock kam, als die Party vorüber war.

Als er nach Mitternacht in sein Zimmer zurückgekehrt war, um seine Koffer fertig zu packen – er wollte am nächsten Morgen die Frühmaschine nach Frankfurt nehmen –, langte er in die Jackentasche nach seinen Zigaretten und erstarrte. Soeben noch erschöpft von dem Gefühl der Enttäuschung, das so manchem Fest ein Ende macht, war er jetzt hellwach. In der Tasche hatten seine Finger etwas Ungewohntes berührt, etwas, was nicht dorthin gehörte. Langsam zog er einen versiegelten Umschlag heraus. Darauf stand in englischen Großbuchstaben NUR FÜR DEN PRÄSIDENTEN DER USA BESTIMMT.

Leroy ging in dieser Nacht später zu Bett, als er erwartet hatte. Nachdem er seinen technischen Assistenten aus dem Bett geholt hatte, ließ er den Umschlag einer Reihe von Tests unterziehen. Er enthielt weder Sprengstoff noch irgendein Gift. Den noch immer versiegelten Umschlag ließ er durchleuchten. Auf dem Filmbild zeigte sich der klare Umriß einer Kassette. Auf die Kassettenhülle hatte jemand die Buchstaben AN eingeritzt.

»Woher haben Sie das?« hatte West, der Techniker, plötzlich gefragt.
»Ist mir übergeben worden«, erwiderte Leroy und ließ es dabei bewenden. »Übrigens, die Sache ist streng geheim – wenn ich weg bin, dürfen Sie also niemandem davon erzählen...«
Um fünf Uhr war Leroy in seinem Schlafzimmer. Er hatte fertig gepackt und saß voll angezogen gegen das Kopfkissen gelehnt und dachte nach. Er wußte, daß der Umschlag nur von einem der Gäste beim Empfang in seine Tasche hatte praktiziert werden können. Der Betreffende hatte es sehr geschickt gemacht. Leroy hatte erst Minuten vor dem Empfang einen anderen Anzug angezogen. Die einzig mögliche Schlußfolgerung war – so phantastisch sie auch sein mochte –, daß einer der beim Empfang anwesenden Russen ihm den Umschlag zugesteckt hatte. Und das direkt unter den Augen von General Sergej Marenkow, dem Chef des KGB. Leroy schauderte bei dem Gedanken. Wer immer es gewesen war – der Mann mußte verdammt gute Nerven haben. Vielleicht war er aber auch verzweifelt.
Je mehr Leroy darüber nachdachte, um so plausibler erschien ihm diese Annahme. Es war nicht gerade ein Staatsgeheimnis, daß seine Dienstzeit an der Botschaft abgelaufen war und daß er in die Vereinigten Staaten zurückkehren würde – diese Tatsache würde sowjetischen Stellen bekannt sein. Jemand hatte sich diesen Umstand also zunutze gemacht – die Tatsache, daß die Kassette nur wenige Stunden in Prag verbleiben würde, nachdem sie ihm zugesteckt worden war.
»Und wie zum Teufel soll ich sie dem Präsidenten übergeben?« fragte er sich.
Es war bezeichnend für Matt Leroy, daß er die Notwendigkeit absoluter Geheimhaltung erkannte; das bedeutete nämlich, daß er seinen Vorgesetzten in Washington würde übergehen müssen. Als er am folgenden Tag in Washington landete, hatte er das Problem noch immer nicht gelöst. Statt dessen löste sich das Problem von selbst.
Vierundzwanzig Stunden nach Leroys Ankunft in Washington

traf der deutsche Bundeskanzler als Gast Präsident Moynihans ein. Matt Leroy wurde zu einem Empfang ins Weiße Haus geladen, bei dem er dem Bundeskanzler persönlich über seine Einschätzung der politischen Lage in der Tschechoslowakei Bericht erstatten sollte. Leroys Chef, Chuck Grant, behagte diese Idee gar nicht.

»Warum er sich nicht direkt von mir informieren läßt, weiß der Himmel«, bemerkte er wütend zu Leroy.

»Vielleicht mag er sich lieber von Leuten berichten lassen, die vor Ort gewesen sind«, meinte Leroy mit einem listigen Zwinkern.

In Wahrheit war es Präsident Joseph Moynihan, der die direkte Berichterstattung vorzog. Wie er in der für ihn typischen unorthodoxen Art einmal zu einem Berater bemerkte: »Es ist der Mann vor Ort, der Bescheid weiß. Die Schreibtischhengste hier bei uns lieben es, die Meldungen von draußen zu interpretieren, sprich zu versauen. Damit versuchen sie, ihre Existenzberechtigung nachzuweisen, und das in einem Job, der vermutlich völlig überflüssig ist...«

Auf dem Washingtoner Empfang wurde Leroy Moynihan vorgestellt, der ihn beim Arm nahm und zu dem Bundeskanzler führte.

»Einen Augenblick, Herr Präsident«, sagte Leroy schnell. Mit wenigen Worten hatte er erklärt, was es mit der Kassette auf sich hatte. »Ich habe sie bei mir«, fuhr er mit leiser Stimme fort. »Das könnte reines Dynamit sein...«

»Tatsächlich?« Moynihan grinste ihn breit und strahlend an. »Dynamit, sagten Sie? Na, dann freue ich mich schon jetzt aufs Öffnen.«

»Auf Explosivstoffe habe ich das Ding schon untersuchen lassen«, sagte Leroy schnell, »sowohl hier als auch in Prag...«

»Davon bin ich ausgegangen – das war nur ein kleiner Scherz. Also, glauben Sie, Sie könnten das Ding ebenso geschickt in meine Tasche praktizieren, wie das bei Ihnen in Prag gemacht worden ist? Vergessen Sie nicht, hier wimmelt es von Geheimdienstleuten...«

»Schon passiert, Herr Präsident.«

»Sie haben vielleicht Nerven, mein Lieber, damit direkt zu mir zu kommen – und ihre Vorgesetzten zu übergehen.«
»Ich kann mich Ihrer Bewertung meiner Handlungsweise nur anschließen«, erwiderte Leroy.
»Und Ihr Name ist Matt Leroy? Es könnte nämlich sein, daß ich einen derart unverschämten Burschen wie Sie in Zukunft mal brauche. Manche«, fuhr der Präsident mit dem Anflug eines Lächelns fort, »nennen so etwas Initiative. So, und jetzt gehen wir und unterhalten uns mit unserem hohen Gast.«

Spät in jener Nacht hörte sich Moynihan die Kassette allein im Ovalen Büro an. Der unbekannte Mann, der das Band besprochen hatte, begann mit der Eröffnung, sein künftiger Codename sei Angelo; er werde nur mit Kassetten in Erscheinung treten, und die Authentizität jeder Kassette werde an den Buchstaben AN zu erkennen sein, die er auf jeder Kassette einritzen werde. Anschließend informierte er über die sowjetische Politik, über die Ansichten der einflußreichsten Mitglieder des Politbüros sowie über die gegenwärtige Gliederung und Stationierung der Roten Armee in Osteuropa.
Was folgte, war noch außergewöhnlicher. Er instruierte den Präsidenten dahingehend, daß eine vollständig neue Geheimdiensteinheit außerhalb der Grenzen der Vereinigten Staaten ins Leben gerufen werden müsse, um Kassetten von Europa nach Nordamerika zu transportieren. »Ihre bestehenden Geheimdienste sind von Ihrer eigenen Presse und dem Kongreß gründlicher enttarnt und zerstört worden, als der sowjetische KGB das je hätte schaffen können«, fuhr die Stimme auf englisch fort. »Um mich zu schützen, müssen Sie die Sondereinheit ins Leben rufen. Ich schlage vor, daß sie von einem Amerikaner befehligt, im übrigen personell aber mit Europäern ausgestattet wird – die Leute werden immerhin in Europa operieren müssen. Britische Staatsangehörige könnten sich als besonders verläßlich erweisen – sie sind Inselbewohner…«
Es folgten weitere Informationen. Die Kassetten würden mit dem

Moskau-Expreß transportiert werden, und zwar in dem Schlafwagen versteckt, der an jedem ersten Mittwoch eines Monats in Basel ankomme. Dann kamen weitere Details – die Abteilnummer des Schlafwagens, das genaue Versteck. An jedem Freitag nach der Ankunft einer Kassette an einem Mittwoch solle der Empfang über das nach Osteuropa ausgestrahlte Programm der Voice of America bestätigt werden – durch das Abspielen einer Schallplatte, die er nennen werde und die um siebzehn Uhr Moskauer Zeit gespielt werden solle. Der Empfang dieser ersten Kassette sei durch das Spielen von Count Basies Aufnahme des *One o'clock jump* zu bestätigen. Das Band endete mit einer Warnung.

»Von keinem Angehörigen Ihrer Sondereinheit darf der Versuch unternommen werden, meine Identität herauszufinden. Das ist eine Bedingung. Was meine Motive betrifft, so sind sie meine persönliche Angelegenheit. Die nächste Kassette wird mit dem Schlafwagen des Moskau-Expreß geschickt werden, der am... in Basel ankommt...«

Der Vorgänger Moynihans, ein Mann, der den Konsensus liebte, hätte jetzt ohne Zweifel den Verteidigungsminister, den neuen CIA-Chef – den Moynihan eingesetzt hatte, um diese Organisation nach Möglichkeit zu reorganisieren – und weiß der Himmel wen noch konsultiert. Aber Angelo hatte seinen Mann richtig eingeschätzt. Am folgenden Morgen stellte Moynihan ein paar diskrete Nachforschungen an, ohne seine Motive zu verraten. Am Ende des Tages war er von der Echtheit der streng geheimen Informationen auf dem Tonband überzeugt und auch davon, daß Angelo nur ein Mitglied des sowjetischen Politbüros sein konnte. Moynihan ließ Julian Haller von der National Security Agency kommen.

Moynihan, ein ehemaliger Mann der Navy, kannte Julian Haller vom Vietnamkrieg her. Sie waren seitdem Freunde geblieben. Haller war ebenfalls ein Veteran der Navy – im Zweiten Weltkrieg hatte er an Bord des USS *Savannah* gedient und war später zum Geheimdienst der Navy abkommandiert worden. In dieser Funktion war er zum erstenmal dem Mann begegnet, der dann eines Tages durch Zufall zum Präsidenten wurde. »Haller«, sagte Moynihan gern, »ist einer der wenigen Männer, die mir wirklich sagen, was los ist. Er ist nicht normal – er hat keinen politischen Ehrgeiz...«

Julian Haller hörte schweigend zu, als Moynihan ihm erzählte, was sich ereignet hatte und daß er vorhabe, es mit Angelo zu versuchen. »Die Information auf dieser Kassette, die Sie gehört haben, kann nur von einem wichtigen Politbüromitglied stammen«, betonte der Präsident. »Ich habe das prüfen lassen.«

»Es könnte aber auch eine geschickte Falle sein«, warnte Haller. »Um Sie durch Fehlinformationen zu beeinflussen – während man Ihnen genügend echte Daten gibt, um Sie hinters Licht zu führen.«

»Ich habe das in Erwägung gezogen. Aber Angelo hat zuviel verraten.«

»Es hat den Anschein«, erwiderte der vorsichtige Haller. »Und er hat dabei bestimmte Dinge vorhergesagt, die – falls sie eintreten – unser Vertrauen stärken würden. Was ist jetzt zu tun?«

»Sie verschwinden. Offiziell werden Sie bei der NSA Ihren Abschied nehmen. Dann verschwinden Sie aus den Staaten und gründen die Sondereinheit. Angelo hat recht – die bestehenden Geheimdienstorganisationen sind für diese Art Arbeit ungeeignet; sie sind leck wie ein Sieb. Bestimmte Kongreßabgeordnete und bestimmte Zeitungsleute sind zu weit gegangen – sie haben den Schutzschild unserer Geheimdienste zerstört.« Moynihans Gesicht verdunkelte sich, und er schlug mit der Faust auf den Tisch. »Unterdessen macht der KGB ungerührt und mit voller Kraft weiter, spioniert, sabotiert, betreibt Subversion, und das alles mit dem vollen Rückhalt des Politbüros. Als ich diesen Job übernahm, habe ich einen Eid geschworen, die Vereinigten Staaten zu verteidigen – und das werde ich bei Gott auch tun!«

»Die CIA wird reorganisiert...«

»CIA. Club Internationaler Amateure! Dafür stehen diese Initialen bei mir.«

»Wenn das jemals rauskommt, könnte man es als recht hübsch verfassungswidrig bezeichnen«, warnte Haller von neuem.
»Auch daran habe ich gedacht. Ein Präsident, der – um der Sicherheit seines Landes willen – nicht bereit ist, das Risiko eines Impeachements auf sich zu nehmen, ist es nicht wert, auf diesem Stuhl zu sitzen.«
»Das ist ganz gewiß eine neuartige Auffassung«, gab Haller zu. »Kanada ist das richtige Land«, fuhr er energisch fort. »Darf ich mich auf Sie berufen, um die Zusammenarbeit von William Riverton zu bekommen, dem kanadischen Industriellen? Er hat während des letzten Krieges für die alliierten Geheimdienste gearbeitet und könnte den Deckmantel liefern, den wir brauchen – vielleicht sogar die Operationsbasis?«
»Tun Sie das. Ich kenne ihn. Grüßen Sie das alte Schlachtroß von mir.« Moynihan machte eine Pause. »Sagen Sie, wird dies alles nicht Ihr Privatleben durcheinanderwirbeln? In der Zeit, die das Unternehmen dauert, werden Sie die Staaten nicht ein einziges Mal betreten können. Wie steht's mit Linda?«
Haller führte eine stabile Ehe; er war seit dreißig Jahren mit Linda verheiratet, einer Modedesignerin in New York. Mit Hilfe der Metroliner-Züge verbrachten sie so viel Zeit gemeinsam wie nur eben möglich, obwohl sie in verschiedenen Städten arbeiteten. Moynihan beantwortete seine Frage selbst. »Wir werden Mittel und Wege finden, ihr häufige Reisen nach Montreal zu finanzieren. So, und wie steht's mit den richtigen Leuten?«
Haller grinste. »Das dürfte nicht so schwierig sein. Es gibt da einen Freund von mir, einen Engländer namens Harry Wargrave. Ehemaliger Geheimdienstmann der Navy, und dazu ist er auch von uns durchleuchtet worden – auch für unsere Geheimdienste absolut vertrauenswürdig. Ich sehe ihn als den Verbindungsmann zwischen Montreal und hier – vielleicht sogar als etwas mehr. Er ist jetzt gerade in Kanada und angelt irgendwo in der Gegend des Lake of the Woods.« Sein Grinsen wurde breiter. »Er ist sechsunddreißig. Und er glaubt, er hat sich ins Privatleben zurückgezogen.«

4. Montreal, Zürich, Moskau

Unter dem energischen Drängen Julian Hallers wurde die Sondereinheit, die Angelos Kassetten von Europa nach Nordamerika bringen sollte, innerhalb von sieben Tagen auf die Beine gestellt. Aber trotz Hallers Energie war dies nur durch die Zusammenarbeit des kanadischen Millionärs William Riverton möglich. Hallers Gespräch mit dem Kanadier war überraschend kurz. Als er hinter dessen Schreibtisch im zehnten Stockwerk des Baton Rouge Building saß, las Riverton Moynihans Einführungsschreiben nur einmal durch.

»Ich muß diesen Brief verbrennen«, informierte er Haller, der ihm gegenübersaß und eine Zigarette rauchte. »Bin in einer Minute wieder da.« Als er zurückkehrte und sich wieder hinsetzte, fühlte Haller sich zu einem Wort der Entschuldigung genötigt.

»Wir verlangen reichlich viel von Ihnen...«

»Wenn ich Sie recht verstehe«, unterbrach ihn Riverton, »sollen Sie eine streng geheime Einheit aufstellen, die gegen den KGB arbeitet. Das ist alles, was ich wissen werde – oder wissen will. Richtig?«

»Richtig...«

Riverton sprach schnell weiter, wobei er starr vor sich hinblickte, als wäre Haller gar nicht anwesend. Der Amerikaner hörte fasziniert zu. Er konnte beinahe die Wellen intensiver Konzentration in Rivertons Gehirn spüren, als der Kandier ein Problem nach dem anderen löste, ohne daß Haller es auch nur aufgeworfen hätte.

»Sie brauchen eine absolut sichere Operationsbasis. Hinter dieser

Seitentür links von mir befindet sich die Zimmerflucht, die ich im Zweiten Weltkrieg benutzt habe. Die Räume werden Ihnen zur Verfügung stehen, solange Sie sie brauchen. Ich lasse sofort elektronische Anlagen installieren, die selbst die kompliziertesten Abhörsysteme des KGB außer Gefecht setzen. Auf dem Dach dieses Gebäudes befindet sich eine Antennenanlage, mit der ich meine über die ganze Welt verstreuten Unternehmen erreichen kann. Ich kann Ihnen den leistungsfähigsten Sender zur Verfügung stellen, den es zur Zeit gibt. Sie werden auf mein gesamtes Kommunikationssystem zurückgreifen können...«

»Wir könnten unsere eigene Ausrüstung importieren...«, begann Haller.

»Unklug. Es sollte nichts über die Grenze kommen. Der Mann, dessen Brief ich eben verbrannt habe, schlägt vor, Geldmittel über eine Reihe von Bankkonten fließen zu lassen, bei denen sich die Herkunft der Gelder nicht feststellen läßt.« Riverton lächelte eine Sekunde und setzte dann wieder sein Pokergesicht auf. »Man kann die Herkunft aller Guthaben ermitteln, wenn man nur tief genug gräbt. Ich werde Ihnen daher eine Million Dollar auf ein Konto anweisen lassen, über das Sie nach Belieben verfügen können...«

»Dieses Geld wird eines Tages zurückgezahlt werden müssen«, warf Haller ein.

»Niemals. Eine Frage: Werden Angehörige Ihrer Einheit in regelmäßigen Abständen herkommen?«

»Ich gehe davon aus, daß bestimmte Leute – zwei oder drei – nur in monatlichen Abständen herkommen werden. Es werden vermutlich immer dieselben sein.«

»Geben Sie mir einen Tag vorher Nachricht, wenn Sie können. Ich werde dann meine Empfangsdamen da draußen auswechseln. Ich habe auch in anderen Teilen der Stadt Büros. Damit ist sichergestellt, daß keines der Mädchen die Leute zweimal zu sehen bekommt...«

Von Rivertons Büroflucht aus führte Haller eine Reihe von Telefongesprächen. Harry Wargrave war der erste Mann, den der

Amerikaner nach Montreal kommen ließ. Der Engländer war angewiesen worden, Diskretion zu wahren, und erschien in kanadischer Kleidung. Die Empfangsdame sprach er mit kanadischem Akzent an. Wargrave besaß die Gabe, in jedem Teil der Welt innerhalb von wenigen Tagen den besonderen Akzent der Gegend anzunehmen.

»Ich brauche Elsa Lang«, sagte der hochgewachsene, dunkelhaarige Engländer entschieden, nachdem Haller die Situation erläutert hatte. »Sie wird der Kurier sein, der die Kassetten herausbringt – eine junge Dame zieht weniger Aufmerksamkeit auf sich. Ihr Vater war britischer Admiral, sie spricht fließend Französisch, Italienisch und Deutsch, sie hat sehr gute Nerven und Mut, und seitdem sie einmal mit mir im Geheimdienst der Navy an der Washingtoner Botschaft gearbeitet hat, hat sie die Unbedenklichkeitsbescheinigung für streng geheime Aufgaben...«

»Du wirst dich also reaktivieren lassen, um uns zu helfen?« fragte Haller, wobei er den Engländer scharf beobachtete. Wargrave setzte ein schiefes Grinsen auf, an das sich der Amerikaner erinnerte; es zeigte normalerweise an, daß Wargrave sich in einem Streßzustand befand. »Irgend etwas schiefgegangen?« fragte Haller leise.

»Als du anriefst, stand ich kurz vor der Heirat mit einem irischkanadischen Mädchen. Ich sagte ihr, ich hätte einen Job in Aussicht, den ich mir ernsthaft überlegte; ich würde dann aber ziemlich regelmäßig auf Reisen sein – ich meinte damit diesen Job hier. Sie bekam einen Wutanfall und sagte, du bleibst entweder zu Hause, oder du kannst die Hochzeit vergessen. Na ja, dann habe ich ihr gesagt, schön, vergiß das Ganze...«

»Mir gefällt das gar nicht, Harry.«

»Du hast mich nicht verstanden. Sie ist noch mal davongekommen. Früher oder später hätte mich doch die Ungeduld gepackt; ich hätte mich nach etwas Aufregenderem gesehnt als nach einem Achtstundenjob hinter irgendeinem Schreibtisch. Du kennst mich...«

Ein einziges Telegramm Wargraves nach London brachte Elsa

Lang mit dem nächsten Transatlantikflug nach Montreal. Sie hatte gerade ein Jahr als Maskenbildnerin bei einer Filmgesellschaft hinter sich gebracht und hatte schon wieder »Wanderlust« bekommen, wie sie Haller bei ihrer ersten Begegnung erklärte. »Dieser Job – jedenfalls nach dem Wenigen, was Sie mir bisher erzählt haben – scheint eher mein Fall zu sein.«

»Maskenbildnerin – das ist weit weg von der Geheimdienstarbeit für die Navy«, hatte der Amerikaner mit einem breiten Lächeln gemeint. Ihr Washingtoner Dossier lag in einer Schublade seines Schreibtischs, und er hatte Elsa schon fünf Minuten nach dem Kennenlernen akzeptiert. Ihre Haltung und ihr herausfordernder Blick hatten ihn beeindruckt, als er sie vor den großen Risiken dieser Arbeit gewarnt hatte. »Heutzutage kann man auch ums Leben kommen, wenn man die Regent Street überquert«, hatte sie mit einem schalkhaften Lächeln geantwortet. »Ich habe den Eindruck, daß Sie mir einen wichtigen Job anbieten, etwas, was sich zu tun lohnt.«

Haller zündete sich eine frische Zigarette an und stellte seine Schockfrage, wobei er sorgfältig auf ihre Reaktion achtete. »Können Sie mit einer Waffe umgehen?« fragte er beiläufig.

»Ja. Am meisten vertraut bin ich mit der 38er Smith & Wesson und ähnlichen Handfeuerwaffen. In Washington hat Harry mich oft zum Schießstand des FBI mitgenommen, und da habe ich ziemlich viel geübt. Damals hatte der KGB gerade einen Dechiffrierer der französischen Botschaft entführt, und da hat Harry gemeint, ich täte gut daran, mich in Selbstverteidigung zu üben...«

Den nächsten Rekruten hatte Haller ausgewählt – Matt Leroy war zwar Amerikaner, besaß aber große Erfahrung im Untergrundkampf gegen die Sowjets. Und während einer kurzen Tätigkeit an der amerikanischen Botschaft in London hatte er seinen englischen Akzent so zur Perfektion gebracht, daß er als Brite durchgehen konnte. Zudem hatte er das gesamte Unternehmen in Bewegung gesetzt: Er war der Mann gewesen, der die Kassette aus Prag herausgebracht hatte. Und was Prag betraf, gab es noch ein weiteres Detail, das Haller nicht entgangen war. West, der Techniker, der

den Leroy während des Prager Empfangs heimlich zugesteckten Umschlag auf Explosivstoffe und auf Gift untersucht hatte, war bereits aus der Tschechoslowakei ausgeflogen worden. Er befand sich gegenwärtig in Washington und sollte sehr bald ein Flugzeug besteigen, das ihn zu seinem nächsten Posten bringen sollte – in den abgelegensten Teil der Vereinigten Staaten, der Moynihan eingefallen war. Fairbanks, Alaska.
Der seit seiner Zeit in Athen mit den Ränkespielen des Balkans vertraute Wargrave hatte, kurz bevor er über den Atlantik flog, um gemeinsam mit Elsa Lang und Matt Leroy den europäischen Teil des Unternehmens zu organisieren, den Namen für die Einheit gefunden.
»Wir brauchen einen Codenamen für diesen Laden«, hatte Haller betont. »Der Präsident wird Bruno heißen. Und wie sollen wir uns nennen?«
»Warum nicht der Sparta-Ring?« hatte der Engländer erwidert. »Das hat einen harten Klang und erinnert an die Stoiker – und diese allmonatlichen Trips nach Basel werden so etwas wie stoische Eigenschaften notwendig machen. Am meisten spricht aber für diesen Namen, daß er griechisch klingt. Wenn auch nur die kleinste Andeutung davon dem KGB zu Ohren kommt, wird er sie von der Schweiz ablenken.«
»Also gut. Sparta ist der Name...«

In den folgenden zwölf Monaten funktionierte das Unternehmen reibungslos. In Basel hatte Wargrave für Matt Leroy eine Hilfstruppe zusammengestellt. Einer dieser Männer war Peter Necker, ein ehemaliger deutscher Kriminalbeamter, den der Engländer kannte und dem er vertraute. Necker spielte die Rolle des »Kellners« mit der weißen Jacke, der den Schlafwagen bestieg, um die Kassetten zu holen. Die Männer, die Necker schützen sollten, wählte er unter anderen aus, die er seit vielen Jahren kannte; einer war ein französischer Geheimdienstmann, der früh in den Ruhestand getreten war, der andere ein Holländer, den ihm General Max Scholten, der Chef der niederländischen Abwehr, empfohlen hatte. Alle drei waren überzeugte Antikommunisten, und keiner von ihnen wußte, worum es bei dem Unternehmen eigentlich ging. Wargrave hielt sämtliche Fäden in der Hand und führte den Sparta-Ring so, daß keine Querverbindungen entstehen konnten.

Obwohl er regelmäßig in der Schweiz operierte, verheimlichte er die Aktivitäten der Sparta-Leute sogar seinem alten Freund Oberst Leon Springer, dem stellvertretenden Leiter der schweizerischen Abwehr. Damit ging Wargrave ein wohlüberlegtes Risiko ein, wie er Haller in Montreal einmal erklärt hatte.

»Früher oder später wird Springer von unseren regelmäßigen Reisen nach Zürich und Basel erfahren. Er kennt mich gut. Er wird sofort Lunte riechen und vermuten, daß eine Spionageoperation im Gang ist...«

»Das Risiko müssen wir eingehen«, hatte Haller erwidert. »Wir wissen jetzt – und da gibt es auch nicht mehr den Schatten eines Zweifels –, daß die von Angelo einlaufenden Informationen unschätzbar sind. Es ist unheimlich – es ist fast so, als säße Bruno in jeder wichtigen Sitzung des Politbüros.«

»Und Angelo muß Anatolij Sarubin sein...«

»Auf Bildern sieht er aus wie ein Charmeur«, warf Elsa ein, während sie sich in dem fensterlosen Raum umsah, der ihr immer ein Gefühl der Platzangst eingab. »Ich wette, daß ich bei ihm schwach werden würde«, fügte sie boshaft mit einem Blick in Wargraves Richtung hinzu.

»Daß Mädchen immer übertreiben müssen...«

Trotz der von Angelo auf der ersten Kassette ausgesprochenen Warnung war es hinter den verschlossenen Türen des an Rivertons Büro angrenzenden Raums unvermeidlich zu Spekulationen über Angelos Identität gekommen. »Er ist das kultivierteste und kosmopolitischste Mitglied des Politbüros«, hatte Wargrave hervorgehoben. »Jeder, der ihm begegnet ist, hält ihn für einen vernünftigen Mann...«

»Er ist das polierte Aushängeschild, das der Kreml immer dann auskramt, wenn er befürchtet, der Westen könne nicht mehr auf diesen Entspannungsschwindel hereinfallen«, grunzte Haller. »Das ist seine Hauptaufgabe – uns Salz in die Augen zu streuen.«

»Kommen wir wieder auf Oberst Springer zurück«, beharrte Wargrave. »Es kann sein, daß ich eines Tages das Gefühl haben werde, daß ich mich mit ihm in Verbindung setzen muß. Ich darf ihm auch nicht durch die leiseste Andeutung verraten, was vorgeht...«

»Verlassen Sie sich auf Ihr eigenes Urteil... Was in Europa zu tun ist, ist Ihre Sache...«

Die letzte Bemerkung des Amerikaners war ein Hinweis auf die Tatsache, daß er Montreal nie verlassen würde – sämtliche Operationen in Europa lagen in den Händen Wargraves, Elsas und Matt Leroys. Wargrave war aufgestanden, um sich zu verabschieden, als Haller darauf hinwies, er habe noch etwas zu sagen. Sein Gesichtsausdruck war finster, als er ihnen von einem Zwischenfall in Moskau berichtete, der ihm von einem sowjetischen Informanten geringer Bedeutung hinterbracht worden war.

»Anatolij Sarubin – von dem wir jetzt verdammt genau zu wissen meinen, daß er Angelo ist – inspiziert die Moskauer Bahnhöfe sehr häufig in seiner Eigenschaft als Minister für Handel und Außenwirtschaft. Angeblich zu dem Zweck, den Warentransport in den Westen zu beschleunigen. Sie brauchen natürlich die harten Devisen – diese Besuche können also durchaus normal sein.«

»Und bei diesen Gelegenheiten schmuggelt er die Kassetten in den Schlafwagen des Moskau-Expreß«, betonte Elsa...

Der Zwischenfall, von dem Haller ihnen erzählt hatte, hatte sich am Montag, dem 1. November, um drei Uhr nachmittags ereignet. Die Temperatur lag bei zehn Grad unter dem Gefrierpunkt, es war dunkel wie in der Nacht, und die Gleise waren mit einer Eisschicht überzogen, als Anatolij Sarubin, eingehüllt in einen schweren Mantel und mit Hut, allein auf dem Verschiebebahnhof neben dem Moskau-Expreß umherging. Der Zug sollte in wenigen Minuten in den Bahnhof einlaufen, bevor er in den Westen fuhr.

Sarubin bestieg den Schlafwagen, der zwei Tage später in Basel ankommen sollte, und begann, die einzelnen Abteile in Augenschein zu nehmen. Im Politbüro war bekannt, daß er peinlich auf absolute Sauberkeit in sowjetischen Zügen achtete. »Dieser Expreß ist eine rollende Propagandawaffe«, erklärte er oft. »Der Westen wird uns nach den Zügen und Zivilflugzeugen beurteilen, die sie dort zu sehen bekommen...« Sarubin ging weiter zum Ende des Schlafwagens und blieb dann stehen. Eine Gestalt, kaum mehr als ein Schatten, war aus einem der vorderen Abteile geschlüpft und hatte dann den Waggon verlassen. Sarubin beschleunigte seine Schritte und erreichte die vordere Waggontür, die sich in der Dunkelheit hin und her bewegte. Er blickte hinaus und erstarrte. Ein in der Stille und der Dunkelheit betäubend lauter Schuß krachte, dann ein zweiter. Die Schüsse waren aus so großer Nähe abgefeuert worden, daß Sarubin einen Augenblick lang glaubte, getroffen zu sein. Er sprang auf die Gleise hinunter und duckte sich. Rechts von ihm ging ein Mann mit einer Laterne, der jetzt das Licht löschte und hinter einer Reihe von Güterwagen verschwand. Sarubin, der sich noch immer duckte, wurde plötzlich vom Lichtstrahl einer starken Taschenlampe geblendet, der direkt auf sein Gesicht gerichtet war. Er wartete auf den dritten Schuß, der ihn töten würde.

»Oh... Sie sind's, Sarubin...«

Die Stimme war die General Sergej Marenkows, des KGB-Chefs. »Kommen Sie mal her, sehen Sie sich das an«, fuhr Marenkow mit harter Stimme fort. Der noch immer benommene Sarubin ging langsam an den Waggons des Expreß entlang, bis er neben Marenkow stand, der sich über einen zusammengekrümmten Körper beugte. Marenkow hatte noch die Pistole in der Hand. Der KGB-Chef richtete den Lichtstrahl der Taschenlampe auf das Gesicht des Mannes, den er erschossen hatte. »Es ist Starow vom GRU«, erklärte er mit harter Stimme. »Ein Saboteur – sehen Sie die Handgranate, die er in der Hand hält? Er wollte sie am Waggon anbringen.« Marenkow runzelte plötzlich die Stirn und sah Sarubin an. »Was hatten Sie denn hier zu suchen?«

»Ich war dabei, mir den Schlafwagen anzusehen...«
Der Mann mit der Laterne, den keiner von ihnen gesehen hatte, war jetzt mehr als dreihundert Meter entfernt. Er formulierte im Geist bereits den Bericht, der später zunächst Washington erreichte, bevor er an Julian Haller weitergeleitet wurde.

In dem fensterlosen Raum im zehnten Stock das Baton Rouge Building in Montreal hatte Wargrave schweigend zugehört, bis Haller seinen Bericht über den Zwischenfall auf dem Moskauer Verschiebebahnhof beendet hatte. »Es kann Zufall gewesen sein – daß Marenkow zur selben Zeit da war wie Sarubin...«
»Wenn mir nicht zwei weitere Berichte darüber vorlägen, daß unser Freund, General Marenkow, auch bei anderen Gelegenheiten auf diesem Bahnhof herumgeschnüffelt hat«, entgegnete der Amerikaner. »Es gibt eine zeitliche Grenze für das Überleben Angelos, und es könnte sein, daß seine Zeit bald abgelaufen ist.«

Das nächste Datum zum Abholen einer neuen Kassette war Mittwoch, der 3. Dezember. Es würde die zwölfte Kassette sein, die der Sparta-Ring übernahm. Am Dienstag, dem 2. Dezember, stieg Harry Wargrave im Hotel Schweizerhof in Zürich ab. Zu diesem Zeitpunkt konnte er noch nicht ahnen, daß die Kassette die Nachricht von dem Großmanöver »Unternehmen Donnerschlag« enthalten würde, das von Marschall Pratschko geleitet wurde; die Nachricht, die Präsident Moynihan dazu veranlassen sollte, über Nacht die riesige militärische Luftbrücke nach der Bundesrepublik Deutschland in Gang zu setzen.
Elsa Lang und Matt Leroy befanden sich bereits in Basel. Sie hatten sich wiederum in verschiedenen Hotels der Stadt einquartiert und hielten sich für das Abholen der Kassette am Morgen bereit. Auf Anweisung Wargraves übernachteten sie niemals zweimal im selben Hotel. Zudem hatte der Engländer soeben eine ernste Entscheidung getroffen: Er hatte sich entschlossen, Oberst Leon Springer von der schweizerischen Abwehr aufzusuchen. War es sein Instinkt gewesen, der ihn zu diesem Entschluß bewogen hat-

te? Oder hatte der Hinweis Hallers eine Rolle gespielt, mit dem Sparta-Ring könne es ohnehin bald zu Ende sein? Er war sich nicht sicher. Er wußte nur eins: Immer dann, wenn er in der Vergangenheit seinem Instinkt gefolgt war, hatte sich diese Entscheidung als richtig erwiesen.

Es war zwölf Uhr mittags, als er das kleine, überladene Büro Springers im zweiten Stock des Gebäudes am Ufer der Limmat betrat. Er hatte vom Hotel aus angerufen, und der Schweizer hatte ihn gebeten, sofort zu kommen. Springer erhob sich hinter dem Schreibtisch und ging auf den Engländer zu, um ihm die Hand zu reichen.

»Willkommen in der Schweiz, Harry. Seit unserer letzten Begegnung hat sich die internationale Spannung ein wenig gelegt«, bemerkte er in vorzüglichem Englisch.

Der dreiunddreißigjährige Oberst Leon Springer war das genaue Gegenteil des in Zeitungsartikeln so oft karikierten kalten Schweizers, dem Präzision über alles geht. Er war von schlankem Wuchs und hatte die Nase eines Habichts, lächelte ständig und liebte es, in kritischen Momenten Witze zu reißen. Der Schweizer, der einen eleganten, dunkelblauen Anzug trug, war liebenswürdig und gesprächig, ein Kettenraucher, der ständig in Bewegung war. Mit einer Hand strich er sich über den gepflegten Schnurrbart, mit der anderen goß er Kaffee ein.

Sein Hinweis auf ihre letzte Begegnung hatte Wargrave ein wichtiges Ereignis in seiner Laufbahn in Erinnerung gerufen. Er setzte sich in einen bequemen lederbezogenen Lehnstuhl und nahm die Tasse mit starkem Kaffee entgegen. Damals hatte er Springer geholfen, einen kommunistischen Spionagering zur Strecke zu bringen, der von Genf aus operiert hatte. Drei der sowjetischen Agenten waren ums Leben gekommen; zwei von ihnen hatte Wargrave selbst erschossen.

»Ich bin gelegentlich geschäftlich in der Schweiz, Leon«, bemerkte er. »Ich hätte dich schon früher einmal besuchen sollen.«

Springer lehnte sich in seinen drehbaren Bürostuhl zurück und strich sich von neuem über den Schnurrbart, während er aus dem

Fenster blickte. Draußen fiel leichter Schnee auf die alten Gebäude und Türme einer der schönsten Städte Europas. Wargrave beobachtete die Handbewegung mit plötzlich erhöhter Aufmerksamkeit; sie deutete darauf hin, daß der Schweizer sich in einer Streßsitution befand. »Du hast also deine alte Liebe um der friedlicheren Welt der Geschäfte willen aufgegeben?« wollte der Schweizer wissen. Habe ich da nicht eben einen Anflug von Skepsis entdeckt? fragte sich Wargrave.
»So friedlich ist sie gar nicht«, erwiderte er leichthin. »Das Geschäftsleben kann ein ebenso wilder Dschungel sein, und in ihm gilt das gleiche Gesetz – nur der Tüchtigste überlebt.« Er nippte an seinem brühheißen Kaffee. »Der einzige Unterschied besteht darin, daß sie nicht auf dich schießen – jedenfalls nicht oft.«
»Nur der Tüchtigste überlebt?« wiederholte der Schweizer. »Im Angesicht der Sowjets ist das eine Lektion, die viele unserer weichen westlichen Politiker noch lernen müssen – bevor es zu spät ist, und dafür bete ich inständig. Immerhin danke ich Gott, daß Joseph Moynihan im Weißen Haus sitzt – sein Vorgänger war ein Waschlappen.«
»Du sprichst mir aus dem Herzen...« Wargrave wechselte das Thema; er wollte das Gespräch um jeden Preis von Moynihan ablenken. »Wie geht es dir jetzt überhaupt? Brigadier Traber ist gesund und munter, hoffe ich?«
Springers scharfe Augen zogen sich zusammen: Der Engländer hatte ihm genau das Stichwort gegeben, auf das er gewartet hatte. »Ich werde ihm deine Grüße ausrichten.« Er machte eine Pause. »Es würde uns beiden noch weit besser gehen, wenn wir ein sehr besorgniserregendes Problem lösen könnten. Ich nehme an, du würdest darauf bestehen, daß du außer Diensten bist, wenn ich dich bitten würde, uns bei der Lösung dieses Problems zu helfen – außer Diensten und nur noch als Geschäftsmann tätig?« fügte er bedeutungsvoll hinzu.
»Sag mir ruhig, was für ein Problem das ist, Leon.«
»Du hast so viele Verbindungen, Harry, kennst so viele Leute, die dir von früher her noch verpflichtet sind. Bist du in der Lage, dich

an einen dieser Leute zu wenden und ihn zu bitten, herzukommen und in einer knifflichen Sache Nachforschungen anzustellen?« Er machte wiederum eine Pause. »Ich muß der Fairneß halber sagen, daß das Risiko total sein könnte – und außerdem würde ich nicht erfahren wollen, wen du für diese Aufgabe auswählst...«

»Ich sagte, nur heraus damit.«

Springers Haltung änderte sich plötzlich. Er beugte sich über den Schreibtisch, und die Augen blickten gespannt und intensiv die Habichtsnase entlang. »Wir haben Grund zu der Annahme, daß in dem strategisch wichtigen Gebiet um Andermatt eine größere kommunistische Zelle operiert. Einer meiner Männer, den ich zu Nachforschungen dorthin geschickt hatte, wurde kürzlich am Rhône-Gletscher tot aufgefunden – in einem der Eistunnel. Er schien eines natürlichen Todes gestorben zu sein – bis meine Gerichtsmediziner die winzige Einstichstelle an der Schädelbasis fanden. Wir wissen noch immer nicht, welches Gift injiziert wurde.«

»Der Vorfall beweist aber, daß da oben in den Bergen irgend etwas vorgeht?«

»Genau. Das Problem ist nur, daß ich einen unbefangenen Mann brauche, der sich das Gebiet um Andermatt mal ansieht – einen Nichtschweizer, der, weil er ein Fremder ist, vielleicht etwas entdeckt, was wir übersehen würden. Ich will dir diese Sache nicht um jeden Preis aufdrängen – vor allem deshalb nicht, weil du einen deiner Freunde bitten müßtest, den Auftrag zu übernehmen...«

»Die Sache ist so gut wie erledigt.«

Wargrave trank seinen heißen Kaffee mit drei Schlucken aus. Er verspürte nicht den Wunsch, noch länger bei dem Oberst herumzusitzen, sosehr er ihn auch mochte. Zuviel Konversation konnte gefährlich werden. Beim Verlassen von Springers Hauptquartier fühlte er sich hochzufrieden: Er hatte seine häufigen Besuche in der Schweiz hinreichend erklärt und seine Verbindung zur schweizerischen Abwehrorganisation durch seine Bereitschaft gefestigt, ihr zu helfen.

In dem Augenblick, in dem der Engländer das Gebäude verlassen hatte, rief Springer seinen Chef, General Arthur Traber, über das Scrambler-Telefon an. An diesem Tag stattete Traber seinem Hauptquartier in Bern, der Schweizer Hauptstadt, einen Besuch ab. »Irgendeine neue Entwicklung an der Andermatt-Front?« fragte er, als er Springers Stimme hörte.
»Wargrave hat mich endlich besucht. Ich wußte, daß er kommen würde – früher oder später. Er hat mir weismachen wollen, daß er nur in seiner Eigenschaft als Geschäftsmann öfter in die Schweiz kommt. Entscheidend ist aber, daß er sich bereit erklärt hat, jemanden nach Andermatt zu schicken.«
»Haben Sie eine Ahnung, wen?« fragte Traber.
Springer gluckste, bevor er antwortete. »Sie erwarten doch wirklich nicht im Ernst, daß er mir das gesagt hat, oder, Herr General? Er ist ein einsamer Wolf, und gerade das macht ihn so effektiv. Der Mann jongliert mit drei Bällen, ohne daß es jemand merkt. Es kann aber sehr gut sein, daß er Erfolg hat, wo wir uns haben geschlagen geben müssen – das ist schon früher so gewesen.« Springer lachte wieder vor sich hin. »Er sagte mir, er sei jetzt in Geschäften hier unterwegs.«
»In Abwehrgeschäften?«
»Davon bin ich überzeugt. Was ich aber nicht begreife, sind diese allmonatlichen Besuche in Zürich. Er kommt an jedem ersten Dienstag eines Monats aus Montreal, nimmt sich ein Zimmer – immer in einem anderen Hotel –, verbringt dort die Nacht und fliegt am Mittwoch nach Montreal zurück. Warum Montreal?«
»Das würde ich gern von Ihnen hören.«
»Ich kann's Ihnen nicht sagen. Unsere Leute am Flughafen durchleuchten ihn nach allen Regeln der Kunst, aber dabei bleibt es. Ich kann mir aber sehr gut vorstellen, daß hier eine sehr wichtige, eine wirklich hochwichtige Sache abläuft...«
Wargrave ging auf Umwegen zum Hotel Schweizerhof zurück – für den Fall, daß er verfolgt wurde. Das war zwar unwahrscheinlich, aber diese Vorsichtsmaßnahme war ihm schon seit langem in Fleisch und Blut übergegangen. Er nahm ein Taxi zur Quaibrücke

– der letzten Brücke vor dem See –, bezahlte den Fahrer, wartete, bis eine Straßenbahn abfuhr, auf die er im letzten Moment aufsprang. Wenige Minuten später sprang er wieder ab, als sich gerade die automatischen Türen schlossen, und ging mit raschen Schritten durch die Bahnhofstraße zum Hotel Schweizerhof.
Sofort nach der Ankunft in seinem Zimmer meldete er ein Ferngespräch an. Er mußte lange warten und rauchte mehrere Zigaretten, während die Verbindung über verschiedene europäische Telefonzentralen hergestellt wurde. Um drei Uhr nachmittags – er hatte sich inzwischen einen Lunch aufs Zimmer kommen lassen – läutete das Telefon. Er sprach weniger als drei Minuten und sagte das, was er zu sagen hatte, durch die Blume; sein Gesprächspartner am anderen Ende der Leitung verstand aber sehr wohl, was gemeint war. »Andermatt, ja«, waren seine letzten Worte, bevor er auflegte. Und selbst Wargrave merkte nicht, daß er soeben eines der entscheidendsten Telefongespräche seiner Laufbahn geführt hatte.

Es war Dienstag, der 2. Dezember, als Wargrave sein Telefongespräch führte. Am folgenden Morgen, am Mittwoch, dem 3. Dezember, übernahm Elsa Lang die zwölfte Kassette von Peter Nekker, dem »Kellner« mit der weißen Jacke. Dies geschah im Menschengewimmel des Basler Bundesbahnhofs, nur Sekunden, bevor Necker von zwei Männern des KGB abgefangen wurde – den beiden, die am Ende in einem Überseekoffer gefunden wurden, der sich in den Felsblöcken des Schaffhausener Rheinfalls verfangen hatte.
Und es war diese zwölfte Kassette, welche die dringende Warnung Angelos übermittelte, man möge etwas gegen Marschall Pratschkos »Unternehmen Donnerschlag« tun. Es war diese Kassette, die Präsident Joseph Moynihan veranlaßte, die gigantische Luftstreitmacht in den riesigen C-5A-Transportmaschinen in die Bundesrepublik zu schicken, um das sowjetische Politbüro zu warnen. Die Reaktionen auf die Kassette waren enorm und machten sich weltweit bemerkbar.

Die eilig einberufene Sondersitzung des sowjetischen Politbüros war auf zwanzig Uhr Moskauer Zeit angesetzt worden. Es war Freitag, der 5. Dezember. Eine große schwarze ZIL-Limousine nach der anderen fuhr durch das Hauptportal des Kreml auf den Innenhof. Jeder Fahrer – alle waren KGB-Männer – trug einen flachen weichen Filzhut mit schmaler Krempe und einen schweren blauen Mantel. Leonid Sedow, der Erste Sekretär der KPdSU, traf als erster ein. Er kam von seiner Wohnung in dem neungeschossigen Wohnhaus Kutusow-Prospekt 26. General Sergej Marenkow, der die Wohnung über Sedow bewohnte, traf als nächster ein, wenige Minuten später gefolgt von Anatolij Sarubin, dem Minister für Handel und Außenwirtschaft.

Der letzte, der um drei Minuten vor acht ankam, war Marschall Grigorij Pratschko, wie immer in voller Uniform und mit glitzernden Rangabzeichen auf den Schulterklappen; auf der Brust glänzten die Reihen seiner Orden. Warum kommt er immer als letzter? fragte sich der Zyniker Leonid Sedow. Um sich einen dramatischen Auftritt zu verschaffen, natürlich. Sedow eröffnete die Sitzung in dem Augenblick, in dem Pratschko seinen schweren Körper in einen Stuhl gezwängt hatte.

Es war eine von Bitterkeit und beißenden Bemerkungen bestimmte Sitzung. Die Gemäßigten standen den Verfechtern eines harten Kurses unversöhnlich gegenüber. Endlich einmal verfügten die Gemäßigten über genügend Munition, um einen Frontalangriff auf Marschall Pratschko und dessen Anhänger zu eröffnen. Pratschko hörte eine Stunde lang in ungewohntem Schweigen zu, während die Attacken auf ihn niedergingen.

»Sie haben die Amerikaner dazu provoziert, zu handeln... die Moral der kapitalistischen Länder des Westens ist auf nie gekannte Höhen gehoben worden... Sie haben die Chancen unserer Genossen in Frankreich und Italien geschmälert, die Regierungsgewalt auf legalem Weg zu übernehmen... Ihr Säbelrasseln ist ein Rohrkrepierer gewesen, es hat uns ein volles Jahrzehnt zurückgeworfen...«

Pratschko, der kein hinterhältiger politischer Taktiker war, wartete bewußt, bis die Offensive verebbt war, und trat dann – erfahrener General, der er war – zum Gegenangriff an. Er machte eine theatralische Szene, als er einen Aktenordner öffnete und einen maschinegeschriebenen Bericht hervorholte, den er vor sich auf den hochglanzpolierten Tisch legte. Als er zu sprechen begann, reflektierten seine Orden das Licht der Kronleuchter.

»Ich habe hier einen von Oberst Igor Scharpinsky erstellten streng geheimen Bericht; Genosse Marenkow, der Vorgesetzte Scharpinskys, hat ebenfalls ein Exemplar. Wie Sie wissen, arbeitet Oberst Scharpinsky als Verbindungsoffizier zwischen GRU und KGB. Er hat die Angelegenheit für so gefährlich für die Sicherheit unseres Staates angesehen, daß er mir diesen Bericht vorgelegt hat...«

»Einen Augenblick!« Es war Leonid Sedow, der an der Stirnseite des langen Konferenztischs sitzende Erste Sekretär, der interveniert hatte. Der sechzig Jahre alte Sedow war ein gutgebauter Mann von mittlerer Größe mit dichtem ergrauendem Haar und einem merkwürdig geformten Kinn – es ging das Gerücht, er habe sich vor kurzem wegen irgendeiner Krankheit operieren lassen, über die niemand etwas wußte. Er wandte sich an General Marenkow, den Chef des KGB, der Pratschko unter buschigen Augenbrauen mit leidenschaftslosem Starren musterte. »General Marenkow, würden Sie es vorziehen, über diesen Bericht selbst zu referieren?«

»Ich habe nichts dagegen, daß der Marschall seinen Inhalt bekanntgibt. Wie er soeben gesagt hat, kann der Ernst des Berichts kaum übertrieben werden.«

»Dann werde ich fortfahren«, grunzte Pratschko. »Das ›Unternehmen Donnerschlag‹ wurde Hunderte von Kilometern von den Grenzen der Länder des Warschauer Paktes mit denen der NATO-Staaten entfernt durchgeführt – es ist also selbst unter den Bedingungen der sogenannten Entspannung nicht nötig gewesen, die NATO von den Manövern zu unterrichten. Und außerdem hatten die amerikanischen Himmelsspione keinerlei Möglichkeit, den wahren Zweck der Manöver zu erkennen«, fuhr der Marschall fort. »Sie sind noch nicht so weit, daß sie aus der Luft Wegweiser lesen können«, setzte er sarkastisch hinzu. »Und trotzdem reagiert der amerikanische Präsident nur wenige Tage nach dem Ende der Manöver damit, daß er riesige Truppenverstärkungen nach Europa schickt...«

»Entschuldigen Sie«, unterbrach Sedow, »aber mir ist nicht klar, worauf Sie hinauswollen. Könnten Sie vielleicht zur Sache kommen?«

»Nur jemand, der regelmäßig an diesem Tisch sitzt, hat Moynihan informieren können.«

Nachdem Pratschko seine Bombe hatte detonieren lassen, setzte er sich wieder hin. Dann brach ein Tumult los.

»Das ist beleidigend, verrückt«, protestierte Anatolij Sarubin.

»Sie gehen tatsächlich zu weit«, bemerkte Pawel Suslow, der schmalgesichtige Parteitheoretiker. Er hatte ebenso wie Sarubin und Marenkow an dem Empfang in der amerikanischen Botschaft in Prag vor mehr als einem Jahr teilgenommen, als die erste Kassette Matt Leroy in die Tasche geschmuggelt worden war. Die Anwesenheit dieses stillen Mannes war bisher fast unbemerkt geblieben. Sedow, der sein halbes Leben damit zugebracht hatte, zwischen »Tauben« und »Falken« das Gleichgewicht zu wahren, ging wieder dazwischen.

»Sie werden weit mehr Beweise brauchen, um zu erhärten, was Sie soeben behauptet haben«, sagte er finster.

»Hier sind sie.« Pratschko zog einen dicken Packen Papiere aus seinem Ordner. »Scharpinsky hat eine akribisch genaue Untersuchung unserer Aktionen und der amerikanischen Reaktionen des vergangenen Jahres vorgenommen. Immer wieder hat Moynihan unsere Schachzüge konterkariert. Es steht alles hier und läßt nur den einzigen Schluß zu – daß es einen Informanten auf höchster Ebene gibt...«

General Marenkow beugte sich vor. »Ich habe den Bericht gelesen«, sagte er abrupt. »Ich finde ihn nicht nur beunruhigend – ich finde ihn überzeugend. Ich schlage vor, daß wir sofort eine Untersuchungskommission einsetzen, um Licht in diese Angelegenheit

zu bringen – sie sollte vom Ersten Sekretär, mir selbst und Marschall Pratschko geleitet werden...«
»Wir sollten alle Gelegenheit haben, diesen Bericht zu lesen«, schnauzte Sarubin.
Sedow mischte sich zum drittenmal ein. »Ich schlage vor, wir stimmen über den Antrag General Marenkows ab...«
Marenkows Vorschlag wurde mit knapper Mehrheit angenommen. Die Sitzung wurde in einiger Konfusion beendet, und die Politbüromitglieder diskutierten noch heftig, als sie den Raum verließen. Nur drei Männer blieben zurück – Leonid Sedow, Marschall Pratschko und General Marenkow. Die Treibjagd auf Angelo hatte begonnen.

5. Montreal

»Diesmal wünsche ich, daß ihr mit größter Umsicht vorgeht – der Sparta-Ring wird uns bald um die Ohren fliegen. Ich rieche förmlich, daß Ärger auf uns zukommt«, fuhr Julian Haller fort, als er Wargrave und Elsa in dem an William Rivertons Büro angrenzenden Raum im Baton Rouge Building vor den Gefahren warnte.
Es war Montag, der 3. Januar. Am Mittwoch, dem 5. Januar, würden sie wieder einmal in der Schweiz sein, um die dreizehnte Kassette von Angelo abzuholen. Elsa Lang war überzeugt, daß es das Wetter war, das Haller deprimierte. Europa stöhnte jetzt unter dem schlimmsten Winter seit vierzig Jahren. Überall tobten Schneestürme, und ein Flughafen nach dem anderen wurde geschlossen. Sie versuchte, mit ein paar Scherzen die düstere Laune des Amerikaners zu heben.
»Unglückszahl Dreizehn? Ich wußte gar nicht, daß du abergläubisch bist, Julian. Und dabei bist du Agnostiker – du solltest dich schämen...«
»Wenn du mit deiner jetzigen Stimmung rüberfliegst, fällst du platt auf den Bauch«, fauchte Haller. Der Ausbruch tat ihm leid, als er Elsas Gesichtsausdruck sah. »Sieh mal, ich bin seit sehr, sehr langer Zeit in diesem Spiel. Ich spüre, wann ein Unternehmen, das monatelang gut gelaufen ist, gefährdet sein kann.«
»Damit hat er nicht unrecht, Elsa«, sagte Wargrave warnend. »Diese beiden KGB-Typen, die in Basel aufgekreuzt sind, waren kein gutes Omen...«
»Matt hat sie erledigt«, brauste Elsa auf. »Wir haben von Anfang an gewußt, daß es nicht leicht werden würde...«

»Ich bewundere deinen Kampfgeist«, sagte Haller leise. »Ich habe aber noch mehr Berichte darüber erhalten, daß Marenkow die Moskauer Bahnhöfe auch weiterhin im Auge behält – und der Bursche ist ein hartgesottener, sehr cleverer Profi. Der hat irgendeine Fährte aufgenommen.« Er beugte sich über den Schreibtisch und sprach mit großem Nachdruck. »Er hat das Ende eines Fadens in der Hand und spult das Knäuel auf, bis er etwas findet. Wir sitzen zwar mehr als sechstausendfünfhundert Kilometer von General Sergej Marenkow entfernt, aber ich spüre förmlich, wie er vorfühlt, wie er sich vortastet.«
»Wir behalten das im Auge«, sagte Wargrave. »Mittwochnachmittag sind wir mit einer weiteren Kassette zurück. Sitz hier bloß nicht rum und mach dir Sorgen. In Ordnung?«
Die nächsten achtundvierzig Stunden waren für Julian Haller ein Alptraum. Seine Frau Linda war von New York nach Montreal gekommen, und er freute sich darüber – aber zugleich tat es ihm leid. Linda Haller, eine beherrschte, sanfte Frau, machte in regelmäßigen Abständen Besuche in der kanadischen Stadt, und Riverton hatte einen Vertrag mit einer Modefirma arrangiert, um ihre Besuche plausibel erscheinen zu lassen. Sie hatte keine Ahnung von der Existenz des Sparta-Rings und hatte sich schon längst damit abgefunden, daß es viele Dinge gab, die ihr Mann nicht mit ihr besprechen konnte.
»Es zieht eine Krise auf, nicht wahr?« fragte sie ihn mitten in der Nacht, als sie aufstand und ihn in der Küche fand.
»Sagen wir, ich habe im Augenblick nicht gerade die beste Zeit meines Lebens.«
»Du wirst es schaffen. Das hast du früher auch getan.«
»Es sind noch andere Menschen beteiligt. Gute Leute.«
»Dann werde ich dir auch nicht damit in den Ohren liegen, daß du schlafen sollst. Ich weiß, daß du das nicht kannst. Bleiben wir also auf und spielen Scrabble.«
»Da schlägst du mich doch immer«, brummte er.
Sie schlang ihm einen Arm um den Nacken. »Heute nacht werde ich dich gewinnen lassen...«

Am Mittwochnachmittag hatte der Flug von Zürich wegen des schlechten Wetters Verspätung. Äußerlich beherrscht, machte Haller sich schwere Sorgen. Er tat etwas, was er noch nie gemacht hatte; er ging zu Riverton ins Büro und fragte ihn, ob er sich mit ihm unterhalten könnte, um die Zeit zu vertreiben. Der Millionär winkte ihm zu, er solle sich setzen, und begann von seinen Erlebnissen im Zweiten Weltkrieg zu sprechen. Er erzählte dem Amerikaner, wie er einmal sechsunddreißig Stunden aufgeblieben sei und auf Nachricht von einem Mädchen gewartet habe, das mit dem Fallschirm über Frankreich abgesprungen war und noch nicht das verabredete Zeichen für die sichere Ankunft gegeben hatte.

»Das Warten hat mich fast verrückt gemacht«, fuhr der Kanadier leise fort. Er vermied es, Haller anzusehen. »Aber das Warten ist in dieser Branche immer das Schlimmste. Ich mochte gerade dieses Mädchen sehr gern – sie hatte viel Mut und einen großartigen Humor. Sie war ein wenig wie die junge Dame, die jeden Monat hierherkommt...«

Haller war erstaunt. Ohne daß ein Wort gefallen wäre, schien der Kanadier seine Gedanken erraten zu haben. Elsa Lang war auch Haller ans Herz gewachsen. »Was war mit dem Mädchen, von dem Sie eben gesprochen haben?« fragte er.

»Nach sechsunddreißig Stunden kam das verabredete Signal – sie war in Sicherheit. Dieses Mädchen von Ihnen hat neulich übrigens einmal bei mir hereingesehen, und wir haben uns lange miteinander unterhalten. Um ihre Arbeit ist es dabei natürlich nicht gegangen«, fügte er schnell hinzu. »Haben Sie gewußt, daß sie um ein Haar geheiratet hätte, kurz bevor sie zu Ihnen gekommen ist?«

»Nein.« Haller hatte nicht einmal mitbekommen, daß Elsa sich überhaupt mit Riverton unterhalten hatte. Als er es sich überlegte, überraschte es ihn nicht sonderlich: Riverton war einer der sehr wenigen Männer, denen Menschen sich anvertrauen; das lag an etwas Undefinierbarem in seiner Persönlichkeit.

»Sie hat Schlimmes durchgemacht«, fuhr Riverton fort. »Ich vermute, daß sie in diesen Filmproduzenten sehr verliebt gewesen ist.

Ich nehme an, daß er älter war als sie – aber sie ist eins von den Mädchen, die sich zu älteren Männern hingezogen fühlen. Es stand schon alles fest – Tag der Hochzeit, auch wo sie ihre Flitterwochen verbringen wollten. Dann kam sie eines Abends sehr früh in seine Wohnung. Der verdammte Dummkopf hatte die Tür nicht abgeschlossen, und die Klingel war nicht in Ordnung. Sie spazierte herein und fand ihn mit ihrer besten Freundin im Bett. Das ist der Grund, weshalb sie jeden Job angenommen hätte, den Sie ihr geboten hätten – um diese Erfahrung schnell zu vergessen.«

»Und ich hatte keine Ahnung...«

»Hätten Sie sie genommen, wenn Sie es gewußt hätten? Sie ist clever – sie hat es für sich behalten.« Riverton sah den Amerikaner jetzt fest an. »Und wenn Sie ihr jemals zu verstehen geben sollten, daß ich Ihnen alles erzählt habe, werde ich Sie mit bloßen Händen umbringen. Aber denken Sie daran, wenn Ihr Unternehmen in Gefahr gerät...« Er sah auf, als Elsa Lang, gefolgt von Wargrave, den Raum betrat.

»Tut mir leid, so bei Ihnen hereinzuplatzen«, sagte Elsa rasch, »aber das Mädchen draußen sagte, Sie seien allein, und wir wußten, daß Julian sich Sorgen macht...« Sie hielt inne, als Riverton eine Anfrage aus der Gegensprechanlage beantwortete. »Ist in Ordnung, Miß Russell, ich habe die Herrschaften erwartet...« Haller ging bereits durch die Seitentür in die dahinterliegende Bürosuite. Nachdem Elsa und Wargrave eingetreten waren, schloß er die Tür und fuhr herum. »Ed hat eure Ankunft gar nicht durchgegeben...«

»Mit den Fernsprechleitungen ist irgend etwas nicht in Ordnung«, erklärte Wargrave, als er Elsa die dreizehnte Kassette abnahm und sie in den Recorder steckte. »Und außerdem hatte unsere Maschine ziemlich Verspätung – in Europa sind jetzt nur noch die Flughäfen Mailand, Zürich, London und Amsterdam offen. Das Wetter ist unglaublich. Fast der gesamte Kontinent wird von einem Schneesturm heimgesucht. Ich kann nur hoffen, daß sich das Wetter beruhigt, wenn wir im Februar den nächsten Trip machen...«

Haller machte sich an der Kaffeemaschine zu schaffen, um für Elsa Kaffee zu machen, die inzwischen ihre Pelzkappe und die dunkle Perücke abgenommen hatte. Auf ihrem Zobelmantel lagen Schneeflocken, obwohl sie vom Wagen schnell ins Baton Rouge Building gelaufen war. Der Amerikaner goß Wargrave einen großen Scotch ein und stellte das Glas neben den Recorder.
»Hat's in Basel diesmal irgendwelche Störungen gegeben?« fragte er ruhig.
»Nicht die Spur«, erwiderte Elsa und ließ sich in einen Lehnstuhl fallen. »Das gesamte Unternehmen ist völlig glatt verlaufen.« Sie zündete sich eine Zigarette an, während Haller Kaffee einschenkte. »Danke, Julian. Ich könnte ihn literweise trinken – es ist so unheimlich kalt draußen. Beim Anflug haben wir gesehen, daß der St.-Lorenz-Strom völlig zugefroren ist.« Sie trank einen Schluck Kaffee. »So, jetzt geht's mir schon viel besser. Ich möchte wissen, was Angelo uns diesmal zu erzählen hat...« Sie verstummte, als die vertraute heisere Stimme zu sprechen begann. Angelo hatte noch keine Minute gesprochen, da fror sie trotz der Wärme des Zimmers.

»Ich bin hier sehr plötzlich unbrauchbar geworden... Ich muß Sie bitten, sofort Maßnahmen zu treffen, damit Sie mich am kommenden Sonnabend, dem 8. Januar, aus Rumänien ausfliegen können. Es darf nichts schiefgehen... der Ernstfall ist eingetreten...«
Wargrave schaltete das Gerät ab und starrte zu Haller hinüber, der sich eine neue Zigarette anzündete; das war eine instinktive Reaktion, mit der er der Situation die Spannung nahm. Aus Elsas Gesicht war alle Farbe gewichen; Wargrave stand neben dem Recorder und stemmte die Hände in die Hüften. Seine Wangenknochen traten hervor, und er hatte die Augen halb geschlossen, während er intensiv nachdachte. »Bruno ist erreichbar, nehme ich an«, sagte er ruhig.
»Bruno ist nicht erreichbar«, sagte ihm Haller. Auch er nannte Präsident Moynihan beim Codenamen. »Er ist gestern plötzlich

nach Tokio geflogen – wegen Taiwan ist eine neue Krise ausgebrochen. Er wird erst in einer Woche zurück sein – wir sind also auf uns selbst gestellt...«

»Dann muß also die Schildkröte entscheiden«, sagte Elsa mit einem gequälten Lächeln. Schildkröte war der Spitzname, den sie für Julian Haller erfunden hatte, weil er keine Angst hatte, den Kopf hinzuhalten und größere Entscheidungen zu treffen, ohne im Weißen Haus nachzufragen.

»Sieht so aus«, stimmte die Schildkröte zu. »Wie einer unserer verehrten ehemaligen Präsidenten einmal sagte: Hier darf nicht gekniffen werden.« Er blickte zu Wargrave hoch. »Lassen Sie das Ding wieder laufen – hören wir uns das Schlimmste an...«

Angelo setzte seinen Bericht fort: Im Verlauf der vergangenen Monate habe sich der Verdacht erhärtet, daß es auf hoher Ebene einen Informanten gebe; schließlich sei die undichte Stelle so weit eingegrenzt worden, daß nur jemand im Politbüro in Betracht kommen konnte. Eine Troika von Männern – Leonid Sedow selbst, Marschall Pratschko und General Marenkow – sei mit dem Aufspüren des Verräters betraut worden. Und ebenso wie bei der vor einem Jahr empfangenen Kassette gab Angelo auch jetzt präzise Anweisungen, wie er gerettet werden sollte. »... eine Startbahn knapp westlich von Bukarest... müssen Sie auf der Karte finden... Landezeit für Rettungsflugzeug 11 Uhr 30 rumänischer Zeit, ich wiederhole, rumänischer Zeit... Zusammenarbeit bestimmter rumänischer Personen gewährleistet... hervorragender Pilot erforderlich... bestätigen Sie dieses Arrangement durch das Abspielen von Dave Brubecks *Take Five* im Programm der Voice of America am Donnerstag, dem 6. Januar, ich wiederhole, am Donnerstag, dem 6. Januar, um 17.00 Uhr Moskauer Zeit... Jede Verzögerung würde tödlich sein...«

Das Band endete mit der Warnung, jede Verzögerung werde tödlich sein. Elsa griff über den Tisch und nahm einen großen Schluck von Wargraves Scotch, den dieser noch nicht angerührt hatte. Als sie sprach, kehrte allmählich die Farbe in ihr Gesicht zurück. Sie gab sich Mühe, mit fester Stimme zu sprechen.

»Heute ist Mittwoch. Er will am Sonnabend ausgeflogen werden. Das ist doch absolut unmöglich.«
»Es stellt uns vor Probleme«, gab Haller zu.
»Probleme?« Elsa raubte es fast den Atem.
Wargrave hatte nichts gesagt, während er das Zimmer durchquerte und zu der Wand hinter Hallers Schreibtisch ging, wo eine Europakarte in großem Maßstab hing. Wargrave benutzte das Lineal, das er von Hallers Schreibtisch genommen hatte, und begann Entfernungen zu messen und zu rechnen. Eine Entfernung, die er sehr sorgfältig prüfte, war die Flugroute von Mailand nach Bukarest; dann nahm er ein biegsames Lineal und prüfte die gleiche Strecke auf einem großen Globus, der in der Ecke stand. Er klopfte mit dem Plastiklineal gegen seine Zähne, während er eine Melodie vor sich hinsummte; dann stellte er auf einem Notizblock Berechnungen an und sah schließlich zu Haller hinüber. »Ich brauche ein europäisches Kursbuch, das auf dem neuesten Stand ist – und sämtliche Flugpläne der großen Fluggesellschaften...«
»Wird erledigt.«
Haller verschwand in einen Nebenraum, den Elsa und Wargrave noch nie betreten hatten. Dort saß ein Funker, den Riverton für Haller ausfindig gemacht hatte, ein Mann, der früher zur See gefahren war, der dem Millionär als absolut vertrauenswürdig bekannt war und der einst für den kanadischen Geheimdienst gearbeitet hatte. Auf einem Tisch stand ein Sendegerät; auf einem anderen die Chiffriermaschine, die Haller persönlich bediente. Als weitere Vorsichtsmaßnahme war angeordnet worden, daß der Kanadier Wargrave oder Elsa nie zu Gesicht bekommen durfte. In dem Raum, den Haller verlassen hatte, stritt Elsa mit Wargrave.
»Heute ist Mittwoch, und er erwartet, am Sonnabend herausgeholt zu werden – das sind noch drei Tage, und wir sitzen hier in Nordamerika. Das wirst du nie schaffen.«
»Die Israelis haben das Entebbe-Unternehmen in sieben Tagen geplant und ausgeführt. In Bukarest wird mit uns zusammengearbeitet – es sollte also in drei Tagen zu schaffen sein.« Er setzte sein schiefes Grinsen auf. »Es muß ganz einfach zu schaffen sein...«

Die nächsten Minuten verbrachte er mit dem Studium der Fahr- und Flugpläne, die Haller hereingebracht hatte, und machte sich dann weitere Notizen auf seinem Block. Haller beobachtete ihn schweigend, rauchte eine frische Zigarette und trank ein Glas Milch. Der Engländer streckte seine schmerzenden Schultern und sah den Amerikaner an. »Es wird verdammt knapp, wie einer unserer berühmteren Generäle mal gesagt hat, aber ich kann es schaffen. Ich wünsche, die Gesamtleitung des Unternehmens zu übernehmen. Vorausgesetzt, wir machen uns überhaupt an die Sache heran...«

»Das werden wir tun«, sagte die Schildkröte. »Was Angelo uns über die sowjetischen Aufmarschpläne hat sagen können, ist von unschätzbarem Wert. Was die Gesamtleitung angeht, so bin ich bereit, mit der Möglichkeit des jederzeitigen Widerrufs zuzugestehen...«

»Ich sagte *Gesamt*leitung«, wiederholte Wargrave. Die beiden Männer starrten sich an. »Das europäische Festland ist mein Hinterhof«, erinnerte der Engländer Haller.

»Klingt vernünftig«, stimmte der Amerikaner zu. Er tippte auf eine Akte, die auf dem Schreibtisch lag. »Und ich weiß auch schon, warum es Bukarest sein soll. Am Samstag wird eine sowjetische Delegation Rumänien besuchen. Sie wollen versuchen, die Meinungsverschiedenheiten zwischen den beiden Staaten beizulegen. Die Zusammensetzung der Delegation ist interessant...« Er trank langsam noch etwas Milch.

»Los, raus damit«, protestierte Elsa, »spann uns nicht auf die Folter. Wer sind die Mitglieder dieser Delegation?«

»Der Bericht hat mich heute morgen erreicht. Sie wird angeführt von Anatolij Sarubin. Ein weiteres Mitglied ist Pawel Suslow, der Parteitheoretiker mit dem einwandfreien Privatleben. Sankt Marx persönlich.«

»Das nenne ich eine Überraschung«, kommentierte Elsa. Sie wandte sich an Wargrave. »Hättest du etwas dagegen, uns zu erzählen, wie wir dieses kleine Wunder vollbringen sollen?«

»Durchaus nicht, es ist alles nur eine Frage guter Organisation«, erwiderte Wargrave ironisch. »Das Unternehmen beginnt in Mailand. Zunächst leihen wir uns einen Jet, eine Hawker-Siddeley 125, die einem wohlhabenden italienischen Playboy gehört, den ich zufällig kenne. Merkwürdigerweise ist er glühender Antikommunist. Von Mailand nach Bukarest sind es rund zwölfhundertsechzig Kilometer und umgekehrt genau so viele. Die HS 125 hat eine Reichweite von mehr als fünftausend Kilometern, das ergibt also eine beruhigende Treibstoffreserve...«

Haller hatte sich in seinem Stuhl umgedreht und betrachtete die Karte an der Wand. »Warum können wir Angelo nicht direkt nach Zürich fliegen?«

»Weil mich das zu sehr in die Nähe der ungarischen Grenze bringen würde – die Russen könnten Abfangjäger aufsteigen lassen, um uns abzuschießen. Außerdem kann ich bei der gegenwärtigen Wetterlage nicht riskieren, die Alpen zu überfliegen. Wenn wir Angelo nach Mailand geflogen haben, bringen wir ihn mit der Bahn nach Zürich. Ich vermute, daß es ein Nachtzug sein wird, wahrscheinlich der Atlantik-Expreß.«

»Und wenn der Züricher Flughafen zu diesem Zeitpunkt geschlossen sein sollte? Die letzten Wetterberichte lassen durchaus den Schluß zu, daß das passieren kann.«

Wargrave machte ein grimmiges Gesicht und sah Elsa an. »In dem Fall werden wir die lange Tour nehmen müssen – durch ganz Europa zum Flughafen Schiphol bei Amsterdam. Durch irgendeine Laune des Wetters ist Holland bisher vom Schneesturm verschont geblieben. Und das könnte uns sehr hart auf die Probe stellen – es ist euch beiden doch klar, daß General Marenkow den gesamten Untergrundapparat von KGB und GRU in Bewegung setzen wird, wenn Angelo erst einmal draußen ist? Es wird verdammt hart, bevor wir ihn in die Staaten fliegen können.«

Haller war der Seitenblick Wargraves auf Elsa nicht entgangen. »Es ist nicht unbedingt notwendig, daß Elsa diese Reise mitmacht«, sagte er fest.

»Selbstverständlich ist es das nicht«, entgegnete Elsa ruhig. »Aber ich bin am Anfang dabeigewesen – und werde auch am Ende dabeisein...«

»Die Entscheidung sollte bei ihr liegen«, meinte Wargrave sanft.
»Sie könnte aber sehr nützlich sein...«
»Ich verbiete es«, sagte Haller knapp.
»Ich dachte, ich hätte die Gesamtleitung«, bemerkte Wargrave. »Und dies ist nicht die Zeit, das Team aufzulösen. Übrigens müssen wir heute abend nach Europa zurückfliegen...« Diesmal warf er Elsa keinen Blick mehr zu. Sie saß mit ausdruckslosem Gesicht da; sie spürte noch immer die Auswirkungen der Zeitverschiebung des wenige Stunden zuvor beendeten Fluges über den Atlantik. »Es gibt heute abend einen Flug der Air Canada, mit dem wir morgen nachmittag in Schiphol sein können«, fuhr Wargrave fort. »Von dort fliegen wir nach Zürich und dann weiter nach Mailand, wo wir morgen abend, Donnerstag also, landen.«
»Ist das alles nicht ein bißchen überstürzt?« wollte Haller wissen.
»Das läßt mir den ganzen Freitag in Mailand, so daß ich Zeit habe, letzte Arrangements zu treffen. Und das kann ich in Europa besser erledigen als von hier aus. Am Sonnabendmorgen fliege ich den Jet nach Bukarest, um Angelo von dem kleinen Flugplatz abzuholen.«
»Du willst selber fliegen?«
»Ich habe diese Maschine schon ein paarmal bei Flügen mit meinem Bekannten, dem Playboy, geflogen...«
»Und ich habe gehört, daß die italienischen Mädchen ganz schön rassig sein sollen«, murmelte Elsa.
»Und er hat die besten von allen«, versicherte ihr Wargrave. Er riß die beschriebenen Blätter von seinem Notizblock ab und sah Haller an. »So, jetzt müssen wir jede Minute ausnutzen, bevor wir uns in diese Abendmaschine nach Schiphol setzen. Ich habe eine ganze Reihe von Telegrammen, die chiffriert und an verschiedene europäische Abwehroffiziere geschickt werden müssen, um sie vorzuwarnen – Scholten in Den Haag, Franz Wander vom BND, Oberst Springer in Zürich und Oberst Molinari vom SIFAR in Mailand.«
»Du willst sie ins Bild setzen?« fragte Haller.

»Nur darüber informieren, daß ich eventuell ihre Hilfe brauche – das ist alles. Über Angelo werde ich natürlich nichts verlauten lassen. Jedenfalls jetzt noch nicht. Unter Umständen werde ich ihnen aber reinen Wein einschenken müssen, wenn ich ihn erst einmal aus Rumänien herausgeholt habe...« Er schrieb beim Sprechen etwas auf den Notizblock. »Diese Geschichte könnte zu einer verdammt mörderischen Angelegenheit werden, falls wir gezwungen sein sollten, Angelo mit der Bahn nach Schiphol zu bringen. Und vergiß nicht, die Leute von der Voice of America dazu zu bringen, die Platte *Take Five* zu spielen, um Angelo anzukündigen, daß wir kommen, um ihn zu holen.«

»Als ob ich das vergessen könnte.« Haller lehnte sich in seinem Stuhl zurück, blickte an die Decke und sagte etwas, was Wargrave sofort mit dem Schreiben aufhören ließ. »Da ist noch ein kleines Detail, das ich vorhin leider nicht erwähnt habe. Es wird noch ein drittes sowjetisches Politbüromitglied diese Delegation nach Bukarest begleiten...«

»So ist es richtig, heb dir den Knüller für zuletzt auf«, scherzte Elsa.

»General Sergej Marenkow, der Chef des KGB.«

Teil II
FLUCHTWEG

6. Schiphol, Zürich, Mailand

Nachdem sie Montreal mit dem Air-Canada-Flug 866 verlassen hatten – die Maschine war am Mittwoch, dem 5. Januar, um 21 Uhr 35 gestartet –, überflogen Wargrave, Haller und Elsa den Atlantik während der Nacht. Auf dem Londoner Flughafen Heathrow hatten sie Anschluß an den KLM-Flug 128, der sie nach Schiphol vor den Toren Amsterdams brachte. Für Elsa wie für Wargrave war dies die zweite Atlantiküberquerung innerhalb von vierundzwanzig Stunden, und Elsa war der Kopf völlig verwirrt vor Erschöpfung.

»Ich glaube nicht, daß meine innere Uhr mir jemals wieder die richtige Zeit sagen wird«, bemerkte sie zu Julian Haller, der neben ihr saß, als sie sich der holländischen Küste näherten.

»Du hättest etwas schlafen sollen...«

»Sehr lustig, Schildkröte«, entgegnete sie bissig. »Ich hätte dich beinahe geweckt, damit es dir genauso elend geht wie mir. Du hast geschlafen wie ein Stein.«

»Tu ich immer«, versetzte Haller gleichmütig.

Elsa blickte aus dem Fenster auf Holland hinunter, als die Maschine an Höhe verlor. In der flachen Landschaft waren nur einzelne Schneeflecken zu sehen, als hätte eine riesige Hand Kreidestriche über die Felder gezogen. Von der Nordsee her wehte aber ein harter Wind, der hohe Wellen gegen die Deiche anbranden ließ. Als sie hinuntersah, entdeckte sie so etwas wie weiße Rauchfahnen – in Wahrheit war es Gischt, der vom Wind durch die Luft geweht wurde. Zwei Reihen hinter ihnen saß Harry Wargrave auf einem Platz am Gang, von dem aus er seine Begleiter im Auge behalten konnte. Dann leuchtete das Warnlicht auf, sie mußten die Gurte anlegen, und die Maschine setzte zur Landung an.

General Max Scholten, der Chef der niederländischen Abwehr, wartete im Büro des Geheimdienstes im Flughafengebäude bereits auf Wargrave. Die beiden Männer trafen sich allein. »Große Probleme?« wollte der Holländer wissen, als er Wargrave mit Wärme die Hand schüttelte.

»Mit einem Wort: Ja. Und wie sieht's hier aus?«

»Die Lage könnte explosiv werden – buchstäblich«, erwiderte der Abwehrschef und zündete sich eine Zigarre an.

General Scholten, einer von Wargraves engsten Freunden, war ein kleiner, sechzigjähriger Mann, der aber zehn Jahre jünger aussah. Er war untersetzt und hatte einen kleinen Wohlstandsbauch. Er hatte das rosige Gesicht eines Cherubs, blaue Augen, die oft und gern zwinkerten, und das fröhliche Lächeln eines zufriedenen Mannes. Seine cherubhafte Erscheinung hatte schon so manchen Spion getäuscht und zu Fall gebracht. Scholten hatte eine liebenswürdige Verhörtechnik, die meist damit endete, daß sich der Delinquent in Widersprüche verstrickte. Scholtens Erscheinung täuschte auch darüber hinweg, daß er unter den europäischen Abwehrchefs der gnadenloseste Kommunistenjäger war. »Mit einer Viper macht man keine Konversation«, hatte er einmal in seinem makellosen Englisch zu Wargrave bemerkt. »Man tritt vorsichtig von hinten an sie heran und schlägt ihr mit einer Axt den Kopf ab.«

Wargrave sah sich in dem kahlen Raum um; ein Tisch und zwei Stühle mit harten Rückenlehnen machten das einzige Mobiliar aus. Der Verhörraum, dachte er. »Um was für eine explosive Lage geht es?« fragte er.

»Ich habe läuten hören – aus sehr zuverlässiger Quelle –, daß die Geiger-Gruppe sehr bald nach Holland einsickern wird. Ich habe schon das Venlo-Team in Alarmbereitschaft versetzt.« Er zog an seiner Zigarre. »Ärgerlich ist nur, daß man die holländische Grenze so leicht überschreiten kann...«

»Das ist wirklich eine schlechte Nachricht«, bemerkte Wargrave.

Die Geiger-Gruppe, eine Bande von Terroristen, hatte während des vergangenen Jahres in der Bundesrepublik Deutschland verheerend gewütet. Die Terroristen hatten Banken überfallen, Geiseln genommen und einen führenden deutschen Politiker entführt; sie hatten sogar versucht, ein großes Kraftwerk in die Luft zu sprengen. Und das alles im Namen der Freiheit und der Weltrevolution, was sie auch immer darunter verstehen mochten. Wargrave bezweifelte, daß die Terroristen es selbst wußten.

»Ich glaube, daß sie vom KGB finanziert werden«, bemerkte Scholten ruhig. »Durch Fernsteuerung, natürlich. Das Problem besteht darin, dafür Beweise zu finden. Das würde den Genossen Sedow in eine schwere Bredouille bringen.«

»Warum kommen die Burschen her?«

»Die Deutschen haben ihnen zu sehr eingeheizt – also ziehen sie weiter in ein Land, von dem sie hoffen, es werde ihnen die Arbeit leichter machen. Ich würde sie liebend gern vor die Visiere des Venlo-Teams bekommen.« Scholten sprach von der Scharfschützeneinheit, die er gerade für solche Eventualitäten persönlich gegründet hatte. »Du bist aber nicht hergekommen, um dir meine Probleme anzuhören. Welche Sorgen hast denn du?«

»Wir sind hier, um einen äußerst wichtigen antikommunistischen Agenten herauszubringen«, sagte Wargrave vorsichtig. »Es kann sein, daß wir ihn mit dem Atlantik-Expreß herbringen. Ich kann dir später vielleicht mehr sagen – mit einer verschlüsselten Meldung. Wir werden das Scarab-System benutzen.«

»Ein dicker Fisch?« fragte Scholten beiläufig. »Oder rede ich beim jetzigen Stand der Dinge zuviel?«

»Ein dicker Fisch – einer, der das konzentrierte Feuer des KGB auf sich ziehen könnte, weil er zuviel weiß.«

Scholtens blaue Augen glänzten. »Wenn es dir gelingt, die Untergrundorganisation des KGB aus der Reserve zu locken, weil sie versuchen muß, diesen Mann zu ermorden, wäre das für uns eine einzigartige Gelegenheit, der Viper den Kopf abzuschlagen.«

»Solange nicht meiner dabei dran glauben muß, du blutrünstiges Ekel«, sagte Wargrave liebenswürdig. »Und das Flugzeug?«
»Die Boeing 707 deiner amerikanischen Freunde ist vor zehn Minuten gelandet – kurz bevor ihr selbst gelandet seid. Sie steht jetzt schwer bewacht in einem entlegenen Teil des Flughafengeländes. Und da eure Swissair-Maschine erst um sechzehn Uhr vierzig startet, könnten wir mit deinen Freunden jetzt vielleicht einen Drink nehmen – falls das nicht deine Sicherheitsvorkehrungen durcheinanderbringt. Ich würde gern dieses attraktive Mädchen kennenlernen...«
Wargrave war amüsiert. Er hatte die Maschine allein verlassen. Haller und Elsa warteten jetzt in der Lounge für Anschlußflüge. Scholten zwinkerte mit den Augen. »Ich habe beobachtet, daß sie dich mit einem ganz bestimmten Blick ansah, als du aus der Maschine kamst. Sie mag dich sehr.«
»Los, gehen wir also und nehmen einen Drink – mit meinen Freunden«, erwiderte Wargrave.
Der große Schneesturm tobte noch immer über Europa. Im Fernsehen sahen die Zuschauer dramatische Bilder der völlig zugefrorenen Elbe, erlebten mit, wie Schneepflüge in Österreich auf verlorenem Posten kämpften und wie die Schweizer zum drittenmal in diesem Jahrhundert auf dem Zürichsee Schlittschuh laufen konnten. Der Swissair-Flug 793 von Schiphol nach Zürich war ein Alptraum. Seitdem die Maschine die Grenze zur Bundesrepublik überflogen hatte, war die DC-9 in dichtes Schneetreiben und in eine Turbulenz nach der anderen geraten. Elsa sah nicht mehr aus dem Fenster, und Haller hatte seinen Roman weggelegt. Hinter ihnen saß Wargrave, die Hände auf dem Schoß zur Faust geballt, und blickte dauernd auf die Uhr. Nach der Landung in Zürich mußte er sofort einen wichtigen Anruf erledigen.
Beim Verlassen der Maschine auf dem Flughafen wurde er von einem Polizeibeamten in Empfang genommen, der ihm anbot, ihn zu Oberst Springer zu bringen, der über seine Ankunft Bescheid wisse. »Warten Sie eine Minute«, sagte Wargrave, »ich muß nur schnell meine Verlobte anrufen...«

Er wählte die Nummer in Andermatt und brauchte nur wenige Sekunden zu warten, bis am anderen Ende der Hörer abgenommen wurde; er hatte noch in Montreal ein Telegramm nach Andermatt aufgegeben. Er sprach sehr schnell, stellte ein paar Fragen und gab dann knappe Anweisungen. Ein Blick zur Uhr sagte ihm, daß das Telefonat weniger als drei Minuten gedauert hatte. Anschließend ließ er sich von dem Polizeibeamten zu Springer fahren.

Er gab dem Schweizer Oberst haargenau die gleiche Information wie General Scholten in Schiphol, fügte aber noch etwas hinzu: »Ich habe Leute in Andermatt, und es kann sein, daß sie etwas herausbekommen. Es ist aber noch zu früh, zu sagen, was es sein könnte.«

»Ich bin dir sehr dankbar...«

»Da ist noch etwas. Für den Notfall habe ich ihnen deine Telefonnummer gegeben – ohne ihnen zu sagen, wen sie an den Apparat bekommen. Sie werden nach einem Herrn Gehring fragen und sich unter dem Namen Leros melden. Wenn das geschieht – kannst du das Gespräch dann sofort zu dir durchstellen lassen – oder zu General Traber, falls du nicht da sein solltest? Ich möchte gern jede Meldung von Leros – und sei sie noch so unverständlich – sofort an mich weitergeleitet wissen. Bis dahin wirst du wissen, wie du mit mir in Verbindung treten kannst.«

»Leros wird Herrn Gehring verlangen«, wiederholte Springer. »Unsere Telefonistin wird Anweisung erhalten, den Anruf sofort durchzustellen, falls er erfolgt. Und jetzt?«

»Ich fliege mit der Swissair-Maschine um 19 Uhr 25 nach Mailand. Wenn überhaupt etwas passieren wird, wird es in den nächsten achtundvierzig Stunden passieren.« Wargrave sah aus dem Fenster. Es hatte schweres Schneetreiben eingesetzt. »Ist die Boeing aus den Staaten schon angekommen?«

»Sie soll in zwei Stunden landen – kurz nach deinem Abflug nach Mailand. Wir werden gut auf die Maschine aufpassen«, versprach er. Er machte eine Pause und zündete sich eine Zigarette an. »Dieser Agent, den du aus Europa herausbegleitest – der ist doch sicher von sehr großer Bedeutung, wenn ich das fragen darf?«

»Vermutlich der wichtigste seit Kriegsende.« Wargrave hatte sich entschlossen, Springer gegenüber ein wenig offener zu sein als gegenüber General Scholten; der Schweizer würde zudem eher ins Gefecht hineingezogen werden als der Holländer – und falls der Züricher Flughafen geöffnet blieb, würden sie überhaupt nicht nach Holland fahren. »Ich plane, ihn in der Nacht zum Sonntag hier in den Atlantik-Expreß zu setzen – übermorgen also –, denn die Meteorologen sagen voraus, daß der Mailänder Flughafen dann schon geschlossen sein wird.«
»So bald schon? Es ist vielleicht angezeigt, daß ich eine diskrete Alarmbereitschaft auslöse?«
»Das wäre durchaus angezeigt«, stimmte der Engländer zu. »Wir werden im Expreß eine eigene Funkanlage installieren, um ständig mit euch in Verbindung zu sein – Oberst Molinari in Mailand hat mir seine volle Zusammenarbeit zugesichert. Und ich frage mich auch, ob es nicht eine gute Idee wäre, wenn du in Chiasso für mich etwas Besonderes arrangieren könntest...« Er entwickelte seinen Plan in groben Zügen, und Springer stimmte sofort zu.
»Sei vorsichtig, und viel Glück«, sagte der Schweizer, als er sich von dem Engländer verabschiedete.
Sobald er wieder allein war, griff Springer zum Scrambler-Telefon, um seinen Chef anzurufen, General Traber in Zürich. Er erzählte kurz, was er erfahren hatte, und fügte dann einen Kommentar hinzu. »Es kann sein, daß dies die Gelegenheit ist, auf die wir gewartet haben – die wichtigsten sowjetischen Sabotageteams auszuräuchern, die die Russen für einen Ernstfall in Reserve halten. Oder sollten Sie vielleicht lieber Bern konsultieren?«
Ohne es zu wissen, hatte Springer fast die gleiche Idee wie General Scholten in Holland. Es trat eine kurze Pause ein, bevor Traber antwortete; als er sprach, jagte er seinem Stellvertreter einen Schrecken ein. »Ich glaube nicht, daß ich Bern schon jetzt behelligen muß. Sonnabend, sagten Sie? Das bedeutet also am Wochenende, wenn die meisten Minister ihre Schreibtische verlassen haben und nur schwer erreichbar sind. Wir könnten diese Sache auch auf eigene Faust regeln, Leon...«

Der Aufstand der europäischen Abwehrchefs gegen ihre eher zur Vorsicht neigenden Minister hatte begonnen.

»Vielleicht hätten wir den Zug nehmen sollen«, sagte Elsa munter.

Ihr doppelter Scotch machte sich selbständig und fiel vom Klapptisch herunter, als die Maschine über den Schweizer Alpen taumelte und dann an Höhe verlor. Der Whisky ergoß sich über den Ärmel der Schildkröte: Haller saß neben ihr. Sie zog ein Taschentuch heraus und fing an, den durchnäßten Ärmel abzuwischen.

»Aber, aber, Mr. Haller, Sie riechen wie eine Brennerei. Und ich habe in all diesen Monaten immer geglaubt, Sie seien Abstinenzler.«

»Willst du mir den nächsten nicht lieber gleich über den Kopf gießen, statt ihn durch die Kehle zu jagen?« grunzte Haller.

Hinter ihnen saß Harry Wargrave wie gewohnt zwei Reihen zurück am Mittelgang, von wo aus er seine Begleiter im Auge behalten und notfalls schnell aufspringen konnte. Als die Turbulenzen immer häufiger wurden, gratulierte er sich zu seiner Entscheidung, nicht direkt von Bukarest nach Zürich zu fliegen und die Alpen zu überqueren. Die HS 125, die in Mailand auf ihn wartete, war eine hervorragende zweistrahlige Maschine – aber nicht geeignet, in einem tobenden Schneesturm die Alpen zu überfliegen.

Ebenso wie Elsa hatte auch Wargrave innerhalb von vierundzwanzig Stunden zwei Atlantikflüge hinter sich gebracht, und die doppelte Zeitverschiebung traf ihn jetzt wie ein Hammerschlag. Sein Gesicht wirkte abgezehrt und übernächtigt, die Wangenknochen traten scharf unter der Haut hervor, und er dankte Gott dafür, daß er in Mailand zwei Nächte würde schlafen können – Donnerstag und Freitag –, bevor er am Sonnabend zu seinem riskanten Flug nach Bukarest aufbrach. Und wie Elsa hatte auch er auf dem Flug von Montreal nach Schiphol kein Auge zugetan.

Er hatte sich wegen der bevorstehenden Probleme das Hirn zermartert: Es gab zu viele Einzelheiten, die bedacht werden mußten.

Beim jetzigen Stand der Dinge war das nicht ganz einfach. Leute wie Springer und Molinari durften gerade so viel erfahren, daß sie ihre Vorbereitungen treffen konnten, ohne damit das große Geheimnis preiszugeben – daß es ein wichtiges Mitglied des sowjetischen Politbüros war, das sie ausfliegen wollten. Als die Maschine beim Landeanflug auf Mailand an Höhe verlor, beobachtete er, wie sie sich mit zusammengesteckten Köpfen unterhielten.

»Wenn der Mailänder Flughafen geöffnet bleibt, könnten wir nach Zürich zurückfliegen«, murmelte Haller.

»Das würde eine Menge Probleme lösen«, stimmte Elsa gelassen zu. »Auf Holz klopfen, hoffen und beten...«

Als sie sprach, tauchte die Maschine unvermutet in ein Luftloch, und wieder krampfte sich ihr der Magen zusammen. Draußen war vor lauter Schneetreiben nichts zu sehen, und Elsa fragte sich, ob sie »blind« landen würden, ob der Pilot mit Hilfe des Towers und des Radars eine Instrumentenlandung würde machen müssen. Das wäre eine riskante Angelegenheit bei diesem Wetter. Mein Gott, hoffentlich nicht, dachte sie, als die Warnlampen aufleuchteten. Sie beugte sich zu Haller hinüber, um mit ihren geschickten Fingern seinen Gurt zu befestigen.

»Ich kenne jemanden, der ruhig ein bißchen abnehmen dürfte«, neckte sie ihn, als sie den Gurt über seinen leichten Wohlstandsbauch zog. Dann befestigte sie ihren eigenen Sicherheitsgurt und drückte mit fester Hand ihre Zigarette aus. Die Wahrheit war nämlich die, daß Elsa Lang eine schreckliche Angst vorm Fliegen hatte, eine Angst, die sie vor jedermann verbarg – sogar vor Harry Wargrave, der von sich glaubte, er kenne Elsa besser als jeder andere.

Die Schweizer Maschine landete um 20 Uhr 05 auf dem Mailänder Flughafen. Es war noch immer Donnerstag, der 6. Januar. In weniger als sechsunddreißig Stunden würde Wargrave mit der Hawker-Siddeley 125 zu seinem Flug nach Bukarest aufbrechen, um Angelo abzuholen. Am Flughafen zeigte sich Haller von der Organisation Oberst Molinaris beeindruckt; sie wurden diskret an sämtlichen Zoll- und Paßbeamten vorbeigeleitet und schnell in einen großen fensterlosen Lieferwagen verfrachtet. Das Innere des Fahrzeugs strafte sein schlichtes Äußeres Lügen.

Es war mit bequemen Sitzen mit ledernen Armlehnen ausgestattet und gegen die bittere Kälte draußen gut beheizt. Sie lehnten sich entspannt zurück, als der Wagen den Flughafen durch die Frachteinfahrt verließ. Auf dem Vordersitz saß Molinari hinter einem kleinen Tisch und sprach auf italienisch sprudelnd in ein Funktelefon. Haller hatte keine Ahnung, was er sagte, aber Wargrave und Elsa, die beide fließend Italienisch konnten, entnahmen dem Wortschwall, daß Molinari ihre unmittelbar bevorstehende Ankunft am Bestimmungsort ankündigte.

»Dieses Fahrzeug ist ziemlich eindrucksvoll«, bemerkte Haller, als der Italiener sein Gespräch beendet hatte und sich zu ihnen umdrehte.

»Ein fahrbarer Befehlsstand«, erwiderte Molinari in vorzüglichem Englisch, »den wir vor allem bei der Terroristenbekämpfung einsetzen. Ich bringe Sie zu einer besonderen Operationsbasis, die wir nur selten benutzen und die voll und ganz zu Ihrer Verfügung steht...«

»Wie weit vom Bahnhof – Milano Centrale?« fragte Wargrave.

»Zwei Kilometer – Ihrer Nachricht entsprechend haben wir irgend etwas in der Nähe gesucht.«

Oberst Luigi Molinari, der SIFAR-Chef, war von der Erscheinung her ein typischer Norditaliener; vor dreiundvierzig Jahren in Piacenza geboren, war er kurz und gedrungen mit einem harten runden Schädel und hatte ruhige, bedächtige Manieren. Haller war von ihm beeindruckt; der Italiener strahlte eine Aura von Sachverstand und Härte aus. Seine nächste Bemerkung und seine nächste Handlung bestätigten diesen Eindruck. »Sie haben auch bestimmte Waffen verlangt«, sagte er zu Wargrave. Molinari öffnete einen großen Kasten auf dem Wagenboden, nahm eine 38er Smith & Wesson Special heraus und sah dann in die Runde. Haller und Elsa streckten gleichzeitig die Hand vor.

»Damen zuerst...«

Molinari händigte Elsa die Waffe und eine Schachtel Munition aus. Er bückte sich dann wieder und holte einen Colt .45 mit einer weiteren Packung Munition heraus und gab alles Julian Haller. Wargrave reichte er zwei Sten-Schnellfeuergewehre mit Reservemagazinen. Haller runzelte die Stirn. »Ziemlich auffällig, schwer zu verstecken, und kaum der letzte Schrei der Waffentechnik«, bemerkte er.

»Drei kritische Äußerungen in weniger als dreißig Sekunden«, erwiderte Wargrave. »Ziemlich gute Leistung.« Er entnahm seiner Reisetasche einen leeren Beutel und verstaute die Waffen darin. »Diese Dinger sind aber für meine Reise ins Nichts gedacht...« Er formulierte den Satz sorgfältig – Molinari hatte nicht den leisesten Hinweis erhalten, wohin die Hawker-Siddeley fliegen sollte. »Was das Alter dieser Waffe angeht, so habe ich noch nie gehört, daß sie Ladehemmung kriegt.«

»Ich habe auch anderes anzubieten«, versetzte Molinari. »Treffen Sie Ihre Wahl...« Haller stand von seinem Sitz auf und bemühte sich, das Gleichgewicht zu halten, als der Wagen in eine Kurve ging. Er stemmte eine Hand gegen die Wand. »Gepanzert, dieser Lastwagen – nicht wahr?« wollte er wissen, und Molinari nickte. In der Kiste befand sich ein kleines Arsenal: Deutsche 08- und Walther-Pistolen, Belgische Browning-Automatik-Pistolen, verschiedene 45er Colts, zwei Webley-Fosberys und sogar zwei Maschinenpistolen.

»Genug, um einen kleinen Krieg anzuzetteln«, kommentierte Haller, »aber ich denke, wir haben jetzt, was wir brauchen.«

»Ich habe den Eindruck, daß Sie einen kleinen Krieg anzetteln könnten«, erwiderte Molinari.

Er öffnete ein kleines Fenster an der Stirnwand des Laderaums, durch das man in die Fahrerkabine sehen konnte, nahm den Telefonhörer ab und sprach in die Sprechmuschel. »Sie werden sich dies vielleicht ansehen wollen«, sagte er zu Wargrave. Er zog einen Stadtplan hervor und reichte ihn dem Engländer. »Dieser Plan zeigt den Standort. Studieren Sie ihn und verbrennen Sie ihn, wenn wir angekommen sind...«

Hinter Wargrave lugten Haller und Elsa durch das kleine Fenster, das einen klaren Blick durch die Windschutzscheibe des Fahrzeugs freigab. Sie fuhren gerade durch eine enge Straße mit Kopfsteinpflaster in einem Armenviertel der Stadt. Zu beiden Seiten erhoben sich unerleuchtete Gebäude wie Mauern. Der Lastwagen war langsamer geworden, als er über das Kopfsteinpflaster rumpelte. Im Augenblick hatte es aufgehört zu schneien. Im Scheinwerferlicht sahen sie, daß sie eine Sackgasse durchfuhren; am Ende der Straße versperrte ihnen ein gewaltiges hölzernes Doppeltor den Weg. Die Einfahrt war gerade groß genug, einen großen Heuwagen durchzulassen, und vor hundert Jahren dürfte genau so etwas hier durchgefahren sein. Der Lastwagen rumpelte weiter. Elsa verkrampfte sich. Sie würden genau in dieses massive Tor hineinfahren. Im letzten Augenblick – auf Molinaris telefonische Vorwarnung hin – schwangen die Torhälften nach innen, und der Lastwagen fuhr auf einen riesigen, steinernen Innenhof und hielt an. Sie hatten ihr Quartier erreicht.

Der Hof, den sie nach dem Öffnen der Tür zum Laderaum betraten, war auf allen Seiten von alten sechsstöckigen Gebäuden umschlossen, aber Wargrave bemerkte, daß es gegenüber der Einfahrt, durch die sie hereingekommen waren, einen weiteren Ausgang gab. Molinari ging vor ihnen eine enge Steintreppe hinauf. Er trug Elsas Tasche, während sie den Zobelmantel fest unters Kinn hielt; die Nachtluft war bitterkalt. Sie sah sich neugierig in dem Raum im zweiten Stock um, in den Molinari sie geführt hatte.

Der Raum ging durch zwei Stockwerke und hatte im unteren ein seltsames halbrundes Fenster; Molinari zog sofort den Vorhang zu. In der Mitte des weitläufigen Raums stand ein riesiger, altmodischer, grüner Ofen, der spürbare Hitzewellen ausstrahlte. Das Mobiliar war schwer und dunkel. »Ich werde Ihnen Ihr Schlafzimmer zeigen«, sagte der Italiener zu Elsa. »Sie werden müde sein, und daneben befindet sich ein Badezimmer. In etwa einer halben Stunde wird Ihnen etwas zu essen gebracht«, fuhr er auf italienisch fort – Elsa hatte vorhin vorgeschlagen, sie sollten sich in seiner Sprache unterhalten. »Und dies wird Ihnen helfen, die Anspannung nach dem Flug loszuwerden.« Er holte eine Flasche Chianti aus einem Regal. »Es ist einen Stock höher. Hier entlang...«

Nach der Rückkehr in den unteren Raum, in dem Wargrave und Haller warteten, wurde Molinari energisch und geschäftsmäßig. Er bat sie, an einem Tisch Platz zu nehmen, auf dem Notizblocks und Kugelschreiber in regelmäßigen Abständen ausgelegt waren.

»Ich entnehme Ihrer Nachricht«, sagte er Wargrave zuliebe auf englisch, »daß Sie einen wichtigen kommunistischen Agenten herausholen wollen?«

»Die HS 125...«, begann der Engländer.

»Steht schon auf dem Mailänder Flughafen bereit.« Molinari lächelte dünn. »Ihr Freund und Ladykiller, Aldo Martino, war nur zu gern bereit, Ihnen zu helfen. Meine eigenen Männer bewachen die Maschine. Wann fliegen Sie ab?«

»Am Sonnabendmorgen um sieben Uhr dreißig. Ich erwarte, daß ich etwa um dreizehn Uhr dreißig zurück bin. Ich werde ein Transportmittel brauchen, um meinen Fluggast hierherzubringen. Er muß sich umziehen. Ich kann Ihnen keine genauen Maße geben – könnten Sie eine Auswahl von Kleidungsstücken in verschiedenen Größen beschaffen? Ein Vicuña-Mantel wäre sehr schön – ich möchte, daß er wohlhabend aussieht...«

»Wir bezahlen natürlich für alle diese Dinge«, warf Haller ein.

»Auch für das Flugzeug?« wollte Molinari mit unbewegtem Gesicht wissen. »Martino berechnet fünfzigtausend Dollar pro Flugstunde...«

»Fünfzigtausend Dollar!«

»Er macht nur Spaß«, versicherte Wargrave eilig dem Amerikaner. »Sowie Herr X sich umgezogen hat, werde ich ihn zum Mailänder Hauptbahnhof fahren. Der Zeitplan ist knapp, aber wir wollen ihn mit dem Atlantik-Expreß nach Zürich bringen – es sei denn, der Mailänder Flughafen ist noch geöffnet, so daß wir ihn hinfliegen könnten...«

»Das ist sehr unwahrscheinlich«, erwiderte Molinari. »Meine Wetterfrösche haben mir gesagt, daß der Flughafen wahrscheinlich in vierundzwanzig Stunden dichtmachen muß. Es könnte schon schwierig werden, mit der Hawker zu starten...«

»Ich muß starten, komme, was da wolle, aber nach dem, was Sie eben gesagt haben, werden wir also den Atlantik-Expreß nehmen müssen. So, jetzt habe ich noch eine Menge Fragen.«

»Alles, was Sie wollen, Harry. Sie wissen, ich bin Ihnen noch etwas schuldig...«

In diesem Augenblick kam Elsa Lang die Treppe herunter, und einer der Männer, die das Gebäude bewachten, brachte Matt Leroy herein. Leroy begrüßte Elsa mit einer Handbewegung und wandte sich dann an Haller. »Tut mir leid, daß ich mich verspätet habe – ich bin mit dem Zug aus Basel gekommen und habe mich anschließend ein wenig im Milano Centrale umgesehen. Schien eine gute Idee zu sein, mich etwas mit der Umgebung vertraut zu machen...«

»Ist in Ordnung!«, erwiderte Haller. Sein Blick wanderte zu Elsa hinüber. »Ihr solltet jetzt beide gut zuhören – ich erzähle euch später, was ihr nicht mitbekommen habt.«

»Das ist ein riesiger Bahnhof«, sagte der schnauzbärtige Amerikaner warnend. »Da kann alles passieren.«

»Meine Männer werden überall sein«, versicherte ihm Molinari. »In Uniform, um die Präsenz der Polizei zu demonstrieren – aber auch in Zivil.«

Wargrave fing an, schnell zu sprechen. Es gab noch so viel zu tun, und sie hatten so wenig Zeit. »Ich möchte zwei zusätzliche Schlafwagen an den Atlantik-Expreß angehängt haben – ausschließlich für uns reserviert. Haben Sie die Funkanlage beschaffen können, um die ich gebeten habe, Luigi?«

»Sie wartet im Milano Centrale«, erwiderte Molinari.

»Ich möchte die komplette Anlage im Schlafwagen installiert haben – und zwar im vorletzten. Wir haben einen eigenen Funker, der die Anlage bedienen wird, einen Mann namens Peter Necker. Ich habe ihm Ihre Nummer gegeben, und er...«

»Er befindet sich im Augenblick in einem Zimmer im dritten Stock dieses Hauses – neben dem Raum, in dem wir unsere eigene Sendeanlage haben.«
»Das wird Zeit sparen«, bemerkte Wargrave. »Ich muß innerhalb der nächsten Stunde ein paar dringende Funksprüche durchgeben. Um auf den Expreß zurückzukommen – ich brauche eine direkte Telefonleitung zwischen dem Abteil mit der Funkanlage im Schlafwagen und dem Lokführer.«
»Wir werden es erledigen.« Molinari fuhr fort, stenographische Notizen auf einen Block zu kritzeln. »Vierundzwanzig Stunden sind Zeit genug, und wir haben sogar noch mehr. Weiter?«
»Jetzt kommen wir zu dem Augenblick, in dem ich mit meinem Fluggast auf dem Mailänder Flughafen lande. Ich wäre Ihnen sehr dankbar, wenn Sie eine Nebelwand legen könnten, damit man uns nicht verfolgen kann...« Er ging in die Details, und Molinari sah keine Probleme. Der Italiener schlug sogar ein zweites Ablenkungsmanöver vor, dem die anderen sofort zustimmten.
Alle rauchten, und schon jetzt hing eine blaue Qualmwolke unter der Lampe überm Tisch. Elsa, die ein blaues, am Hals anliegendes Wollkleid angezogen hatte, spürte die im Raum herrschende Spannung. »Wenn ich dich recht verstehe, kehren wir mit dem Fluggast hierher zurück?« fragte sie. »Er muß sein Äußeres verändern, bevor wir Milano Centrale erreichen – ich habe meine Maskenbildnerausrüstung vom Film mitgebracht...«
»Kehren zurück?« wiederholte Haller mit einem seltsamen Unterton. »Und wohin wirst du dich begeben?«
»Ich werde mit Harry in dem Jet mitfliegen«, klärte sie ihn auf. »Das haben wir schon vereinbart...«
»Das wirst du nicht!« Haller schlug mit der Faust auf den schweren Tisch. »Ich verbiete es unter allen Umständen. Dieser Flug wird einer der gefährlichsten...«
»Du hältst mich doch nicht etwa für eine Mimose?« brauste Elsa auf.
Wargrave schaltete sich ruhig ein. »Sie könnte mir sehr nützlich sein...«

»Das wird sie nicht!« schnauzte Haller. »Weil sie nämlich nicht in dieser Maschine mitfliegen wird. Wenn Matt will, kann er ja mitfliegen...«
»Matt hat soeben zugestimmt«, meinte Matt listig.
Wargrave schüttelte den Kopf. Er sprach noch immer in seinem ruhigen, lakonischen Tonfall. »Matt brauche ich woanders: Er muß sich im Mailänder Hauptbahnhof umsehen. Er hat eine Gabe, Dinge zu entdecken, die anders sind als normal. Was Elsa betrifft, so spricht sie fließend Französisch – die zweite Landessprache in Rumänien. Außerdem kann ein Mädchen im entscheidenden Augenblick genau die richtige Ablenkung bedeuten.«
»Ich bin über all das gar nicht glücklich«, ereiferte sich Haller von neuem.
»Aber dieses Unternehmen wird von mir geleitet. Schon vergessen?«
»Ein weiblicher Agent«, warf Molinari begütigend ein, »kann einen Mann hervorragend ergänzen – vor allem, wenn beide schon einige Zeit zusammengearbeitet haben, wie ich es an diesen beiden Herrschaften sehen kann.«
Haller warf Matt Leroy einen Blick zu; der starrte in die Luft. »Sieh mich jetzt nicht an«, sagte Matt, »jetzt ist Elsa die Größte.«
»So, bevor wir jetzt essen«, sagte Wargrave entschlossen, »würde ich gern nach oben gehen und mit Peter Necker sprechen, und zwar allein, wenn es sich machen läßt...«
»Ich werde Ihnen das Zimmer zeigen«, erwiderte Molinari. Keiner der beiden Männer blickte in das verräucherte Zimmer zurück, als sie die Treppe hinaufgingen; dort herrschte eine Atmosphäre, die sie lieber mit Stillschweigen übergingen. Elsa saß mit vor Ärger gerötetem Gesicht da, Haller brütete dumpf vor sich hin, und Matt starrte wieder in die Luft.
Als Wargrave in dem Zimmer im dritten Stock mit Peter Necker allein war, gab er ihm Anweisungen, während er einen langen Funkspruch niederschrieb. Necker war der ehemalige Kriminalbeamte, der zwölf Monate lang die gefährliche Rolle des Kellners in der weißen Jacke gespielt und in Basel die Kassetten aus dem

Schlafwagenabteil des Moskau-Expreß herausgeholt hatte. Er war ein kleiner, gutgepolsterter Mann von zweiundfünfzig Jahren und hatte ein gnomenhaftes Gesicht, dichtes braunes Haar und einen permanent sanften Gesichtsausdruck.

Neckers Äußeres täuschte allerdings über seinen wirklichen Charakter hinweg. Kurz vor seiner Pensionierung hatte er einmal dienstfrei gehabt und war mit seinem Wagen die Düsseldorfer Königsallee entlanggefahren, als er plötzlich auf die Geiger-Gruppe gestoßen war. Die Männer waren aus einer Bank, die sie soeben überfallen hatten, auf die Straße gerannt. Necker war auf den Bürgersteig und direkt auf einen der Terroristen losgefahren, der stehengeblieben war und mit seiner Maschinenpistole aus kürzester Entfernung auf Necker gezielt hatte. Necker hatte das Gaspedal durchgetreten, die Windschutzscheibe war zersplittert, und er hatte – selbst unverletzt – den Terroristen überfahren. Außerdem war er mehrere Jahre lang als Funker beim Bundeskriminalamt in Wiesbaden tätig gewesen.

»Seien Sie sehr vorsichtig mit diesem Funkspruch«, mahnte ihn Wargrave. »Verschlüsseln Sie ihn mit einem Einmalcode und benutzen Sie dabei die Seiten eins bis hundert in diesem Buch...« Er reichte Necker ein Exemplar von Somerset Maughams »Silbermond und Kupfermünze«. »... und hier sind die technischen Daten, die Sie brauchen.«

Es war Oberst Springer gewesen, der vor nur einem Monat zu seinem Chef, General Traber, gesagt hatte, Wargrave sei ein einsamer Wolf. Und diesen Funkspruch behielt der Engländer bewußt für sich. Nur Peter Necker wußte noch davon. Der Funkspruch war an ein ranghohes Mitglied des jugoslawischen Politbüros gerichtet.

Julian Haller hielt seine Ankündigung absichtlich bis nach dem Essen zurück, bis Oberst Molinari gegangen war, um noch die vielen Dinge zu klären, die er organisieren mußte. Als Haller mit Elsa, Matt und Wargrave allein war, nippte er an einem der seltenen Gläser Wein, die er sich ab und zu erlaubte. Er stellte das Glas auf den Tisch und sah lächelnd in die Runde.

»Ich sollte vielleicht noch ein letztes Detail erwähnen. Bei diesem Unternehmen werden wir jede Hilfestellung benötigen, die wir überhaupt bekommen können. Ich habe es also so eingerichtet, daß noch ein weiterer Mann herkommt, ein gewisser Phillip John. Er kommt von einer anderen Organisation – und ist ein Killer…« Er sah Elsas Gesichtsausdruck und verbesserte sich. »Ein Scharfschütze, wollte ich sagen. Er kommt morgen aus Genua hierher.«

Wargrave spürte plötzlich ein Gefühl der Anspannung und beugte sich über den Tisch. »Dürfte ich fragen, von welcher anderen Organisation?« fragte er sanft.

»Von der CIA.« Haller setzte eine schuldbewußte Miene auf. »Jetzt mach dir bitte keine Sorgen, um Himmels willen. Er ist Brite – und man hat ihn immer nur für bestimmte Aufgaben im Hintergrund eingesetzt. Man kennt ihn also nicht. Und außerdem war er der einzige, der nahe genug war, um in so kurzer Zeit herkommen zu können.« Haller nahm einen tiefen Zug an seiner Zigarette und musterte den Engländer. Zeigte sich da ein Anflug von Mißtrauen oder von Zweifeln? »Wie es scheint, kann der Bursche einer Biene auf eine Entfernung von fünfzig Metern einen Flügel abschießen. Es könnte sogar sein, daß er besser ist als du«, fügte er mit einem Grinsen hinzu.

»Die CIA hat keine Ahnung, wozu wir ihn brauchen, nehme ich an?« fragte Wargrave.

»Um Gottes willen, nein!« Haller explodierte fast. »Ich habe denen nur gesagt, daß ich ihn für eine Arbeit hier in der Gegend brauche. Sie wissen ebensowenig, daß es den Sparta-Ring überhaupt gibt. Ich habe in meiner ehemaligen Eigenschaft als Mann der National Security Agency angefragt.«

»Ich möchte ein Gespräch unter vier Augen mit dem Mann, bevor ich mich entscheide«, sagte der Engländer warnend. »Und wenn er eintrifft, soll man ihn sofort zu mir schicken – bevor er Zeit hat, irgendwelche Zusammenhänge zu erkennen.«

Elsa lächelte in sich hinein. Mr. Phillip John würde sich noch wundern, an wen er geraten war; sie hatte in der Vergangenheit einmal miterlebt, wie Wargrave einen neuen Mann einem intensiven Verhör unterzogen hatte. Haller versuchte nochmals, Wargrave zu beruhigen.

»Wir werden zwei Schlafwagen bewachen müssen – und falls sich zeigt, daß wir die weite Reise nach Schiphol mit der Bahn machen müssen, werden wir einen Dienstplan aufstellen, damit jeder mal ein bißchen Schlaf bekommt. Ein zusätzlicher Mann könnte genau das ermöglichen...«

Wargrave dachte darüber nach. Ein Helfer im Hintergrund war kein normaler Agent. Man hielt solche Leute nur für bestimmte Unternehmen in Reserve, und außerdem war es untersagt, einen solchen Mann mehr als dreimal in einem Jahr einzusetzen. So war die Wahrscheinlichkeit äußerst gering, daß er dem KGB auffiel und bekannt wurde. »Ich habe von Phillip John gehört«, bemerkte er.

»Tatsächlich?« Haller zuckte zusammen. »Doch nicht von Molinari?«

»Nein, nicht von Molinari.« Wargrave drückte seine Zigarette aus. »Sagen wir einfach, ich habe meine Quellen – und die gefährden Phillip John keineswegs. Und, wie du schon gesagt hast, wir können jede nur erdenkliche Hilfe brauchen.« Er sah auf die Armbanduhr, nahm den Stadtplan Molinaris, auf dem eingezeichnet war, wo sie sich befanden, ging damit zum Ofen hinüber, öffnete die Klappe und verbrannte den Plan. »Ich glaube, jetzt ist es Zeit, schlafen zu gehen«, versetzte er.

»Hört sich gut an«, stimmte Elsa zu. Sie hatte Wargraves Ausdruck bemerkt. »Für dich haben sie ein Extrazimmer«, sagte sie frech und gähnte.

»Morgen werden wir einen randvollen Tag haben – müssen viele Details prüfen«, mahnte Wargrave. »Am Sonnabend wird es wieder anders sein – nach Bukarest und zurück, das ist ein langer Weg.«

7. Bukarest

Punkt 7 Uhr 30 am Sonnabend, dem 8. Januar, startete Wargraves Hawker-Siddeley 125 vom Mailänder Flughafen und verschwand in der dichten Wolkendecke. Neben dem Engländer saß Elsa Lang. Sie hatte sich auf dem Sitz des Kopiloten angeschnallt und eine Balkankarte in großem Maßstab auf dem Schoß ausgebreitet. Sie war schon früher mit Wargrave geflogen – in Cessnas – und hatte dabei eine Neigung zur Navigation gezeigt; sie hatte oft bestimmte Orientierungshilfen am Boden geortet, die Flugroute überwacht und geholfen, die Maschine auf Kurs zu halten.

»Was geschieht, wenn wir bei der Ankunft nicht das richtige Landesignal erhalten?« fragte sie.

»Dann kehren wir um und fliegen mit Höchstgeschwindigkeit wieder nach Hause...«

Angelos Anweisungen auf der letzten Kassette waren wie immer sehr präzise gewesen. Beim Landeanflug auf die Landebahn außerhalb Bukarests würden die Begrenzungslichter der Landebahn eingeschaltet werden, und eine Signallampe werde wiederholt Lichtzeichen geben – dreimal lang... einmal kurz... dreimal lang... Und er selbst, Angelo, werde an zwei silberfarbenen Buchstaben am Mantelrevers erkennbar sein: AN.

Die Maschine gewann rasch an Höhe und nahm zunächst Kurs auf Belgrad, das auf der direkten Route nach Bukarest lag.

»Hat Phillip John die Musterung bestanden?« fragte Elsa.

»Winchester und Cambridge. Dann eine kurze Zeit in einer Londoner Geschäftsbank. Das hat ihn alles entsetzlich gelangweilt, so

daß er etwas Aufregenderes suchte. Er hat es gefunden«, war Wargraves trockener Kommentar. »Er ist ein ruhiger Mann, und das hat mir gefallen. Reflexe wie bei einem Formel-I-Rennfahrer. Ich habe ihn mit dem alten Trick getestet – eine Waffe zwischen uns auf den Tisch gelegt, und wenn ich in der Unterhaltung ein bestimmtes Wort äußere, langt er nach der Waffe.«
»Wer hat gewonnen?«
»Seine Hand hat den Knauf zuerst erreicht...«
»Er hat dich geschlagen?«
»Meine Hand lag auf seiner und hielt sie fest.«
»Was ist er für ein Typ? Sieht er gut aus?«
»Einen Meter achtzig groß, wiegt einhundertvierzig Pfund, weißes Gesicht, gewelltes braunes Haar, sehr kontrollierte Bewegungen. Ein Profi...«
Als sie in einem Schneesturm die jugoslawische Küste erreichten, hatte Wargrave zum erstenmal Kontakt mit dem Radar der Belgrader Flugsicherung und Luftüberwachung. Durch das Mikrophon sprach er kurz mit dem Tower auf serbokroatisch. Während seiner Jahre auf dem Balkan hatte Wargrave einige gute Freunde gewonnen, und einer davon war Stane Sefer, der Chef der jugoslawischen Sicherheitspolizei. Es war Sefer gewesen, an den er mit Peter Neckers Hilfe am Donnerstagabend den geheimen Funkspruch geschickt hatte. Am Freitagabend hatte er mit einem Anruf in Belgrad die Erlaubnis Sefers erwirkt, Jugoslawien »in einer dringenden Mission« zu überfliegen.
»Unser Radar wird dich ins Land und wieder hinausgeleiten«, hatte Sefer versprochen. »Und bei diesem Wetter wirst du uns auch brauchen, um auf Kurs zu bleiben.«
Der hagergesichtige Stane Sefer hatte keine Fragen gestellt, war aber davon ausgegangen, daß Wargrave unterwegs war, um einen Agenten auszufliegen, der gegen die Russen arbeitete. Und ebenso wie die gesamte jugoslawische Regierung war auch Sefer nur zu gern bereit, jeden zu unterstützen, der den Jugoslawen dabei half, die übergroße sowjetische Macht auf Abstand zu halten. In Belgrad machte sich niemand Illusionen darüber, daß Jugoslawien

durchaus das nächste Angriffsziel der Roten Armee werden könnte – nach einer Besetzung Rumäniens, dessen unabhängige politische Führung die Absichten des russischen Bären mit dem gleichen Argwohn verfolgte.

Es herrschte sehr schlechtes Flugwetter – Blindflug durch ganz Jugoslawien –, und ohne die Hilfe von Sefers Radarstationen, die Wargrave sicher zur rumänischen Grenze geleiteten, hätte er es wohl nicht geschafft. Neben ihm saß Elsa Lang und studierte ihre Karte. Sie versuchte ständig, den Erdboden auszumachen. Dabei gab sie sich den Anschein, als wäre das alles selbstverständlich. Während der ersten Flugstunde hatte der ansehnliche Scotch, den sie kurz vor dem An-Bord-Gehen getrunken hatte, geholfen, aber die Flugzeit nach Bukarest betrug drei Stunden, und der leicht anästhetisierende Effekt des Getränks war inzwischen längst verflogen.

»Zumindest sieht es so aus, als hätten wir unseren Flug geheimhalten können«, sagte sie einmal.

Elsa wäre sicher weniger gleichmütig gewesen, hätte sie Zeuge einer Szene werden können, die sich kurz nach ihrem Start vom Mailänder Flughafen abgespielt hatte: Im Tower beklagte sich plötzlich einer der Fluglotsen, Toni Morosi, ein Mann mit einem bleichen Gesicht, über Magenkrämpfe. Man erlaubte ihm, seinen Platz im Tower zu verlassen. Statt zum Waschraum zu gehen, begab sich der angeblich kranke Morosi zu einer Telefonzelle und wählte eine Nummer in Mailand an. Am anderen Ende der Leitung wurde sofort der Hörer abgenommen.

»Hier Russo«, sagte Toni Morosi schnell. »Eine private Hawker-Siddeley, eine Düsenmaschine, ist um sieben Uhr dreißig mit östlichem Kurs gestartet...«

»Was ist daran auffällig?« verlangte die düstere Stimme zu wissen.

»Die Maschine ist den ganzen Freitag in einem besonderen Hangar bereitgehalten und von Sicherheitspolizei schwer bewacht worden...«

»Wer war an Bord?«

»Keine Ahnung...«
»Halten Sie mich auf dem laufenden.«
Am anderen Ende wurde aufgelegt. Morosi wischte sich die Stirn und eilte zum Waschraum; er setzte sich einige Minuten auf einen Toilettensitz und begab sich dann zurück in den Tower. Der Mann in einer Mailänger Garage, der Morosis Meldung angenommen hatte, chiffrierte sie später und gab die Information in einem Funkspruch weiter, den er mit einem starken Sendegerät nach Moskau übermittelte. Weil er der Nachricht keine besondere Bedeutung beimaß, ließ er sich mit der Übermittlung des Funkspruchs Zeit.

»Da fließt der Argesch...«
Elsa blickte aus dem Fenster auf die rumänische Ebene, durch die sich der Fluß schlängelte, und suchte die Orientierungshilfen der Landschaft auf ihrer Karte. Die Maschine flog jetzt in fünfzehnhundert Meter Höhe, und in der vergangenen halben Stunde hatte sie eine Orientierungshilfe nach der anderen geortet. Sie hatten Glück gehabt; nach dem Überfliegen der jugoslawischen Grenze, als sie außer Reichweite der Radarstationen Stane Sefers waren, hatte sich der Himmel aufgeklärt. Die Ebene unter ihnen war eine weiße Landschaft, aber es schneite wenigstens nicht mehr in diesem Teil des Balkans.
»Wir müssen bald da sein«, erwiderte Wargrave. »Halte bitte Ausschau nach dem Landestrahl.«
Es war kurz vor 11 Uhr 30 Bukarester Zeit – eine Stunde später als in Mailand –, und als sie sich der rumänischen Hauptstadt näherten, spürte Elsa, wie ihre Nerven immer mehr durcheinandergerieten. Sie warf Wargrave einen Blick zu. Er zeigte gespannte Aufmerksamkeit, wirkte aber ruhig. Er spürte ihren Blick und lächelte beruhigend. »Nicht jedes Mädchen bekommt einen Flug zum Balkan geboten – und das noch bei vollen Spesen...«
»Paß lieber auf jetzt«, erwiderte Elsa.
Hinter ihnen befand sich eine geräumige Kabine, in der bis zu sechs Fluggäste bequem untergebracht werden konnten, und Wargrave kam der Verdacht, daß durchaus mehr als nur ein Pas-

sagier an Bord kommen könnte – Anatolij Sarubin war verheiratet und hatte eine Tochter, und es schien unwahrscheinlich, daß er seine Familie zurücklassen würde. Die Dinge, die Elsa jetzt von dem hinteren Sitz nach vorn holte, waren weniger beruhigend als Wargraves Bemerkung. Sie legte sich das Sten-Gewehr und die Ersatzmagazine auf den Schoß, so daß der Engländer sie jederzeit erreichen konnte, und legte dann ihre eigene 38er Smith & Wesson ebenfalls bereit. Dann – direkt vor ihnen im Halbdunkel des Wintertages – leuchteten die Begrenzungslichter der Landebahn auf.

»Achte auf das Blinkfeuer«, mahnte Wargrave.

Aufs äußerste angespannt, blickte Elsa angestrengt nach unten, während Wargrave die Maschine steil herunterzog. Was erwartete sie dort unten? Sie landeten mitten in einem kommunistischen Staat – einem Staat, der sein Mißtrauen gegenüber Moskau zwar oft genug an den Tag gelegt hatte, letztlich aber doch ein kommunistischer Staat war und blieb. »Vergiß nicht die Buchstaben AN, die Angelo sich anstecken wollte«, erinnerte sie ihn. Das war eine verdammt überflüssige Bemerkung, dachte sie; als ob er die vergessen könnte. Dann begann die Signallampe zu blinken. Dreimal lang... einmal kurz... dreimal lang...

Wargrave drosselte die Triebwerke, als ihnen die parallelen Lichterreihen entgegenflogen; ein kurzes Rumpeln, als die Maschine den Boden berührte, dann rollte der Jet aus. Wargrave bremste so stark wie möglich ab. Er wußte nicht, wie lang die Landebahn war. Die Maschine kam zum Stillstand, und Elsa blickte aus dem rechten Seitenfenster. Sie sah nichts. Mein Gott, dachte sie, jetzt möchte ich gern aufs Klo. Wargrave ließ die Triebwerke weiterlaufen und sah ebenfalls aus dem Fenster.

»Komisch, scheint niemand da zu sein...«

»Aber jemand hat die Lichter eingeschaltet...«

»Also muß jemand da sein«, stimmte Wargrave zu.

Er nahm das Sten-Gewehr, und sie griff nach dem Knauf ihrer Smith & Wesson. Allein das Halten der Waffe tröstete sie ein wenig. Was zum Teufel ging da draußen im Halbdunkel eigentlich vor? Plötzlich schaltete Wargrave den an der Nase der Maschine befindlichen Suchscheinwerfer ein. Der Lichtstrahl durchschnitt die Dunkelheit und gab den Blick auf einen Mann frei, einen kleinwüchsigen, untersetzten Mann mit breiten Schultern, der einen schweren Pelzmantel trug und barhäuptig ging.

Der Mann kam näher, ging festen Schritts auf sie zu. Er trug eine Aktentasche. Beim ersten Aufblitzen des Lichtstrahls hatte er die Hand vor die Augen gelegt, aber jetzt hatte er sie heruntergenommen und kam mit gesenktem Kopf näher. Als er schon fast bei der Maschine angekommen war, wurde sein Gesicht deutlicher, ein Gesicht mit energischem Kinn und buschigen Augenbrauen, das Elsa sofort nach den vielen Fotos erkannte, die sie von diesem Mann gesehen hatte. Sie keuchte.

»Mein Gott, Harry! Das ist eine Falle, eine gottverdammte Falle...«

Der Mann, der auf sie zukam – der jetzt fast das Flugzeug erreicht hatte –, war General Sergej Marenkow, der Chef des KGB.

8. Bukarest, Wien, Mailand

Wargrave erkannte sofort, daß es hoffnungslos war. Er würde zwar versuchen können, sofort zu starten, aber der vor ihm liegende Rest der Startbahn würde nicht ausreichen; er hatte keine Zeit, die Maschine zu wenden, und außerdem hatten die Rumänen sicher Maschinengewehre auf das Flugzeug gerichtet, vielleicht sogar kleinere Feldgeschütze in Stellung gebracht. Das würde ihn aber nicht davon abhalten, einen Versuch zu wagen. Unter Umständen wäre eine Geisel genau das Richtige, sie aus der Falle entkommen zu lassen, eine Geisel vom Rang General Marenkows. Wargrave stieß die Tür auf und wartete, bis General Marenkow unten stand und heraufblickte.

»Keine Bewegung, General«, rief Wargrave durch das Heulen der Triebwerke. Er sprach Deutsch und erwartete nicht, daß der General ihn verstand, aber die Sprache des aus kürzester Entfernung auf seinen Brustkorb gerichteten Sten-Gewehrs würde der Russe auf jeden Fall verstehen.

Marenkow machte eine winkende Handbewegung, mit der er andeuten wollte, daß die automatische Treppenleiter heruntergelassen werden sollte. Wargrave zögerte, dann gab er Elsa Anweisung, auf den Knopf zu drücken. Die elektrisch betriebene Leiter wurde ausgefahren und senkte sich auf den Boden. Marenkow bestieg sie und wollte die Kanzel erklimmen. Er hielt erst inne, als Wargrave mit dem Gewehr gestikulierte und rief: »Bleiben Sie da stehen...«

»Haben Sie keine Augen im Kopf?« schnauzte der Russe auf englisch zurück.

»Mein Gott!« flüsterte Elsa Wargrave ins Ohr. »Sein Mantelaufschlag. Um Himmels willen, sieh dir seinen Mantelaufschlag an!«
Marenkow zeigte jetzt selbst auf den rechten Mantelaufschlag, an dem zwei silberne Buchstaben befestigt waren: AN. Wargrave starrte sie bleich an. Er beugte sich aus der Kanzel. Marenkow ging einen Schritt weiter und beugte sich vor, bis die Gesichter der beiden Männer sich beinahe berührten.
»Was bedeuten diese Buchstaben?« verlangte Wargrave zu wissen.
»Angelo. Ich bin Angelo. Wir müssen sofort losfliegen. Meine Freunde gehen ein schreckliches Risiko ein – nehmen Sie mich an Bord und fliegen Sie mich hier raus. Nichts wie weg hier...«
Inzwischen waren Gestalten in Pelzmänteln aus der fast vollständigen Dunkelheit aufgetaucht, und Wargrave war sicher, daß einer dieser Männer Ion Manescu war, der Chef der rumänischen Geheimpolizei. Seit Elsa Marenkow erkannt hatte, war kaum eine Minute vergangen, aber in dieser kurzen Zeit hatte Wargraves Gehirn fieberhaft gearbeitet und die ganze Geschichte Angelos rekapituliert. Er hätte sich selbst ohrfeigen können, weil ihm die Wahrheit nicht schon früher aufgegangen war. Er senkte die Waffe, streckte eine Hand aus und hievte den Russen an Bord. Er brauchte Elsa den Befehl gar nicht zu geben: Sie hatte schon auf den Knopf gedrückt, und die Leiter wurde surrend eingefahren. Wargrave schlug die Tür zur Kanzel zu, während Marenkow sich auf einen der vorderen Sitze fallen ließ, sich vorbeugte und etwas rief.
»Sie befinden sich auf einem Wendeplatz, einem großen Kreis. Ziehen Sie die Maschine um hundertachtzig Grad herum und starten Sie in die Richtung, aus der Sie gekommen sind. Es sollte schnell gehen.«
»Glauben Sie etwa, ich wollte noch zum Tee hierbleiben?«
Es war, wie Marenkow es beschrieben hatte: Wargrave konnte den Jet langsam im Halbkreis wenden, der dann mit der Nase in die Richtung zeigte, aus der er gekommen war. Die parallellaufenden

Lichterreihen lagen jetzt wieder vor ihnen. Wargrave ließ die Maschine anrollen, beschleunigte, die Begrenzungslichter verschmolzen, rasten vorüber, und dann hob die Maschine ab und gewann rasch an Höhe. Jetzt ging es nach Westen, auf die Radarstationen Stane Sefers zu, von denen er nichts zu befürchten hatte.

Hinterher ist man immer klüger. Nur bringt einem das nichts ein. Von Anfang bis Ende hatte das Unternehmen Angelo aber die deutliche Handschrift eines Profis getragen, eines Mannes, der das Spionagegeschäft auf höchster Ebene beherrschte. Und Anatolij Sarubin, der sowjetische Minister für Handel und Außenwirtschaft, war für diese Art Arbeit nicht qualifiziert gewesen. Es ist immer genau das, was einem vor der Nasenspitze liegt, was man nicht sieht, dachte Wargrave ironisch. Er drehte sich einmal kurz um und warf Marenkow einen Blick zu; dieser starrte ihn unter seinen buschigen Augenbrauen ebenfalls an. Er hatte die Arme verschränkt, und sein Gesicht war völlig ausdruckslos. Als er wieder nach vorn blickte, fragte sich Wargrave, warum ein Mann wie Marenkow so gehandelt hatte. Er konnte keine Erklärung finden. Warum?

Sergej Michail Loris Marenkow war zwanzig, als er 1941 in der Ukraine als Partisanenführer hinter den feindlichen Linien kämpfte. Er hatte angeborene Führungsqualitäten, und 1943 bereits war er stellvertretender Kommissar bei einer Panzereinheit in Kursk. Nikita Chruschtschow, ein Ukrainer wie er, hatte ihn unter seine Fittiche genommen und für seine außergewöhnlich schnelle Beförderung gesorgt. Nach Kriegsende hatte ein Talentsucher des KGB, der Marenkows Organisationsgabe, sein enzyklopädisches Gedächtnis und seine Tatkraft erkannt hatte, ihn für die Geheimpolizei angeworben.

Marenkow brauchte eine bestimmte Seite eines Berichts nur einmal zu lesen, dann war sie für immer in sein Gedächtnis eingebrannt. Er konnte Hunderte von Namen, Adressen und Telefonnummern behalten, jede beliebige Zahl von statistischen Daten und vergaß niemals ein Gesicht oder einen Namen. Sein schneller Aufstieg auf der Leiter zur Macht wurde noch durch einen weiteren Umstand begünstigt – er schloß sich niemals irgendeiner Fraktion an, so daß ihm alle Seiten vertrauten. Dann, im Alter von fünfundvierzig Jahren, heiratete Sergej Marenkow.

Irina Marenkow, eine schlanke, zerbrechlich wirkende Schönheit, war das genaue Gegenteil ihres Mannes. Sie hatte ein waches politisches Gespür und schon vor der Heirat begonnen, am System der Sowjetunion zu zweifeln. Die Werke Alexander Solschenizyns gaben den letzten Anstoß zu ihrer Abkehr vom Kommunismus. Sie kam zu dem Schluß, daß der Sowjetstaat ein einziger Schwindel sei, fast so etwas wie eine Militärdiktatur, die zunehmend unter den Einfluß Marschall Grigorij Pratschkos und seiner Anhänger im Politbüro geraten sei. Sie säte die ersten Zweifel bei ihrem Mann.

Marenkow hatte aber auch schon selbst begonnen, sich um die Entwicklung in seinem Land zu sorgen. Er verabscheute die großspurige, herablassende Art seines Kollegen Marschall Pratschko, hielt seine Gefühle aber sorgfältig verborgen. Er wußte, daß die sowjetische Aufrüstung bei weitem das Maß überstieg, das zur Verteidigung gegen den Westen notwendig war. Dann wurde Oberst Igor Scharpinsky zu seinem Stellvertreter ernannt.

Es dauerte einige Zeit, bis Marenkow aufging, daß Scharpinsky ein Schützling Pratschkos war, den man in die Position des stellvertretenden Chefs des KGB manövriert hatte, um die Macht des GRU zu stärken – des militärischen Abschirmdienstes der Sowjetunion. Die offizielle Aufgabe Scharpinskys bestand darin, die Zusammenarbeit mit dem GRU zu intensivieren, aber insgeheim unterstützte er jedes Vorhaben Pratschkos. Dann kehrte Marenkow eines Abends spät in seine Wohnung am Kutusow-Prospekt 26 zurück und fand Irina tot auf. Sie hatte eine Überdosis Schlaftabletten genommen und einen kurzen Abschiedsbrief hinterlassen. *Als mutmaßliche Dissidentin bin ich zu einer Belastung für Dich geworden. Ich liebe Dich zu sehr, um Dich zu vernichten. Statt dessen töte ich mich selbst.*

Marenkow, der noch nie in seinem Leben eine Träne vergossen hatte, weinte eine Stunde lang. Drei Tage lang blieb er allein in der Wohnung und ließ niemanden zu sich. Dann setzte er eine Untersuchung in Gang. Er brauchte nur drei Tage, um herauszufinden, daß man – während er sich in der DDR aufhielt – eine Gerüchtekampagne gegen seine Frau begonnen hatte, die man subversiver Aktivitäten verdächtigte. Die Quelle dieser politischen Brunnenvergiftung war Oberst Igor Scharpinsky.
Marenkows verschwiegene Natur, die ihn – neben anderen Qualitäten – in die Dienste des KGB gebracht hatte, kam ihm jetzt gut zustatten. Er blieb eine Nacht bis zum Morgengrauen auf und dachte nach. Dann hatte er seine Entscheidung getroffen. Von nun an würde er gegen das pervertierte System arbeiten, das seine Frau in den Tod getrieben hatte und dabei war, sein Land zu zerstören. Er wurde zu Angelo.
Der hochintelligente Marenkow wußte nur zu gut, daß seine Zeit früher oder später um sein würde. Da war zum Beispiel im November dieser besorgniserregende Vorfall auf dem Moskauer Bahnhof gewesen, als er – nur eine Minute, nachdem er die neueste Kassette im Schlafwagen versteckt hatte – aus dem Waggon gesprungen war und sich urplötzlich Hauptmann Starow vom GRU gegenübergesehen hatte, der den Schlafwagen gerade hatte besteigen wollen, um ihn zu untersuchen. Mit charakteristischer Entschlossenheit hatte Marenkow Starow sofort mit zwei Schüssen getötet und ihm dann die Handgranate in die Hand praktiziert, die er immer in der Tasche trug, die Handgranate, die er selbst sofort entsichert und mit der er sich selbst in die Luft gejagt hätte, hätte man ihn je entdeckt und festnehmen wollen.
Als die Troika Leonid Sedow, Marschall Pratschko und er selbst eingesetzt worden war, um den Verräter auf höchster Ebene aufzuspüren, hatte er sich in der makabren Rolle eines Mannes wiedergefunden, der sich selbst zur Strecke bringen soll. Um ein wenig Zeit zu gewinnen, ließ er den Eindruck aufkommen, als verdächtige er Anatolij Sarubin, den er von Anfang an als nützlichen Schutzschild betrachtet hatte. Er hatte sich sogar Sarubins Vor-

liebe für amerikanischen Jazz zunutze gemacht, als er in den Kassetten darum bat, man möge über das Programm der Voice of America bestimmte Jazzplatten senden, um die sichere Ankunft der Kassetten in Washington zu bestätigen. Und dieser angebliche Verdacht gegenüber Sarubin war auch der Vorwand gewesen, mit dem er sich der sowjetischen Delegation, die Bukarest besuchte, als Begleiter angeschlossen hatte.

Und jetzt befand er sich in achttausend Fuß Höhe über Jugoslawien in einer Düsenmaschine, die von einem Engländer gesteuert wurde. Dabei war Marenkow sich bewußt, daß jeder Kilometer seiner langen Reise in die Vereinigten Staaten voller Gefahren sein würde – daß KGB und GRU sämtliche Kräfte mobilisieren würden, um ihn und seine Beschützer zu töten. Eine sichere und gefahrlose Reise stand ihm nicht bevor.

Nur wenige Minuten, nachdem Wargrave sich wieder in der Luft befand, verließ ein kleiner Konvoi von Automobilen das rumänische Flugfeld und fuhr mit hoher Geschwindigkeit nach Bukarest zurück. Als Marenkows Flucht ruchbar wurde, nahm Ion Manescu, der Chef der Geheimpolizei, sich vor, eine offizielle Untersuchung einzuleiten. Sein Bericht würde zeigen, daß unbekannte kapitalistische Agenten den Russen aus Rumänien ausgeflogen hätten. Manescu, der es eilig hatte, in die Hauptstadt zurückzukehren, saß hinterm Lenkrad des führenden Wagens. Er war für seine halsbrecherische Fahrweise bekannt und hatte die anderen Fahrzeuge bald abgeschüttelt.

Im letzten Wagen daß einer seiner Untergebenen, Leo Ionita. Der hielt vor einer Villa, die von einer mit Stacheldraht bewehrten Mauer umgeben war, rannte hinein, machte ein kurzes Telefonat und lief dann zu seinem Wagen zurück. Er beschleunigte das Tempo und erreichte Bukarest nur wenig später als Manescu, hielt wiederum an und rannte in die Eingangshalle eines großen Mietshauses. Dort wechselte er wenige Worte mit einem Angehörigen der sowjetischen Botschaft, der sich nach Ionitas Anruf hier eingefunden hatte. Minuten später fuhr der Russe auf direktem Weg zu seiner Botschaft.

Wie in Jugoslawien gibt es auch in Rumänien in der KP einen Bodensatz von Stalinisten, die insgeheim die Sowjetunion unterstützen. Leo Ionita war einer dieser heimlichen Stalinisten. Nur Minuten, nachdem der russische Kontaktmann Ionitas seine Botschaft erreicht hatte, wurde ein dringender Funkspruch nach Moskau übermittelt, der die Flucht General Marenkows meldete. Wiederum nur Minuten nach dem Eingang dieses Funkspruchs in Moskau ging vom KGB-Hauptquatier am Dscherschinskij-Platz 2 ein neuer Funkspruch nach Wien ab, wo Oberst Igor Scharpinsky sich zu einem seiner häufigen Besuche der österreichischen Hauptstadt aufhielt. Er erfuhr von Marenkows Flucht aus Rumänien, als Wargrave sich noch weit entfernt von Mailand in der Luft befand.

Es war 11 Uhr Wiener Zeit – eine Stunde früher als in Bukarest –, als der Moskauer Funkspruch die sowjetische Botschaft in der österreichischen Hauptstadt erreichte. Wie gewöhnlich war Scharpinsky mit einem Diplomatenpaß, der auf einen falschen Namen lautete, in Wien eingetroffen. Der Funkspruch lag auf dem Schreibtisch vor ihm, als er in seinem Büro im zweiten Stock saß und durch die Spitzenvorhänge auf die Straße starrte. Es herrschte schweres Schneetreiben, und in dicke Mäntel und Schals gehüllte Passanten stapften mit gesenkten Köpfen durch den Schnee.

Oberst Igor Scharpinsky war ein kleiner, gutgebauter Mann von fünfzig Jahren, über dessen gewölbter Stirn sich das Haar zu lichten begann. Der hohlwangige Scharpinsky hatte ein unentschlossen wirkendes Kinn, das nichts von seiner ungeheuren Willenskraft ahnen ließ. Im Augenblick trug er eine randlose Brille, und die blassen Augen hinter den Brillengläsern waren reglos und zeigten keinerlei Ausdruck, was wiederum nichts davon erkennen ließ, mit welchem Hochdruck er überlegte. Nach dem Empfang des brutalen Funkspruchs – »ausfindig machen und vernichten« – hätte ein unfähigerer Mann sofort etwas unternommen und eine Flut von Befehlen erlassen. Scharpinsky blieb zehn Minuten ruhig am Schreibtisch sitzen und dachte nach, bis er seinen Plan ausgearbeitet hatte.

Dann drückte er auf einen Knopf auf seinem Schreibtisch, mit dem er seinen Stellvertreter herbeirief, Rudi Bühler, einen DDR-Bürger, der im Auftrag des GRU die in Westeuropa tätigen Sabotageeinheiten leitete. Scharpinsky gab Bühler leise einige Anweisungen, die dieser sofort per Telefon weiterleitete. Nach einer Reihe von Anrufen legte Bühler auf und sah Scharpinsky an, der noch immer aus dem Fenster starrte.
»Er befindet sich immer noch in der Annagasse 821. Ein Team ist jetzt dorthin unterwegs. Für den Flug nach Zürich sind Plätze gebucht. Aber warum Zürich?«
Rudi Bühler, vierzig Jahre alt – zehn Jahre jünger als sein Chef –, war ein schwer gebauter Mann von mittlerer Größe, aber anders als Scharpinsky hatte der Ostdeutsche eine Neigung zur Fülle. Und anders als der glatthäutige Russe hatte der stupsnasige Bühler einen lederartigen Teint. Bevor er die Frage beantwortete, stand Scharpinsky von seinem Schreibtisch auf und ging mit wenigen elastischen Schritten zu einer Wandkarte, auf der eine Reihe von Stecknadeln eine Linie quer durch Jugoslawien markierten.
»Erstens: Unter einigen Routineberichten, die heute morgen aus Mailand eintrafen, befand sich auch einer, der den Start eines britischen Düsenflugzeugs in östlicher Richtung meldete. Zweitens: In dem Bericht eines Belgrader Agenten war von dem Überfliegen der Stadt durch eine Düsenmaschine die Rede – wiederum in östlicher Richtung. Andere Berichte von anderen jugoslawischen Agenten in den Radarstationen meldeten, die Maschine habe die rumänische Grenze in Richtung Bukarest überquert...«
Die von Scharpinsky erwähnten »jugoslawischen Agenten« waren bestimmte Stalinisten, die über geheime Sender regelmäßig Berichte nach Moskau übermittelten. In diesem Augenblick, in dem Wargrave seine Maschine durch den jugoslawischen Luftraum westwärts steuerte, verfolgten sowjetische Himmelsspione, die in vierhundertsiebzig Kilometer Höhe ihre Bahn zogen, seinen Kurs, dessen Verlauf sie sofort nach Moskau übermittelten.
»Ich verstehe noch immer nicht, warum wir nach Zürich fliegen«, beharrte Bühler.

»Weil sie versuchen werden, ihn von Mailand aus mit der Bahn dorthin zu bringen. Agenten, die sich im Mailänder Hauptbahnhof umgesehen haben, haben gestern über lebhafte Sicherheitsvorkehrungen berichtet. An den Atlantik-Expreß, der Mailand heute am späten Nachmittag verlassen wird, werden zwei zusätzliche Schlafwagen angehängt werden. Als ich die Meldung erhielt, maß ich ihr noch keine besondere Bedeutung bei...«
»Warum sollten sie ihn nicht per Flugzeug von Mailand nach Zürich bringen?« wandte Bühler ein.
Dies war ein Spiel, das beide Männer gut kannten und das sie schon oft praktiziert hatten. Bühler übernahm die Rolle des *advocatus diaboli* und versuchte, in der Argumentation seines Chefs Schwächen aufzudecken. Das gelang ihm nur selten.
»Weil ich soeben erfahren habe, daß der Mailänder Flughafen für den gesamten Flugverkehr gesperrt worden ist«, erwiderte der Russe. »Wir können zwar hoffen, daß die Maschine abstürzt, müssen aber davon ausgehen, daß sie einen erfahrenen Piloten ausgesucht haben, der den Jet im Blindflug landen wird. Wenn er damit Erfolg hat, werden sie mit Sicherheit keinen neuen Start wagen. Und der Züricher Flughafen ist noch immer offen – von dort aus könnten sie ihn direkt in die Vereinigten Staaten fliegen. Marenkow darf also niemals in Zürich ankommen...«
Während der folgenden Stunde brachte Scharpinsky eine lange Reihe von Funksprüchen in der ihm eigenen klaren Handschrift zu Papier. Beim Schreiben lauschte er Beethovens »Kaiserkonzert«, das er auf den Plattenteller gelegt hatte. Diese Musik erschien ihm dem Umfang des Unternehmens angemessen, das er jetzt in die Wege leitete und das den Einsatz größerer Sabotageeinheiten des GRU einschloß. Nachdem er seine Arbeit erledigt hatte, sprach er in seine Gegensprechanlage.
»Schicken Sie mir den diensthabenden Offizier aus der Chiffrierabteilung...«
Während er wartete, nahm Scharpinsky eine Reisetasche von einem Regal, die seit Monaten dort gepackt und vorbereitet gelegen hatte für den Fall, daß er plötzlich würde abreisen müssen. Alle

drei Tage erschien ein weiblicher KGB-Offizier, packte die Tasche aus, breitete die Kleidungsstücke aus und packte die Tasche von neuem. Der Inhalt der Reisetasche war unschuldig genug – Winterkleidung (eine ähnliche Tasche enthielt Sommerkleidung), ein in Seide eingewickeltes wertvolles Buch und die jüngste Ausgabe des Katalogs von Sotheby's, dem Londoner Auktionshaus.

»Herein«, rief Scharpinsky aus, als jemand an die Tür klopfte. Leo Skoblin, ein Chiffrierbeamter aus dem Chiffrierraum im Untergeschoß, trat ein. Der fünfunddreißigjährige Skoblin hatte ein hageres Gesicht und ging mit einem leichten Humpeln. Scharpinsky reichte ihm die Funksprüche in einem versiegelten Umschlag; erst nachdem Skoblin den Raum verlassen hatte, bemerkte der Russe, daß die beiden Flugtickets nach Zürich, die Bühler vorhin hereingebracht hatte, offen auf seinem Schreibtisch lagen. Er legte einen Notizblock darüber; Scharpinsky war ein Perfektionist, den selbst der kleinste Lapsus irritierte, wenn es um Geheimhaltung ging.

Im Untergeschoß begann der leitende Chiffrierbeamte sofort mit dem Verschlüsseln der Funksprüche, die anschließend an geheime Empfänger in verschiedenen Teilen Europas übermittelt werden sollten, nach Zürich, Basel, Mailand, Mülhausen und Düsseldorf. Der längste Funkspruch aber ging nach Andermatt in der Schweiz.

Heinz Golchack, der österreichische Antiquar, der in der Wiener Annagasse 821 wohnte, erreichte den Flug 433 der Swissair von Schwechat gerade noch rechtzeitig. Die Maschine startete um 13 Uhr 25 – dies war der letzte Flug, und kurz nach dem Abflug des Jets wurde der Flughafen geschlossen. Golchack lehnte sich in seinen Sessel in der Touristenklasse zurück und studierte den Katalog von Sotheby's durch seine dicken Brillengläser, während die DC-10 schnell an Höhe gewann. Als die Stewardeß ihn fragte, was er zu trinken wünsche, antwortete er höflich, aber ein wenig unentschlossen.

»Haben Sie vielleicht irgendeinen... Schnaps?« fragte er freundlich. »Das beruhigt den Magen ein bißchen.« Er lächelte entschuldigend. »Ich bin kein sehr guter Fluggast, wissen Sie...«

»Verstehe, mein Herr. Seien Sie unbesorgt – Sie bekommen ihn sofort.«
Hinten in der Kombüse bemerkte die Stewardeß zu ihrer Freundin, ausnahmsweise habe sie bei diesem Wetter mal einen höflichen Fluggast. »Er ist wirklich ein Schatz«, fuhr sie fort, als sie den Drink einschenkte, »der typische zerstreute Professor.«
Seltsam, wenn man bedenkt, daß Heinz Golchack weniger als zwei Stunden zuvor in der Annagasse 821 von zwei in Mäntel mit Pelzkragen und Schals eingehüllten Männern Besuch bekommen hatte. Die beiden hatten mit tief in die Stirn gezogenen Hüten vor der Tür gestanden. Er hatte nur einen erwartet, nicht zwei. Dreißig Minuten vorher war er von einem Mann angerufen worden, der erklärt hatte, er sei ein Sammler seltener Bücher aus München; ob er Herrn Golchack besuchen dürfe?
»Ich habe einen Freund mitgebracht«, sagte der kleinere der beiden Männer, als Golchack in der Tür seiner Wohnung im fünften Stock stand, der einzigen Wohnung auf der Etage.
»Bitte, treten Sie ein. Ich habe noch etwas Kaffee warmgestellt...«
Heinz Golchack, ein nicht sehr großer, gutgebauter Mann, war zweiundfünfzig, Junggeselle, lebte allein und war fast ein Einsiedler – in Wien leben viele solche Menschen. Er schätzte seine Einsamkeit so hoch, daß er die Wohnung sogar selbst saubermachte. Er wollte gerade in die Küche gehen, als der kleinere Mann, der angerufen hatte, ihm von hinten mit einem Gummiknüppel einen brutalen Schlag auf den Kopf versetzte. Golchack war tot, bevor er zu Boden gefallen war.
Danach entwickelten seine beiden Besucher eine emsige Geschäftigkeit. Sein Mörder holte eine Gazekappe hervor, die er dem toten Antiquar über den Kopf zog, damit kein Blut auf den Teppich floß. Sein Begleiter sah immer wieder in eine Liste und hakte einen Punkt nach dem anderen ab, sobald er erledigt war. Eine Reisetasche aus dem Schlafzimmer wurde mit den Kleidungsstücken gepackt, die Golchack für eine Reise benötigt hätte. Seine Toilettensachen wurden aus dem Badezimmer geholt, sein Paß befand sich in einer Schublade.

Während einer der Männer die Reisetasche packte, leerte sein Begleiter die Kaffeekanne, die er auf dem Ofen gefunden hatte, wusch sie aus, trocknete sie ab und stellte sie zusammen mit den beiden Tassen, die Golchack schon bereitgestellt hatte, in den Küchenschrank. Kurz bevor sie die Wohnung verließen, zog der Mann, der Golchack getötet hatte, einen maschinengeschriebenen Zettel aus der Tasche und legte ihn auf einen Schreibtisch. Der Zettel stammte von einem Notizblock mit Swissair-Aufdruck und zeigte Abflug- und Ankunftszeit des Swissair-Fluges 433 nach Zürich.
Die beiden Männer verschlossen die Wohnung Golchacks mit den Schlüsseln, die sie in seiner Tasche gefunden hatten, und trugen seine Leiche und die Reisetasche über eine Wendeltreppe an der Rückfront des Hauses nach unten. Dort legten sie Leiche und Tasche auf den Rücksitz des alten Mercedes, den sie bei der Ankunft auf dem gepflasterten Innenhof geparkt hatten. Dann fuhren sie über den Hof durch die Ausfahrt mit dem massiven Doppeltor auf die Annagasse hinaus. Ein Motorradfahrer, der am Bordstein hielt, sah sie abfahren, betätigte den Kickstarter und fuhr mit hoher Geschwindigkeit zur sowjetischen Botschaft zurück, um Vollzug zu melden.
In einem abgelegenen Teil des Wienerwalds fuhren die beiden Männer den Mercedes rückwärts in einen alten Waldweg, bis sie an den Rand einer tiefen Grube kamen. Sie brauchten weniger als fünf Minuten, um die Reisetasche und den Leichnam hineinzuwerfen, mehrere Benzinkanister darüberzugießen und das Ganze mit benzingetränkten Lappen in Brand zu setzen. Als die Flammen ausgegangen waren und nur noch öliger Gestank und Rauch übrig waren, schaufelten sie Schnee auf die Überreste. Anschließend fuhren sie zurück zur sowjetischen Botschaft.
Dies alles war schon vor Monaten geplant worden, als Agenten Heinz Golchack als möglichen Kandidaten für einen Identitätswechsel im Notfall ausfindig gemacht hatten. Während eines der seltenen Besuche Golchacks in Salzburg waren sie mit Nachschlüsseln in seine Wohnung eingestiegen und hatten seinen Rei-

sepaß fotografiert, einen Paß, der anschließend im Labor im obersten Stockwerk der sowjetischen Botschaft kopiert worden war. Nur das Paßfoto war ausgetauscht worden. Heinz Golchack war jetzt ein verkohlter Leichnam im Wienerwald. Heinz Golchack war aber auch ein Passagier an Bord des Fluges 433 der Swissair nach Zürich.

9. Mailand und Zürich

Caspar ist an Bord.

»Mein Gott!« flüsterte Julian Haller vor sich hin, als er den Funkspruch las, den Oberst Molinari ihm eben im Tower des Mailänder Flughafens gereicht hatte, den Funkspruch, den Wargrave soeben aus seinem anfliegenden Jet gefunkt hatte. Vor dem Abflug des Engländers hatten sie auf einen Vorschlag Wargraves hin eine Liste sämtlicher Mitglieder des sowjetischen Politbüros angefertigt und ihnen Codenamen gegeben. »Wir gehen davon aus«, hatte Wargrave betont, »daß Sarubin Angelo ist – aber wenn es nun jemand anders sein sollte? Ich möchte dir so früh wie möglich Bescheid geben...«. Und Caspar war General Sergej Marenkow.

»Ich habe eine schlechte Nachricht für Sie«, fuhr Molinari fort. »Der Fluglotse sagt, es sei unmöglich, Ihre Maschine bei diesem Wetter herunterzubringen.«

Sie standen etwas abseits, außer Hörweite des Towerpersonals. Haller traf eine rasche Entscheidung. Sämtliche Abwehrchefs der Länder, deren Territorium Angelo passieren würde, mußten unvermeidlich über seine Identität aufgeklärt werden. Er sah Molinari fest an. »Ich kann Ihnen jetzt sagen, daß Wargrave ein wichtiges Mitglied des sowjetischen Politbüros herbringt. Wir müssen den Mann in die Vereinigten Staaten bringen. Der Fluggast, von dem ich spreche, ist General Sergej Marenkow, der Chef des KGB.«

Der hartgesottene italienische SIFAR-Offizier starrte Haller an, nickte und ging direkt zum Chefcontroller hinüber, einem Mann

Anfang der Vierzig mit klaren Augen. »Sie werden diesen Jet herunterspreen...«
»Unmöglich!«
Molinari war nicht der Mann, der unter normalen Umständen zum Dramatisieren neigte, aber die jetzige Situation konnte kaum als normal bezeichnet werden. Er holte seinen Revolver hervor und legte ihn auf den Tisch des Fluglotsen. »Dieses Ding sagt, daß Sie die Maschine heruntersprechen werden. Dies ist ein nationaler Notstand. Oder haben Sie nicht den Mumm?« fragte er sanft.
»Das ist eine Beleidigung«, brauste der Controller auf.
»Für die ich mich in aller Form entschuldigen werde – wenn Sie diese Maschine sicher heruntergebracht haben.«
»Ich kann es nur versuchen...«
»Tun Sie mehr als das – schaffen Sie's...«

Wargrave verringerte den Anflugwinkel ein wenig, mehr, als er hätte tun mögen, aber es bestand die große Gefahr, daß die Maschine überzog. Der Mailänder Fluglotse war noch immer dabei, ihn herunterzusprechen, und sah ihn dabei nur als absinkendes Pünktchen auf dem Radarschirm. Die Knöchel der linken Hand, die der Fluglotse unter dem Tisch hielt, waren weiß. Hinter ihm stand der völlig reglose Molinari und fixierte das Pünktchen auf dem Radarschirm, das drei Menschenleben in höchster Gefahr darstellte. Neben ihm stand Julian Haller mit vorgezogenen Schultern und einer nicht angezündeten Zigarette im Mund. Haller hatte sich gezwungen, im Tower zu bleiben – viel lieber hätte er in dem für die Abwehr reservierten Raum gewartet, in dem er nicht hätte sehen können, was sich ereignete. Zum zwanzigsten Mal verfluchte er sich selbst, weil er Elsa Lang erlaubt hatte, Wargrave zu begleiten.
Auf dem Kopilotensitz erstarrte Elsa zu Eis. Normalerweise hätte der große Schluck Wodka, den ihr Marenkow aus seiner Flasche angeboten hatte, sie zur Besinnung gebracht. Der Wodka zeigte aber keinerlei Wirkung; sie hätte ebensogut Wasser trinken können. Der Russe hatte ihre Angst vorm Fliegen intuitiv erfaßt und

beugte sich jetzt vor, um ihr beruhigend die Schulter zu drücken. Er beobachtete ebenfalls den Höhenmesser. Sie spürten ein heftiges Rumpeln. Die Maschine hatte aufgesetzt. Wieder diese vorübersausenden verschwommenen Lichter, die weit nebelhafter wirkten als auf der Landebahn bei Bukarest und erst vorrüberrasten, dann vorüberglitten. Der Jet wurde langsamer, stand. Sie lösten ihre Sicherheitsgurte. Wargrave fuhr herum und langte nach dem Sten-Gewehr.

»Legen Sie sich flach auf den Boden«, befahl er dem Russen.

»Was ist denn los?« rief Elsa aus.

»Zu viele Fahrzeuge kommen auf uns zu...«

»Und außerdem werden die sowjetischen Satelliten unseren Kurs seit Bukarest verfolgt haben«, sagte Marenkow.

Die Uhr der Instrumententafel zeigte 13 Uhr 57. Draußen war es fast dunkel. Durch das Dunkel näherten sich die Scheinwerfer zahlreicher Fahrzeuge, die auf die stehende Maschine zurasten. Feuerwehrwagen, drei Krankenwagen und der gepanzerte Lastwagen, der sie am vergangenen Donnerstag zu Molinaris geheimer Operationsbasis gebracht hatte, nachdem sie in Mailand gelandet waren. Der gepanzerte Wagen erreichte sie als erster. Das Licht seiner Scheinwerfer strich über das Flugzeug, dann rollte der Wagen längsseits aus und ließ nur so viel Abstand, daß die automatische Treppenleiter ausgefahren werden konnte. Wargrave drückte auf den Knopf und stieß die Tür auf, als der Fahrer des gepanzerten Fahrzeugs ausstieg und die Treppenleiter mit einer Taschenlampe anstrahlte.

»Machen Sie die verdammte Lampe aus«, brüllte Wargrave.

Der Fahrer ließ die Lampe vor lauter Erstaunen und Furcht fallen. Wargrave befahl ihm heraufzukommen und verlangte seinen Ausweis. »Wir sind gekommen, um Sie abzuholen«, protestierte der Mann. »Der Flughafen ist von Militär umstellt...« Wargrave ignorierte den Protest, prüfte den Ausweis und gab ihn zurück.

»Wir werden mit Ihnen in der Fahrerkabine sitzen«, informierte Wargrave den Fahrer. »Wir drei. Und ich werde fahren. Sie zeigen mir den Weg.«

»Es ist kaum Platz genug – wir haben bewaffnete Wachen hinten, die Sie beschützen sollen...«
Elsa kletterte als erste im Eiltempo die Leiter herunter und wartete dann auf Marenkow, der behende herunterstieg und dabei seine Aktentasche an sich preßte. Dicht dahinter kam Wargrave. Sie kletterten in die Fahrerkabine des gepanzerten Lastwagens. Wargrave scheuchte den Fahrer auf Seite, setzte sich hinters Lenkrad und knallte die Tür zu.
»Das ist mein Lastwagen«, protestierte der Fahrer von neuem.
»Genau deshalb will ich selbst hinterm Lenkrad sitzen für den Fall, daß eines der Fahrzeuge dort hinten das falsche sein sollte«, schnauzte Wargrave. »So – jetzt sagen Sie mir, wie ich fahren muß. Wie kommen wir zu Molinari?«
»Fahren Sie auf den Tower zu – die Lichter, die Sie da hinten sehen können...«
Wargrave hatte das gepanzerte Fahrzeug bereits in Bewegung gesetzt und fuhr zunehmend schneller, während Feuerwehren und Krankenwagen auswichen, um eine Kollision zu vermeiden. »Sie sind ja wahnsinnig«, protestierte der Fahrer. »Sie und Ihr Passagier...« – er warf dem Mann zwischen Wargrave und Elsa, der sich in seinen Pelzmantel gehüllt und den Kragen hochgeschlagen hatte, um das Gesicht zu verbergen, einen neugierigen Blick zu – »wären hinten sicherer untergebracht. So ist das gedacht gewesen...«
»Wahnsinnig?« Wargrave zeigte ein bitteres Grinsen ohne den leisesten Anflug von Humor. »Wahnsinnig genug, auf einer vereisten Piste zu landen, wenn Ihr Controller sagt, es sei unmöglich. Wahnsinnig genug, zu wissen, daß, wenn irgendwo auf dem Flugfeld ein Empfangskomitee wartet, sie uns hinten im Laderaum vermuten werden und nicht hier vorn. Und wohin jetzt? Ich hab' Ihnen doch gesagt, Sie sollen mir den Weg zeigen, Herrgott nochmal...«
»Zwischen den beiden Blinklichtern da hindurch...«
Der Fahrer, ein Carabiniere, zuckte die Achseln über diesen Irren, als er auf zwei Lichter zeigte, die gerade noch sichtbar waren und

in regelmäßigen Abständen an- und ausgingen. Es herrschte dichtes Schneetreiben, die Sicht war fast gleich Null, und Elsa schnippte sich Schneeflocken vom Mantel. Auf ihrem Schoß lagen das Sten-Gewehr und ihre 38er Smith & Wesson. Hinter dem gepanzerten Wagen folgte dichtauf einer der Krankenwagen, den Wargrave bei der Erbsensuppe und wegen der Fahrgeräusche des Lastwagens nicht wahrnahm.

Erst als sie näher kamen, erkannte Wargrave, daß die Sicht so schlecht war, daß die kleinen Blinkleuchten in Wahrheit große Suchscheinwerfer waren. Sie waren auf zwei Armeefahrzeugen angebracht, die nur so viel Abstand voneinander hielten, daß der gepanzerte Lastwagen zwischen ihnen hindurchfahren konnte. Als er näher heranfuhr, bemerkte Wargrave dahinter die schattenhaften Umrisse weiterer Fahrzeuge, die wie eine Wagenburg angeordnet waren – in diesem Halbkreis sah er Polizeiautos, Motorräder und einen zweiten gepanzerten Lastwagen, das genaue Gegenstück zu dem Fahrzeug, das er selbst fuhr. Er drosselte die Geschwindigkeit, als sein Scheinwerferlicht eine Gruppe wartender Gestalten erfaßte; einer davon ist Molinari, dachte er, der andere Julian Haller. Unmittelbar zu seiner Rechten ragte der Tower empor, und allmählich wurde die Sicht klarer. Er hielt an. Hinter ihm hielt auch der Krankenwagen an; seine Scheinwerfer bestrichen die hinteren Türen des gepanzerten Lastwagens.

Die hinteren Türen von Wargraves Fahrzeug wurden aufgerissen, als die vier bewaffneten Carabinieri, die sich im Laderaum aufgehalten hatten, sich bereit machten, hinauszuspringen und um das Fahrzeug herum nach vorn zu laufen. Da kam plötzlich das scheußliche Rattern von Maschinengewehrfeuer aus dem stehenden Krankenwagen, und ein Kugelhagel peitschte in den Laderaum des Lastwagens. Die vier Carabinieri hatten keine Chance; sie waren innerhalb von Sekunden tot. Der Krankenwagen setzte aufjaulend zurück und entfernte sich von dem Knäuel zerfetzter Leiber.

Oberst Molinari, der neben einem der mit Suchscheinwerfern ausgerüsteten Fahrzeuge stand, reagierte augenblicklich und sprach schnell in das Walkie-Talkie, das er in der Hand hielt. Einer der Suchscheinwerfer fuhr herum und tauchte den Krankenwagen in gleißendes Licht. Aus dem Nichts erschien plötzlich ein leichter Panzerwagen, der auf seinen Ketten vorwärtsrasselte, bis er den Krankenwagen erfaßte und umstürzte. Nur ein Mann erschien auf der anderen Seite des umgestürzten Fahrzeugs und fing an zu rennen. Das Maschinengewehr des Panzerspähwagens ratterte kurz. Der rennende Mann sprang wie von einer Schnur gezogen in die Höhe, fiel zu Boden und blieb reglos auf dem Rücken liegen.

»Keine Bewegung!«

Wargrave hatte den Warnruf ausgestoßen. Er packte seine Sten und stieß die Mündung aus dem Wagenfenster. Aus der anderen Seite der Fahrerkabine zielte Elsa mit ihrer Smith & Wesson und entdeckte, daß sie die Waffe aus kürzester Entfernung auf Oberst Luigi Molinari gerichtet hielt.

»Steigen Sie auf dieser Seite aus – schnell!« befahl der SIFAR-Chef.

Sie sprangen gerade in dem Augenblick ins Freie, als die Suchscheinwerfer auf eine per Walkie-Talkie durchgegebene Anweisung Molinaris hin ausgeschaltet wurden; Hände ergriffen sie an den Armen und schoben sie eilig in den Laderaum des zweiten gepanzerten Lastwagens. Die Türen fielen zu, und Molinari drückte auf einen Lichtschalter. Er führte Elsa zu einem der ledergepolsterten Stühle. »Kaffee?« schlug er vor. »Stark?«

»Schwarz wie die Nacht, bitte...«

Molinari warf General Marenkow nur einen schnellen neugierigen Blick zu und goß dann Kaffee aus einer Thermosflasche ein. »Wir warten hier natürlich ein wenig«, sagte er zu Wargrave. »Gott sei Dank waren Sie nicht hinten im Laderaum – und ein Requiem für meine armen Carabinieri. Wie sind Sie darauf gekommen?«

»Das bin ich gar nicht, aber ich hatte einen Verdacht. Ich sah drei Krankenwagen. Drei Menschen kommen mit einer Maschine an. Ein Krankenwagen, ja. Zwei, immer noch einleuchtend. Aber drei, das schien mir einer zuviel zu sein. Wenn wir in der Fahrerkabine eine Funkmöglichkeit gehabt hätten, hätte ich Sie gewarnt. Und zum Glück haben Sie auch die Zwischenwand zwischen Fahrerkabine und dem Laderaum panzern lassen – ich hörte, wie im Rücken die Kugeln einschlugen...«

»Wir tun, was wir können«, erwiderte Molinari.

Es trat ein kurzes Schweigen ein, während sie alle mit schnellen, langen Schlucken Kaffee tranken. Jetzt trat die Reaktion ein. General Marenkow, der es sich auf seinem Stuhl bequem gemacht hatte, schien von allen Anwesenden am ruhigsten zu sein. »Es tut mir außerordentlich leid wegen Ihrer Männer«, sagte er zu Molinari. »Ich fürchte aber, dies ist nur der Anfang...«

»Ich bin Julian Haller«, warf der Amerikaner grimmig ein. »Ich bin der Mann, der für Ihre Befragung zuständig sein wird, wenn wir die Staaten erreicht haben. Ein paar Namen und Adressen für Oberst Molinari wären aber vielleicht schon jetzt angebracht – angesichts dessen, was soeben geschehen ist.«

»Absolut keine Befragung, bevor Sie mich nicht sicher nach Amerika gebracht haben«, entgegnete der Russe mit den buschigen Augenbrauen brüsk. »Das ist die normale Prozedur.« Er machte eine Pause und wandte sich an Molinari. »Für Sie mache ich eine Ausnahme. Die Namen von KGB-Leuten in Mailand kann ich Ihnen geben – aber nicht die der GRU-Leute, und die haben, soviel ich weiß, hier einen schlagkräftigen Apparat aufgebaut. Sind Sie bereit?«

Molinari zog einen Kugelschreiber aus der Tasche und setzte sich an den kleinen Klapptisch an der Vorderseite des Fahrzeugs, auf dem das Telefon und die Thermosflasche standen und ein Notizblock lag. Er erwartete, daß der Russe eine Liste aus seiner Aktentasche hervorholen würde – die aber, was er nicht wußte, nur die jüngsten Aufmarschpläne der Roten Armee enthielt –, und erschrak fast, als Marenkow sich zurücklehnte, halb die Augen schloß und begann, eine Reihe von Namen und Adressen herzusagen.

Im Tower hatte Toni Morosi, der Fluglotse, die Ankunft des gepanzerten Wagens beobachtet und mitangesehen, was dann gefolgt war. Er ging zum Chefcontroller hinüber, der sich noch immer von dem Streß erholte, den das Heruntersprechen des Jets und das anschließende Maschinengewehrfeuer draußen vor dem Tower bedeutet hatte. »Ich fühle mich scheußlich«, klagte Morosi. »Mein Magen wird schlimmer. Kann ich nach Hause gehen?«
»Dann schieben Sie bloß ab, Mann«, sagte ihm der Controller. Die häufigen Besuche Morosis auf der Toilette an diesem Morgen gingen ihm auf die Nerven, und außerdem war der Flughafen bis auf weiteres ohnehin für den gesamten Flugverkehr gesperrt. Nachdem er den Tower verlassen hatte, schien sich Morosis Gesundheit zusehends zu bessern, als er zu einer Telefonzelle eilte und die Mailänder Nummer anrief. Wieder meldete sich die düstere Stimme sofort.
»Hier Russo«, verkündete Morosi. »Die Maschine ist um dreizehn Uhr siebenundfünfzig sicher gelandet. Ein gepanzerter Wagen brachte die Passagiere zum Tower...«
»Und dann?«
»Es kam zu einer Schießerei. Die Passagiere wurden nicht verletzt...«
»Sind Sie dessen sicher?«
»Ich habe es alles vom Tower aus mitangesehen«, sagte Morosi aufgebracht. »Ich mache keine Fehler, wie Sie wissen. Sie haben die Passagiere in einen anderen Lastwagen verfrachtet. Der müßte jetzt bald abfahren...«
»Sie wissen, was Sie zu tun haben«, schnitt die Stimme ihm das Wort ab.
»Natürlich...«
»Dann tun Sie's.«

Der gepanzerte Lastwagen verließ das Haupttor des Flughafens. Vorweg fuhren zwei Polizeiwagen. Ein drittes Polizeifahrzeug folgte dichtauf. Und wenige Minuten, bevor der erste der beiden Polizeiwagen das Tor durchfahren hatte, waren drei Motorradfahrer vorausgeeilt. Bei dem Wetter hatten sie die Straße fast für sich. Fast.

In dem Renault, den er in kurzer Entfernung vom Flughafenausgang geparkt hatte, saß Toni Morosi hinterm Steuer und trommelte nervös aufs Lenkrad. Er hatte das Heizungsgebläse eingeschaltet, und zehn Minuten später war er schon fast eingeschlafen. Das Brummen der drei schweren Motorräder, die den Flughafen verließen, rissen ihn urplötzlich in die Wirklichkeit zurück. Er war wieder hellwach. Morosi sah sie in südlicher Richtung verschwinden und drehte den Zündschlüssel. Er mußte es siebenmal versuchen, bis der Motor ansprang, dann ließ er ihn im Leerlauf brummen und wartete. Zwei Polizeiautos kurvten durch das Tor und fuhren ebenfalls nach Süden, gefolgt von einem gepanzerten Lastwagen. Der vorsichtige Morosi wartete noch ein paar Sekunden und war dann verdammt froh, daß er es getan hatte, als der dritte Polizeiwagen erschien und hinter dem Lastwagen herjagte.

»Sieht aus, als wollten sie nach Genua«, murmelte er vor sich hin und fuhr hinter dem Konvoi her. Er hielt so viel Abstand, daß er gerade noch die Rücklichter des dritten Polizeiwagens erkennen konnte. Ihm stand eine lange Fahrt bevor.

Es war genau 14 Uhr 35, als der Konvoi Oberst Molinaris den Mailänder Flughafen verließ und an diesem winterlichen Januarnachmittag in südlicher Richtung auf Genua zufuhr. In dem der Abwehr vorbehaltenen Raum im Flughafengebäude wurde er über Funk unterrichtet, ein Renault – genau könne man das allerdings nicht sagen, obwohl der Polizeibeamte im letzten Wagen ein Nachtglas benutze – scheine den Konvoi zu verfolgen. »*Bene*«, war Molinaris einziger Kommentar, als er sein Funksprechgerät auf eine andere Wellenlänge umschaltete und schnell zu sprechen begann.

Es war Punkt 14 Uhr 50, als ein zweiter gepanzerter Wagen das Haupttor des Mailänder Flughafens verließ, aber diese Abfahrt unterschied sich in mehr als nur einer Hinsicht von der ersten. Er-

stens fuhr dieses Fahrzeug in die entgegengesetzte Richtung direkt auf die Mailänder Innenstadt zu. Zweitens fuhr es ohne jede Eskorte, als es mit hoher, fast gefährlich hoher Geschwindigkeit über die schneebedeckte Landstraße dahinraste. Wargrave, der am Steuer saß, warf einen Blick in den Rückspiegel und sah nichts als die leere Straße. »Es könnte klappen«, bemerkte er zu Elsa, die neben ihm auf dem Beifahrersitz saß.
»Das klingt nicht sehr hoffnungsvoll«, meinte Elsa.
»In diesem Geschäft nehme ich immer nur das Schlimmste an«, erwiderte Wargrave liebenswürdig.
Auf der anderen Seite der gepanzerten Zwischenwand hinter ihnen saß Julian Haller zusammen mit General Marenkow und vier SIFAR-Männern in Zivil, die automatische Waffen schußbereit auf dem Schoß hielten. Auch diesmal schien der Russe der ruhigste Fahrgast zu sein. Er las weiter in einem Roman von Agatha Christie, den Elsa ihm geliehen hatte. Haller fragte sich, ob das Fatalismus war. Oder verhielt es sich einfach so, daß das jahrelange Leben mit dem beständigen Druck und Streß seines Jobs Marenkow gelehrt hatte, niemals seine Gefühle zu zeigen? Der Lastwagen rumpelte mit hoher Geschwindigkeit weiter auf die Innenstadt Mailands zu.
Hinter ihnen hielt Ugo Sala sorgfältig Abstand zwischen dem Lastwagen und dem Funktaxi, das er selbst fuhr. Zuvor hatte er in einer Seitenstraße in der Nähe der Flughafenausfahrt gewartet und die Abfahrt von Oberst Molinaris Konvoi nach Süden und das Aufschließen Toni Morosis beobachtet. Der achtundvierzigjährige Ugo Sala, von kleiner Statur und eine Menge Gewicht mit sich herumschleppend, hatte einen großen Kopf und einen breiten, aggressiven Mund. Da er ein erfahrenerer Agent war als Morosi, hatte man ihm die Aufgabe zugewiesen, für den Alternativfall bereitzustehen. »Und jetzt habe ich vier Asse im Ärmel«, sagte er sich, als er näher an den Lastwagen heranfuhr. Es war jetzt nicht mehr gefährlich, aufzuschließen; der Verkehr war stärker geworden.
Hinterm Lenkrad des Lastwagens warf Wargrave wieder einen

Blick in den Rückspiegel. Er näherte sich der geheimen Operationsbasis Molinaris, in die man sie nach der Landung in Mailand gebracht hatte. Er fuhr jetzt wegen des Verkehrs und der Straßenbahnen langsamer. Kaum eine Minute später blickte er wieder in den Rückspiegel. »Ärger?« fragte Elsa.

»Ich glaube, wir werden von einem Taxi verfolgt.«

»Hier fahren viele Taxis herum...«

»Dieses ist aber schon kurz hinterm Flughafen aufgetaucht.«

»Ein Taxi sieht wie jedes andere aus. Woher willst du das wissen?«

»Er hat nur halb unter einem Schutzdach geparkt – eine Seite der Motorhaube ist dick mit Schnee bedeckt, die andere kaum.«

»Was müssen wir tun?«

»Ihn loswerden...«

Elsa sah auf die Uhr. »Es ist halb vier. Der Atlantik-Expreß fährt um fünf nach fünf ab – und ich muß noch an Marenkow arbeiten, um seine Erscheinung zu verändern. Wir können nicht kreuz und quer durch die Stadt hetzen.«

»Vielleicht müssen wir das auch gar nicht...«

In Mailand haben die Straßenbahnen absolute Vorfahrt. Wargrave näherte sich einer Kreuzung; die Straße vor ihm war frei. Er trat den Gashebel durch. Elsa warf einen Blick nach rechts und erstarrte. »Paß auf... Straßenbahnen!« Die erste einer ganzen Reihe von Straßenbahnen fuhr auf die Kreuzung, als Wargrave das Gaspedal durchtrat. Entsetzt sah Elsa, wie die vorderste Straßenbahn sich schrill klingelnd vor ihrem Seitenfenster auftürmte. Der Lastwagen donnerte weiter. Fußgänger drehten sich um und erstarrten vor Entsetzen. Der Straßenbahnfahrer, der noch immer ununterbrochen klingelte, machte sich auf den Zusammenstoß gefaßt. Wargrave sah nur starr geradeaus und trat weiterhin das Gaspedal durch. Hinten im Laderaum hörten die SIFAR-Männer das Schrillen der Klingel und hielten sich an den Armlehnen ihrer Sitze fest. Der Straßenbahnfahrer starrte ungläubig, als das Heck des Lastwagens im Nebel verschwand und die Straßenbahn weiterfuhr.

In seinem Funktaxi stieß Ugo Sala gemeine Flüche aus, als er so heftig auf die Bremse trat, daß er durch die Windschutzscheibe geflogen wäre, wenn er den Sicherheitsgurt nicht angelegt hätte. So brachte ihn das heftige Bremsen nur zum Keuchen. Immer noch fluchend wartete er, bis die Prozession der Straßenbahnen vorüber war. Sie hatte ihm total die Sicht versperrt.
Als er die Sackgasse erreichte, riß Wargrave das Lenkrad herum. Er hatte die Fahrt zwar schon verlangsamt, fuhr aber immer noch mit überhöhter Geschwindigkeit über das holprige Pflaster der engen Straße. Er griff nach dem Mikrophon, das Molinari bei ihrer ersten Fahrt hierher benutzt hatte. »Achtung, hier kommt Ronco, hier kommt Ronco...«, wiederholte er auf italienisch und benutzte das Codewort Molinaris. Elsa verkrampfte sich, als sie sah, daß das massive Doppeltor vor ihnen verschlossen blieb, während Wargrave mit hoher Geschwindigkeit darauf zufuhr.
»Um Himmels willen, wir können doch warten«, entfuhr es ihr.
»Aber nicht so lange, bis das Taxi das Ende dieser Straße erreicht und der Kerl uns sieht...«
Das riesige Tor, das noch immer geschlossen war, raste auf sie zu, als Wargrave über Funk seine Warnung wiederholte. Jetzt kracht's gleich, dachte Elsa. Der Lastwagen war noch etwa zwanzig Meter vom Tor entfernt, als die beiden Torflügel aufgingen und nach innen schwangen. Wargrave fuhr auf den Innenhof und trat auf die Bremse. Im Rückspiegel sah er, wie das Tor sich schloß. Sie waren da.
Als die letzte Straßenbahn die Kreuzung verließ, fuhr Ugo Sala weiter. Er sah, daß der Lastwagen verschwunden war, und fuhr langsam weiter, während er links und rechts in die Seitenstraßen blickte. Er brauchte nur wenige Minuten, um zu erkennen, daß er das Fahrzeug verloren hatte. Er fuhr an den Bordstein und sprach in ein Mikrophon, das nicht auf die normale Funktaxifrequenz eingestellt war.
»Hier Rom drei. Hier Rom drei. Passagier aus den Augen verloren. Ich wiederhole: Passagier aus den Augen verloren...«
»Wo befinden Sie sich?« antwortete eine Stimme, eine Stimme,

die sich aus einer Garage meldete, dem Sitz eines kleinen Funktaxiunternehmens.

»Via Pisani...«

»Dann wollen sie zum Mailänder Hauptbahnhof. Fahren Sie sofort hin und erwarten Sie dort die Ankunft des Passagiers...«

10. Zürich

Um genau 14 Uhr 35 – als der Konvoi Oberst Molinaris, der eventuelle Verfolger ablenken sollte, den Mailänder Flughafen verließ – landete Oberst Igor Scharpinsky in der angenommenen Identität Heinz Golchacks an Bord des Swissair-Fluges 433 in Zürich. Draußen tobte ein Schneesturm. Unter den Fluggästen, die hinter Golchack die Maschine verließen, befand sich auch Rudi Bühler, der auf einem andern Platz gesessen hatte. Bei der Paßkontrolle prüften die Schweizer Grenzbeamten die Papiere mit gewohnter Sorgfalt. Der Beamte, der Golchack gegenüberstand, betrachtete den kleinen, gutgebauten Mann, der vor ihm stand, sah sich dann das Paßfoto an.

»Würden Sie bitte einen Moment die Brille abnehmen?« bat der Beamte höflich.

»Selbstverständlich. Entschuldigen Sie...« erwiderte Golchack vage.

Er nahm die Brille mit den dicken Gläsern ab, die er auf dem Paßfoto nicht trug. Der Grenzbeamte erstarrte. Das Gesicht entsprach dem Foto – soweit ein Paßfoto überhaupt mit dem Inhaber eines Passes Ähnlichkeit haben kann –, aber jetzt, da Golchack die Brille abgenommen hatte, sah der Schweizer in zwei der durchdringendsten Augen, die er je zu Gesicht bekommen hatte: Es waren ausdruckslose, reglose Augen. Golchack bemerkte, daß der Grenzbeamte sich – wie bei den anderen Fluggästen – schnell den Namen und die Paßnummer notierte sowie nach der Heimatadresse fragte. Golchack konnte nicht wissen, daß dies die erste Alarmstufe war, die Oberst Leon Springer bei allen Grenzkontrollstellen angeordnet hatte.

»Ich danke Ihnen, Herr Golchack. Werden Sie lange in der Schweiz bleiben?«

»Einen oder zwei Tage, dann reise ich weiter nach Deutschland...«

Draußen vor der Flughafenhalle ignorierte Golchack den Flughafenbus, den andere Fluggäste bestiegen, und winkte ein wartendes Taxi herbei. »Zum Hotel Baur-au-Lac, bitte.« Er machte es sich mit seiner Reisetasche auf dem Rücksitz bequem und wartete, bis sie ein Stück vom Flughafen entfernt waren, blickte dann auf die Uhr und bat den Fahrer, einen Moment anzuhalten. Golchack schien auf sich aufmerksam machen zu wollen. Draußen herrschte schweres Schneetreiben. Die Windschutzscheibe des Taxis vereiste, und nur der von den Scheibenwischern abgedeckte Ausschnitt ermöglichte dem Fahrer, zu sehen, wohin er fuhr.

»Ich habe mir etwas überlegt«, erklärte Golchack in vorzüglichem Deutsch. »Gibt es einen Zug, der nach Bonn fährt und den ich noch erreichen kann? Wenn ja, werde ich wohl erst später nach Zürich zurückkehren...«

»Um halb vier geht ein Zug nach Deutschland. Den sollten wir noch rechtzeitig erreichen können...«

»Dann fahren Sie mich bitte zum Hauptbahnhof. Bitte beeilen Sie sich – soweit das überhaupt möglich ist...« Golchack lächelte unbestimmt und zeigte mit einer Handbewegung auf das Wetter draußen.

Nach der Ankunft vor dem Züricher Hauptbahnhof bezahlte Golchack den Fahrer, beobachtete, daß sein Taxi schon einen neuen Fahrgast bekommen hatte, und betrat die riesige Halle des Hauptbahnhofs, in der eine Reihe von Gleisen endete. Dann tat er etwas Seltsames: Nachdem er einen Augenblick gewartet hatte, blickte er zu einem Mann hinüber, der an einem Zeitungsstand lehnte und anscheinend in die Ferne starrte, und fuhr mit der Rolltreppe zu der unterirdischen Ladenzeile hinunter.

Mit der Reisetasche in der Hand ging er an den Geschäften vorbei und fuhr auf der anderen Seite wieder mit der Rolltreppe nach oben, die ihn auf die Straße auf der anderen Seite des Hauptbahnhofs führte. Als er die Gummimatte am Eingang des Hotels Schweizerhof betrat, öffneten sich die automatischen Glastüren, und ein Hitzeschwall schlug ihm entgegen. Beim Empfang zeigte er seinen Paß und bat um das Meldeformular.

»Ich habe ein Doppelzimmer mit Bad reservieren lassen...«

Der Empfangschef konsultierte seine Kartei. »Ja, Herr Golchack. Die Bestellung kam telefonisch aus Wien. Zimmer 201, bitte...«

Der professoral wirkende Gast ließ sich Zeit beim Ausfüllen des Meldeformulars und schrieb alles sorgfältig in Großbuchstaben nieder. Als er die Formalitäten erledigt hatte, war auch Rudi Bühler, der mit einem anderen Taxi gekommen war, in der Empfangshalle angekommen. Der Mann, der im Hauptbahnhof am Zeitungsstand gelehnt hatte, hatte sich gleichfalls eingefunden und besah sich jetzt Juwelen in einer Glasvitrine.

»Zimmer 201, sagten Sie?« wiederholte Golchack, damit Rudi Bühler es hören konnte.

»Ja, mein Herr. Der Hoteldiener wird Ihnen Ihr Zimmer zeigen...«

»Hätten Sie vielleicht... ein Kursbuch für mich? Ich möchte es mir gleich ansehen.«

Geduldig händigte ihm der Empfangschef ein Kursbuch aus, und Golchack rückte ein wenig zur Seite, um es zu studieren, während Rudi Bühler rasch sein Meldeformular ausfüllte. Hinter ihnen in der Halle widmete sich der Mann vom Zeitungsstand im Hauptbahnhof noch immer dem Schmuck in der Glasvitrine. Dann, wie zufällig, gingen alle drei Männer gleichzeitig zum Fahrstuhl, begleitet vom Hoteldiener, der Golchacks und Bühlers Reisetaschen trug.

Der Fahrstuhl war klein, und die vier Männer konnten sich nur mit Mühe und Not hineinquetschen. Als der Fahrstuhl in den zweiten Stock fuhr, hielt der Mann vom Zeitungsstand seinen Schlüssel so in der Hand, daß die Nummer zu erkennen war.

Zimmer 207. Der Hoteldiener nahm an, die drei Männer seien einander fremd, als der Lift im zweiten Stock hielt. »Ihr Zimmer ist im dritten Stock«, erklärte er Bühler. »Ich bin gleich wieder da...«

Der Gast von Zimmer 207 betrat sein Zimmer, während Golchack zusammen mit dem Hoteldiener weiter den Korridor entlangging. Als er in Zimmer 201 allein war, ließ Golchack ein wenig Zeit verstreichen, damit Bühler sein eigenes Zimmer erreichen und zum Zimmer 207 kommen konnte. Golchack besah sich das Badezimmer, ging zurück in das große Schlafzimmer mit dem Doppelbett und blickte dann durch die Spitzenvorhänge auf die Bahnhofstraße hinunter. Er starrte auf die reichste Straße der Welt, die Straße, in der sämtliche Schweizer Großbanken ihren Hauptsitz haben. Es schneite noch immer. Unten rollte eine Straßenbahn vorüber. Funken flogen, als der Bügel die vereiste Leitung entlangfuhr. Golchack sah auf die Uhr, öffnete die Zimmertür, sah, daß der Korridor verlassen lag, und ging zum Zimmer 207 hinüber. Er klopfte mit einem bestimmten Klopfzeichen an die Tür. Bühler machte sie einen Spaltbreit auf und ließ ihn dann ein. Golchack verschwendete keine Zeit für eine Begrüßung.

»Alles arrangiert?« fragte er auf deutsch. Er sah sich im Zimmer um. »Ich möchte sofort ein paar Funksprüche losschicken.«

»Wenn Sie bereit sind, bin ich's auch, Chef.«

Heinrich Baum, der Mann, der am Zeitungsstand im Hauptbahnhof gewartet hatte, war ein Schweizer Zahnarzt aus Basel. Baum war ein kompakt gebauter Mann von dreißig Jahren, dessen hageres Gesicht ein bleistiftdünner Schnurrbart zierte. Sein Auftreten war energisch. Er öffnete eine schwarze Tasche, die auf einem Tisch lag. Auf den ersten Blick schien sie zahnärztliche Instrumente zu enthalten. Baum drückte auf zwei verborgene Schnäpper und zog eine Teleskopantenne heraus, steckte drei Stecker fest, und damit war das getarnte Funkgerät sendebereit.

»Es sind zwei Funksprüche für Sie eingegangen«, informierte er Golchack, »einer aus Mailand und einer aus Moskau.«

Mit einem Gefühl der Erleichterung nahm Golchack seine Brille mit den dicken Augengläsern ab und setzte statt dessen seine gewohnte randlose Brille auf, so daß er deutlich sehen konnte. Der Funkspruch aus Mailand war kurz. *Peter sicher gelandet. Abfangversuch gescheitert. Alles deutet darauf hin, daß er mit dem Atlantik-Expreß reist, der um 17.05 aus Mailand abfährt.* Er reichte Bühler den Funkspruch.

»Dann sind wir ja gerade noch rechtzeitig hergekommen«, meinte er.

Der Funkspruch aus Moskau war noch kürzer. *Wenn notwendig, setzen Sie den gesamten Apparat ein, um Peter zu vernichten.* Obwohl der Funkspruch nicht unterschrieben war, wußte Golchack, daß er von Leonid Sedow persönlich und von Marschall Pratschko abgeschickt worden war. Er frohlockte einen kurzen Moment, war aber peinlich darauf bedacht, sich nichts anmerken zu lassen. Peter war der Codename für General Marenkow, und für Golchack war dies die Gelegenheit seines Lebens. Wenn er mit seiner Mission Erfolg hatte, war es durchaus nicht ausgeschlossen, daß er – mit Unterstützung Marschall Pratschkos – Marenkows Position als Chef des KGB würde übernehmen können. Den zweiten Funkspruch reichte er ebenfalls Bühler, wobei er sich bemühte, seine Stimme flach und tonlos klingen zu lassen.

»Jetzt stehen uns sämtliche Sabotageeinheiten des GRU zur Verfügung.«

»Hoffen wir, daß wir nicht so weit gehen müssen...«

Golchack warf ihm mit seinen blassen, ausdruckslosen Augen einen Blick zu, und Bühler wünschte, er hätte den Mund gehalten. Er eilte ins Badezimmer und verbrannte beide Funksprüche. Die Glut spülte er ins Klo. Im Schlafzimmer entnahm Golchack dem Auktionskatalog von Sotheby's drei Blatt Papier, die er Baum reichte. Er hatte die drei Funksprüche niedergeschrieben, als er in seinem Schlafzimmer darauf gewartet hatte, daß Bühler das Zimmer 207 erreichte.

»Senden Sie sie in der von mir angegebenen Reihenfolge«, wies er den Schweizer an. »Verschlüsseln Sie den ersten, dann senden Sie ihn, dann den zweiten, und so weiter.« Er wandte sich an Bühler,

als der Chef der Sabotagetrupps ins Zimmer zurückkam. »Lassen Sie mich einen Blick auf die Karte werfen...«
Bühler breitete eine Karte der Schweiz in großem Maßstab aus, die er aus seinem Zimmer mitgebracht und aufs Doppelbett gelegt hatte. Golchack beugte sich über die Karte, nahm einen Kugelschreiber aus der Tasche und kreiste in der Luft zwei Gebiete ein, wobei er darauf achtete, nicht die Karte zu markieren. »An einem dieser beiden Punkte zwischen Mailand und Zürich werden wir Peter liquidieren.« Er sprach ruhig, als ginge es um eine geschäftliche Transaktion. Bühler starrte auf das zweite Gebiet, das Golchack bezeichnet hatte.
»Wir würden selbst das versuchen?«
»Wenn nötig, ja. Ich habe Andermatt schon alarmiert. Die Zerstörung wird gewaltig sein – aber kommt es darauf an, wenn wir nur Peter vernichten?«
Während sie sich unterhielten, war Heinrich Baum schon dabei, den ersten, sehr kurzen, verschlüsselten Funkspruch durchzugeben. Und bevor er mit dem Senden begann, hatte er eine kleine Uhr mit Summer auf zweieinhalb Minuten eingestellt. Es war zwar unwahrscheinlich, daß sich schweizerische Peilfahrzeuge in der Nähe befanden, aber Golchack ging niemals ein überflüssiges Risiko ein. Zwei Peilfahrzeuge, die zusammenarbeiten, brauchen mindestens fünf Minuten, um einen Geheimsender zu orten – um von zwei verschiedenen Standorten aus mit Hilfe der Funkpeilung den Schnittpunkt festzustellen, der den Standort des Senders bezeichnet.
Zudem mußten Baums Funksprüche nur wenige Kilometer zu dem Ort übermittelt werden, an dem sich der Hauptsender der Sowjets befand. Jenseits des Ostufers der Limmat, die die alte Stadt Zürich teilt, erhebt sich steil der Zürichberg, ein bewaldeter Hügel, der im Sommer das bevorzugte Ausflugsziel der Züricher ist. Im Winter ist er menschenleer, und nur wenige Menschen gehen auf den gewundenen Pfaden spazieren. In der Nähe des Heubeeri-Wegs parkte ein großer Caravan.
Offiziell beobachtete Professor Georg Mohner, der wohlbekannte

Schweizer Meteorologe, der allein in diesem Caravan saß, die Veränderungen des Wetters, und das Innere des Caravans entsprach diesem Bild: Er war mit meteorologischen Ausrüstungsgegenständen vollgestopft. Was Professor Mohner den seltenen Besuchern seines gutgeheizten Caravans nicht auf die Nase band, war die verborgene, motorbetriebene Antenne, die per Knopfdruck ausgefahren und blitzschnell wieder eingefahren werden konnte. Ebensowenig zeigte der hochgewachsene, magere und asketisch wirkende Mann den außergewöhnlich leistungsfähigen Sender, der von den Höhen des Zürichbergs aus Funksprüche nach ganz Europa übermitteln konnte.

Keine zwei Minuten nach dem Empfang des ersten Funkspruchs von Baum aus dem Hotel Schweizerhof hatte Mohner seine eigene Antenne ausgefahren und sendete über eine lange Distanz. Und ebenso wie Baum stand seine Kontrolluhr auf zweieinhalb Minuten. Der erste Funkspruch ging nach Mailand, der zweite nach Moskau. Der dritte – und längste – ging nach Andermatt.

Im Zimmer 207 des Hotels Schweizerhof sah Golchack auf seine Armbanduhr. Es war genau 16 Uhr. In rund einer Stunde würde der Atlantik-Expreß von Mailand zu seiner langen Fahrt aufbrechen, die ihn am Ende nach Amsterdam führen würde. Und schon jetzt war die geheime sowjetische Operationsbasis, die Golchack in der Schweiz eingerichtet hatte, aktionsbereit.

In Wien war es genau 16 Uhr, als Leo Skoblin, der Chiffrierbeamte aus dem Chiffrierraum der sowjetischen Botschaft, seinen Dienst beendet hatte und das Gebäude verließ. Er eilte davon, so schnell sein Humpeln das zuließ, und kletterte hinters Lenkrad seines Volkswagens. Der Motor war kalt und sprang erst beim achten Versuch an. Er seufzte erleichtert auf und fuhr schnell davon. Er schlängelte sich, mit den Händen fest am Lenkrad, durch den dichten Verkehr.

Vielleicht lag es am dichten Verkehrsgewühl, vielleicht auch daran, daß er es so ungewöhnlich eilig hatte, daß er nur gelegentlich in den Rückspiegel blickte. Sicher ist, daß er den alten Mercedes nicht sah, der ihm folgte, ein Fahrzeug, in dem dieselben beiden Männer saßen, die zuvor an diesem Nachmittag im Wienerwald die Leiche eines Antiquars namens Heinz Golchack mit Benzin übergossen und verbrannt hatten.

Es war Leo Skoblin gewesen, dem Oberst Igor Scharpinsky den versiegelten Umschlag mit den Funksprüchen ausgehändigt hatte, bevor er Wien verließ, um unter dem Namen Heinz Golchack seine Maschine nach Zürich zu erreichen. Es war Leo Skoblin gewesen, der auf Scharpinskys Schreibtisch die beiden Flugtickets für den Flug in die Schweizer Stadt entdeckt hatte. Und es war der peinlich genau arbeitende Scharpinsky gewesen, der Befehl gegeben hatte, Skoblin im Auge zu behalten, aber nur als reine Vorsichtsmaßnahme.

Als er die Hauptpost erreicht hatte, humpelte Skoblin hinein und flüsterte am Schalter für Ferngespräche die Nummer über die Theke, mit der er verbunden werden wollte. Das Mädchen verstand ihn beim erstenmal nicht richtig, und er wiederholte etwas lauter die Züricher Telefonnummer, aber immer noch leise genug, um niemanden mithören zu lassen.

»Sie werden warten müssen«, sagte das Mädchen. »Ich werde die Zellennummer ausrufen...«

»Sagen Sie nur ›Ihre Züricher Nummer‹«, bat er.

In fieberhafter Ungeduld, die er sorgfältig verbarg, setzte er sich mit dem Rücken zur Wand auf eine der Bänke. Von Skoblins Standpunkt aus war das System nicht sehr vorteilhaft. Bei einem Auslandsgespräch gab man dem Mädchen die Nummer und wartete dann, bis die Verbindung hergestellt war und das Mädchen die Nummer der Zelle ausrief, in der man das Gespräch annehmen konnte. Leo Skoblin war kein Amateur – er hatte einen Sitzplatz gewählt, von dem aus er eine gute Sicht hatte –, bemerkte aber dennoch nicht das leise Eintreten der beiden Männer aus dem Mercedes, die in einem dunklen Teil der Halle Posten bezogen.

Er mußte zehn Minuten warten, und dann rief das Mädchen die Nachricht aus, »Ihr Gespräch mit Zürich ist da. Nehmen Sie es in Zelle drei an...«

Skoblin humpelte schnell zu Zelle drei, die in der Nähe des Ausgangs lag. Er schloß die Tür sorgfältig hinter sich, nahm den Hörer ab und sprach schnell auf deutsch. »Dieser Anruf ist sehr dringend. Herr Kramer. Paul Kramer. Stellen Sie mich zu Arthur Petersen durch. Bitte beeilen Sie sich...«
»Einen Augenblick, bitte...«
Die Telefonistin im Abwehrhauptquartier General Trabers reagierte schnell. Die Namen, die man ihr genannt hatte, hatten absoluten Vorrang, und sie stellte sofort zum privaten Anschluß Trabers durch. »Herr Paul Kramer für Sie – aus Wien...«
»Stellen Sie ihn durch...«
»Hier Paul Kramer...«
»Petersen am Apparat...« Traber, ein kleinwüchsiger, dicklicher Mann von fünfundfünzig mit rollenden Augen, ertappte sich dabei, daß er den Hörer fest umklammert hielt. Die Verbindung war gut, und er spürte die ungeheure Spannung in der Stimme, die aus dem fern im Osten liegenden Wien zu ihm sprach, der Stimme, die er nur sehr selten zu hören bekam. Die Stimme fing an, schnell zu sprechen.
»Ich habe die Nachricht schon vor zwei Stunden gehört, bin aber erst jetzt dazu gekommen, wegzugehen. Das Krokodil kommt. Er ist auf dem Weg nach Zürich...«
Drinnen in der Telefonzelle hörte Leo Skoblin das Quietschen der schlecht geölten Scharniere, als die Zellentür hinter ihm geöffnet wurde. Er hatte nicht einmal mehr die Zeit, den Kopf zu wenden, als ihm das Messer mit der kurzen Schneide unterhalb des linken Schulterblatts bis ans Heft in den Rücken gestoßen wurde. Am anderen Ende der Leitung hörte Traber ein kurzes Aufkeuchen. »Hallo«, sagte er. Als keine Antwort kam, legte er auf. Ihm war leicht übel. Leo Skoblin, der israelische Agent, war ein netter Bursche gewesen. Und Krokodil war der Codename Oberst Igor Scharpinskys.
Es kam noch mehr hinzu – kurz vor diesem Anruf war von Harry Wargrave ein Funkspruch aus Mailand eingegangen, in dem Traber darüber informiert wurde, daß der »wichtige antikommunisti-

sche Agent«, den der Engländer bei seinem Besuch in Zürich erwähnt hatte, General Sergej Marenkow sei, der Chef des sowjetischen KGB. »Jetzt ist bald die Hölle los«, sagte sich der Schweizer. Er nahm den Hörer ab und bat, sofort mit Oberst Springer verbunden zu werden.

Oberst Springer befand sich in diesem Augenblick im Abwehrhauptquartier in Lugano in der Südschweiz. Man hatte entschieden, daß Springer den Atlantik-Expreß bei seiner Fahrt durch den Abschnitt südlich des Gotthards überwachen sollte; nördlich des Gotthard würde General Traber die Überwachung übernehmen. Traber bekam über das Scrambler-Telefon rasch eine Verbindung.

»Leon«, eröffnete er das Gespräch ohne jede Vorrede, »ich habe soeben von Wargrave erfahren, daß der Passagier, den sie herausbringen, General Marenkow vom KGB ist...«

»Gott im Himmel...«

»Es kann sein, daß auch wir seine Hilfe brauchen. Wappnen Sie sich – es kommt noch mehr. Ich habe außerdem soeben aus einer einwandfreien Quelle erfahren, daß das Krokodil etwa vor zwei Stunden nach Zürich aufgebrochen ist.«

»Noch weitere Details?« fragte Springer schnell.

»Keine. Ich fürchte, die Quelle ist während der Unterhaltung erstochen worden.«

»Dies«, betonte Springer, »könnte eine einzigartige Gelegenheit für uns sein, die wir nie wieder haben werden – unter Umständen taucht der gesamte Sabotageapparat der Kommunisten auf, um einen so eminent wichtigen Mann wie Marenkow zu erledigen. Ich schlage roten Alarm für das ganze Land vor und totale Urlaubssperre...«

»Meine nächste Maßnahme«, versicherte ihm Traber. »So, jetzt muß ich aus der Leitung. Viel Glück dort unten bei Ihnen...«

Traber unterbrach die Verbindung und begann, eine Reihe von Telefongesprächen zu führen. Nach dem, was Skoblin ihm erzählt hatte, mußte Scharpinsky mit dem Flugzeug gekommen sein.

Trabers erster Anruf galt den Sicherheitsbeamten des Züricher Flughafens.

»Ich wünsche, daß sofort eine Liste aller Fluggäste zusammengestellt wird, die mit dem Swissair-Flug 433 aus Wien gekommen sind. Ich will wissen, wo sie sich im Augenblick befinden. Überprüfen Sie den Flughafenbus. Spüren Sie sämtliche Taxifahrer auf, die Fluggäste dieses Fluges gefahren haben. Wann ich diese Liste haben will? In einer halben Stunde liegt sie auf meinem Schreibtisch!«

11. Mailand, Moskau, Den Haag

Es war 16 Uhr am Sonnabend, dem 8. Januar, als Heinz Golchack im Hotel Schweizerhof seine Operationsbasis eingerichtet hatte. In Mailand war es gleichfalls 16 Uhr, als Wargrave nach der Rückkehr in das geheime Quartier Oberst Molinaris hinter dem massiven, verschlossenen Doppeltor am Ende der Sackgasse eine Reihe verschlüsselter Funksprüche an verschiedene europäische Abwehrchefs abgehen ließ. Der zuvor instruierte Funker Peter Necker brauchte den Namen »Sarubin« nur durch »Marenkow« zu ersetzen.

Diese Funksprüche gingen an General Traber in Zürich, an Hauptmann Franz Wander vom BND, an General Max Scholten, den Chef der niederländischen Abwehr in Den Haag. Während Wargrave diese Warnungen über Funk durchgeben ließ, steigerte sich das Tempo des gesamten Unternehmens, und in dem Gebäude, das Molinari den Sparta-Leuten zur Verfügung gestellt hatte, herrschte eine Atmosphäre äußerster Anspannung. Um 17 Uhr 05 würde der Atlantik-Expreß vom Mailänder Hauptbahnhof abfahren.

In ihrem Schlafzimmer war Elsa Lang dabei, General Marenkows äußere Erscheinung mit Hilfe der Maskenbildnerausrüstung, die sie immer bei sich hatte, zu verändern. Dabei kam ihr die Erfahrung zugute, die sie während ihrer einjährigen Tätigkeit für die Londoner Filmgesellschaft als Maskenbildnerin erworben hatte. Marenkow, der sich einen weißen Pullover um die Schultern drapiert hatte, saß geduldig auf einem Stuhl, während sie seine buschigen Augenbrauen stutzte und seine Frisur änderte. Auch diesmal wieder schien der Russe der gelassenste Mensch im Haus zu sein.

»Es wird nicht ganz leicht sein, mich in einen Filmstar zu verwandeln«, scherzte er, als er seine neue Erscheinung im Wandspiegel betrachtete.

»Nun ja, ein Gregory Peck wird wohl nicht aus Ihnen werden«, erwiderte sie, wobei ihre Hände emsig weiterarbeiteten, »aber wenn Sie ein bißchen größer wären, könnten sie als Lee Marvin durchgehen...«

»Das ist ein Bösewicht – genau wie ich...«

Elsa grinste, als der Russe sich vor Lachen schüttelte. »Halten Sie still, Sie Flegel, ich habe noch zu tun...« Seitdem der Russe Elsas Todesangst vorm Fliegen erahnt und ihr kurz vor der abenteuerlichen Landung auf dem Mailänder Flughafen seine Wodkaflasche gereicht hatte, hatte sich zwischen dem Russen und dem englischen Mädchen ein merkwürdiges Verhältnis herausgebildet. Eine Freundschaft hätte man es kaum nennen können, aber beide fühlten sich zueinander hingezogen. Zwischen beiden herrschte das Gemeinsamkeitsgefühl von Menschen, die eine tiefe Einsamkeit verbergen. Elsa hatte kurz vor dem Eintritt bei Sparta ihren künftigen Ehemann verloren; Marenkow hatte seine Frau verloren. Aber das wußte keiner vom anderen.

»So, und jetzt die Kleidung...«, sagte Elsa munter.

Molinari hatte sich in der kurzen Zeit, die ihm zu Verfügung gestanden hatte, selbst übertroffen und eine breite Auswahl von Wintersachen in verschiedenen Größen und Schnitten ins Gebäude bringen lassen, einschließlich dreier Vicuña-Mäntel. Marenkow probierte rasch mehrere Anzüge an, bis sich Elsa mit einem dunkelblauen Tagesanzug zufrieden zeigte. Und einer der Vicuña-Mäntel paßte ihm wie angegossen. Er stellte sich vor dem Spiegel in Pose. »Ich glaube, ich werde in Amerika viel Spaß haben«, bemerkte er gut gelaunt.

»Wir werden als Mann und Frau reisen«, fuhr sie lebhaft fort. »Sie sind George Wells, ein Ölmanager, der für die Shell International arbeitet – es gibt einen solchen Mann, aber der hält sich gegenwärtig in Venezuela auf. Die Tatsache, daß der Atlantik-Expreß nach Holland fährt, wo die Shell ihren Hauptsitz hat, macht Ihre Rolle noch glaubwürdiger. Wir reisen natürlich Erster Klasse und werden ein Schlafwagenabteil haben...«

»Zehn Jahre früher, und ich hätte meine gute Kinderstube vergessen...«

Sie zeigte durch ein Lächeln, daß sie das Kompliment zu schätzen wußte, wurde dann aber wieder geschäftlich. »Ihre Krawatte sitzt nicht richtig...« Kundige Finger nestelten an der Krawatte. »Wir sind sehr gut bestückt...« Sie mußte erklären, daß sie damit »wohlhabend« meinte. »... daher die teure Kleidung. Ihr Paß wird noch vor der Abreise fertig sein...«

Sofort nach der Ankunft war Marenkow fotografiert worden, und einer von Molinaris technischen Experten war jetzt im Untergeschoß dabei, letzte Hand an den Paß anzulegen, der vorab so weit wie möglich vorbereitet worden war; nur das Paßfoto sowie die Angaben über Körpergröße und Farbe der Augen hatte noch gefehlt. »Die Fahrkarten haben natürlich Sie bei sich«, sagte sie und reichte ihm zwei Falttaschen.

»Wir brauchen Fahrkarten?«

»Um im Milano Centrale durch die Sperre zu kommen – es muß alles normal aussehen, für den Fall, daß jemand uns beobachtet...«

Sie fuhr herum, als sie hörte, daß die Tür aufging, ließ die Hand in eine Schublade gleiten und ergriff ihre Smith & Wesson. Marenkow bewegte sich mit außergewöhnlicher Behendigkeit, packte eine volle Weinflasche am Hals und hob sie hoch, um sie jederzeit wurfbereit zu haben, und stellte sich Elsa gegenüber. In der Türöffnung musterte Harry Wargrave die beiden, die Hände auf die Hüften gestützt.

»Nicht übel«, bemerkte der Engländer und studierte Marenkows verändertes Erscheinungsbild. »Sehr bemerkenswert, um die Wahrheit zu sagen. Sie haben noch etwa fünfzehn Minuten – wir wollen den Mailänder Hauptbahnhof kurz vor Abfahrt des Zuges erreichen.« Er verließ den Raum, und Elsa sprach ernst auf den Russen ein.

»Ich bin zu Ihrem Schutz da. Von jetzt an werden Sie genau das tun, was ich Ihnen sage.« Sie zeigte auf die beiden Falttaschen, die er in der linken Hand hielt. »Die Fahrkarten gelten bis Amsterdam, falls wir bis nach Schiphol fahren müssen, wenn der Züricher Flughafen geschlossen wird, was ich aber nicht hoffe. Die Bettkarten sind für Wagen vier reserviert, den hintersten Schlafwagen – das ist der erste, den wir hinter der Sperre erreichen. Wir steigen aber erst in den Schlafwagen davor ein und gehen dann zurück...«

»Wargrave hat dies alles sehr gut organisiert«, bemerkte Marenkow.

»Noch eins«, fuhr Elsa fort. »Einen verkleideten Mann – oder eine verkleidete Frau – erkennt man am leichtesten am Gang. Sie haben einen schweren, stampfenden Schritt. Das müssen Sie ändern. So, jetzt wollen wir mal üben – gehen Sie hier im Zimmer umher, und ich werde meine Kritik äußern. Und vergessen Sie nicht, der gefährlichste Ort könnte der Mailänder Hauptbahnhof sein, bevor wir den Zug besteigen...«

Um 16 Uhr 15 wanderte eine schnauzbärtige Gestalt mit Brille und Regenmantel in der riesigen Halle des Milano Centrale umher, einem Kopfbahnhof, der es an Größe mit dem Frankfurter Hauptbahnhof aufnehmen kann. Aus Marmor erbaut, mit riesigen Säulen und dem hohen gewölbten Dach sieht er eher wie ein majestätisches Mausoleum als wie ein Bahnhof aus. Matt Leroy machte sich Sorgen, als er mit einer zusammengefalteten Zeitung in der Hand seinen Rundgang fortsetzte.

Er war inzwischen mit vielen europäischen Bahnhöfen vertraut, und Milano Centrale gefiel ihm überhaupt nicht. Dieser Bahnhof war zu groß, es gab zu viele Winkel, in denen sich Scharfschützen verstecken konnten. Allzu besorgniserregend ist die Lage aber nicht, denn für die Sicherheit zeichnete ja Molinari verantwortlich, sagte er sich. Unter die Reisenden, die bereits den Atlantik-Expreß bestiegen – viele von ihnen waren italienische Gastarbeiter, die von ihrem Weihnachtsurlaub in Italien zu ihren Arbeitsplätzen in der Schweiz und in der Bundesrepublik zurückkehrten – mischte sich jetzt ein kleines Heer von SIFAR-Leuten in Zivil.

Molinari hatte noch mehr getan: Leroy entdeckte eine große Zahl uniformierter Carabinieri, die die Anwesenheit der Staatsmacht offen zur Schau trugen. Und hoch oben hinter irgendwelchen Bürofenstern, das wußte Leroy, waren drei von Molinaris gutausgebildeten Scharfschützen postiert; sie waren mit Gewehren mit Zielfernrohren ausgerüstet. Die zusammengefaltete Zeitung, die der Amerikaner in der Hand hielt, trug er nicht zufällig mit sich herum; jeder SIFAR-Mann im Bahnhof wußte, daß er mit ihr wie beiläufig in irgendeine Richtung würde zeigen können, um auf etwas hinzuweisen, was seinen Verdacht erregt hatte.

Ein Mann, den Matt Leroy nicht bemerkte, war ein kleinwüchsiger Italiener, der eine Menge Gewicht mit sich herumschleppte und einen breiten, aggressiven Mund hatte. Ugo Sala, der Mann, der Wargraves Lastwagen vom Flughafen gefolgt war und ihn dann verloren hatte, als die Straßenbahnen ihm den Weg versperrten, stand vor dem Restaurant und trank eine Tasse Kaffee; in der Nähe war die Barriere, hinter der die sechzehn Waggons des Atlantik-Expreß sich bis weit aus der Halle erstreckten.

Anders als Toni Morosi, der Fluglotse, der auf das Ablenkungsmanöver Oberst Molinaris hereingefallen und dem Fahrzeugkonvoi in Richtung Genua gefolgt war, hatte Ugo Sala, ein erfahrener KGB-Agent, sich zu einer Spezialausbildung in der Sowjetunion aufgehalten. Und während dieser Zeit in Moskau hatte er General Marenkow mehrmals aus der Nähe gesehen. Er warf einen Blick auf die Bahnhofsuhr. Es war 16 Uhr 35. Bis zur Abfahrt des Atlantik-Expreß blieb noch eine halbe Stunde.

Um 18 Uhr in Moskau – in Zürich und Mailand war es erst 16 Uhr – sah sich die dreiköpfige Untersuchungskommission, die zur Aufgabe hatte, den geheimen Informanten ausfindig zu machen, vor einer anderen und weit erschreckenderen Aufgabe. Auf Drängen Marschall Pratschkos war der Funkspruch an Oberst Scharpinsky hinausgegangen, er könne den gesamten sowjetischen Sabotageapparat in Westeuropa einsetzen, um Marenkow zur Strecke zu bringen. Anatolij Sarubin hatte Marenkow als drittes Kommissionsmitglied ersetzt. Seltsamerweise war es der gemäßigte Sarubin gewesen, der Pratschkos Vorschlag unterstützt hatte, aber er hatte dies in sehr vorsichtigen Formulierungen getan.

»Da Oberst Scharpinsky, ihr persönlicher Schützling«, erinnerte der kleine, dunkelhaarige Russe Pratschko, »es versäumt hat, seinen eigenen Chef rechtzeitig zu verdächtigen, schlage ich vor, daß wir ihm Gelegenheit geben, seinen gigantischen Fehler zu korrigieren...«

Pratschko wurde borstig wie die ihm aus Ohren und Nase herausragenden Härchen, grunzte etwas und schwieg. Es war der Erste Sekretär, Leonid Sedow, der schließlich die bange Frage stellte. Sedow, der seine Position dadurch sicherte, daß er die Gemäßigten und die Scharfmacher in einem Drahtseilakt im Gleichgewicht hielt, gefiel Sarubins Reaktion insgeheim sehr. Falls es zu einem großen Desaster kam, würden sie die Verantwortung auf der breiten Brust Pratschkos abladen können.

»Was sollen wir tun?« wollte Sedow wissen. »Was passiert mit allen wichtigen KGB-Agenten in Westeuropa – Agenten, deren Namen und Adressen Marenkow in seinem bemerkenswerten Gedächtnis gespeichert hat?« Er schwieg einen Moment. »Ich denke dabei vor allem an die Bundesrepublik Deutschland...«

Die drei Männer an dem langen, blankpolierten Konferenztisch unter den Kronleuchtern des Kremlsaals sprachen eine Minute lang kein Wort. Dies war eine lebenswichtige Frage. Vor zehn Jahren noch waren die meisten der viertausend kommunistischen Spione in der Bundesrepublik Westdeutsche gewesen; sie hatten sich später als unzuverlässig erwiesen und waren unter großen Mühen durch linientreue DDR-Bürger ersetzt worden, denen man eine falsche Identität hatte geben müssen – und das ist eine Arbeit, die sich nicht über Nacht erledigen läßt. Und jetzt wurden

diese feindlichen Agenten von dem westdeutschen Analytiker Dr. Richard Meier mit Hilfe eines unter dem Namen NADIS bekannten Hochleistungscomputers aufgespürt.
NADIS war mit Daten über die Verhaltensmuster von Personen gefüttert worden, die man verdächtigte, sowjetische Agenten zu sein – mit Angaben über tote Briefkästen, Geldbewegungen auf verdächtigen Bankkonten, über heimliche Agententreffpunkte. Aus den Daten, die der Computer ausdruckte, konnte Meier scheinbar nicht miteinander in Verbindung stehende Personen und Ereignisse zusammenbringen und Querverbindungen nachweisen. Wenn man dazu noch in Betracht zog, daß Marenkow die Namen und Adressen der wichtigsten KGB-Leute kannte, war der deutsche BND in der Lage, ein riesiges Schleppnetz auszuwerfen und den gesamten Untergrundapparat der Sowjets mit einem Fischzug zu beseitigen. Es würde mindestens ein Jahrzehnt dauern, diesen Apparat wiederaufzubauen. Es war Leonid Sedow, der das Schweigen brach.
»Falls Marenkow entkommen sollte«, meinte er, »wäre es dann nicht besser, die Agenten zu evakuieren? Sie könnten später wieder in die Bundesrepublik einsickern. Es dauert mindestens fünf Jahre, einen Agenten auszubilden«, erinnerte er sie.
»Sie schlagen vor, wir sollten einen vorläufigen Alarm auslösen?« fragte Pratschko.
»Dies ist vielleicht eher Ihr Fachgebiet«, wich Sedow elegant aus.
Marschall Pratschko saß in der Klemme, und das wußte er genau. Wenn er nein sagte und es zu einer Katastrophe kam, würde man ihm die Schuld geben. Wenn er ja sagte – ja zur Evakuierung – und sich diese Maßnahme als unnötig erwies, würde man ihm ebenfalls die Schuld aufladen.
»Nur einen vorläufigen Alarm«, sagte er schließlich. Er wollte noch ein paar Pfeile im Köcher behalten.
»Und da Ihr Schützling, Oberst Scharpinsky, das Unternehmen zur Vernichtung Marenkows leitet«, bemerkte Sarubin listig, »wie könnte da etwas schiefgehen?«

Der Züricher Flughafen ist geschlossen worden.
Der düstere Funkspruch General Trabers erreichte Wargrave nur fünfzehn Minuten vor der Abfahrt mit Marenkow zum Mailänder Hauptbahnhof. Sie befanden sich noch in dem seltsamen, über zwei Stockwerke gehenden Raum mit dem halbmondförmigen Fenster, den sie bei der Ankunft im geheimen Quartier Oberst Molinaris zum erstenmal gesehen hatten. Wargrave zeigte Julian Haller den Funkspruch. Der Amerikaner las ihn und schürzte die Lippen – ein seltenes Zeichen, daß er unter Streß stand.

»Das bedeutet, daß wir die lange Reise machen müssen«, bemerkte der Engländer. »Den ganzen Weg quer durch Europa nach Holland, da Schiphol der einzige noch offene Flughafen ist. Was dem KGB mehr Zeit gibt, Marenkow zu erledigen...«

»Irgendwelche zusätzliche Vorsichtsmaßnahmen?« fragte Haller knapp.

»Eine Menge.« Wargrave sah auf seine Uhr. »Molinari hat im dritten Stock zum Glück ein Scrambler-Telefon installieren lassen. Ich werde es bis zum letzten Moment hier benutzen. Und noch etwas, Julian...« Er nannte dem Amerikaner noch ein paar besondere Details, wie der Russe im Zug zu bewachen sei. »So, und jetzt muß ich diese Anrufe erledigen...«

Auf dem Weg nach oben blieb Wargrave kurz im zweiten Stock, um Phillip John, dem Scharfschützen, den Julian Haller von der CIA ausgeliehen hatte, weitere Instruktionen zu geben. Das frischgebackene britische Sparta-Mitglied war gerade dabei, eine 9-mm-Luger-Pistole zu überprüfen, als Wargrave eintrat. Der einen Meter achtzig große dreiunddreißigjährige Phillip John hatte gewelltes braunes Haar und gleichmütige blaue Augen, die jeden fest ansahen, mit dem er sprach. Der weißgesichtige John blickte kaum auf, als sein Besucher den Raum betrat, und fingerte weiter an seiner Waffe herum, bis er sie in sein mit einer Feder zu öffnendes Schulterhalfter steckte.

»Läuten die Alarmglocken?« fragte er beiläufig.

»Wie kommen Sie darauf?« wollte Wargrave wissen.

»Ich habe gelernt, Atmosphäre zu erspüren.« John lächelte

schwach. »Und ich habe gehört, daß Sie in einem verdammten Eiltempo die Treppe heraufgekommen sind.«
»Der Züricher Flughafen ist geschlossen worden. Also müssen wir den ganzen Weg nach Schiphol.«
»Könnte Spaß machen...«
»Ich hoffe, diese letzte Bemerkung entspricht nicht Ihrer allgemeinen Einstellung zu der Aufgabe, die vor uns liegt«, sagte Wargrave langsam und mit Nachdruck.
»Es hat keinen Sinn, daß wir uns in die Haare geraten.« John hatte eine sanfte Stimme und ein leichtes und selbstverständliches Auftreten. Seine Bewegungen waren aber alles andere als beiläufig und leicht gewesen, als sie das Spiel »Wer hat die Waffe zuerst« gespielt hatten, um seine Reflexe zu testen, wie Wargrave sich erinnerte. Sogar Johns Kleidung war eher leger; er trug einen schwarz-weißkarierten Sportanzug, der sorgfältig so geschnitten war, daß man die Luger in seiner linken Achselhöhle nicht sehen konnte. Er lächelte über den angespannten Ausdruck in Wargraves Gesicht.
»Den Ausdruck Ihrer jungen Agentin mag ich lieber«, bemerkte er. »Da sie dabei ist, wird die Reise wie im Flug vergehen.«
»Und das ist ein weiterer Punkt«, fuhr Wargrave mit dem gleichen gelassenen Tonfall fort. »Wenn ich Sie dabei erwische, daß Sie mit dem Mädchen anbändeln, breche ich Ihnen den Arm.«
»Kein Problem«, versicherte ihm John leichthin. »Ich habe aber Augen im Kopf, und sie hat zwei fabelhafte Beine. Oder ist Ihnen das noch nicht aufgefallen?«
Wargrave ignorierte diese Bemerkung, gab ihm detaillierte Anweisungen und verließ den Raum. Auf dem Weg nach oben ärgerte er sich ein wenig über sich selbst. Er war doch nicht etwa eifersüchtig auf diesen gutaussehenden Burschen, den er mit Elsa hatte plaudern sehen?
In den nächsten Minuten, allein in seinem Zimmer im dritten Stock mit dem Scrambler-Telefon, war er fieberhaft tätig. Sein erster Anruf bei General Traber versetzte ihm einen Schock. Der Schweizer Abwehrchef aus Zürich unterbrach ihn.

»Ja, die Meteorologen erwarten, daß unser Flughafen tagelang geschlossen bleibt. Und ich habe noch mehr schlechte Nachrichten – ich habe allen Grund zu der Annahme, daß sich Oberst Igor Scharpinsky in diesem Augenblick irgendwo in Zürich aufhält. Ich lasse gerade nach ihm fahnden – aber ohne eine Personenbeschreibung sind die Aussichten nicht sehr vielversprechend.«
»Er wird das Unternehmen leiten, mit dem sie Marenkow zur Strecke bringen wollen...«
»Das meine ich auch. Irgend etwas Neues aus Andermatt – von Ihrem Agenten? Das könnte sich als äußerst wichtig erweisen, da Andermatt über dem Gotthardtunnel sitzt, durch den der Atlantik-Expreß hindurch muß«, erinnerte Traber den Engländer.
»Nicht ein Wort. Diese Dinge brauchen Zeit. Aber vergessen Sie nicht, daß ich meinem Freund Ihre Nummer gegeben habe und daß der Codename Leros ist. Falls Sie eine Meldung von Leros erhalten, leiten Sie sie sofort an mich weiter – es könnte eine kryptographische Meldung sein, aber ich werde sie verstehen...«
Wargraves nächster Anruf galt Hauptmann Franz Wander vom deutschen BND, der in Wiesbaden auf das Gespräch wartete. Wander hatte bereits den verschlüsselten Funkspruch erhalten, in dem er informiert worden war, daß Marenkow der Passagier sei. Wander war in der für ihn bezeichnenden Art sofort tätig geworden. »In wenigen Minuten steige ich in einen Zug nach Basel«, sagte er dem Engländer mit fröhlicher Stimme. »Ich habe schon mit Traber Verbindung aufgenommen und werde von dort an Ihre Sicherheit übernehmen, während Sie durch Deutschland reisen. Was sagen Sie, Harry? Scharpinsky ist in Zürich? Das gefällt mir aber gar nicht...«
»Das gefällt niemandem«, gab Wargrave zu.
»Noch etwas«, fuhr der Deutsche fort. »Wenn den Sowjets klarwird, daß es Ihnen gelingt, Marenkow sicher herauszubringen, sehe ich einen Exodus all ihrer wichtigen Untergrundagenten voraus – ich habe an der Grenze im Osten also volle Alarmbereitschaft angeordnet. Merkwürdigerweise macht dieser schreckliche Schneesturm es leichter für uns, sämtliche Grenzübergänge abzuriegeln. Wir könnten einen großen Fischzug landen...«

»*Wenn* wir Marenkow sicher herausbringen«, wiederholte Wargrave. »Ich mag Ihre Zuversicht – aber glauben Sie mir, das wird eine Schinderei...«
Der Anruf bei Oberst Springer in Lugano – der Schweizer hatte eine Nachricht hinterlassen, daß er dort zu erreichen sei – war kürzer. Wargrave versicherte sich nur, daß die besonderen Arrangements, um die er zuvor gebeten hatte, in Chiasso tatsächlich getroffen werden würden. »An den letzten Schlafwagen wird ein offener Güterwagen angehängt werden«, versicherte ihm der Schweizer Oberst.

In Den Haag sprach der untersetzte General Scholten, der Mann mit dem rosigen Gesicht, mit seinem Assistenten Jan Sailer, der vom Äußeren her das genaue Gegenteil seines Chefs war. Sailer war einen Meter fünfundachtzig groß, hatte ein mageres Gesicht und trug einen ewig besorgten Ausdruck zur Schau. Jetzt gab er Scholten die jüngsten Berichte über die Bewegungen der terroristischen Geiger-Gruppe. Der siebenunddreißigjährige Holländer, der seinen Chef um Haupteslänge überragte, schüttelte mißmutig den Kopf.
»Gerüchte, nichts als Gerüchte – nichts Greifbares, in das ich 'reinbeißen kann...«
»Aber alles deutet darauf hin, daß die Geiger-Gruppe nach Holland einsickert? Richtig?«
»Sieht fast so aus...«
Er wartete, während Scholten über sein Scrambler-Telefon den Anruf aus Mailand entgegennahm. Er hatte bereits Wargraves verschlüsselten Funkspruch erhalten, daß Marenkow sich im Atlantik-Expreß befinden werde. Und er wußte, daß der Züricher Flughafen geschlossen worden war. Das bedeutete, daß Marenkow bald mit der bereitstehenden Boeing 707 von Schiphol ausgeflogen werden würde – falls er überlebte. Und er wußte auch, daß die Deutschen die Grenze im Osten abgeriegelt hatten, um einer Flucht wichtiger Untergrundagenten vorzubeugen.
»Wir freuen uns darauf, Sie in Amsterdam zu sehen«, beschloß er

das Gespräch mit Wargrave. »Falls notwendig, kann ich Sie ja auch im Atlantik-Expreß erreichen. Ein letztes Wort. Seien Sie vorsichtig!«

Scholten legte den Hörer auf, stand auf und trat ans Fenster. Die Dächer der Parlamentsgebäude in der Ferne waren mit dünnen Schneespuren überzogen, mehr war es nicht. Der große europäische Schneesturm ließ die Niederlande noch immer verschont. Und eine Tugend, die Scholten besaß, war die Gabe, zwei Züge vorauszudenken.

»Erinnern Sie sich daran, daß 1951 die sowjetischen Agenten Burgess und MacLean an Bord des sowjetischen Frachters *Maria Uljanowa* vor Dünkirchen abgeholt wurden?« fragte er plötzlich.

»Ich glaube, ich habe davon gehört, ja«, erwiderte Sailer. Er begriff die Bemerkung seines Chefs überhaupt nicht.

»Das Interessante ist, daß die Geschichte sich manchmal doch wiederholen kann«, fuhr Scholten fort. »Ich habe soeben gehört, daß die *Maxim Gorkij*, ein sowjetischer Frachter von siebzehntausend Tonnen, soeben Helgoland passiert hat und in schwerer See nach Süden stampft. Sie wird bald vor der holländischen Küste sein.«

»Tatsächlich?« bemerkte Sailer, der noch immer nicht sah, in welche Richtung sein Chef dachte. »Sie wird eine harte Überfahrt haben – das Barometer fällt rasch.« Das entsprach den Tatsachen – ein Sturm von Windstärke acht kam gerade auf, und man hatte schon die Deichwachen alarmiert, die die Deiche schützen sollten, wenn die riesigen Wellen heranbrandeten. Vor weniger als achtundvierzig Stunden hatte Elsa Lang beim Hinuntersehen aus der KLM-Maschine, die sie von London nach Schiphol brachte, die weißen Schaumkronen gesehen, die gegen die holländische Küste schlugen. »Übrigens«, fragte Sailer, »haben Sie den Minister über die jüngste Entwicklung informiert?«

»Noch nicht.« Scholten wandte sich vom Fenster ab und lächelte. »Es ist immerhin Sonnabend, und wir wollen ihm doch nicht das Wochenende verderben. Jedenfalls nicht vor der Zeit...«

Die Wahrheit war, daß Scholten – ebenso wie General Traber in Zürich – nicht die leiseste Absicht hatte, mit seiner Regierung in

Verbindung zu treten. Die Revolte der Abwehrchefs gegen ihre unentschlossenen Politiker kam allmählich auf Touren.

Im Zimmer 207 des Hotels Schweizerhof in Zürich war es 16 Uhr 30, als auch Heinz Golchack hörte, daß der Züricher Flughafen geschlossen worden war. Er hatte die simple Vorsichtsmaßnahme ergriffen, seinen Stellvertreter Rudi Bühler beim Flughafen anrufen zu lassen, wann eine bestimmte Maschine nach Deutschland starte. Er reagierte sofort auf die Nachricht.

»Das bedeutet, daß sie Peter bis nach Schiphol in Holland bringen müssen. Nur für den Fall, daß er hier überhaupt lebend ankommt, werden wir ein paar weitere Vorbereitungen treffen...«

Golchack schrieb zwei weitere Funksprüche zum Verschlüsseln nieder, die er seinem Funker Heinrich Baum zur Übermittlung an Professor Mohner in seinem Caravan auf dem Zürichberg gab. Mohner würde sie dann an den endgültigen Bestimmungsort funken. Der erste Funkspruch ging an den erfahrenen GRU-Agenten Jurij Gusew, der sich in diesem Augenblick in Mülhausen in Frankreich aufhielt – in der Nähe Basels also. Der zweite Funkspruch war für Rolf Geiger bestimmt, den führenden Kopf der terroristischen Geiger-Gruppe, die soeben in Amsterdam eingetroffen war.

In diesem Augenblick, in dem der große Schneesturm weiter über Europa tobte, schwirrte der Äther vor Funksprüchen, die von einem Sender zum anderen gingen, mochten sie legal oder illegal sein. Und eine halbe Stunde, bevor der Atlantik-Expreß zu seiner langen Fahrt abfuhr, bewegten sich zwei große feindliche Streitmächte – die westlichen Abwehrsysteme und der kombinierte Apparat von KGB und GRU – aufeinander zu. Sie waren auf Kollisionskurs.

Um 16 Uhr 35 waren die Sparta-Leute bereit, General Marenkow zum Mailänder Hauptbahnhof und zum Atlantik-Expreß zu bringen. Wargrave, der sich in einem Raum im dritten Stock allein mit Oberst Molinari befand, besprach mit dem SIFAR-Chef noch

letzte Einzelheiten der notwendigen Sicherheitsvorkehrungen. Phillip John war schon mit Peter Necker in seinem eigenen Wagen zum Bahnhof abgefahren; Necker, der Funker, sollte die Sendeanlage bedienen, die Molinari im zweiten Schlafwagen hatte installieren lassen.
»Alles klar?« fragte Wargrave.
»Völlig. Und bestens ausgeklügelt«, bestätigte Molinari. »Ich wünsche Ihnen außergewöhnlich viel Glück...«
»Zeit, daß wir losfahren...«
In dem durch zwei Stockwerke gehenden Raum wartete Elsa zusammen mit Marenkow, der ihren Gucci-Reisekoffer trug. »Du siehst mir verdammt kostspielig aus. Ich könnte dich nie ernähren«, ließ Wargrave sich vernehmen. Elsa zog eine Schnute, wirbelte in ihren Gucci-Schuhen herum, ließ ihren Zobelmantel flattern und zeigte ihre zum Koffer passende Gucci-Handtasche. »Ich bin ziemlich sicher, daß du dir eine Frau wie mich nicht leisten kannst«, sagte sie ihm schnippisch. Sie hakte sich bei Marenkow ein. »Dieser Herr paßt weit besser zu mir, wie du siehst...«
Der Russe war das Urbild des erfolgreichen Industriekapitäns, als er in seinem Vicuña-Mantel, seinen handgearbeiteten Schuhen und seinem Homburg dastand. Um zu demonstrieren, daß er seine Lektion gelernt hatte, machte er ein paar energische, leichtfüßige Schritte durchs Zimmer – die völlig anders waren als sein normales schweres Stampfen. Elsa klatschte in die Hände und applaudierte. Wargrave nickte beifällig, als er auf die Tür zuging, die zum Hof hinunterführte, wo der Mercedes 450 SEL Automatic bereitstand. Er nahm nur noch die Hälfte von dem wahr, was im Raum vorging; sein Geist beschäftigte sich genauso mit der Frage, ob er auch nichts vergessen hatte. Er sah sich noch einmal prüfend um. Als er oben nach seinem Gespräch mit Molinari allein zurückgeblieben war, hatte er noch ein letztes Telefonat geführt, aber diesmal nicht mit dem Scrambler-Telefon. Es war ein vorbestelltes, handvermitteltes Gespräch gewesen, das er beim Mailänder Fernamt angemeldet hatte: ein Gespräch mit einem Anschluß in Andermatt.

12. Andermatt, Schweiz

Um 16 Uhr 40 legte Robert Frey in der Bar des Hotels Storchen in Andermatt den Telefonhörer auf und blickte hoch, als eine Frau die Treppe herunterkam und in die Halle nebenan ging. »Anna, ich habe hier eine große Bloody Mary für dich«, rief er aus.

»Trink sie selbst – vielleicht bleibt sie dir im Hals stecken...«

Andermatt ist ein Wintersportort, eine kleine Stadt mit weißgetünchten Häusern mit steilen Dächern und einer einzigen Hauptstraße. Der Ort liegt am Ausgang eines langgestreckten Tals, das nach Gletsch und zum Rhône-Gletscher führt. Seine Hotels und Pensionen waren voll von Gästen, einer buntgemischten Schar aus vielen Nationen. Unter denen, die vor kurzem von den Skihängen zurückgekehrt waren, befand sich auch Anna Markos, eine auffallende Frau von achtunddreißig mit einer vollbusigen Figur, die in diesem Augenblick die ungeteilte Aufmerksamkeit Robert Freys in Anspruch nahm. Die Griechin stand am Eingang zur Bar, stemmte die Hände auf die Hüften und sah Frey aufreizend an.

»Na, komm schon«, sagte er auf französisch, »hör auf mit diesen Albernheiten.«

Er nahm seinen eigenen Drink und die Bloody Mary und ging zu einer Couch hinüber, die vor einem offenen Feuer stand, wo knisternd und krachend ein halber Baumstamm brannte. Frey setzte sich, machte es sich bequem und wollte Anna mit einem Finger herbeiwinken. Anna Markos zog ihre wohlgeformten Schultern hoch, ging in die Bar, ignorierte den leeren Platz neben Frey und setzte sich auf einen Stuhl gegenüber.

»Warum müssen wir immer kämpfen?« verlangte Frey zu wissen.
»Weil du glaubst, du brauchtest nur den Finger krumm zu machen, damit jede Frau sich nackt auszieht und sich vor dir hinlegt.«
»Das Vergnügen haben schon viele gehabt...«
Jetzt füllte nach und nach die Menge der *Après-ski*-Hungrigen das Hotel und die Bar; man sah den Gesichtern die Anstrengungen auf den Hängen und die Vorfreude auf einen wilden Abend an. Es waren Franzosen da, Deutsche, Skandinavier, einige wenige Briten (der Schweizer Franken ist für einen britischen Normalbürger zu teuer geworden).
Anna Markos zog ihre Skijacke aus, ignorierte Frey und drehte sich nach den Menschen um. Sie nahm ihre Skimütze ab, schüttelte ihr langes schwarzes Haar aus und präsentierte dem riesigen Schweizer einen Augenblick lang ihr Profil, als sie in einem Wandspiegel kurz ihr Aussehen prüfte. Es war ein großartiges Profil mit einer hinreißenden gebogenen Nase, hohen Wangenknochen, einem energischen, wohlgeformten Kinn. Und jetzt konnte Frey auch deutlicher sehen, wie sich ihre Brust gegen die enge azurblaue Bluse preßte; er sah die Umrisse ihrer langen, kräftigen Beine, die sie langsam und mit Vorbedacht übereinanderschlug. Sie langte nach ihrem Drink und wich dabei geschickt dem Zugriff seiner Hand aus. Mit einem langen Schluck trank sie das halbe Glas leer. Ihre großen schwarzen Augen warfen ihm über den Rand des Glases hinweg einen zornigen Blick zu.
»Und dieser Drink verschafft dir nicht einmal einen Einstieg bei mir.«
»Und doch kennen wir uns seit über...«
»Man hat uns nie vorgestellt – du bist in mein Privatleben eingedrungen«, gab sie ironisch zurück.
Was die Stärke der Persönlichkeit und der Erscheinung betraf, war Robert Frey, der berühmte Schweizer Bergsteiger, Anna Markos ebenbürtig. Frey war die dominierende Figur in Andermatt, nahm an allem Anteil, was in der kleinen Stadt geschah, und die Winter-

sportsaison war der Höhepunkt seines Arbeitsjahres. Er war fast einen Meter neunzig groß, ein großer, bärenstarker Mann von fünfundvierzig mit einer großen Hakennase und einer wilden Mähne dunklen Haars. Frey strahlte körperliche Vitalität und Lebensfreude aus. Er war so etwas wie ein Idol des Ortes.

Als Bergsteiger hatte Frey sämtliche wichtigen Gipfel der Schweiz erklommen einschließlich aller Wände des Mordbergs Eiger. Er war ein hervorragender Skiläufer, ein erfahrener Pilot, außerdem noch Geologe und Lawinenexperte; er war Mitglied der Schnee- und Lawinenforschungsanstalt, die ihren Sitz gut zweitausend Meter oberhalb von Davos hatte. Um diese Jahreszeit war er ständig unterwegs: entweder mit dem Hubschrauber, um sich über den Schneefall und die Schneehöhen zu informieren und nach möglichen Lawinenzonen zu suchen; er betrieb daneben eine Skischule für ausländische Gäste und hatte nach Einbruch der Dunkelheit auch noch Zeit für das muntere Treiben des *Après-ski*.

Nach Einbruch der Dunkelheit war der stets zu Späßen aufgelegte und schulterklopfende Schweizer in seinem Element. Der von seiner Frau getrennt lebende Robert Frey hatte einen großen Appetit auf Frauen, und es verging kaum ein Abend, an dem sein Appetit nicht mit einer neuen Eroberung gestillt wurde. Anna Markos war – bis jetzt – einer seiner wenigen Mißerfolge. Der inzwischen verheilte Kratzer auf seiner rechten Wange zeugte davon, wie heftig sich Anna verteidigt hatte, als er sie in ihrem Schlafzimmer überrascht und ihr den Weg versperrt hatte. Seitdem begehrte er sie nur noch mehr; er saß breitbeinig vor dem offenen Feuer da, starrte ihre wundervollen Schenkel an und malte sich den Augenblick aus, in dem sie unter seinem mächtigen Leib begraben sein würden.

»Na, schon wieder beim Träumen?« fragte Anna sarkastisch.

Robert Frey antwortete nicht. Er warf zwei französischen Mädchen, die soeben die Bar betreten hatten, einen Blick zu. Sie starrten ihn einen Moment frech an und bestellten sich dann zwei Drinks. Von der Diskothek im Nebenraum tönte Popmusik herüber; einige Paare begannen zu tanzen. Der Abend kam nur langsam in Fahrt. Er seufzte, leerte sein Glas und stand auf. Er beugte sich hinunter und nahm Anna Markos' Kinn in seine mächtige Pranke. Sie starrte herausfordernd zu ihm hinauf.

»Ich sehe dich nachher noch, meine Schöne...«

Sie sagte nichts, als er losschlenderte, seinen Parka vom Kleiderhaken nahm und ihn um die Schultern legte. Er ging in die Nacht hinaus und kletterte hinters Lenkrad eines VW-Transporters. Als er weggefahren war, ließ Anna Markos ihr Getränk stehen, ging zum Hotelausgang, wobei sie ihre pelzgefütterte Skijacke anzog, und sah hinaus. Jetzt um fünf Uhr war es schon stockdunkel, und in dem leichten Schneefall verschwammen die Lichter der kleinen Stadt zu einem sanften Glühen. Sie eilte zu ihrem gemieteten Renault und schloß ihn auf. Als sie den Zündschlüssel drehte, verschwanden in der Ferne schon die Rücklichter von Freys Wagen.

Sie folgte ihm durch die enge Straße, in der Paare mit Skiern auf den Schultern dahinschlenderten. Die Skier sahen aus wie schreckliche Waffen. Dann bremste sie ab und fuhr an den Straßenrand, um zwei Armeefahrzeuge passieren zu lassen. Sie blickte zurück und sah, daß Soldaten mit automatischen Waffen hinter der zurückgezogenen Abdeckplane hervorlugten. Ist hier irgendeine militärische Übung in Gang? fragte sie sich. Anna Markos konnte nicht wissen, daß General Traber von seinem Züricher Hauptquartier aus eine Teilalarmbereitschaft für die gesamte Schweiz angeordnet hatte.

Sie fuhr weiter und erreichte den Stadtrand; Andermatt endet urplötzlich. Dahinter erstreckte sich das schnurgerade Tal, das nach Gletsch und zum Rhône-Gletscher führt; in einem der Eistunnel dieses Gletschers hatte man vor kurzem den Agenten Oberst Springers ermordet aufgefunden. Sie hielt am Rand der verlassenen Straße an, verließ den Wagen, zog einen kleinen einäugigen Feldstecher aus der Tasche und sah hindurch. Die Sicht durch die einzige Linse war nicht allzu gut, aber die Lichter einiger Bauernhäuser ließen sie deutlicher sehen, und zudem hörte es jetzt auf zu schneien. Sie war noch rechtzeitig gekommen, um Freys Transporter in der Toreinfahrt verschwinden zu sehen. Über den eng beieinanderstehenden Häusern erhob sich die Funkantenne, mit der Frey zur Lawinenforschungsanstalt oberhalb von Davos Verbindung hielt.

Als Anna Markos allein neben ihrem Wagen stand, konnte sie das starke Nachtglas nicht sehen, daß von einem der Fenster des Bauernhauses auf sie gerichtet wurde. Emil Platow, ein kleinwüchsiger, dünner Schweizer von vierzig Jahren mit braunem Haar und Koteletten, ließ das Nachtglas sinken, als Robert Frey den abgedunkelten Raum betrat und seinen Parka abwarf. Seine Silhouette zeichnete sich vor dem Licht im Flur ab. »Was zum Teufel geht hier vor?«

»Diese Freundin von Ihnen ist hinter Ihnen hergefahren. Sie hat kurz hinter der Stadt angehalten. Dies ist schon das zweite Mal. Ich glaube, sie beobachtet uns durch ein Fernglas...«

Ohne ein Wort nahm Frey Platow das Nachtglas ab und beobachtete den in der Ferne geparkten Renault und die schattenhafte Gestalt, die daneben stand. Das Gesicht war zwar unmöglich zu erkennen, aber die Haltung, die Gestalt und der Wagen waren ihm vertraut. Platow sprach weiter.

»Ich habe sie vorgestern abend an genau derselben Stelle entdeckt, etwa um die gleiche Zeit.«

Frey ließ das Nachtglas sinken und zog die Vorhänge zu. »Machen Sie das verdammte Licht an!« schnauzte er. Als das Zimmer wieder erleuchtet war, ging er zu einem Wandschrank hinüber, nahm eine Flasche heraus und goß sich ein Glas Wein ein. Er stand da und trank es aus, bevor er sprach.

»Schön, ich gebe Ihnen recht – es sieht aus, als hätten wir unseren Spion gefunden.«

13. Mailand, Hauptbahnhof

Matt Leroy ging durch die Sperre und bestieg den zweiten Schlafwagen um genau 16 Uhr 55 – zehn Minuten vor Abfahrt des Zuges. Er machte sich auf den Weg ans Ende des Zuges und begann, jedes Abteil zu durchsuchen. Auf Gleis fünf im Milano Centrale erstreckte sich der sechzehn Waggons lange Atlantik-Expreß. Am Ende des Zuges befanden sich die beiden Schlafwagen, die für die Sparta-Leute angehängt worden waren.

Davor standen die beiden fahrplanmäßigen Schlafwagen und davor die drei regulären Erster-Klasse-Wagen. Der Rest des Zuges bestand aus Zweiter-Klasse-Wagen – die meisten waren schon besetzt – und dem Speisewagen. In dem zweiten der hintersten Schlafwagen nahm Leroy von einem als Bahninspektor gekleideten SIFAR-Mann drei Schlüsssel entgegen. Sämtliche Schlüssel waren gleich und paßten für die Vordertür des Waggons, so daß die beiden letzten Wagen vom Rest des Zuges abgeriegelt werden konnten. Als Leroy das letzte Abteil erreichte, machte er ein bestimmtes Klopfzeichen. Peter Necker öffnete die Tür erst einen Spalt breit, dann weiter.

»Haben Sie alles bekommen, was Sie brauchen?« wollte Leroy wissen.

»Die Funkanlage ist einfach hervorragend«, erwiderte der Deutsche in seinem gepflegten Englisch.

Leroy warf einen Blick ins Abteil. Dort befanden sich dermaßen viele Instrumente, daß er sich an das Cockpit einer Boeing 747 erinnert fühlte. Er nickte Necker einen kurzen Gruß zu und ging

weiter, um den letzten Waggon zu untersuchen. Jetzt stand die Ankunft von Mr. und Mrs. Wells – von General Marenkow und Elsa Lang – unmittelbar bevor.
Jenseits der Haupthalle, in der tiefer gelegenen kleinen Halle am unteren Ende der Rolltreppen, stand Phillip John in der Nähe des Ausgangs. Er blickte einmal auf die Uhr und begann dann, auf und ab zu wandern, um sich warmzuhalten, während immer mehr Fahrgäste in den riesigen Bahnhof hinauffuhren. Er behielt die Via Pisani draußen weiter im Auge und hielt nach einem dunkelblauen Mercedes 450 SEL Automatic Ausschau.
Hinterm Lenkrad des Mercedes sah Wargrave die weitläufige Silhouette des Milano Centrale näherkommen, als er mit gleichbleibender, aber nicht zu hoher Geschwindigkeit darauf zufuhr. Zu seiner Linken ragte das rhombenförmige, gigantische Pirelli-Gebäude in die Höhe. Hinter ihm saßen Elsa und Marenkow. Seit der Abfahrt vom Innenhof des geheimen Quartiers von Oberst Molinari hatte niemand ein Wort gesprochen, und er entschied, daß es an der Zeit sei, ein wenig die Spannung zu lockern.
»Molinari befindet sich schon im Bahnhof, um die Sicherheitsvorkehrungen zu prüfen«, sagte er zu Marenkow. »Elsa wird Sie in die Haupthalle bringen und dann über die Rolltreppe zur oberen Halle. Widerstehen Sie der Versuchung, sich zu beeilen – im Bahnhof wimmelt es von Wachen, obwohl Sie das nicht sehen werden. Ich werde Ihnen folgen und am oberen Ende der Rolltreppe auf sie warten. Ich werde auch darauf achten, daß Sie nicht verfolgt werden.«
»Ein wohlorganisiertes Unternehmen, Mr. Wargrave«, bemerkte der Russe. »Bis jetzt jedenfalls...«
»Vielen Dank für Ihren Vertrauensbeweis«, versetzte Wargrave trocken.
»Ich wollte Ihnen nur eine kleine Warnung zukommen lassen«, entgegnete Marenkow ruhig. »Irgendwo werden sie den ersten Versuch wagen – vielleicht schon in den nächsten Minuten...«
»So ist's richtig«, sagte Elsa heiter. »Muntern Sie uns ruhig auf.«

»Was auch immer geschieht, wenn wir gleich anhalten – Sie gehen unbeirrt in den Bahnhof hinein«, wies Wargrave ihn an. »Was auch immer geschieht«, wiederholte er.

Er wendete den Mercedes, kurvte an den Bordstein heran und hielt an. Ein Gepräckträger riß den hinteren Schlag mit ungewöhnlicher Schnelligkeit auf; wenigstens trug der SIFAR-Mann die Uniform eines Gepäckträgers. Er nahm den Gucci-Reisekoffer an sich und verschwand auf der Treppe. Marenkow stieg gerade hinter Elsa Lang aus dem Wagen aus, als sich der Zwischenfall ereignete. Zwei Wagen, die sich dem Bahnhof näherten, stießen mit einem ohrenbetäubenden Krachen zusammen. Der Russe erstarrte. »Los, weiter – ein Ablenkungsmanöver«, flüsterte Elsa und nahm seinen Arm. »Alles nach Plan…«

Dort, wo die beiden Wagen zusammengeprallt waren, war jetzt der Teufel los. Die beiden Fahrer waren ausgestiegen und standen wild gestikulierend und schreiend vor ihren Wagen, während uniformierte Carabinieri auf sie zuliefen. Die Aufmerksamkeit aller Passanten wurde auf den Unfall gelenkt; viele der Spätankömmlinge unter den Fahrgästen blieben stehen, um sich den Tumult anzusehen. Elsa und ihr Ehemann auf Zeit befanden sich schon am oberen Ende der Treppe, gingen in die untere Halle, gingen an Phillip John und drei Caribinieri mit Gewehren in der Hand vorüber und betraten die Rolltreppe, die sie in die obere Halle brachte.

»Gleis fünf«, sagte Elsa, als sie die Rolltreppe verließen. In diesem Moment, in dem sie auf die Sperre zuzugehen begannen, wäre ein schläfriger Gepäckträger, der einen Elektrokarren fuhr, um ein Haar in Elsa hineingefahren. Der Russe reagierte blitzschnell; er packte Elsa an der Taille und riß sie zur Seite. Dann, als sie seinen Arm nahm, ging er einige Schritte lang mit seinem gewohnten schweren und stampfenden Gang. Dieser Beinaheunfall hatte ihn seine Lektion vergessen lassen. Nachdem er sich wieder gefangen hatte, wurde sein Gang leichtfüßiger, und mit raschen Schritten gingen jetzt beide auf die Sperre zu. Marenkow hielt die Fahrkarten in der Hand.

Vor dem Restaurant stand Ugo Sala, der KGB-Agent, und trank seine zweite Tasse Kaffee, um sich warmzuhalten und die bittere Kälte zu vergessen. Das wohlhabend aussehende Paar hatte er bis zu dem Zwischenfall mit dem Elektrokarren ohne großes Interesse angesehen. Jetzt erstarrte er. Während seiner Ausbildung in Moskau hatte er ja General Marenkow mehrmals zu Gesicht bekommen, und Ugo Sala war ein scharfer Beobachter. Er hatte die Veränderung des Gangs bemerkt, und als er den Mann im Vicuña-Mantel jetzt genauer ansah, war er von dessen wahrer Identität überzeugt, obwohl die Veränderung der äußeren Erscheinung erstaunlich war.
Hätte Sala eine Waffe bei sich gehabt – was nicht der Fall war – und wäre er ein guter Schütze gewesen – was ebenfalls nicht zutraf –, hätte er jetzt vielleicht versucht, Marenkow zu erschießen. Das wäre ihm allerdings nicht gelungen, denn wenige Meter entfernt standen zwei SIFAR-Männer in Zivil, die die Hände in der Tasche hielten. Statt dessen verließ er den Bahnhof und eilte zu seinem geparkten Taxi. Als er am Steuer saß und die Tür zugeschlagen hatte, benutzte er sein Funktelefon.
»Hier Rom drei. Hier Rom drei. Der Fahrgast hat jetzt den Zug bestiegen…«

Am unteren Ende der Rolltreppe stand Phillip John zusammen mit Harry Wargrave und wartete, als Mr. und Mrs. Wells, der Ölmanager der Shell International und seine »Frau«, außer Sicht verschwanden und in die obere Halle gingen. Hinter ihnen, draußen vor dem Bahnhof, setzte sich der durch den von Molinari inszenierten Unfall ausgelöste Tumult fort. »Sie sehen müde aus«, sagte John. Wargrave warf dem weißgesichtigen Scharfschützen einen Blick zu. Es war eine einfache Feststellung gewesen, dahingesprochen, als wäre es John total gleichgültig.
»Wenn wir Schiphol erreicht haben, können wir uns Müdigkeit leisten«, erwiderte Wargrave knapp.
Aber John hatte recht. Wargrave fühlte sich im ganzen Körper wie gerädert. In der Nacht zum Sonnabend hatte er kaum ein Auge zu-

getan; er hatte die halbe Nacht mit Molinari aufgesessen und war mit ihm noch einmal sämtliche Pläne durchgegangen. Und vor wenigen Stunden erst war er nach Bukarest und zurück geflogen. Die untere Halle war jetzt fast menschenleer; die Carabinieri waren verschwunden, und die letzten späten Reisenden waren die Rolltreppe hinaufgestürmt. Die beiden Engländer waren allein, als Wargrave sich eine Zigarette anzündete, »bis später« sagte und die Rolltreppe betrat, die sich langsam aufwärts bewegte. Phillip John würde allein in den Schlafwagen einsteigen.
Als die Rolltreppe ihn nach oben beförderte, stand Wargrave entspannt mit einer Hand auf dem Geländer da; er wartete auf den ersten Blick in die obere Halle. Elsa und Marenkow gingen jetzt vermutlich gerade durch die Sperre. Als er oben angekommen war, stieg Wargrave von der Rolltreppe hinunter und hielt dann inne. Er ging ein paar Meter nach rechts, bis er vor der nach unten führenden Rolltreppe stehenblieb. Elsa und Marenkow hatten soeben die Sperre passiert und gingen auf die Tür des zweiten Schlafwagens zu.
Am unteren Ende der Rolltreppe riß Phillip John seine 9-Millimeter-Luger aus dem Schulterhalfter, zielte rasch, hielt die Pistole mit beiden Händen und feuerte einen einzigen Schuß ab. Wargrave fiel rückwärts und brach auf der Rolltreppe zusammen, die seinen zusammengesunkenen Körper langsam in die untere Halle zurücktrug.

Elsa und Marenkow hörten den Schuß; sie hielt noch immer den Arm des Russen und blickte sich noch rechtzeitig um, um Wargrave zusammenbrechen zu sehen, um zu sehen, wie sein lebloser Körper langsam außer Sicht verschwand, als die Rolltreppe ihn nach unten brachte. Ihr Griff um Marenkows Arm wurde fester. Sie hatte das Gefühl, als würde sich ihr die Kehle zuschnüren; sie fühlte sich krank vor Entsetzen, bis ihr Training sie dazu brachte, sich zusammenzunehmen.
»Wir steigen sofort ein...«
Matt Leroy wartete am Eingang des zweiten Schlafwagens und

wollte gerade eine Frage stellen, aber Elsa unterbrach ihn. »Ich muß sofort zu Julian...« Leroy, der Order hatte, bei der einzigen geöffneten Tür der beiden letzten Schlafwagen zu bleiben, wies einen SIFAR-Mann auf dem Gang an, die beiden zu begleiten. Haller wartete in Abteil drei auf sie – er hatte das geheime Quartier wenige Minuten vor Wargrave zusammen mit Molinari verlassen, um sich durch eigenen Augenschein von den am Bahnhof getroffenen Sicherheitsvorkehrungen zu überzeugen. Das Lächeln in seinem Gesicht gefror, als er Elsas Gesichtsausdruck sah.
»Oh, Julian – sie haben Harry erschossen. Er war am oberen Ende der Rolltreppe, als...« Ihr versagte die Stimme. Es war Marenkow, der ihr einen Arm um die Taille legte und sie behutsam zu einem Sitzplatz führte. Der Amerikaner stand schnell auf. »Schließen Sie diese Tür ab«, befahl er, »und öffnen Sie sie nur auf das verabredete Klopfzeichen...« Marenkow schloß die Tür ab, als Elsa sich einen Ruck gab und die Smith & Wesson aus der Handtasche nahm. Sie legte sie auf den Sitz neben sich.
»Es wird gleich wieder gehen«, sagte sie dem Russen, »und außerdem habe ich noch eine Aufgabe zu erfüllen...«
Marenkow setzte sich neben sie und sprach mit ungewöhnlicher Sanftheit auf sie ein. »In Rußland gibt es ein Sprichwort – Tränen waschen alle Spannungen weg...«
»Keine Tränen...«
Draußen im Gang ging Julian Haller mit einem grimmigen Gesichtsausdruck auf und ab. In den letzten beiden Schlafwagen waren sämtliche Vorhänge heruntergelassen, um die Waggons vor Einblick zu schützen. Am Ende des zweiten Waggons wartete Matt Leroy noch immer an der geöffneten Tür. »Wargrave ist erschossen worden«, informierte ihn Haller. »Bleiben Sie, wo Sie sind«, befahl er, als Leroy sich der Tür zuwandte. »Niemand darf den Zug verlassen.« In diesem Augenblick stieg Phillip John ein und sah sich Haller gegenüber.
»Sie haben die Nachricht gehört?« fragte er leise.
»Daß Wargrave erschossen worden ist? Ja. Wie geht's ihm?«
»Sie haben ihn in die Rotkreuzstation hier im Bahnhof gebracht.«

John machte eine Pause. »Ich fürchte, ich habe eine schlechte Nachricht für Sie. Harry Wargrave ist tot.«
Haller starrte ihn an. Sein Gesicht verriet keinerlei Bewegung. »Wie ist das passiert?« wollte er wissen. »Haben sie den Mörder geschnappt?«
»Bis jetzt nicht. Ich stand unten am Ende der Rolltreppe, als jemand einen Schuß abfeuerte. Ich konnte nicht sehen, woher er kam. Muß ein hervorragender Scharfschütze gewesen sein. Der Bahnhof wimmelt jetzt von Carabinieri und SIFAR-Leuten. Sie haben sämtliche Ausgänge abgeriegelt, und Molinari leitet die Suchaktion persönlich.«
»Lösen Sie Leroy hier ab«, befahl Haller. »Machen Sie diese verdammte Tür zu und erlauben Sie niemandem, einzusteigen. Sie kommen mit mir«, sagte er zu Leroy. »Beziehen Sie vor unserem Abteil Posten.« Er holte tief Luft und ging zum Abteil drei zurück. Wenn du eine miese Aufgabe zu erledigen hast, erledige sie gleich, sagte er sich. Er hätte nur zu gern noch mit Oberst Molinari gesprochen, aber der Expreß würde gleich abfahren. Auf sein Klopfzeichen hin wurde die Tür von Elsa einen Spalt breit geöffnet. Durch die enge Türöffnung hielt sie ihre Smith & Wesson auf ihn gerichtet. Alles haargenau so, wie Wargrave es ausdrücklich angeordnet hat, dachte er traurig. Ihre Augen sahen ihn forschend an, als er eintrat und die Tür verschloß.
»Ist er noch am Leben?« fragte sie leise.
Haller schüttelte den Kopf. Sie setzte sich kerzengerade hin, hielt die Waffe auf dem Schoß und starrte auf die Wand. Haller drückte ihre Schulter, zündete eine Zigarette an und steckte sie ihr zwischen die Lippen. »Ich hasse diese verdammte Organisation«, sagte sie tonlos. Marenkow verschränkte taktvoll die Arme und schwieg, als er sich neben sie setzte. Sie haßt mich jetzt, dachte er – wenn ich in Rußland geblieben wäre, wäre der Mann, den dieses Mädchen insgeheim geliebt hat, noch am Leben.

Nur zwei Minuten vor der Abfahrt des Atlantik-Expreß erschien ein verspäteter Reisender, der in einer Hand eine kleine Reisetasche trug und in der anderen den Stock hielt, auf den er sich beim Gehen stützte. Der einen Meter achtzig große Mann schien kleiner zu sein, als er mit geneigtem Kopf und gekrümmten Schultern vorwärtshumpelte. Er trug einen schweren Mantel aus Astrachanfell, der den Mann gewichtiger wirken ließ, als er tatsächlich war, und einen Tirolerhut mit einer kleinen roten Feder im Hutband. Sein graues Haar wirkte ungepflegt, und er blinzelte durch eine Zwei-Stärken-Brille. Trotz seines leichten Humpelns bewegte er sich mit seinem seltsam torkelnden Gang erstaunlich schnell. Phillip John, der hinter dem Fenster der geschlossenen Waggontür stand, schätzte sein Alter auf sechzig und verschwendete keinen weiteren Gedanken an ihn.

Der Fahrgast bestieg den zweiten Schlafwagen und zeigte dem Schaffner eine Fahrkarte auf den Namen Joseph Laurier. Der Reisende wurde in ein Singleabteil geführt, das für ihn reserviert war. Laurier sprach kein Wort mit dem Schlafwagenschaffner, der kurz darauf hörte, wie die Abteiltür von innen verschlossen wurde. »Alter Griesgram«, dachte der Schaffner, als er zu seinem Platz am Ende des Waggons zurückkehrte. So einen Typ erlebte er auf jeder Fahrt.

Eine Minute später fuhr der von einer Lok 111 mit der Achsanordnung Bo-Bo gezogene Expreß – ein Zug mit sechzehn Waggons und einem Gesamtgewicht von über siebenhundert Tonnen – unter dem riesigen Kuppeldach des Milano Centrale an, ratterte über das Gewirr der zahlreichen Weichen und beschleunigte rasch auf seiner Fahrt nach Norden. Die Bahnhofsuhr zeigte genau 17 Uhr 05.

Teil III
LAWINENEXPRESS

14. Chiasso, Lugano

Die Waggons schwankten leicht von einer Seite zur anderen, als der Expreß bei seiner Fahrt durch die flache, schneebedeckte Poebene stetig weiter beschleunigte. In einer Stunde würde er Chiasso erreichen, den schweizerischen Grenzbahnhof. In seinem Singleabteil hob Joseph Laurier, der Reisende, der den Zug als letzter bestiegen hatte, den Vorhang, um in die Nacht hinauszusehen. Die Lichter der Mailänder Vororte waren bereits verschwunden; im Schein des aufsteigenden Vollmonds sah Laurier, wie es auf die unendliche Ebene schneite. Anders als die meisten Menschen, die soeben einen Zug bestiegen haben, wirkte Laurier ruhelos.

Er zog den Vorhang herunter, verließ sein Abteil und begann, mit seinem schlurfenden Gang nach vorn zu gehen. Er ging langsam, stützte sich am Geländer ab, um das Gleichgewicht zu halten, ging durch die beiden Schlafwagen hindurch und blickte dann in jedes Abteil, während er von Waggon zu Waggon weiterging.

Manchmal blickten Reisende auf, als er vorüberging, aber seinem unbestimmten Blick konnte niemand entnehmen, daß er sich jeden Menschen in diesem Zug genau ansah. Er ging durch den Speisewagen, in dem gerade die Tische gedeckt wurden – das erste Abendessen begann um sechs –, und setzte langsam den Weg bis zum vorderen Ende des Zuges fort. Schon lange, bevor der Expreß sich Chiasso näherte, hatte Laurier den ganzen Zug abgeschritten und war wieder in sein Abteil zurückgekehrt.

Im Funkabteil am Ende des letzten Schlafwagens nahm Peter Necker den Kopfhörer ab und blickte zu Matt Leroy auf. »Ich habe Oberst Springer wieder eine Meldung geschickt, daß bis jetzt alles in Ordnung ist...«

»In Ordnung?« Leroy starrte den gnomenhaften kleinen Deutschen an, der ein so gutes Englisch sprach. Dies war eine der Qualifikationen, die ihn befähigt hatten, seinen ehemaligen Job als mehrsprachiger Funker bei der Kriminalpolizei in Wiesbaden zu bekommen. »In Ordnung?« wiederholte Leroy. »Obwohl Harry Wargrave tot ist?«

»Haben Sie die Leiche gesehen?« fragte Necker.

»Um Himmels willen, nein – man hat mir nicht erlaubt, den Zug zu verlassen.«

Der schnauzbärtige Amerikaner war irritiert. Necker war ein Freund Wargraves gewesen und hatte bei der Nachricht vom Tod des Engländers keinerlei Gefühlsregung gezeigt. Diese gottverdammten Europäer, dachte Leroy. Kalt wie Hundeschnauzen und großmäulig.

»Hat Haller oder sonst jemand die Leiche gesehen?« beharrte Necker.

»Nein.«

»Verstehe...«

Leroy wußte nicht, ob er sich würde beherrschen können, und verließ das Funkabteil. Er ging zum Abteil drei zurück, in dem Haller und Elsa Marenkow bewachten. Phillip John trat zur Seite, um ihn in den letzten Waggon eintreten zu lassen. »Sie sehen aus, als hätten Sie eine Kröte verschluckt«, bemerkte der Engländer mit seiner sanften Stimme. »Sie vermissen wohl die Coca-Cola, was?«

Leroy gab ihm einen unsanften Schlag auf den Arm. »Genau das habe ich getan, mein Lieber, also lassen Sie diese neunmalklugen Sprüche. Außerdem sieht man Ihre dritte Brustwarze...« Er berührte Johns Schulterhalfter. Eine rasche Bewegung, und Leroy sah sich der Mündung der Luger gegenüber. »Na schön«, gab er zu, »mit dem Kracher sind Sie wirklich schnell...« Als er in den letzten Schlafwagen verschwand, steckte John die Waffe ins Halfter und machte den obersten Mantelknopf auf. Der Mantel hatte so gespannt, daß die Umrisse der Pistole zu sehen gewesen waren. John war ein Mann, der sich durchaus etwas sagen ließ.

Leroy klopfte an die Abteiltür und ließ die verabredete Prozedur über sich ergehen – die Tür ging einen Spalt breit auf, Haller starrte hinaus, einen 45er Colt in der Hand, und ließ ihn dann eintreten. Leroy war erleichtert, zu sehen, daß die Stimmung sich wenigstens äußerlich ein wenig gebessert hatte. Jeder gab sich Mühe, seine düsteren Gedanken zu verbergen. Marenkow war dabei, eine Patience zu legen; als Leroy eintrat, langte Elsa hinüber und legte eine Karte an die richtige Stelle. »Necker hat eben wieder eine Meldung an Springer geschickt«, sagte Leroy zu Haller.

»Wir werden bald in Chiasso sein«, bemerkte der Amerikaner.

Er hob den Fenstervorhang ein wenig, als der Expreß durch den Bahnhof von Como fuhr, und zog ihn dann wieder herunter. Er konnte nicht ahnen, daß der Expreß bei seiner Fahrt durch die Nacht aus einem Fenster im vierten Stock eines Wohnhauses in der Nähe des Schienenstrangs beobachtet wurde. In dem abgedunkelten Zimmer saß der Wohnungsinhaber und beobachtete das Vorübergleiten des langen Glühwurms. Er schloß die Vorhänge, machte das Licht an, öffnete einen Schrank, drückte auf einen verborgenen Schalter, der eine Klappe öffnete. Dahinter verbarg sich ein leistungsstarkes Sendegerät. Der Mann begann zu funken.

Als der Expreß sich Chiasso näherte, lag Joseph Laurier entspannt auf dem Bett seines Singleabteils im zweiten Schlafwagen. Er sah auf seine Uhr und wurde wieder unruhig. Er ließ seine langen Beine auf den Fußboden gleiten, nahm das Messer mit Knochenhandgriff, das er unter dem Kopfkissen versteckt hatte, und steckte es in die dicke Wollsocke an seinem rechten Bein. Als er seinen schweren Astrachan-Mantel überzog und den Tirolerhut aufsetzte, wurde der Zug langsamer. Als der Expreß anhielt, nahm Laurier seinen Stock.

Es war 18 Uhr 05, als der Atlantik-Expreß am schweizerischen Grenzbahnhof mit seinem riesigen Verschiebebahnhof hielt, an

dem Schweizer Grenz- und Zollbeamte die Züge besteigen. Es hatte aufgehört zu schneien. Nach dem ständigen Rattern der Räder senkte sich eine unheimliche Stille über das Innere des Zuges. Der Bahnsteig draußen war menschenleer. In Abteil drei nahm Elsa ihre Pistole und legte sie sich auf den Schoß.
»Sie erwarten Ärger?« fragte Marenkow.
»Wir sind in Chiasso. Jeder Aufenthalt kann Gefahr bringen. Würde es Ihnen etwas ausmachen, mit Ihrer Patience aufzuhören, bis wir wieder fahren? Ich möchte nicht durch irgend etwas abgelenkt werden...«
›Dann werden Sie Ihre Beine verstecken müssen – wenn Sie wollen, daß ich nicht abgelenkt werde.«
Elsa zwang sich zu einem Lächeln: Der Russe versuchte, sie in diesem Moment höchster Anspannung aufzumuntern. Haller war auf den Gang hinausgegangen, um Wache zu halten, und sie spürte die Last der Verantwortung, Marenkow allein zu bewachen – und er hatte wieder einmal intuitiv erfaßt, wie es um sie stand.
Draußen auf dem Bahnsteig schlurfte Laurier vor dem dritten Schlafwagen auf und ab; er wirkte wie ein Mann, der nach der überheizten Luft im Zug ein wenig frische Luft braucht. Er bemerkte Anzeichen dafür, daß sich etwas tat. Aus dem Wartesaal erschienen drei neue Fahrgäste; alle drei waren Männer und trugen zum Schutz gegen die Kälte dicke Pelzmäntel. Sie reisten offensichtlich gemeinsam. Mit ihren Koffern und Reisetaschen stiegen sie in einen Zweiter-Klasse-Waggon ein und schlugen die Tür zu. Laurier beobachtete sie und drehte sich dann um, um das hintere Ende des Bahnsteigs zu beobachten.
Kurz hinter dem Ende des Zuges versperrte eine mehr als zwei Meter hohe Zeltplane die Sicht auf den dahinterliegenden Teil des Bahnhofs. Irgendwo in der Ferne hörte Laurier das Rumpeln näher kommender Räder. Er warf wieder einen Blick nach links, als ein vierter Reisender aus dem Wartesaal kam und auf den Expreß zuschlenderte. Dies war ein weit auffallenderer Mann als die drei Durchschnittstypen, die den Zweiter-Klasse-Wagen bestiegen hatten.

Der Neuankömmling, der selbst an diesem bitterkalten Abend ohne Hut ging, war einen Meter fünfundachtzig groß, trug einen langen blauen Mantel und rauchte eine Pfeife. Als er unmittelbar vor Laurier vorüberging, fielen diesem die hervorstehenden Wangenknochen, die kräftige Nase, der gepflegte Schnurrbart, der ebenso schwarz war wie das dichte Haupthaar, das harte Kinn und die dunklen wachen Augen auf. Der Mann ging mit gleichmäßigen, beherrschten Schritten. Alles an ihm ließ verborgene Kraftreserven ahnen. Er steckte sich das schlanke Aktenköfferchen unter den Arm, zerrte mit beiden Händen an dem halb zugefrorenen Türgriff und verschwand in einem Erster-Klasse-Waggon.

Etwa zehn Minuten lang geschah nichts weiter, und dann gab es eine dumpfe Erschütterung, und der Expreß erbebte leicht. Ans hintere Ende des Zuges war irgendein Waggon angehängt worden. Laurier stieg wieder ein, und als er wenige Minuten später aus seinem Abteilfenster blickte, sah er ein halbes Dutzend Schweizer Grenz- und Zollbeamte einsteigen. Was höchst ungewöhnlich ist, dachte Laurier; normalerweise bestiegen in Chiasso nur je zwei Grenz- und Zollbeamte die nach Norden fahrenden Züge.

In Abteil drei fuhr Elsa zusammen, als der Zug unter dem dumpfen Anstoß erbebte. »Was um Himmels willen war das?« fragte sie Haller, der soeben ins Abteil zurückgekommen war.

»Die rangieren wohl, nehme ich an. Hier gibt's einen großen Verschiebebahnhof...«

Wenige Minuten später setzte sich der Expreß wieder in Bewegung; er fuhr jetzt auf das Ostufer des Luganer Sees, auf den Damm zu, der die Züge zum westlichen Ufer bringt. In Abteil drei war sich niemand der Bedeutung des dumpfen Aufpralls bewußt, der den Zug erschüttert hatte. Ans Ende des Zuges war ein offener Güterwagen angehängt worden – und auf dem Güterwagen stand ein mit Ketten befestigter Alouette-Hubschrauber, dessen Rotorblätter parallel zu den Außenwänden des Güterwagens gelegt worden waren.

»Ich glaube, ich vertrete mir ein bißchen die Beine«, sagte Elsa. »Hast du etwas dagegen?« fragte sie Haller. »Ich kriege noch Platzangst, wenn ich weiter in diesem Abteil eingesperrt bleibe.«
»Solange du in den beiden letzten Schlafwagen bleibst«, erwiderte der Amerikaner.
»Es geht nicht nur darum, daß ich mir ein bißchen Bewegung verschaffe...« Elsa hatte ihre Reisetasche geöffnet und setzte sich jetzt ihre dunkle Perücke auf. »Vielleicht ist es gut, daß ich mir die Reisenden einmal ansehe – es könnte sein, daß mir etwas auffällt.« Sie setzte ihre dunkle Hornbrille auf und zog den militärisch geschnittenen Regenmantel an, den sie in Basel bei der Übernahme der Kassetten von Peter Necker immer getragen hatte. »Wenn ich so aussehe, wird mich niemand erkennen. Das hoffe ich jedenfalls nicht«, fügte sie mit gespielter Entrüstung hinzu.
»Also gut, aber sei vorsichtig«, sagte Haller zögernd. »Vielleicht ist es eine gute Idee«, setzte er hinzu.
Haller hatte sich rasch anders entschieden. Nicht weil er der Meinung war, sie könne tatsächlich etwas Auffälliges entdecken – aber ein kleiner Rundgang konnte dazu beitragen, ihr etwas von der Anspannung zu nehmen, die durch die schockartige Nachricht von Wargraves Tod ausgelöst worden war.
Elsa dachte an Harry Wargrave, als sie durch den hin- und herschwankenden Gang schritt und dann wartete, während Phillip John die Tür des zweiten Waggons aufschloß. In Mailand, als Wargrave noch die Bahnfahrt geplant hatte, hatte er ihr eine Anweisung gegeben. »Zieh dir hinter Chiasso die Sachen an, die du in Basel getragen hast, und mache einen Gang durch den Zug. Sieh dir die Fahrgäste gut an – du könntest jemanden entdecken. Der Vorschlag muß aber von dir selbst kommen – Julian würde mir ins Gesicht springen, wenn ich ihm damit käme...«
Mehrere Waggons weiter vorn betraten sechs Männer in den Uniformen schweizerischer Grenz- und Zollbeamter gerade das Abteil, in dem die drei Männer saßen, die in Chiasso zugestiegen waren. Die drei Männer mit den dunklen Gesichtern sahen überrascht hoch angesichts dieser Invasion von Beamten und holten

ihre Reisepässe hervor. Das Abteil war jetzt so überfüllt, daß sich kaum noch jemand bewegen konnte.
»Gepäck!« schnauzte einer der Beamten unfreundlich.
Er hievte eine Reisetasche aus dem Gepäcknetz herunter, öffnete das Schnappschloß, starrte hinein und stieß einen Pfiff aus. In der Tasche, auf einigen Kleidungsstücken, lagen drei Walther-Pistolen. Einer der Italiener griff nach einer der Pistolen und wurde von einem Schweizer daran gehindert, der ihn mit einem heftigen Schlag in den Sitz zurückstieß. Ein zweiter Italiener versuchte, einen anderen Schweizer durch einen Tiefschlag außer Gefecht zu setzen, erhielt aber einen Faustschlag aufs Kinn. Innerhalb einer Minute hatten alle drei Männer Handschellen an, und zwei weitere Reisetaschen waren geöffnet worden. Wieder ließ einer der Schweizer einen Pfiff hören und zeigte seinen Kollegen den Inhalt.
»Sprengstoff auch noch. Handgranaten, Gelatinedynamit...«
Elsa betrat den Gang dieses Wagens, als der erste Italiener herausgebracht und in Fahrtrichtung geschubst wurde. Sie verlangsamte ihren Schritt und sah, wie auch die beiden anderen Italiener in Handschellen in die gleiche Richtung geführt wurden. Als sie an dem Abteil vorüberging, ließ einer der Schweizer Beamten gerade das Rollo zum Gang herunter, aber sie hatte schon die auf einem Sitz liegende Reisetasche mit den Pistolen gesehen. Sie kehrte um und ging zum hinteren Ende des Zuges zurück, um Haller zu berichten, was sie gesehen hatte.
Als sie durch den Schlafwagen vor den abgeriegelten beiden letzten Wagen ging, sah sie einen grauhaarigen Mann mit einem Stock aus einem der Abteile heraustreten, der es sich aber anders überlegte und wieder hineinging. Sie ging schnell weiter. Als sie an seinem Abteil vorüberging, bemerkte sie, daß die Abteiltür nur halb geschlossen war. Sie hörte etwas und drehte sich um. Eine Hand packte sie an der Kehle, eine zweite ergriff ihre Handtasche, als sie nach ihrer Waffe langte. Sie wurde mit brutaler Gewalt ins Abteil gezerrt. »Wenn Sie zu schreien versuchen, erwürge ich Sie«, zischte ihr eine Stimme ins Ohr.

Im Abteil wehrte sich die halb erstickte Elsa heftig, trat wild um sich und versuchte, die Schienbeine des Angreifers zu treffen. Die Handtasche mit der Waffe wurde ihr entwunden. Laurier gab ihr einen harten Schubs auf den Rücken, was sie bäuchlings aufs Bett fallen ließ. Er schlug die Tür zu und schloß sie ab, als sie herumfuhr und sich mit einer zur Kralle gekrümmten Hand zum Angriff bereitmachte. Dann erstarrte sie vor Entsetzen, als Laurier die graue Perücke und die Brille abnahm.
»Du würdest mich doch nicht im Ernst umbringen wollen? Oder?« fragte Harry Wargrave mit einem spöttischen Unterton.
Sie starrte zu ihm hoch. Aus ihrem Gesicht war alle Farbe gewichen. Wargrave grinste auf sie herunter. »Tut mir leid, daß ich so unsanft mit dir umgehen mußte, aber ich mußte dich schnell hier hereinkriegen – auf dem Gang hätte jemand kommen können...«
»Was...« Ihre Stimme erstarb, aber diesmal vor Bewegung: »Mein Gott, ich dachte, du wärst tot...«
»Das sollte auch jeder denken – ich habe es mit Phillip John und Oberst Molinari so verabredet. Es war John, der den Schuß abfeuerte – er hat mit voller Absicht nur die Schulter gestreift. Er ist zum Glück ein fabelhafter Schütze. Dann haben sie mich in Windeseile zur Rotkreuzstation des Bahnhofs gebracht. In einem angrenzenden Raum habe ich mir schnell diese Sachen angezogen und hatte dann noch eine Minute Zeit, den Zug zu besteigen. Zigarette?«
Sie übersah die ihr hingestreckte Schachtel und sah Wargrave ausdruckslos an. »Es ist wohl zuviel verlangt, wissen zu wollen, was das ganze Theater soll?« fragte sie in seltsam eisigem Ton.
»In diesem Zug stimmt irgend etwas nicht – ich kann aber noch nicht sagen, was es ist. Ich mußte allein arbeiten, ohne ständig Haller im Genick zu haben. Und ich wollte mir alle Fahrgäste ansehen, ohne selbst erkannt zu werden. Ich bin schon lange in diesem Geschäft, und ich möchte annehmen, daß der KGB ein Bild von mir hat...«
»Du hast mir nicht Bescheid gesagt«, sagte sie sehr leise.

»Das konnte ich nicht...«
»Du Dreckskerl!« Sie stand plötzlich auf, holte mit der rechten Hand aus und versetzte ihm einen harten Schlag ins Gesicht. Dann kam sie zur Besinnung, umarmte ihn und vergrub das Gesicht an seiner Brust. »Harry, du Dreckskerl... Dreckskerl... Dreckskerl.« Ihr Körper, der sich an ihn preßte, zitterte und bebte. Er hob ihr Kinn, bis sich ihre Augen trafen. »Keine Tränen«, sagte er warnend. »Wenn du zu Haller zurückgehst, mußt du normal aussehen. Keine geschwollenen Augen...« Er hielt sie fest, bis das Zittern aufhörte, dann hielt er sie auf Armeslänge von sich. Ihre Augen glänzten feucht, aber sie hatte die Tränen zurückgehalten. »Gutes Mädchen...«
»Ich muß scheußlich aussehen.« Sie wandte sich ab und besah sich prüfend im Wandspiegel. Ihre schwarze Perücke war verrutscht; ihre Hornbrille war während des Kampfes zu Boden gefallen, aber unbeschädigt geblieben. Sie machte sich zurecht, während sie sich weiter unterhielten. »Du hast gesagt, keine Tränen – soll das heißen, ich soll zurückgehen, ohne ihnen etwas zu sagen?«
»Haargenau das – jedenfalls für den Augenblick.«
»Julian ist deinetwegen ziemlich niedergeschmettert. Er hat zwar nicht viel gesagt, aber ich merke es ihm an. *Ihn* kannst du doch unmöglich im Verdacht haben?«
»Julian Haller ist der beste Agent, den Washington je hervorgebracht hat. Du mußt mir nur vertrauen. Beim jetzigen Stand der Dinge kann ein Mann, der draußen ist – außerhalb der beiden letzten Waggons – sehr nützliche Arbeit leisten.«
Er sagte ihr nicht alles, was er wußte. Das spürte Elsa sehr deutlich, aber inzwischen hatte sie die Situation akzeptiert. In der Vergangenheit hatte der immer unorthodoxe Harry Wargrave, der einsame Wolf, schon so oft recht behalten. »Aber Phillip John weiß doch Bescheid«, hob sie hervor.
»Er weiß nur, daß ich am Leben bin. Er glaubt, ich sei noch in Mailand und würde das Unternehmen von dort aus leiten. Und«, fuhr er sanft fort. »ich konnte dich wirklich nicht vorwarnen – bist du sicher, daß du überzeugend hättest reagieren können, wenn du die Wahrheit gewußt hättest?«

»Nein«, gab sie zu. »Kann ich gelegentlich mal vorbeikommen und dich heimlich treffen?«

»Aber selbstverständlich. Und in regelmäßigen Abständen. Ich muß alles wissen, was in den hinteren Schlafwagen vorgeht. Noch etwas – es kann jeden Augenblick passieren, daß General Traber mir einen dringenden Funkspruch aus Zürich schickt. Der Funkspruch wird von jemandem sein, der sich Leros nennt. Den bringst du mir sofort her...«

»Dein Funker, Peter Necker, hält dich für tot – jedenfalls nehme ich an, daß er dich für tot hält.« Sie runzelte die Stirn. »Du hast ihm nichts gesagt? Nein? Komisch – ich bin zu ihm gegangen, um es ihm zu sagen, und wenn ich es recht bedenke, hat er die Nachricht ziemlich ungerührt aufgenommen...« Sie lächelte schwach und sah Wargrave mit einem Anflug von Stolz an. »Als hätte er nicht glauben können, daß man dich so leicht erledigen kann.« Sie sah sich ein letztes Mal prüfend im Spiegel an und setzte ihre Hornbrille auf, dann sah sie Wargrave ins Gesicht. »Wenn ich wirklich so aussähe wie jetzt, würdest du mich dann überhaupt eines Blickes würdigen?«

Er faßte ihr ans Kinn und küßte sie voll auf den Mund. »Und das ist etwas, was du Julian nicht berichtest«, sagte er mit gespieltem Ernst. »Er hält nichts von geschlechtlichem Umgang unter Agenten.«

»Ich gehe jetzt lieber«, sagte sie hastig. »Oh, beinahe hätte ich es vergessen. In Chiasso sind drei Mörder zugestiegen, aber die schweizerische Abwehr hat sie geschnappt.« Sie erzählte ihm rasch, was sich ereignet hatte. Wargraves Reaktion überraschte sie. Er hörte mit halbgeschlossenen Augen zu, dann nahm er sie ins Verhör.

»Ein bißchen zu offenkundig, nicht wahr?« bemerkte er. »Die Leute vom KGB sind sonst weit besser. Das stinkt meilenweit nach Ablenkungsmanöver – diese Sache sollte unsere Wachsamkeit erlahmen lassen.« Sein Tonfall wurde drängend. »Versuche Haller klarzumachen, daß du das Gefühl hast, wir gerieten allmählich in eine Gefahrenzone. Es kann sein, daß die Festnahme dieser drei

Schlägertypen ihn beruhigt hat.« Er klopfte ein unregelmäßiges Zeichen aufs Waschbecken. »Klopfe so, wenn du zurückkommst – dann weiß ich, daß du es bist. Und sieh um Gottes willen zu, daß Haller begreift – ich spüre, daß große Gefahr auf uns zukommt...«

Als der Atlantik-Expreß in dem hoch über der Stadt liegenden Bahnhof von Lugano hielt, patrouillierten auf den Straßen unterhalb des Bahnhofs drei verschiedene Gespanne von Funkpeilfahrzeugen. Die Wagen unterstanden dem direkten Befehl Oberst Springers, der sein hiesiges Hauptquartier an der winzigen Piazza Cioccaro aufgeschlagen hatte.

»Wenn irgendein Geheimsender der von Scharpinsky in Zürich eingerichteten Operationsbasis etwas über eventuelle Fortschritte funken sollte, muß der Sender irgendwo in der Nähe des Bahnhofs liegen«, sagte Springer zu seinem Stellvertreter, Hauptmann Theodor Horner.

Horner, ein kleiner, rundschultriger Mann von vierzig mit rötlichen Haaren und Augenbrauen, blickte vom Büro im ersten Stock auf den menschenleeren Platz hinunter. Der von alten Steingebäuden umrahmte Platz besaß auf der Westseite einen Eingang zu der Seilbahn, die zum Bahnhof hinauffuhr. »Und welche möglichen Fortschritte könnten sie melden?« wollte er wissen.

»Daß sich nichts getan hat«, erwiderte Springer geheimnisvoll. »So, und jetzt gehe ich zum Zug. Er läuft in zwei Minuten ein...«

Er lief die Treppe hinunter. Dort wartete der agile Oberst, bis der Wachmann ihm die Tür geöffnet hatte, und eilte dann über den schönen kleinen Platz zu der Seilbahn, die bereits auf ihn wartete. Kaum war er in der Kabine, schlossen sich die Türen hinter ihm, und die Bahn fuhr durch den Tunnel zum Bahnhof hinauf. »Daß sich nichts getan hat...« Springer war von Peter Necker bereits über Funk informiert worden, daß man drei Italiener mit Waffen und Sprengstoff festgenommen habe. Eins zu Null für uns, dachte er, als er die Kabine verließ und zu dem Bahnsteig ging, an dem die

nach Norden fahrenden Züge hielten. Der Atlantik-Expreß glitt an ihm vorüber, hielt.
Auf dem Bahnsteig standen keine Reisenden, um einzusteigen. Springer fragte sich, ob Wargrave kurz aussteigen würde, um sich mit ihm zu unterhalten; auf ausdrückliche Anordnung Hallers hatte man vom »Tod« des Engländers nichts verlauten lassen. Der Amerikaner hielt es nicht für angebracht, zum jetzigen Zeitpunkt schlechte Nachrichten zu verbreiten. Der Schweizer sah zu, als eine Tür aufging und zwei uniformierte Männer auf den Bahnsteig traten, denen die drei Italiener in Handschellen folgten. Man mußte ihnen aus dem Waggon helfen. Dann verließ ein dritter Uniformierter den Zug, und die drei Italiener wurden zu drei bereitstehenden Polizeiwagen geschubst.
Auf der anderen Straßenseite, fast außer Sichtweite, parkte ein unbeleuchteter grüner Volkswagen. Springer wartete, bis der Expreß sich wieder in Bewegung gesetzt hatte, warf einen Blick zum Volkswagen hinüber, den er für den Wagen irgendeines Eisenbahners von der Nachtschicht hielt, und ging wieder zurück zur Seilbahn, die ihn zur Piazza Cioccaro zurückbringen sollte. Seine Leute würden sofort damit beginnen, die drei Italiener einem intensiven Verhör zu unterziehen.
Hinterm Lenkrad des grünen Volkswagens hockte Franco Visani, stellvertretender Filialleiter einer der kleineren Bankniederlassungen in Lugano; er war ein kleiner, beleibter Schweizer von siebenundvierzig. Er beobachtete, wie die drei Italiener in Handschellen abgeführt und in die Polizeiwagen verfrachtet wurden. Er behielt die Fahrzeuge auch weiterhin im Auge, als er einen schlanken Zivilisten zur Seilbahn gehen sah. Er fragte sich, wer dieser Mann sein mochte. Er wartete noch ein wenig länger, bis die Polizeifahrzeuge losgefahren waren, schaltete das Fahrlicht ein, ließ den Motor an und fuhr auf der kurvenreichen Straße schnell in die Stadt hinunter.
Er brauchte nur drei Minuten, um zu seiner Wohnung zu kommen. Kaum war er drinnen, machte er sofort den Wandschrank auf, in dem ein Sender verborgen war, und begann, seinen bereits

vorbereiteten Funkspruch zu senden. Visani war ein äußerst zuversichtlicher Mann. Obgleich er auf seine Armbanduhr sah, vergaß er, seine Kontrolluhr auf zweieinhalb Minuten einzustellen. Er ignorierte, was er gelernt hatte. Ohnehin hatte dieser Funkspruch die höchste Dringlichkeitsstufe und mußte vollständig gesendet werden. Zudem war er ein langsamer und pedantischer Funker.

Oberst Springer war gerade in sein Büro im ersten Stock zurückgekehrt, nachdem er unten kurz mit dem Wachmann gesprochen hatte, als zwei Funkpeilfahrzeuge, die zusammenarbeiteten, plötzlich Visanis Funkspruch zu registrieren begannen. Die Funker in beiden Wagen richteten die Antennen behutsam aus, stellten den Verlauf der Funkwellen fest, bis sie den Schnittpunkt erwischt und damit den Standort des Senders festgestellt hatten. In Springers Funkraum läutete ein Telefon. Horner hörte einen Augenblick zu und legte dann auf.

»Ein Sender. An der Piazza Dante, um Gottes willen.«

Springer rannte jetzt zum zweitenmal innerhalb von zehn Minuten die Treppe hinunter. Er wurde von drei Männern begleitet, die wie er Zivilkleidung trugen, und rannte durch eine Seitenstraße weiter. Als er die Piazza Dante erreichte, waren bereits uniformierte Polizeibeamte zur Stelle. Einer hatte sich mit einem Nachschlüssel Zutritt zum Haus verschafft.

»Im vierten Stock, glaube ich«, sagte er zu Springer. »Einer meiner Männer ist schon oben...«

Im vierten Stock wurde wiederum ein Nachschlüssel benutzt. Zwei Polizisten drangen mit gezogenen Pistolen in die Wohnung ein. Springer folgte ihnen gelassen, die Hände in den Manteltaschen. Visani war gerade dabei, das Senden zu beenden, hatte soeben »Ende« gefunkt und wollte den Wandschrank schließen. Er drehte sich um und blickte auf die Pistolen der Polizeibeamten. Springer, der sich außer Sicht hielt, entdeckte in einem Wandspiegel das Gesicht des kommunistischen Agenten. Er verließ unbemerkt die Wohnung und kehrte zur Piazza Cioccaro zurück, um Horner Bescheid zu sagen.

»Franco Visani! Ausgerechnet der! Ich habe schon von einem Polizeiwagen aus über Funk Anweisung gegeben, sämtliche Bekannte von ihm, von denen wir wissen, festzunehmen. Ich glaube, wir haben soeben eine größere Zelle gesprengt. Würde gern wissen, was der Kerl gerade gefunkt hat?«
Springer wäre trotz seines Erfolgs weniger wohl gewesen, hätte er den Inhalt des Funkspruchs gekannt, den Franco Visani soeben an den Caravan Professor Mohners auf den Höhen des Zürichbergs übermittelt hatte – eines Funkspruchs, den Mohner sofort ins Hotel Schweizerhof weitergefunkt hatte.

Ablenkungsmanöver soeben beendet. Drei Männer in Handschellen soeben von der Polizei in Lugano aus dem Atlantik-Expreß herausgeholt und abgeführt worden…
In Zimmer 207 des Hotels Schweizerhof las Heinz Golchack den Funkspruch und grunzte. Dieser Funkspruch war nicht gerade ein Muster an Knappheit, und er nahm sich vor, Visani durch dessen unmittelbaren Vorgesetzten eine Rüge erteilen zu lassen. Golchack reichte den Funkspruch seinem Stellvertreter Rudi Bühler, dem Sabotageexperten.
»Es funktioniert«, bemerkte Golchack gelassen. Er sah auf seine Uhr, die 19 Uhr 10 zeigte, ging zu der Schweizkarte in großem Maßstab hinüber, die auf dem Bett ausgebreitet war, und zeigte auf einen bestimmten Punkt der Eisenbahnlinie zwischen Lugano und Bellinzona, dem nächsten Aufenthalt. »Dort wird es passieren.«
»Dann sollten wir in einer halben Stunde aus dem Hotel raus sein«, erwiderte Bühler.
»Wir werden sehen.« Auf jeden Fall, dachte Golchack, habe ich noch eine weitere Karte im Ärmel, etwas, wovon nicht einmal Bühler etwas weiß. Es war eine gute Rückversicherung, einen ausgebildeten Mörder im Zug zu wissen.

15. Vira, Bellinzona

Körpergröße: 1,90 Meter; Farbe der Augen: schwarz; Name: Jorge Santos. Staatsangehörigkeit: spanisch.

In Lugano hatten die schweizerischen Paß- und Zollbeamten das Erster-Klasse-Abteil betreten, in dem der vierte der Reisenden saß, die in Chiasso zugestiegen waren. Der bemerkenswert hochgewachsene Santos saß mit ausgestreckten Beinen auf seinem Fensterplatz, während einer der Schweizer seinen Reisepaß prüfte und ihn dann zurückgab. Der entspannt dasitzende Spanier, der gelassen seine Pfeife rauchte, gab den Blick des Grenzbeamten ungerührt zurück, während er sich mit einem Daumennagel durch den dunklen, gepflegten Schnurrbart fuhr.

»Wohin reisen Sie, mein Herr?« wollte der Schweizer wissen.

»Ich fahre bis nach Amsterdam«, erwiderte Santos in sorgfältigem Französisch.

Dieser Fahrgast hat etwas Magnetisierendes, dachte der Schweizer, etwas von aufgestauter Spannung, obwohl er äußerlich so gelassen wirkt. Der Schweizer war sich seiner Sache nicht sicher, konnte sich aber auch nicht über den Grund für seine Unsicherheit klarwerden. Der uniformierte Beamte war einer von Springers Männern. Eine Durchsuchung der Reisetasche des Spaniers durch seinen Kollegen in Zollbeamtenuniform erbrachte gleichfalls nichts Ungewöhnliches.

»Vielen Dank, mein Herr...«

Die beiden Beamten zogen sich zurück und setzten ihren Weg durch den Zug fort. Santos, der ruhig seine Pfeife paffte, sah aus

dem Fenster. Dort draußen wurden drei Männer in Handschellen aus dem Bahnhof geführt. Auf der kurzen Fahrt von Chiasso waren Jorge Santos mehrere Dinge aufgefallen. Ein ziemlich langweilig aussehendes Mädchen mit dunklem Haar und Brille war an seinem Abteil vorübergegangen und hatte hineingesehen. Er hatte den Eindruck, daß sie jemanden suchte. Und dann war ein schon recht betagter Mann mit ungepflegtem grauem Haar und einem Stock vorbeigekommen, der ebenfalls hineingeblickt hatte.
Schon bald nachdem die Schweizer Beamten gegangen waren, stand Santos auf, öffnete die Tür, sah, daß der Gang leer war, und schlüpfte rasch in das nächste leere Erster-Klasse-Abteil. Seine Bewegungen waren alles andere als langsam und beiläufig, als er unter einen Sitz langte, die mit Klebeband befestigte 9-Millimeter-Luger hervorzog und sie in die Tasche gleiten ließ. Er kehrte in sein eigenes Abteil zurück und nahm wieder seinen Fensterplatz ein, streckte die Beine aus und zog genüßlich an seiner Pfeife.

In der kleinen militärischen Anlage in der Nähe der Straße, die von Lugano über die Hochebene nach Bellinzona führt, ging der uniformierte Schweizer Wachsoldat stampfend auf und ab, damit ihm die Füße nicht einfroren. Mein Gott, was für eine Nacht zum Wacheschieben! Hinter ihm befand sich ein geschlossenes Tor zwischen hohen Stacheldrahtzäunen, die einige dicht zusammengedrängte Betonbauten schützten, die hauptsächlich als Schuppen für Armeefahrzeuge dienten. Dann erstarrte der Soldat und nahm das Gewehr von der Schulter.
Ein großer Mercedes, der auf der verschneiten einsamen Landstraße näher kam, bog plötzlich ab und fuhr jetzt auf das Tor zu. Von den Scheinwerfern geblendet, sprang der Soldat zur Seite. Der Wagen fuhr direkt neben ihn und hielt dann an. Der Fahrer, ein hochgewachsener, gelenkiger Mann mit einem schweren Wintermantel, stieg aus. Er hielt die rechte Hand in der Manteltasche, als er auf italienisch schnell zu sprechen begann. Der Soldat unterbrach ihn.
»Dies ist militärisches Gebiet. Sie dürfen hier nicht...«

»Um Gottes willen, es geht um meine Tochter. Und Sie haben ein Telefon.« Der Mann zeigte auf die Leitung über ihnen, unter der der Wagen angehalten hatte. »Schauen Sie auf den Rücksitz. Sie ist sehr krank – wir brauchen einen Arzt, ein Krankenhaus, und zwar schnell...«
Der Soldat warf dem Mann auf dem Beifahrersitz einen Blick zu und blickte dann auf den Rücksitz; dort saß ein Mann, der die Scheibe heruntergekurbelt hatte. Der Schweizer Soldat hatte selbst eine Tochter, aber was er neben dem hinten sitzenden Mann entdeckte, war kein Kind, sondern eine dunkelhaarige junge Dame Ende zwanzig, ein Mädchen, das sich vor Schmerz krümmte, sich an den Bauch faßte und schrecklich stöhnte. Der Soldat blickte noch immer in den Wagen, als der hochgewachsene Fahrer ihm ein Messer tief in den Rücken stieß. Der Soldat brach tot zusammen.
Der nächste Schritt des Unternehmens lief mit einer Präzision ab, die ein Schweizer Militärbefehlshaber sicher bewundert hätte. Das urplötzlich quicklebendige Mädchen sprang mit einem Drahtschneider aus dem Wagen und machte sich daran, in den Zaun ein Loch zu schneiden, das es einem Mann erlaubte, aufrecht hindurchzugehen. Der hochgewachsene Fahrer kletterte aufs Wagendach, ließ sich von einem anderen der Männer den Drahtschneider mit langen Handgriffen reichen und durchschnitt die Telefonleitung. Der Mann, der neben dem Mädchen auf dem Rücksitz gesessen hatte, beugte sich über den Leichnam des Soldaten und nahm ihm den Wintermantel und die Mütze ab.
Drei Minuten später wurde wütend an die Tür des Wachhäuschens hinter dem Einfahrtstor gehämmert. Der dienstfreie schweizerische Soldat, der drinnen schlief und die Beine auf einen Stuhl gelegt hatte, wachte erschreckt auf. Trotz seiner Schlaftrunkenheit hatte er noch Geistesgegenwart genug, sein Gewehr aufzunehmen, bevor er die Tür öffnete. Draußen stand ein uniformierter Soldat, den er für Giulio hielt, gebeugt da und hielt ein zusammengesunkenes Mädchen im Arm. »Was zum Teufel...« Er sprach noch, als das Mädchen ihn mit einer Mauser-Pistole er-

schoß. Sie ließ sich aus den Armen des vermeintlichen Soldaten zu Boden gleiten, rannte in das Wachhäuschen, durchquerte ein leeres Zimmer und blieb in der Tür zu einem weiteren Zimmer stehen, in dem ein dritter Schweizer Soldat gerade zum Telefonhörer griff. Sie schoß zweimal auf ihn.

»War das notwendig, Luisa?« fragte der Mann in Uniform.

»So ging es am schnellsten. Los, an die Arbeit jetzt...«

Die dunkelhaarige Luisa hatte ein ausgeprägtes Kinn, scharfe Augen und ein herrisches Auftreten. Sie drängte die drei Männer zur Eile und blickte dann auf die Uhr. Es war 18 Uhr 50. In vier Minuten würde der Atlantik-Expreß Lugano erreichen. Zufrieden, daß sie den Zeitplan einhielten, ging sie zurück zu dem Loch im Zaun.

Sechs Minuten später trugen alle drei Männer die Uniformen der toten Schweizer Soldaten. Zwei der Uniformen saßen schlecht, aber das war ein Detail, das man nur im Licht und aus der Nähe bemerken würde. Keiner der drei Männer in dem Armeefahrzeug, das sie jetzt durchs Tor fuhren – das sie mit einem im Wachraum hängenden Schlüssel geöffnet hatten –, hatte die Absicht, sich aus der Nähe betrachten zu lassen. Das Fahrzeug, das sie aus einem der Schuppen geholt hatten, war ein Jeep mit einem auf der Ladefläche montierten Maschinengewehr. Das MG war auf einer drehbaren Lafette befestigt, so daß sie aus jedem Winkel würden schießen können.

Der Mercedes hatte den mit nur drei Soldaten bemannten Armeeposten – was die Angreifer schon lange vor ihrer Ankunft gewußt hatten – bereits verlassen. Luisa saß am Steuer und fuhr mit hoher Geschwindigkeit nach Norden; rechts von der Straße verlief der Schienenstrang, auf dem der Atlantik-Expreß nach Bellinzona rollen würde. In der Ferne erkannte sie die Umrisse des Bahnwärterhäuschens von Vira. Sie trat heftig auf die Bremse, und der Wagen hielt mit quietschenden Reifen an; dann schaltete sie die Scheinwerfer aus und ein, aus und ein, aus und ein...

Im Bahnwärterhäuschen sah Emilio Valenti, ein kleiner Mann mit einem Froschgesicht, der in den letzten zehn Minuten wiederholt in südlicher Richtung auf die Landstraße gestarrt hatte, das Aufblinken der Scheinwerfer. Er ging zu seinem Kollegen hinüber, der vor den Kontrollschaltern stand. Bahnwärter Carli widmete seine volle Aufmerksamkeit den Instrumenten; der Atlantik-Expreß würde gleich seinen Streckenabschnitt passieren. »Zigarette?« schlug Emilio vor. Sein Kollege schüttelte den Kopf; in dem Aschenbecher neben ihm brannte noch eine, was Emilio bereits bemerkt hatte. Emilio holte tief Luft, hob den schweren Schraubenschlüssel, den er in der Hand hielt, und ließ ihn mit voller Wucht auf Carlis Schädel niedersausen. Carli war auf der Stelle tot. Er rutschte langsam zu Boden, als Emilio einen Knopf auf der Instrumententafel drückte. An dem nach Norden führenden Gleis schaltete ein Signal von Grün auf Rot.

Emilio griff seinen Mantel und zog ihn über, während er das Bahnwärterhäuschen verließ und die Treppenstufen hinuntereilte. Er keuchte und rannte wie ein Kaninchen über die Gleise und dann die Böschung hinunter, als auch schon der Mercedes ankam. Luisa trat auf die Bremse, und der Wagen kam mit kreischenden Bremsen zum Stehen. »Nicht die Vordertür – steigen Sie hinten ein...« Sie fuhr schon wieder an, bevor er die Tür hatte zuschlagen können.

»Ich glaube, ich habe ihn umgebracht...«, begann Emilio nervös.

»Halten Sie den Mund, Sie Waschlappen. Ich habe eine Aufgabe zu erledigen...«

Sie konnte im Rückspiegel die Scheinwerfer des Jeeps sehen, der jetzt die Geschwindigkeit verlangsamte. Und einen halben Kilometer hinter ihr sahen die drei Männer im Jeep, der jetzt am Straßenrand hielt, die Lichter des heranrasenden Atlantik-Expreß.

»Vergiß nicht, Marco, der letzte Schlafwagen«, erinnerte der Mann am Steuer seinen Begleiter. »Wir wissen, daß er sich in dem Waggon aufhält.«

»Glaubst du etwa, ich verstünde meinen Job nicht?« schnauzte Marco. »Du besorgst das Fahren – ich erledige dies.« Er umfaßte das schwere Maschinengewehr mit einem festeren Griff, als der Fahrer den Motor anließ.

»Warum bist du so nervös?« fragte Haller. »Sie haben doch diese drei Ganoven in Lugano aus dem Zug geholt. Sie werden später natürlich noch etwas anderes versuchen...«

»Ich habe einfach nur dieses merkwürdige Gefühl«, beharrte Elsa. »Nenne es eine Vorahnung oder was auch immer – ich habe das verdammte Gefühl, daß bald etwas Scheußliches passieren wird...«

Der Expreß hatte Lugano verlassen und beschleunigte jetzt, als er sich der Hochebene hinter der Stadt näherte, die der Zug vor der langen Abfahrt nach Bellinzona passieren mußte, wo der Schienenstrang eng an den aufragenden Bergwänden entlangführt. Im Abteil saß Haller neben Elsa, während Marenkow mit dem Rücken zum Fenster stand und sich die steifgewordenen Beine vertrat. Der Vorhang war heruntergelassen, so daß der massive Rumpf des Russen von draußen eine perfekte Silhouette ergab. Er beobachtete Elsa genau.

»Was war, als Sie durch den Zug gegangen sind?« fragte er.

»Ich habe gesehen, wie diese drei Revolvermänner festgenommen wurden...«

»Ich glaube, Sie haben etwas anderes gesehen – oder erlebt. Oder irre ich mich?« Marenkow hielt warnend eine Hand hoch. »Überlegen Sie, bevor Sie sprechen. Ich bin ein Mann, der vor der Intuition einer klugen Frau Achtung hat.« Als er dies sagte, dachte Marenkow an seine arme, tote Frau Irina und an die Zeiten, in denen sie die kommenden Machtverschiebungen in der Moskauer Führungsspitze vorausgeahnt und ihn gewarnt hatte.

»Vielen Dank«, erwiderte Elsa ein wenig unhöflich. Marenkow lernte sie allmählich etwas zu gut kennen. Sie riskierte einen Seitenblick zu Haller, der auf Marenkow als leicht brüskierend wirken mußte. »Ich meine einfach, daß wir es uns nicht eine Sekunde lang leisten können, in unserer Wachsamkeit nachzulassen.«

»Wie zum Teufel kommst du zu der Annahme, ich sei nicht wachsam«, brauste der Amerikaner auf. »Bis Schiphol steht uns ein tödliches Spießrutenlaufen bevor. Ich begreife nicht, was gerade in diesem Augenblick in dich gefahren ist.«

»Furcht«, sagte Marenkow leise. Er stand noch immer mit dem Rücken zum Fenster und sah Elsa neugierig an. »Furcht ist etwas, was ich immer riechen kann.« Der Russe zuckte die Achseln und gab es auf, das englische Mädchen weiter auszuforschen. »Der Expreß wird langsamer«, bemerkte er.
Haller sah auf seine Armbanduhr, obwohl er wußte, daß sie noch nicht kurz vor Bellinzona sein konnten. »Da muß irgendein Signal auf Rot stehen«, meinte er.

Im Stellwerk von Lugano starrte dessen Leiter, Alois Reiter, ein vierzigjähriger Mann mit ruhelosen Augen, auf seine Instrumententafel. Er starrte auf das Stoppsignal von Vira, ein Stoppsignal, für das es keinerlei Grund gab. Ein anderer Mann hätte vielleicht gezögert und über mögliche Ursachen nachgedacht, hätte unter Umständen das Bahnwärterhäuschen von Vira angerufen. Statt dessen befolgte Reiter auf der Stelle seine Anweisungen. Er wählte eine Nummer, die ihn sofort mit dem Hauptquartier Oberst Springers verband. Horner nahm den Anruf entgegen, hörte kurz zu, legte die Hand auf die Sprechmuschel und berichtete Springer von der Neuigkeit.
»Da steht irgendein Signal unerklärlicherweise auf Rot – in der Nähe von Vira. Der Expreß wird in weniger als zwei Minuten dort angehalten werden...«
Springer reagierte wie elektrisiert. »Warnen Sie Haller – Großalarm.« Er warf einen Blick auf eine Wandkarte und wandte sich dann einem anderen Beamten zu. »Großalarm für Sektor 431. Alle Fahrzeuge sind anzuhalten – zivile, Polizeifahrzeuge, militärische, einfach alle. Errichten Sie um den gesamten Sektor herum Straßensperren. Riegeln Sie ihn ab. Es darf nichts und niemand herein oder heraus.«
»Auch Militärfahrzeuge?« wollte der Beamte wissen.
»Ich sagte, alle Fahrzeuge«, brauste Springer auf. »Alles, was sich bewegt. Und vergessen Sie nicht den Flugplatz von Locarno...«
Der Beamte hatte bereits zum Telefon gegriffen und erteilte eine Flut von Anweisungen. Überall im Sektor 431 begannen Einheiten

der Schweizer Armee und der Abwehr, in die Nacht hinauszufahren; Hubschrauber stiegen auf, leichte Armeeflugzeuge wurden aus den Hangars gerollt. Horner bediente jetzt das Sendegerät selbst und funkte die Anweisung zum Großalarm hinaus. *Guisan... Guisan... Guisan...* Das war der Name des schweizerischen Oberbefehlshabers im Zweiten Weltkrieg, der in einem kritischen Moment die Totalmobilmachung der Schweizer Streitkräfte angeordnet hatte, und zwar gegen den vehementen Widerstand seiner Regierung. In General Traber und Oberst Springer lebte der Geist Guisans fort.

Der Atlantik-Expreß rollte kaum noch, als heftig an die Tür von Marenkows Abteil geklopft wurde. Haller schloß die Tür auf und öffnete sie ein wenig. Draußen auf dem Gang sah sich Matt Leroy der Mündung von Hallers 45er Colt gegenüber. »Über Funk ist soeben ein Großalarm angeordnet worden«, sagte Leroy aufgeregt.

»Gehen Sie zurück ans Ende des Wagens...« Haller trat auf den Gang hinaus und rannte zum Funkabteil im nächsten Schlafwagen. Dort sah er seinen Funker Peter Necker – gegen alle Anweisung – auf dem Gang stehen. »Guisan«, rief Necker. »Guisan – Guisan...«

Haller machte auf dem Absatz kehrt, ging zurück in sein Abteil, in dem Marenkow noch immer mit dem Rücken zum Fenster stand. »Runter auf den Fußboden«, rief Haller aus, packte den Russen und zwang ihn zu Boden. Elsa hatte sich schon hingeworfen, als Marenkow sich neben ihr ausstreckte. »Unter anderen Umständen würde ich diese Lage sehr zu schätzen wissen«, sagte er ihr. Als ihr aufging, daß er sie nur beruhigen wollte, nahm sie seine Hand und drückte sie. »Sie werden schon damit fertig werden.«

»Darauf können wir uns verlassen«, erwiderte Marenkow, der die extreme Spannung verbarg, die er empfand.

Haller hatte das Abteil verlassen, und Elsa langte hinauf, um die Tür abzuschließen. Der Expreß stand jetzt auf freier Strecke, und der Amerikaner stand an der Stelle, an der Phillip John Wache hielt. Er packte den Engländer am Arm. »Kommen Sie mit«, befahl er und betrat ein leeres Abteil. Er machte das Licht aus, zog den Vorhang ein wenig hoch, dann ganz. Er konnte nichts sehen, was seine Aufmerksamkeit erregte. Es schneite nicht, der Himmel war klar, und die dicht neben dem Schienenstrang verlaufende leere Landstraße wurde vom Vollmond beschienen. Haller zog das Fenster herunter, worauf eine Welle eisiger Luft ins Abteil strömte. Er blickte nach Norden, sah das rote Signal, sah nach Süden und kniete nieder.

»Da kommen sie...« Er hatte kaum zu Ende gesprochen, als sie das trommelnde Rattern eines Maschinengewehrs hörten. In der Stille der Nacht war das Geräusch erschreckend laut. »Ein Armeejeep«, sagte Haller schnell. »Zielen Sie auf den Fahrer. Treffen Sie den Fahrer...«

John quetschte sich vor Haller, hockte sich in der Ecke ruhig in Position und legte mit seiner Luger an. Er zielte auf einen Punkt auf der Landstraße, den der Jeep noch nicht erreicht hatte. Das Feuer des Maschinengewehrs war jetzt ein donnerndes Krachen. Die Salven durchschlugen die Fenster des letzten Schlafwagens, als der Jeep auf der Landstraße vorüberraste. Der Mann am MG war ein Experte, der den Lauf beim Feuern ein wenig auf und ab bewegte, um eine möglichst große Fläche zu bestreichen. John wartete reglos, die Luger um Anschlag. Ein Kugelhagel peitschte durch das Abteil, und dann kam der Jeep in Sicht. John feuerte dreimal in schneller Folge. Das Rattern des Maschinengewehrfeuers hörte auf, als der Jeep mit dem zweiten Schlafwagen gleichauf war. Dann verschwand er in die Nacht und fuhr in nördlicher Richtung auf der Landstraße davon.

»Hab' sie verfehlt. Schweinerei«, sagte John bitter.

»Bewegliches Ziel«, bemerkte Haller voller Mitgefühl, als er vom Fußboden aufstand. Er rannte auf dem Gang zurück und benutzte das verabredete Klopfzeichen. Die Tür wurde von Elsa geöffnet. In der Türspalte zeigte sich ihr Revolver. Ihre Hand zitterte nicht, wie Haller bemerkte. Marenkow kam gerade wieder auf die Beine. Hinter ihm waren der Fenstervorhang zerfetzt und die Scheibe

zertrümmert. Wäre er eine Minute länger stehengeblieben, hätten die Kugeln ausgereicht, ihn ein dutzendmal zu töten. Der Russe trat auf Glassplitter, als er zur Tür ging.
»Meinen Glückwunsch zu Ihrem Sicherheitssystem, Mr. Haller. Ist von Ihren Männern jemand getroffen worden? Nein? Gott sei Dank. Ja, Ihre Abwehr ist wirklich hervorragend. Die Burschen werden natürlich einen neuen Versuch unternehmen, aber dieser kleine Zwischenfall beruhigt mich erheblich.«
Haller gab sich Mühe, sich seine Überraschung nicht anmerken zu lassen. Der Russe schien die gelassenste Person im gesamten Schlafwagen zu sein. Am anderen Ende des Gangs sah Haller, wie Matt Leroy einen Daumen hochreckte, womit er andeutete, daß der zweite Schlafwagen ungeschoren geblieben war. »Wir ziehen in den nächsten Schlafwagen um«, sagte Haller zu Marenkow. »Elsa, begleite ihn hinüber...« Er starrte über ihre Schultern hinweg durch die zertrümmerte Fensterscheibe in die Nacht hinaus. »Und das nenne ich eine verdammt schnelle Reaktion...«
Entlang der Landstraße war ein Konvoi Schweizer Militärfahrzeuge aufgetaucht und hielt jetzt an. Mit automatischen Waffen bewaffnete Soldaten sprangen von den Mannschaftswagen und schwärmten aus, um den haltenden Expreß zu umstellen.

Von seinem Hauptquartier in Lugano aus hatte Springer den Stellwerksleiter Alois Reiter und zwei andere Eisenbahner mit einem schnellen Wagen zum Bahnwärterhäuschen von Vira geschickt. Inzwischen bewegten sich überall im Sektor 431 Militär- und Abwehrfahrzeuge. Straßensperren waren errichtet worden. An strategisch wichtigen Punkten setzten große Hubschrauber Truppen ab. Das gesamte, für den Kriegsfall gedachte Sabotageabwehrsystem war mobilisiert worden. Eine Einheit hatte bereits den Militärposten erreicht, aus dem die Bande den Jeep entwendet hatte. Über Funk meldeten die Männer die Entdeckung der Leichen von drei Schweizer Soldaten. Der Oberst gab den Befehl, die Nachricht sofort an alle im Sektor 431 operierenden Einheiten weiterzugeben.

Die drei kommunistischen Agenten, die den Expreß mit einem Kugelhagel überfallen hatten, hatten den Jeep inzwischen aufgegeben und in einer Baumgruppe versteckt. Sie fuhren jetzt Mercedes. Mit ihnen fuhr auch Emilio Valenti, der Bahnwärter, der den Expreß gestoppt hatte. Am Steuer saß Luisa. Ihr Gesicht zeigte die Anspannung, als sie mit hoher Geschwindigkeit nach Norden in Richtung Bellinzona fuhr. Da sie eine leere Landstraße vor sich wußte, trat sie das Gaspedal durch. Die Tachonadel kletterte auf einhundertachtzig Stundenkilometer, eine gefährliche Geschwindigkeit auf der eisglatten Straße.

»Sie werden uns noch umbringen bei dem Tempo«, warnte Marco, der Mann, der das Maschinengewehr bedient hatte.

»Halten Sie die Klappe.« Luisa sprach, als äußerte sie einen Befehl. »Sie haben Ihren Job erledigt, jetzt werde ich meinen erledigen – nämlich uns hier rauszubringen.«

Der Wagen schlitterte, als sie eine Kurve nahm. Sie schien die Gewalt über die Limousine zu verlieren, machte heftige Lenkbewegungen, bekam den Mercedes wieder unter Kontrolle und beschleunigte auf der nächsten Geraden. Hinter sich hörte sie Marco keuchen. »Ängstlich?« fragte sie. »Dann machen Sie doch die Tür auf und steigen Sie aus...«

»Ein Hubschrauber kommt auf uns zu«, bemerkte der schlaksige Mann neben ihr. »Wann werden wir die Wagen wechseln?«

»In drei Minuten, vielleicht in vier. Dann haben wir die Hunde abgeschüttelt. In einer halben Stunde sind wir am Flugplatz...«

»Die längste halbe Stunde unseres Lebens«, sagte Marco hinter ihr. »Heilige Mutter Gottes! Sehen Sie! Da vorn...«

Der Mercedes raste mit Höchstgeschwindigkeit ein Gefälle hinunter; auf beiden Seiten war die Straße von baumbestandenen Böschungen gesäumt. Vor ihnen lag eine Straßensperre aus Polizeifahrzeugen, die quer über die Fahrbahn gestellt worden waren. Als Luisa die Geschwindigkeit drosselte, wurde ein Suchscheinwerfer eingeschaltet, der direkt auf ihr Gesicht gerichtet war und sie blendete. Sie duckte sich, bremste weiter ab, fuhr auf das Bankett, legte den Rückwärtsgang ein, setzte zurück, riß das Lenkrad herum und

fuhr in die Richtung los, aus der sie gekommen war. Dann ließ sie lästerliche Flüche hören und trat auf die Bremse.
Ein Armeepanzer war plötzlich zwischen den Bäumen aufgetaucht und blockierte jetzt die Fahrbahn. Der Lauf seines langen Geschützes wurde gesenkt und direkt auf den Wagen gerichtet. Luisa langte nach ihrer Pistole im Handschuhfach. Im selben Augenblick zertrümmerte ein Soldat das Seitenfenster auf der Fahrerseite und legte mit seinem Gewehr auf sie an. Auch die hinteren Scheiben wurden eingeschlagen; Gewehrläufe ragten ins Innere des Wagens.
»Bleiben Sie, wo Sie sind. Keine Bewegung«, rief eine Stimme auf italienisch.
Die Türen wurden aufgerissen. Die vier Männer leisteten keinerlei Widerstand, aber Luisa fing an, den Offizier, der die Pistole aus dem Handschuhfach an sich gerissen hatte, zu kratzen und zu treten. Der ließ die Pistole fallen und versetzte ihr mit dem Handrükken einen brutalen Schlag. Luisa fiel gegen das Lenkrad; sie blutete, war taumelig und nur noch halb bei Bewußtsein, als der Offizier sie aus dem Wagen zerrte. »Das wird Sie lehren, Schweizer Soldaten zu ermorden«, sagte er ruhig. »Legen Sie dem Miststück Handschellen an«, befahl er einem Untergebenen.
Viele Kilometer entfernt, unten im Tal des Lago Maggiore, hatten Armeefahrzeuge bei der Routineüberprüfung eines kleineren Flugplatzes eine leichte Sportmaschine umstellt. Der Pilot leistete keinen Widerstand. Innerhalb von dreißig Minuten hatte Oberst Springer die wichtigste kommunistische Sabotagegruppe im Raum Lugano zerschlagen.
Der Atlantik-Expreß hatte sich wieder in Bewegung gesetzt. Er rollte jetzt auf die lange Abfahrt zu, auf der der Schienenstrang sich auf dem Weg nach Bellinzona eng an die Berghänge schmiegt.
Elsa klopfte an die Tür von Wargraves Abteil. Er öffnete sie ein wenig, ließ Elsa eintreten und verschloß die Tür wieder. »Ein munteres Spielchen«, bemerkte er. »Marenkow haben sie natürlich nicht erwischt? Kognak?« Er bot ihr ein metallenes Fläschchen an. »Du siehst aus, als könntest du ihn gebrauchen.«

Sie beobachtete den Engländer, während sie aus dem Fläschchen trank. Er war noch immer als Joseph Laurier verkleidet und trug auch noch seine strähnige graue Perücke und die Zweistärkenbrille. Selbst wenn man seine Verkleidung berücksichtigte, sah er verdammt erschöpft aus.
»Nein, Marenkow haben sie nicht erwischt«, bestätigte sie. »Auch sonst niemanden – obwohl mir nicht klar ist, woher du deine Zuversicht hast.«
»Denk an den Zeitfaktor. Der Expreß stand schon eine volle Minute, bevor das Maschinengewehr das Feuer eröffnete. Es war ein unplanmäßiger Halt, und Haller ist kein Dummkopf. Erzähl mir, wie sich alles abgespielt hat...«
Er hörte aufmerksam zu und stellte einmal mehr fest, wie sehr Elsa die Gabe besaß, einen komplexen Sachverhalt mit wenigen Worten wiederzugeben. Sie hatte ihre schwarze Perücke und die Brille abgenommen, als wollte sie sich ihm so präsentabel wie nur möglich zeigen. »Du hast also recht gehabt«, sagte sie zum Abschluß ihres Berichts. »Diese drei sogenannten Attentäter, die in Chiasso zugestiegen sind, waren nichts als ein Ablenkungsmanöver – um uns vor dem professionell durchgeführten wirklichen Angriff in Sicherheit zu wiegen.«
Wargrave schüttelte den Kopf. »Er war nicht so professionell durchgeführt, wie ich befürchtet habe. Sie haben die Sache verpatzt. Sie war bis zu einem bestimmten Punkt gut geplant – aber dann haben sie ihre Gelegenheit verpaßt.«
»Tatsächlich?« Manchmal hatte sie das Gefühl, als sei Wargrave ein wenig zu selbstsicher. »Also schön, wie hättest du die Sache gemacht?«
»Ich hätte den ganzen Schlafwagen mit Salven bestrichen, als der Zug noch abbremste – von einem schnell fahrenden Jeep aus hätte man das schaffen können. Sie haben Haller genau die Zeit gelassen, die er brauchte, um angemessen zu reagieren. Du sagst, John hat versucht, den Fahrer zu erschießen? Etwa wie groß war die Entfernung zwischen Fenster und Jeep?«
»Wir waren rund fünfzig Meter von der Landstraße entfernt. Ju-

lian hat gesagt, der Jeep habe sich Zeit gelassen – er fuhr mit etwa fünfunddreißig Stundenkilometern.«
Wargrave machte die gleiche Bemerkung wie Haller. »Aber es war ein bewegliches Ziel – und dunkel war es auch. Wie wird übrigens Marenkow jetzt bewacht?«
»Haargenau so, wie du es angeordnet hast.« Sie stand auf, um sich Perücke und Brille aufzusetzen. »Ich gehe jetzt lieber zurück – Julian hat mich rausgelassen, damit ich sehen kann, was sich in den anderen Waggons getan hat. Die meisten Fahrgäste sind ziemlich verängstigt. Jetzt gehen Bahnbeamte durch die Wagen, um den Leuten zu erzählen, das Ganze sei eine Schweizer Armeeübung gewesen – was mit dem letzten Schlafwagen passiert ist, hat natürlich niemand gesehen. Ich glaube nicht, daß jeder diese Story schlucken wird.«
Wargrave zog eine kleine Pappspule für Nähgarn aus der Tasche. »Noch etwas. Wenn wir in Bellinzona halten, steigst du aus und gehst mit dieser Spule im Handschuh auf den Bahnsteig. Ein Mann in Schweizer Eisenbahneruniform wird auf dich zugehen und dir auf französisch sagen, du solltest wieder einsteigen, der Zug werde bald nach Airolo abfahren. Stecke ihm diese Spule zu. Es ist eine Nachricht für Springer.«
»Er weiß von Joseph Laurier?«
»Nein, aber du hast mir gesagt, daß Julian nicht über mein vermeintliches Ableben berichtet hat.« Er drückte ihr den Arm. »Und paß schön auf. Der Angriff von Vira war nur der Anfang.«
»Es kommt mehr auf uns zu?«
»Darauf kannst du dich verlassen. Den Hauptgang wird Oberst Igor Scharpinsky noch servieren müssen.«
Elsa betrachtete die winzige Spule, die Wargrave ihr für Springers Mann in Bellinzona gegeben hatte. »Warum kann nicht unser Funker, Peter Necker, einen Funkspruch durchgeben? Ich kann so tun, als sei er von mir.«
»Weil in der Nachricht gefordert wird, daß Necker selbst überprüft werden soll, und zwar schnellstens.«

In Lugano hatte Oberst Springer eine seiner blitzschnellen Entscheidungen getroffen, die seine Untergebenen so oft in Aufregung versetzten. Er hatte sich entschlossen, in Bellinzona zuzusteigen und mit dem Atlantik-Expreß mitzufahren. Er hatte Horner als Stallwache zurückgelassen und fuhr jetzt durch die Außenbezirke der Stadt zu einem Militärflugplatz, der bereits benachrichtigt worden war. Und noch vor seinem plötzlichen Aufbruch hatte er neue Anweisungen erteilt.

»Ich wünsche, daß an jedem Ort, an dem der Expreß vor Zürich hält, Funkpeilwagen eingesetzt werden – in Bellinzona, Airolo, Göschenen...«

»Sie meinen, wir könnten unseren Erfolg hier in Lugano woanders wiederholen?« fühlte Horner vor.

»Scharpinsky wird erfahren müssen, was vorgeht, damit er seinen nächsten Zug planen kann. Und das bedeutet, daß ein sowjetischer Agent, der sich im Expreß befindet, in irgendeiner Form eine Nachricht übermitteln – oder durch ein Zeichen zu erkennen geben – muß, daß Marenkow noch am Leben ist. Nach dem Angriff von Vira bin ich sicher, daß in Bellinzona irgendeine Nachricht übermittelt wird.«

»Ich werde alles veranlassen...«

»Wir werden das Unternehmen ausweiten«, fuhr Springer hastig fort. »Zwischen hier und Zürich werden nur sehr wenige Reisende aussteigen. Aber wer auch immer den Zug verläßt, muß durch neutrale Polizeiwagen beschattet werden...«

»Ich werde auch das veranlassen...«

»Und sollten irgendwelche Ortsbewohner in der Nähe eines Bahnhofs herumstehen, wenn der Expreß einläuft, müssen auch die beschattet werden...«

Springer dachte an diese Instruktionen, als er seinen Wagen beschleunigte. Er wußte, daß er nicht viel Zeit hatte. Immerhin würde der Zug in Bellinzona ein wenig aufgehalten werden, denn der zerschossene Schlafwagen mit dem angehängten offenen Güterwagen mußte abgehängt werden. Dann hieß es natürlich den Güterwagen mit dem Alouette-Hubschrauber wieder an den Ex-

preß anzukuppeln. Und warum hatte Wargrave ihn überhaupt gebeten, den Hubschrauber mitfahren zu lassen?
Als er sich dem Flugplatz näherte, hatte Springer das Gefühl, einigen Grund zur Zufriedenheit zu haben. Er hatte gehört, daß Franco Visani, der den kommunistischen Geheimsender an der Piazza Dante bedient hatte, erkennen ließ, daß er während des Verhörs weich werden würde. »Bevor der Expreß in Basel ankommt, kann ich vielleicht den gesamten Untergrundapparat der Kommunisten aufrollen«, sagte er zu sich selbst. »Je weiter der Zug fährt, desto mehr Ratten werden aus ihren Löchern auftauchen.«
Der Militärpilot der leichten Maschine, der die Scheinwerfer von Springers Wagen hatte näher kommen sehen, ließ den Motor warmlaufen, als der Oberst ausstieg, auf das Flugzeug zulief und auf den Passagiersitz kletterte. Das mit Kufen ausgestattete Flugzeug glitt über die Piste und hob ab. Wieder sah Springer auf seine Uhr. Mit etwas Glück würde er es schaffen können.
Die Frau mit dem harten Gesicht, die einen schäbigen Mantel und einen Hut trug, stand in einer dunklen Ecke der Bahnhofshalle von Bellinzona, als der Atlantik-Expreß einlief und hielt. Am Südende des Bahnsteigs war wie in Chiasso eine große Sichtblende aus Segeltuch errichtet worden, wo man im Schutz einer ähnlichen Sichtblende den Güterwagen mit dem Alouette-Hubschrauber angekoppelt hatte. Die Sichtblende ließ die Frau unbeeindruckt – sie hielt nach etwas völlig anderem Ausschau.
Anders als sonst wurden an diesem Abend trotz der bitterkalten Nacht ungewöhnlich viele Abteilfenster geöffnet; ruhelose Reisende, die die Geschichte von der »Schweizer Armeeübung« nicht überzeugt hatte, wollten mit eigenen Augen sehen, was vorging. Die Augen der Frau wurden hellwach, als sich eine Tür öffnete und ein Reisender auf den Bahnsteig trat. Joseph Laurier, der seinen Pelzmantel anhatte und seinen Stock in der Hand hielt, begann, gemächlich auf und ab zu schlendern. Einen Augenblick später, als sich eine andere Waggontür öffnete, blickte die Frau in eine andere Richtung.

Elsa Lang, die ihren Zobelmantel und ihre Gucci-Schuhe anhatte und ihre Gucci-Handtasche eng an sich preßte, schlenderte bis zur Eingangshalle und blieb dort stehen, um sich eine Zigarette anzuzünden. Die Frau verzog den Mund, als sie die Kleidung der attraktiven blonden Dame bemerkte. Dann verließ ein anderer Fahrgast den Zug, und die Augen der Frau wandten sich nochmals ab.
Phillip John, der mit seinem eleganten Kamelhaarmantel wie ein Dressman aussah, schlenderte gleichfalls über den Bahnsteig und beobachtete dabei Elsa. Die linke Hand hatte er in die Manteltasche gesteckt. Seine rechte Hand – seine Schußhand – bewegte sich frei.
Einen Augenblick später erschien Jorge Santos, der baumlange Spanier, der seine Pfeife rauchte, in der Nähe des Bahnhofsausgangs auf dem verschneiten Bahnsteig. Elsa beobachtete ihn, als er sich umsah, studierte sein selbstbewußtes Auftreten und sein auffallend männliches Gesicht, das einen fast tierhaften Magnetismus ausstrahlte. Mein Gott, dachte sie, was für ein gutaussehender Kerl. Sie hatte ihn schon früher in einem Erster-Klasse-Abteil sitzen sehen, aber nicht bemerkt, wie hochgewachsen er war. Eine Sekunde lang trafen sich ihre Blicke, dann sah Santos weg. Seine Pfeife war ausgegangen. Er bückte sich sehr bedächtig, hob einen Fuß und klopfte seine Pfeife an der Schuhsohle aus.
»Madame Wells?« Elsa drehte sich um und sah sich einem Mann in Schweizer Eisenbahneruniform gegenüber. »Sie sollten lieber wieder einsteigen. Der Expreß fährt gleich weiter«, murmelte er. Sie standen sehr eng beieinander, als sie ihm die Spule zusteckte, die Wargrave ihr gegeben hatte, und er nahm sie ihr so geschickt ab, daß niemand die Übergabe bemerkte. Danach ließ der Schweizer sie stehen und ging in die dunkle Halle zurück. Elsa blieb noch auf dem Bahnsteig und ging ein wenig auf und ab – wäre sie sofort eingestiegen, hätte das zu auffällig wirken können.
Der Schweizer in der Eisenbahneruniform hatte gerade den Ausgang des Bahnhofs erreicht, als draußen ein Wagen anhielt und der in einen Schal gehüllte Oberst Springer ausstieg. »Ist der Atlantik-Expreß noch da?« fragte der Oberst den Eisenbahner. »Noch mindestens zehn Minuten«, erwiderte der Mann und über-

gab Springer dabei unauffällig die Spule. Der Oberst betrat ein Büro, das für ihn reserviert worden war, schloß die Tür und nickte einem seiner Mitarbeiter zu, Major Jürgen Thall, der ihn bereits erwartete. Springer zog die Nachricht aus der Spule, las sie rasch durch und reichte den Zettel dann seinem Untergebenen.

»Eine Blitzmeldung für Hauptmann Franz Wander vom deutschen BND. Er dürfte jetzt im Abwehrhauptquartier in Basel warten. Die Antwort muß – muß«, betonte Springer, »über Funktelefon an mich persönlich gerichtet werden. Sie darf nicht über Peter Necker geleitet werden, den Funker im Zug. Und ich wünsche die Antwort innerhalb von dreißig Minuten...«

Er ging zurück in die Bahnhofshalle und dann auf den Bahnsteig. Dabei kam er an einer Frau in einem schäbigen Mantel und mit Hut vorüber, die von einem seiner Männer in Schweizer Bahninspektoruniform angesprochen wurde. »Kann ich Ihnen helfen, Madame?« hatte der Beamte einen Augenblick vorher gefragt.

»Ich habe auf meinen Mann gewartet«, erklärte die Frau. »Dies ist doch der Fünf-Uhr-Expreß aus Mailand?«

»Dies ist der Atlantik-Expreß, ja, Madame.«

»Dann hätte er jetzt doch schon ausgestiegen sein müssen?«

»Ich denke ja«, versicherte der Agent Springers. »Sind Sie sicher, daß er mit diesem Zug gefahren ist?«

»Er wollte es – es sei denn, er ist durch eine geschäftliche Besprechung aufgehalten worden.«

»Dann muß er aufgehalten worden sein. Sie werden sehen, er kommt bestimmt morgen früh.«

»Sie haben sicher recht. Vielen Dank.«

Die schäbig gekleidete Frau ging durch die Halle zurück und verließ dann den Bahnhof. Draußen wartete ein alter Fiat mit einem Mann am Steuer. Sie setzte sich neben ihn, schloß die Tür, und er fuhr los. »Er hat mir das Signal gegeben«, sagte sie. »Sie haben ihn nicht getötet. Marenkow lebt noch und sitzt irgendwo im Zug.«

Auf dem Bahnsteig des Bahnhofs von Bellinzona humpelte Joseph Laurier noch immer ruhelos herum, während Jorge Santos bereits

wieder eingestiegen war. Santos lehnte sich jetzt aus dem Fenster, im rechten Mundwinkel seine erkaltete Pfeife. Elsa ging zum letzten Schlafwagen zurück, gefolgt von Phillip John, der sich einige Meter hinter ihr hielt. In dem Augenblick trat Oberst Springer aus der Halle. Hinter ihm erschien sein Assistent, Major Thall. Beide überquerten den Bahnsteig und bestiegen den Zug.
Nichts in Lauriers Haltung oder Gesichtsausdruck verriet seine grenzenlose Überraschung. Er hatte den Oberst sofort erkannt und den Blick Springers nach Norden aufgefangen – in Richtung Gotthard, dem der Expreß sich schon bald nähern würde. Hatte Springer – wie Laurier – erahnt, daß der Atlantik-Expreß in eine gigantische Falle rollen würde, wenn er die gewaltige Schlucht erklomm? Denn auf beiden Seiten wurde die Schlucht von mächtigen Bergwänden gesäumt, die den Schienenstrang wie in eine Zange nahmen.
Hinter der Sichtblende am Ende des Bahnsteigs hatten die mit gewohnter Schnelligkeit und Tüchtigkeit arbeitenden Schweizer Eisenbahner schon den von Kugeln durchsiebten Schlafwagen und den Güterwagen abgekoppelt. Anschließend hatten sie die beiden Wagen auf das Nebengleis nach Locarno rangiert, sie getrennt und den Güterwagen mit dem Alouette-Hubschrauber an den Schlafwagen angehängt, in dem jetzt die Sparta-Leute saßen. Laurier bestieg den Zug, warf einen letzten Blick auf den Gotthard, schloß die Tür. Eine Minute später verließ der Atlantik-Expreß Bellinzona.

Kurz zuvor, als die Frau in dem schäbigen Mantel und mit Hut die Bahnhofshalle verließ und in den Fiat einstieg, notierte sich einer von Springers Leuten das Kennzeichen des Wagens. Als der Wagen losfuhr, gab er dem Fahrer eines vor dem Bahnhof parkenden Polizeiwagens durch Kopfschütteln ein Zeichen. Da die schneebedeckten Straßen Bellinzonas zu dieser Zeit verlassen waren, würde es unmöglich sein, den Fiat zu verfolgen, ohne entdeckt zu werden.
Nachdem er das Bahnhofsgelände verlassen hatte, fuhr der Fiat

weniger als einen Kilometer und bog dann in eine offenstehende Garage ein. Die Türen wurden sofort von einem Mann geschlossen, der den Wagen bereits erwartet hatte. Der Fahrer des Fiats eilte in seine Wohnung, gefolgt von der Frau, die sich schon wieder eine Zigarette anzündete – sie war Kettenraucherin. Dann öffnete der Mann das im Fernseher versteckte Sendegerät und begann, einen von zwei schon vorbereiteten Funksprüchen zu senden. Anders als sein Kollege in Lugano, der Bankangestellte Franco Visani, beendete der Fahrer des Fiat seinen Funkspruch in weniger als zwei Minuten – die patrouillierenden Funkpeilwagen konnten den Standort des Senders folglich nicht ermitteln.
Weniger als eine Stunde später – anhand des Kennzeichens war die Wohnung des Fahrers ermittelt worden – war das Paar festgenommen. Es wurde sofort einem intensiven Verhör unterzogen. Man verweigerte den beiden jegliche Nahrung; nur Wasser wurde ihnen erlaubt. Vor allem aber durften beide nicht rauchen – und da wurde die Frau als erste weich. Danach wurden achtzehn Männer und Frauen, die Sabotagegruppe der Kommunisten im Raum Bellinzona, festgenommen. Das geschah aber erst sechzehn Stunden später. Der entscheidende Faktor war der nach Zürich übermittelte Funkspruch.

16. Zürich, Andermatt

Um 19 Uhr 45 erhielt General Traber in Zürich einen Funkspruch, in dem ihm mitgeteilt wurde, der Atlantik-Expreß habe soeben Bellinzona verlassen. Er gab die Nachricht an seinen Assistenten Major Kurt Dobler weiter, der im selben Raum an einem zweiten Schreibtisch saß. Dobler, ein wachsamer Mann von vierzig mit einem hageren Gesicht und einem langen Unterkiefer, der ihm ein fuchsähnliches Aussehen verlieh, stand von seinem Schreibtisch auf und trug die Zeit auf einer Wandkarte neben Bellinzona ein.

»Irgendwelche neuen Entwicklungen bezüglich der Fluggäste aus Wien, die mit Flug 433 gekommen sind?« fragte er.

Seit dem so tragisch unterbrochenen Anruf Leo Skoblins aus Wien hatte Traber persönlich die Leitung der Suche nach Oberst Igor Scharpinsky übernommen. Immerhin hatte Skoblin noch sagen können, das Krokodil – Scharpinsky – sei nach Zürich unterwegs. Der Abwehrchef hielt seinen Füllhalter über die Passagierliste, schüttelte dann aber den Kopf.

»Wir haben die meisten aufgespürt, und sie scheinen echt zu sein. Ich habe soeben gehört, daß dieser Heinz Golchack das Hotel verläßt und abreist.«

»War das nicht dieser österreichische Fluggast, der die Reiseroute geändert hat?«

»Genau der. Wir haben den Taxifahrer gefunden, der ihn vom Flughafen in die Stadt gefahren hat. Golchack hat in anscheinend gebeten, ihn ins Baur-au-Lac zu fahren, sich dann aber entschlossen, statt dessen mit der Bahn nach Bonn zu fahren. Das erschien mir seltsam, so daß ich Lorenz in Wien angerufen und ihn um einen Gefallen gebeten habe. Er ist mir weiß Gott einen Gefallen schuldig gewesen.«

»Was ist dabei rausgekommen?« fragte Dobler.

»Lorenz hat sich als kooperativer erwiesen, als ich erhoffen konnte. Er ging mit einigen seiner Abwehrleute in die Wohnung Golchacks, verschaffte sich Zutritt und durchsuchte sie. Golchack war zwar nicht da, aber sie fanden einen Zettel mit dem Aufdruck der Swissair, auf dem die Flugzeit des Fluges 433 notiert war. Das wär's also...«

Mit einem resignierten Ausdruck nahm der füllige Schweizer seinen Füllhalter und strich einen der wenigen noch verbliebenen Namen auf der Liste aus, den Namen Heinz Golchack.

Peter noch am Leben. Noch immer im Atlantik-Expreß. Absolut sicher.

In Zimmer 207 des Hotels Schweizerhof in Zürich – weniger als zwei Kilometer von General Trabers Hauptquartier entfernt – las Heinz Golchack den Funkspruch, der ihm soeben aus Bellinzona übermittelt worden war. Er sah auf seine Armbanduhr. 19 Uhr 45. Er nahm seine randlose Brille ab und fing an, sie zu putzen, obwohl sie völlig sauber war. Bühler, sein schwergewichtiger, stupsnasiger Stellvertreter, der seinen Chef so sehr gut kannte, bemerkte die Geste. Golchack begann, den Druck zu fühlen, dem er ausgesetzt war.

»Das ist eine Enttäuschung«, fühlte Bühler vor.

Golchack sah ihn kurz mit seinen blassen Augen an, und der Ostdeutsche wünschte, er hätte den Mund gehalten. Golchack setzte die Brille wieder auf und studierte die auf dem Bett ausgebreitete Schweizkarte. Auf einem in der Nähe stehenden Tisch lief sein Transistorradio. Es war auf Zimmerlautstärke gestellt; sie mußten unbedingt die Nachrichten hören, um sicher zu sein, daß der Züricher Flughafen auch weiterhin geschlossen blieb. Golchack zog seinen Kugelschreiber heraus und kreiste ein Gebiet auf der Karte ein, die er auch diesmal nicht berührte.

»Bellinzona war nichts weiter als Phase eins«, sagte er ruhig.

»Jetzt werden wir Phase zwei einleiten...«
Ohne sich zu rühren, starrte Bühler das Gebiet an, das Golchack bezeichnet hatte. Er war immerhin Chef der in Westeuropa operierenden Sabotagegruppen des GRU. Diesmal ließ er sich durch Golchacks Blick nicht einschüchtern. »Das bedeutet, daß wir einen unserer großen Sabotagepläne für eine eventuelle spätere Invasion der Schweiz aufdecken müssen.«
»Tatsächlich?« fragte Golchack sanft.
»Ich dachte nur, ich sollte es erwähnen...«
»Sie haben es also erwähnt – damit es später in Moskau auch ja in den Akten steht, da habe ich keinen Zweifel«, fuhr Golchack in dem gleichen sanften Tonfall fort. »Und ich werde mir überlegen, ob ich es in meinem eigenen Bericht erwähnen soll – daß Sie in einem entscheidenden Augenblick gezögert haben...«
»Sie verstehen mich falsch«, beeilte sich Bühler zu sagen.
»Auch das werde ich später überdenken – ob ich Sie falsch verstanden habe, Rudi.« Golchack ließ seinen Untergebenen in Ungewißheit, um ihn zu disziplinieren, und ging zum Fenster hinüber, um auf die Straße zu starren.
Es herrschte dichtes Schneetreiben; er sah einen dicken weißen Vorhang aus Schnee, der den Ausblick trübte. Der Züricher Flughafen würde mit Sicherheit gesperrt bleiben. Plötzlich drehte er sich rasch um und erteilte einen knappen Befehl.
»Schicken Sie den Funkspruch nach Andermatt. Phase zwei. Sofort!«

General Traber saß in seinem Büro und qualmte an seinem Zigarillo. Er war nicht zufrieden mit dem Stand der Dinge. Seit der Zeit vor der russischen Revolution von 1917 war die Schweiz wegen ihrer Neutralität ein Refugium für kommunistische Agenten gewesen – seit den Tagen, in denen Lenin mit seinen Getreuen in Zürich darauf gewartet hatte, daß in irgendeinem westlichen Land die Revolution ausbrach – Rußland hatte auf seiner Prioritätenliste weit unten gestanden. Den Russen war die Schweiz folglich sehr vertraut, und das war eine Tatsache, die die Schweizer Abwehr nie

außer Betracht ließ. Traber griff zum Telefon und bat, über das Scrambler-Telefon mit Oberst Springer im Atlantik-Expreß verbunden zu werden.
In militärischen Kreisen der Schweiz war es ein offenes Geheimnis, daß der brillante Springer zum Nachfolger Trabers herangezüchtet wurde, dessen Pensionierung bald erfolgen würde, und daß er Trabers volles Vertrauen genoß. Als das Gespräch da war, erklärte er dem Oberst die Situation.
»Ich schlage vor, daß wir in Zürich wieder vom Nullpunkt aus anfangen«, sagte Springer lebhaft. »Schicken Sie Leute mit der Passagierliste des Fluges 433 in alle Hotels – und lassen Sie die Anmeldeformulare überprüfen...«
»Eine höllische Arbeit«, bemerkte Traber. »Wir haben so wenig Zeit.«
»Beginnen Sie sofort damit«, drängte Springer. »Stellen Sie jeden verfügbaren Mann dazu ab. Wenn es auch nur die Chance eins zu tausend gibt, Scharpinsky aufzuspüren, so dürfen wir sie dennoch nicht versäumen.«
»Ich werde sofort loslegen«, versprach Traber.
»Noch eins – setzen Sie auch jeden verfügbaren Funkpeilwagen ein. Scharpinsky muß mit seinen Leuten Funkkontakt halten, um diese Operation persönlich zu leiten. Davon bin ich überzeugt...«
»Wird gemacht...«
»Und setzen Sie zwei dieser Wagen in der Nähe des Hauptbahnhofs ein«, fuhr Springer fort. »In Lugano hat es geklappt, und vielleicht klappt es auch in Zürich. Ist übrigens von Wargraves Agenten in Andermatt irgendeine Nachricht eingegangen?«
»Leider nein.«
Zehn Minuten später parkte einer von Trabers Funkpeilwagen in einer Nebenstraße direkt unter dem im ersten Stock gelegenen Restaurant des Hotels Schweizerhof.

Weniger als drei Stunden zuvor, als Anna Markos neben ihrem geparkten Renault stand und durch den Feldstecher das Bauernhaus beobachtete, sagte ihr das plötzliche Zuziehen des Vorhangs, daß man auf sie aufmerksam geworden war. Daß Robert Frey den Vorhang zugezogen hatte, konnte sie nicht wissen. Sie stieg wieder in ihren Wagen ein und fuhr die kurze Strecke nach Andermatt zurück; sie wendete in der schmalen Straße und ließ den Renault an einer Stelle stehen, die man vom Bauernhaus aus wahrscheinlich nicht einsehen konnte. Dann ging sie zu Fuß zum Stadtrand zurück und wartete.

Sie trug ihre Skijacke und enge Skihosen. Der eisige Ostwind schnitt wie ein Messer durch die pelzverbrämte Kapuze. Aber Anna hatte die schneidend kalten Athener Winter überstanden, und Griechenland ist den sibirischen Winden näher als Andermatt. Sie trat näher an das letzte Haus Andermatts heran und setzte die Beobachtung des in der Ferne liegenden Bauernhauses fort. Sie sah auf die Uhr. 17 Uhr 30. Der Atlantik-Expreß mußte jetzt irgendwo zwischen Mailand und Chiasso sein. Dann hörte sie das Geräusch, auf das sie gewartet hatte.

Das Schwirren des Hubschraubers war in der kalten Nacht zwar nur schwach, aber dennoch deutlich zu hören; wie schon bei früheren Gelegenheiten um diese Uhrzeit stellte sie auch diesmal fest, wie schnell Freys Männer den Hubschrauber aus der Scheune geholt hatten, in der die Maschine untergebracht war. Sie hob ihren einäugigen Feldstecher an die Augen und sah die sausenden Rotorblätter, als der Sikorsky-Hubschrauber aufstieg. Sie folgte mit dem Fernglas den Lichtern des Hubschraubers. Den Rumpf konnte sie in dem Schneetreiben nur noch verschwommen wahrnehmen.

Der Hubschrauber flog direkt durchs Tal auf sie zu, wobei er ständig an Höhe gewann. Andermatt überflog er in einer Höhe von eintausend Fuß, als er seinen Flug nach Osten in Richtung auf den Gotthard und den majestätischen Wasserhorngipfel fortsetzte. Robert Frey würde später zurückkehren, um sich in das allabendliche Getümmel des *Après-ski* zu stürzen, aber im Augenblick ging er ernsteren Verpflichtungen nach. Er mußte die allgemeine Lawinenlage prüfen, bevor er seinen Routinebericht nach Davos schickte.

Anna Markos wischte sich den Schnee von ihrem Anzug ab und kletterte wieder hinters Lenkrad ihres Renaults. Sie hatte den Motor laufen lassen; bei Temperaturen wie diesen dauerte es sonst oft fünf Minuten, bis die verdammte Kiste ansprang. Sie fuhr mit hoher Geschwindigkeit über die leere Straße unten im Tal und bog hinter den dichtgedrängt stehenden Gebäuden des Bauernhofs ab, die dunkel dalagen. Nirgendwo war ein Licht zu sehen. Sie ging ein Risiko ein, aber wenn eine Wache zurückgelassen worden war, würde sie sagen, sie habe Frey besuchen wollen.

An der Rückseite des Bauernhauses fand sie eine Glastür. Sie stieß ihre behandschuhte Hand gegen eine der kleinen Scheiben und fühlte dann vorsichtig hinein. Sie war überrascht, den Schlüssel im Schloß zu finden; wäre es nicht so gewesen, hätte sie die Nachschlüssel in der Tasche benutzt. Es war kein amateurhaftes Vorgehen gewesen, daß Anna zunächst die Scheibe zerbrochen hatte; sie wollte, daß man später ihren Einbruch entdeckte.

Sie untersuchte das Innere des Hauses mit Hilfe einer Taschenlampe und ging von einem Zimmer ins nächste, bis sie Robert Freys Arbeitszimmer betrat, den Raum auf der Westseite, von dem aus Emil Platow, Freys Helfer, sie vorhin durch sein Nachtglas beobachtet hatte. Hier verweilte sie länger.

Der große, längliche Raum maß etwa fünf mal sieben Meter; der gebohnerte Parkettfußboden war mit kostbaren Perserteppichen belegt. In einer Ecke, auf einem Stahltisch, stand das Sendegerät, mit dem Frey seine Meldungen ans Lawineninstitut von Davos übermittelte. Sie las einige Worte, die auf einem Vordruck neben dem Sendegerät notiert waren. *Langsam wachsende Schneedecke auf dem Wasserhorn. Bis jetzt noch keinerlei Anzeichen dafür, daß sich eine gefährliche Situation entwickelt...*

Es war ein in eine Wand eingebauter Schreibschrank, der schließlich ihre Aufmerksamkeit erregte. Sie ließ die Platte herunter und studierte das Innere. In den Fächern standen zwei Bücher übers Bergsteigen, aber im übrigen fehlten die Papiere und sonstigen Kleinigkeiten, die man gewöhnlich in einem solchen Möbelstück findet, und das fiel Anna auf. Ihre geübten Finger begannen, die

Innenseiten der Fächer zu betasten. Sie drückte und fühlte vor. Plötzlich drückte ihr rechter Zeigefinger etwas ein. Sie vernahm ein leichtes Surren wie von einem kleinen Elektromotor, und darauf glitt ihr das gesamte Schubfach entgegen, bis es über der Schreibplatte stehenblieb. Dahinter verbarg sich ein zweites Sendegerät.

Vielleicht ist das nur ein Ersatzsender für den Fall, daß der andere einmal ausfällt, überlegte sie. Die Unterbringung des Ersatzsenders ist ausgeklügelt, aber das wahrscheinlich nur, um ihn vor der Zerstörungswut von Einbrechern zu schützen. Wahrscheinlich...

Sie drückte wieder auf dieselbe Stelle im Schubfach, worauf es wieder in seine ursprüngliche Position zurückglitt. Jetzt war wieder nichts von dem zu sehen, was sich dahinter verbarg.

Eine volle Minute lang blieb sie vor dem Schreibschrank stehen. Sie hatte die Schreibplatte wieder hochgeklappt. Dann tat sie etwas Merkwürdiges. Sie nahm einen der tropfenförmigen Ohrringe ab, die sie trug, hielt ihn in der Hand und suchte dann mit der Taschenlampe nach einem nicht von einem Teppich bedeckten Stück Parkett. Dort ließ sie den Ohrring fallen und verließ anschließend das Haus durch die Hintertür, bestieg ihren Renault und fuhr nach Andermatt zurück.

In ihrem Zimmer im Hotel Storchen ging sie zu der Schublade, in der ihr Schmuckkästchen lag, schloß es auf und entnahm ihm ein Armband und eine falsche Perlenkette. Sie legte ihren zweiten Ohrring dazu und steckte dann alles in ihren weiten Autohandschuh. Sie verließ ihr Zimmer und ging wieder hinaus. In einer verlassenen Straße fand sie einen mit Eis überzogenen Gully Sie zerstampfte das Eis mit dem Stiefelabsatz und warf den gesamten Schmuck in den Gully. Als sie zum Storchen zurückging, konnte sie förmlich die vertraute Stimme hören. »Denk an die Details, Anna – du darfst niemals die Kleinigkeit übersehen, die deinen Tod bedeuten kann...«

Um 18 Uhr 15 landete der Sikorsky-Hubschrauber Robert Freys wieder auf dem Bauernhof. Es war Emil Platow, der den Einbruch entdeckte. Robert Frey ging, gefolgt von den anderen vier Männern, die nach ihm der Maschine entstiegen waren, durch die Vordertür und betrat anschließend sofort sein Arbeitszimmer. Er warf seinen Parka auf einen Stuhl und setzte sich hin, um seine kurze Meldung fürs Lawineninstitut niederzuschreiben. *Keine nennenswerte Erhöhung der Schneedecke auf dem Wasserhorn. Habe die Zahlen mit denen des Vorjahrs verglichen, und wenn man die als Maßstab zugrunde legt...*

Frey bemerkte plötzlich, daß ihm jemand über die Schulter sah. Er drehte sich um und entdeckte, daß Erich Volcker, ein kleiner, dikker, kahlköpfiger Mann von fünfundvierzig, hinter ihm stand. »Ich kann diesen verdammten Bericht nicht zu Ende bringen, wenn Sie mir zusehen«, polterte er.

»Tut mir leid...«

»Es ist eingebrochen worden...« Emil Platow, der kleinwüchsige, magere Schweizer mit dem braunen Haar und den Koteletten, kam plötzlich ins Arbeitszimmer gelaufen. »In unserer Abwesenheit ist jemand hier gewesen. Eine Glasscheibe der Hintertür ist eingeschlagen worden...«

»Beruhigen Sie sich, Emil«, tadelte ihn der hünenhafte Bergsteiger.

Er stand auf, stemmte die Hände in die Hüften und sah sich im Zimmer um. Er bemerkte, daß der Schreibschrank in der Wand geschlossen war, und ließ seine Augen weiterwandern. Die anderen fünf Männer, durch seine Anwesenheit eingeschüchtert, blieben völlig reglos und still stehen. Freys Augen setzten die Suche fort; er ließ den Blick über das Mobiliar gleiten und besah sich dann den Fußboden. Er machte zwei lange Schritte, bückte sich, stand auf und ließ den Ohrring zwischen den Fingern baumeln. Er lächelte Erich Volcker an.

»Ich kenne dieses Ding. Wie dumm von ihr, ihre Visitenkarte dazulassen, nicht wahr?«

17. Der Gotthard

Diese gigantische Schlucht, die von der wichtigsten Eisenbahnverbindung von Mitteleuropa zum Mittelmeerraum durchfahren wird, ist in ihrer ehrfurchtgebietenden Großartigkeit eines der Wunder dieser Welt – sie kann es sogar mit dem Grand Canyon in Arizona aufnehmen. Der Schienenstrang klettert schier endlos empor, passiert spiralförmige Tunnel und windet sich beim Aufstieg um dreihundertsechzig Grad, überquert abgrundtiefe Schluchten und Einschnitte, wobei die eindrucksvollen Alpengipfel auf beiden Seiten zum Greifen nah erscheinen.

Im Sommer ist dieser Paß eindrucksvoll genug, aber im Winter kann er einem fast Angst einflößen. Hoch oben an den fast senkrecht aufragenden Felswänden liegen Millionen Tonnen Schnee – oft braucht nur ein Skifahrer über einen Abhang zu fahren, und eine Lawine donnert zu Tal. In der Nähe von Airolo, der kleinen Stadt am Südende des strategisch wichtigen Tunnels, der das Alpenmassiv durchquert und am Nordende auch unter Andermatt hindurchführt, ragen riesige Felsbrocken über dem Schienenstrang in die Luft. An vielen Stellen ist die Bahnlinie von Lawinenschutzgittern gesäumt. Dies ist Lawinenland.

Es war der Gotthard, der Wargrave Sorgen machte. Der Gotthard beschäftigte auch Oberst Springer so sehr, daß er von Lugano abgeflogen war, um in Bellinzona den Atlantik-Expreß zu besteigen. Und in der Gestalt Joseph Lauriers ging Wargrave auch jetzt noch ruhelos durch den Zug. Vor sich in dem sonst leeren Gang sah er den hünenhaften Spanier, Jorge Santos, der sich gegen die

Wand lehnte und seine Pfeife paffte. Wargrave blieb neben Santos stehen und hängte seinen Stock an einen Haltegriff.
»Auch Sie, mein Freund, finden diese Reise ziemlich beunruhigend – und bald werden wir in einer Gegend sein, die für die griechischen Götter wie geschaffen erscheint, an einem veritablen Olymp«, bemerkte Laurier in fließendem Französisch.
Santos' schwarze Augen warfen dem Ankömmling einen aufmerksamen Blick zu. Dann zuckte er die Achseln. »Diese langen nächtlichen Bahnfahrten sind recht anstrengend.« Er machte eine Pause und sog an seiner Pfeife. »Und dann diese seltsame Geschichte hinter Lugano, als der Expreß hielt. Ein Schweizer Bahninspektor hat mir erzählt, es sei eine Armeeübung gewesen. Glauben Sie das?«
»Ich glaube, es handelte sich um eine weit düsterere Angelegenheit«, erwiderte Laurier. »Wenn ich echtes Maschinengewehrfeuer höre, dann weiß ich, daß es sich nicht um eine Übung handelt. Da wurde nicht mit Platzpatronen geschossen.«
»Und jetzt fahren wir auf den Gotthard zu«, bemerkte Santos. »Ein Ort, der einem Angst machen kann.«
»Wer weiß, was in einem Nachtzug alles passieren kann?« sinnierte Laurier. »Hier sind so viele Menschen, die einander fremd sind, für viele Stunden eng zusammengepfercht.« Er betrachtete das Profil des neben ihm stehenden Mannes, ein auffallendes Profil mit seiner Adlernase und den hervorstehenden Wangenknochen. »Ich fahre mit diesem Zug bis Amsterdam«, bemerkte er. »Sie auch?«
»Bis zur Endstation. Es wird also eine sehr lange Nacht werden...«

Im Expreß machte sich eine immer spürbarer werdende Spannung bemerkbar, als er sich über einen sanften Abhang auf die riesige Schlucht zubewegte. Im Schlafwagen wurde gerade das zweite Abendessen serviert, und die Kellner mußten mehr Getränke als Speisen auftragen. Reisende in ihren Abteilen, die sich eigentlich für die Nacht hätten hinlegen können, saßen aufrecht da und starrten aus den Fenstern auf die mondbeschienene Landschaft. Im letzten Schlafwagen des Zuges wurden den Reisenden Speisen aus einem Abteil gebracht, das Molinari in Mailand in eine provisorische Kombüse hatte verwandeln lassen.

»Warum hätte man uns nicht einfach aus dem Speisewagen etwas zu essen bringen können?« wollte Marenkow wissen, der gerade in eine Pizza hineinbiß.

»Weil Gift eine der Waffen des KGB ist«, erwiderte Haller unverblümt.

»Mögen Sie Pizzas nicht?« fragte Elsa den Russen.

»Ich kriege alles runter«, erwiderte der Russe doppelsinnig.

Oberst Springer saß ihm gegenüber und aß ebenfalls eine Pizza von einem Pappteller; dazu trank er Kaffee aus einem Pappbecher. Er hatte den Russen bereits um eine Liste der in der Schweiz tätigen Agenten des KGB gebeten, und Marenkow hatte sich mit einem Blick auf Haller an die Stirn getippt. »In dem Augenblick, in dem ich mich in Schiphol an Bord der Boeing befinde, und sobald die Maschine sich dreißigtausend Fuß über dem Atlantik befindet, gebe ich Ihnen sämtliche Informationen, die Sie benötigen...«

»Ich brauche sie jetzt«, sagte Springer ihm in scharfem Ton. »Immerhin dient das auch Ihrem Schutz...«

»Das ist das normale Verfahren«, erwiderte Marenkow brüsk. »Es ist mein Paß in die Vereinigten Staaten – die Informationen, die ich im Gehirn mit mir herumtrage. Sämtliche ehemaligen KGB-Agenten, die nach Amerika geflohen sind, haben bis zum Betreten amerikanischen Bodens gewartet, bis sie redeten...«

»Es hat keinen Zweck«, warf Haller ein. »Ich habe das alles schon früher mit dem General durchexerziert – und, wie er sagt, es ist tatsächlich das normale Verfahren.«

Springer zeigte ein verschlossenes und grimmiges Gesicht, als er Marenkow anstarrte, der seinen Blick ausdruckslos erwiderte. Elsa entschied, daß es an der Zeit sei, die zwischen den beiden Männern wachsende Spannung zu lockern. »Lassen Sie ihn doch in Ruhe weiteressen«, sagte sie dem Schweizer Oberst leichthin. »Wir haben auch so schon genug um die Ohren«, meinte sie, »da müssen wir uns nicht auch noch streiten...«

Sie hatten ihre Mahlzeit beendet, als Matt Leroy an die Tür klopfte. »Ein dringendes Gespräch für Oberst Springer über Funktelefon«, verkündete er. Er betrachtete die Überreste der Mahlzeit. »Schön zu sehen, daß hier niemand mehr Hunger leiden muß«, bemerkte er trocken. Haller sah bestürzt aus. »Mein Gott, es ist höchste Zeit, daß John Sie ablöst – zerren Sie ihn aus seinem Abteil raus, und dann kommen Sie wieder und essen Sie etwas...«

Elsa beklagte sich, sie sei etwas steif in den Beinen, und begleitete Springer zum Funkabteil; sie hatte vermutet, dieser Anruf könne die Antwort auf Wargraves Bitte um Überprüfung Peter Neckers, ihres Funkers, sein. Und da Springer zuvor von Haller über Wargraves »Tod« in Mailand informiert worden war, wollte sie nicht, daß die Meldung an Haller weitergeleitet wurde. In seinem Funkabteil hatte der gnomenhaft wirkende Necker soeben seine Mahlzeit beendet. Springer nahm den Anruf entgegen. Ohne Necker anzusehen, sagte er mehrmals »Ja« und schließlich: »Sind Sie sicher?« Er legte dann auf und nahm Elsa mit auf den Gang.

»Ich verstehe nicht, was geschehen ist«, sagte er ernst. »Ich habe einen von Wargrave in Bellinzona abgezeichneten Funkspruch erhalten, und Haller sagt mir, er sei in Mailand gestorben. In der Nachricht hieß es, ich sollte Ihnen die Antwort geben. Dieser Anruf kam von meinem Chef, General Traber, in Zürich. Er hat eine Nachricht von Hauptmann Wander vom deutschen BND erhalten, der jetzt in Basel wartet, um von dort an für die Sicherheit des Zuges zu sorgen. Peter Necker ist durchleuchtet und für zuverlässig befunden worden. Wander sagt, er würde für Necker die Hand ins Feuer legen.«

»Erzählen Sie es Haller nicht – oder sonst jemandem. Ich komme später wieder zu Ihnen...«

»Wie Sie meinen...«

Springer zeigte einen neugierigen Gesichtsausdruck, als er Elsa einen Augenblick lang musterte, einen Ausdruck, den man als so etwas wie Hoffnung deuten konnte. »Ich habe Hallers Bericht ohnehin für seltsam gehalten«, murmelte er. »Ich lege die ganze Geschichte in Ihre Hände...«

Phillip John hatte unterdessen Matt Leroy abgelöst und stand jetzt am vorderen Ende des Waggons, als Elsa sich ihm näherte. Der Engländer, wie immer elegant und gelassen wirkend in seinem karierten Anzug, lächelte schwach. Sie hatte den Eindruck, daß er sich während seiner kurzen Ruhepause rasiert hatte. »Sie können wohl nicht von mir lassen?« zog er sie auf.
»Es mag Ihnen seltsam vorkommen, aber wenn ich mir ungeheure Mühe gebe, schaffe ich es für eine oder zwei Stunden«, entgegnete sie. »Und jetzt haben Sie vielleicht die Güte, mich in den nächsten Wagen zu lassen.«
»Wozu?«
»Weil ich es will, verdammt noch mal«, fauchte sie zurück.
»Sie brauchen nur einen Wunsch zu äußern, Gnädigste – und schon ist er erfüllt«, erwiderte John, der völlig unbeeindruckt war. Er hob die Hände und machte sich an Elsas schwarzer Perücke zu schaffen, als wollte er sie zurechtrücken. Sie hatte sie aufgesetzt, bevor sie Hallers Abteil verlassen hatte. Dann zog er ihre Hornbrille hoch, bis sie auf der Nasenwurzel saß. Eine Sekunde lang berührte er ihre Wange. »Früher oder später, wenn dies alles einmal vorüber ist, sollten wir beide...«
Sie ging durch die Tür, die er aufgeschlossen hatte, ohne etwas zu erwidern. Sie hörte, wie er zuschloß, und eilte zu Joseph Lauriers Schlafwagen. In seinem Abteil prüfte Wargrave den Sitz des Messers mit dem Knochengriff, das er zuvor in seine rechte Socke gesteckt hatte, bevor er die Tür aufmachte und sie einließ. Sie erzählte ihm von dem Anruf, der Necker von jedem Verdacht freisprach, und er nickte. Er trug noch immer die strähnige graue Perücke Lauriers und die Zweistärkenbrille, und wieder einmal dachte sie daran, wie schrecklich erschöpft er aussah.
»Wie wär's mit etwas zu essen?« fragte sie. »Ich hoffe, du hast im Speisewagen etwas bekommen?«
»Nein.« Er zeigte auf seine Reisetasche. »Ich habe aus Mailand eine Thermoskanne mit Kaffee und ein paar belegte Brote mitgebracht. Wie sieht's hinten im Abteil mit Marenkow aus?«
»Lausig. Springer hat versucht, Marenkow eine Liste mit Namen

von Schweizer KGB-Agenten zu entlocken, aber der wollte nicht. Haller tritt als Friedensstifter auf. Aber da ist noch mehr.«

Er zündete eine Zigarette an und steckte sie ihr zwischen die Lippen, als sie auf dem Bett saß. »Was soll das heißen – da ist noch mehr?«

»Spannung – und sie wird ständig größer. Nur Phillip John, der jetzt übrigens gerade Wache hält, scheint von allem unbeeindruckt zu sein. Dieser eingebildete Dreckskerl. So wie ich es sehe«, fuhr Elsa fort, wobei sie die Beine übereinanderschlug und ihre Hornbrille abnahm, »besteht die Gefahr gerade darin, daß nichts weiter passiert ist. Es geht ihnen allmählich auf die Nerven – das Warten, die Untätigkeit. Und dennoch sind sie sicher, daß irgend etwas passieren wird, etwas Großes. Sie machen sich Sorgen wegen des Gotthard.«

»Ich auch...«

Wargrave schaltete das Licht aus und zog den Fenstervorhang hoch. Der Expreß nahm jetzt eine steile Steigung, fuhr durch endlose Kurven bei der Fahrt zu dem nicht mehr allzu weit entfernten Airolo. Und die großen Berge kamen immer näher an den Zug heran, die großen Gipfel, die Wargrave nur noch dann erkennen konnte, wenn er den Kopf beugte. Sie wurden vom Mond beschienen. Aus dem Schatten einer Schlucht ragte ein langer Eiszapfen wie ein Speer in die Nacht, ein Speer, der aus einem mitten in der Luft gefrorenen großen Wasserfall herausragte. Das Rattern der Räder hörte sich plötzlich anders an, als der Expreß auf eine Brücke fuhr, die eine tiefe Schlucht überspannte. Wargrave zog den Vorhang herunter und machte das Licht an. »Sind neue Wetterberichte gekommen?« fragte er. »Ich denke an das Wetter nördlich des Gotthard...«

»Schrecklich, sagt Springer. Da tobt ein fürchterlicher Schneesturm. Nur auf diesem Abschnitt zwischen Airolo und Chiasso hat es vorübergehend aufgehört zu schneien – und zwar nicht für lange, wie die Meteorologen meinen. Oh, ehe ich's vergesse, und damit du etwas zum Freuen hast – es wird hier bald Föhn erwartet.«

»Ich glaube, der Föhn hat schon eingesetzt – man kann fast spüren, wie er den Zug von der Seite trifft...«

Wargrave nahm seine graue Perücke ab. Er nahm auch seine Zweistärkenbrille ab und machte sich dann ein wenig zurecht. Er kämmte sich das Haar, und Elsa sah mit Sorge sein Erscheinungsbild, das jetzt nicht verkleidet war. »Mein Gott, du siehst müde aus – deine Augen sind blutunterlaufen. Wann hast du zuletzt geschlafen?«

»Weiß ich nicht mehr«, meinte Wargrave fröhlich. Es war Sonnabendnacht. Am vergangenen Freitagabend war er bis tief in die Nacht aufgeblieben, um mit Molinari bestimmte Details des vor ihm liegenden Unternehmens zu besprechen. Am Sonnabendmorgen hatte er den anstrengenden Flug nach Bukarest und zurück mit zwei ziemlich schwierigen Landungen hinter sich gebracht. Und seitdem er den Atlantik-Expreß bestiegen hatte, hatte er kein Auge zugetan. Er betrachtete sich im Wandspiegel. »So, jetzt bin ich wieder der Alte – so gefalle ich mir besser.«

»Warum gibst du die Verkleidung als Laurier auf?« fragte sie.

»Weil die Zeit da ist, wieder aufzutauchen – nach dem, was du mir erzählst, scheint die Moral dahinten in dem Schlafwagenabteil nicht besonders gut zu sein...«

»Ist das alles?« fragte sie leise. »Du erwartest, daß irgendwas passiert, nicht wahr? Und du wirst Julian einen unglaublichen Schock versetzen. Wie ich ihn kenne, wird er aus der Haut fahren«, sagte sie warnend.

Er umfaßte ihre Schultern. »Jetzt hör auf mit diesem ängstlichen Getue und geh zurück zu den anderen. Erzähl ihnen kein Wort von mir. Nicht ein Wort.«

»Wenn du meinst...«

Wargrave wartete ein paar Minuten, um ihr Zeit zu lassen, zu ihrem Abteil zurückzugehen, und öffnete dann die Tür. Er spähte in beide Richtungen, um sich zu vergewissern, daß der Gang leer war, und ging dann zum hinteren Ende des Waggons, der sich wieder einmal in einer endlos scheinenden Kurve zur Seite neigte. Einmal zog er einen Vorhang hoch, und die eisverkrusteten

Wände des Passes ragten drohend über ihm auf; ihre dunklen Schatten wurden immer wieder unterbrochen durch das Eis weiterer Wasserfälle, das im Mondschein aufleuchtete. Wargrave hielt an der Tür zum letzten Schlafwagen inne, zündete sich eine Zigarette an und klopfte dann in einer bestimmten Weise.
Phillip John machte auf. Er hielt seine Luger in der rechten Hand. Sein weißes Gesicht zeigte schockartige Überraschung, dann gewann er die Fassung zurück und ließ die Luger langsam in das Halfter mit dem Federmechanismus zurückgleiten. Wargrave legte ihm eine Hand auf die Brust und schob ihn sanft gegen die Tür des Waschraums zurück.
»Werde ich nicht eingelassen?« fragte er mild.
»Ich dachte, Sie seien noch in Mailand...«
»Ich bin überall und nirgends«, klärte Wargrave ihn liebenswürdig auf, als John wieder die Tür abschloß. »Die Leute wissen nie, wo ich wieder auftauche – und das hat mir in all den Jahren geholfen, am Leben zu bleiben. Unterhalten wir uns ein wenig, solange wir allein sind...«
Sie waren in dem engen Raum zwischen Waggonende und Waschraum eingezwängt. Von dem menschenleeren Gang aus hätte man sie ohnehin nicht sehen können. »Was um Himmels willen soll das alles?« verlangte John zu wissen. »Seitdem wir Mailand verlassen haben, hält man für Sie hier die Totenwache...«
»Weil es notwendig war, mein Guter«, erklärte Wargrave und ahmte Johns Public-School-Akzent nach. Er sah, wie eine leichte Röte in das weiße Gesicht schoß. »Und jetzt ist es an der Zeit, die Reserven ins Gefecht zu führen – mich also. Wir haben eine Arbeit zu erledigen. In diesem Waggon gibt es jemanden, den man früher einmal als Angehörigen der fünften Kolonne bezeichnet hätte. Im Klartext: jemanden vom KGB oder vom GRU.«
»In diesem Waggon?« sagte John gedehnt. »Das soll wohl ein Witz sein.« Er starrte Wargrave an. »Nein, Sie scherzen nicht. Wer ist der Mann?«
»Ich kann mich nicht erinnern, gesagt zu haben, daß es ein Mann ist.«

Wieder starrte John ihn hart an; auch diesmal wieder flackerte so etwas wie Überraschung in seinen Augen auf. »Sie können doch unmöglich Elsa Lang verdächtigen? Ich habe angenommen, sie ist bei Ihrer Truppe, seitdem...«
»Die besten Maulwürfe sind Insider und genießen das Vertrauen ihrer Vorgesetzten seit ewigen Zeiten, John. Das ist der Schlüssel ihres Erfolgs. Das müßten Sie inzwischen doch gelernt haben?«
»Elsa Lang? Ich bin erschlagen. Mein Gott, Haller wird Amok laufen, wenn er das erfährt.« Er runzelte die Stirn. »Haben Sie wirklich Beweise? Sie stehen in dem Ruf, niemals einem Menschen zu trauen...«
»Ich habe Beweise.« Wargrave trat seine halbgerauchte Zigarette unterm Fuß aus und zündete sich sofort eine frische an. Der Zug schaukelte gerade durch eine neue langgezogene Kurve. Wargrave blickte aus dem Fenster und sah das Leuchten der vorderen Waggons hinter der Lok und die Funken der Oberleitung.
»Was wollen Sie denn mit dieser jungen Dame Lang machen?« fragte John.
»Nichts.«
»Aber Sie haben gesagt, Sie hätten Beweise...«
»Das habe ich gesagt, ja«, stimmte Wargrave lakonisch zu. »Aber ich habe mit keinem Wort gesagt, daß Elsa die Agentin sei. Nur *Sie* haben ihren Namen ins Spiel gebracht. In Wirklichkeit ist ein Mann eingeschmuggelt worden; und zwar vom GRU...«
»Vom GRU?«
»Genau. Einen KGB-Mann hätte Marenkow erkannt. Aber es ist einer von Oberst Igor Scharpinskys Leuten. Necker war ein vorrangig Verdächtiger. Er hatte Zugang zum Kommunikationssystem...«
»War?« wollte John wissen.
»Ja. Er ist vor nur wenigen Minuten von der Liste der Verdächtigen gestrichen worden. Springer hat Elsa eine Nachricht für mich gegeben. Verstehen Sie, John«, fuhr Wargrave freundlich fort, »ich war meiner Sache sicher, als ich erfuhr, daß diese Maschinengewehrbande bei Vira den letzten Schlafwagen mit Kugeln durch-

siebte. Nur den letzten Schlafwagen, wohlgemerkt – nicht den Schlafwagen davor, den Marenkow und Elsa in Mailand bestiegen haben. Die Burschen wußten also, daß er sich im letzten Waggon befand.«

John machte ein nachdenkliches Gesicht und lehnte sich gegen die Tür des Waschraums. »Das ist einleuchtend«, gab er zu. »Und wer ist jetzt der Kandidat als GRU-Mann?«

»Sie sind das.«

»Sie müssen völlig den Verstand verloren haben...«

»Weil Sie ein Scharfschütze sind«, erklärte Wargrave.

»Dann hätte ich Sie im Mailänder Hauptbahnhof ohne weiteres töten können...«

Wargrave schüttelte den Kopf. »Sie wußten, daß Sie das nicht tun konnten. Sie wußten, daß Oberst Molinari über den angeblichen Mord im Bilde war. Und Sie wollten mit dem Atlantik-Expreß mitfahren. Übrigens«, fuhr er fort, »wenn Sie mich erschossen und versucht hätten zu fliehen: Drei von Molinaris Scharfschützen haben Sie ständig im Visier gehabt, als Sie sich in der Halle aufhielten – das war eine reine Vorsichtsmaßnahme.«

»Sie sind übergeschnappt wie ein tollwütiger Fuchs...« Johns Mund verzog sich zu einem schiefen Schnauben. »Und warum habe ich Marenkow noch nicht längst erschossen?«

»Weil Sie nicht eine einzige Gelegenheit dazu hatten. Immer dann, wenn diese Abteiltür geöffnet wird, wird einem irgendein Revolver unter die Nase gehalten. Ob Hallers oder Elsas – das ist dabei belanglos. Und Sie sind ein Profi, John – Sie wissen, daß, selbst wenn Sie schießen würden, Sie durch die Reflexbewegungen der Finger am Abzug auch selbst getötet würden. Ich habe nämlich sehr ausgeklügelte Vorsichtsmaßnahmen getroffen, bevor ich in diesen Zug eingestiegen bin.«

»Das ist doch nichts weiter als reine Spekulation«, protestierte John. »Sie haben gesagt, Sie hätten Beweise – jetzt zeigen Sie mir mal Ihre verdammten Beweise, Sie Vollidiot.«

»Vira«, erwiderte Wargrave einfach. »Elsa hat mir haargenau beschrieben, was dort geschehen ist. Sie haben von einem festen

Standort aus mit Ihrer Luger auf drei Männer gezielt, die sich mit nicht mehr als fünfunddreißig Stundenkilometern an Ihnen vorbeibewegten. Sie haben drei Schüsse abgefeuert – und haben jedesmal danebengeschossen...«

»Es war ein bewegliches Ziel...«

»Auf eine Entfernung von knapp fünfzig Metern. Drei Männer, dicht beieinander. Sie haben genau gezielt, um ja keinen von Ihren eigenen Männern zu treffen.«

John seufzte. »Das ist mir alles zu hoch. Jetzt brauche ich auch eine Zigarette...« Er schlüpfte mit der rechten Hand in sein Jackett und wollte die Luger hervorziehen. Wargrave drückte das glühende Ende seiner Zigarette auf Johns Handrücken. John zuckte zusammen und ließ die Waffe fallen, die scheppernd zu Boden fiel; er versetzte Wargrave einen harten, klatschenden Schlag auf den Hals. Wargrave ging ein wenig zu spät auf, daß John beidhändig schlagen konnte und links wie rechts gleichermaßen kräftig und beweglich war. Ihm wurde schwarz vor Augen, als John ihm mit dem Knie wild in den Unterleib stieß, aber er hatte den Angriff kommen sehen und die Wirkung durch eine schnelle Drehung mildern können. Er zielte einen Schlag auf Johns Unterbauch, aber John drehte sich gleichfalls weg und fing den Schlag mit der Hüfte ab.

Die beiden Männer kämpften in dem engen Raum zwischen Waschraum und Außentür miteinander, aber Wargrave war noch immer benommen von dem unerwarteten Schlag. Er sah seinen Gegner nur als verschwommene Gestalt, und zudem war John kräftiger, als er erwartet hatte. Plötzlich senkte John den Kopf und stieß ihn Wargrave hart ins Gesicht, während er gleichzeitig den Türgriff herunterdrückte, so daß die Waggontür aufflog. Wargrave fiel in die Nacht hinaus, aber im Fallen langte seine linke Hand nach oben und packte die Oberseite der Tür, und dann hing er mit nur dieser einen Hand an der schwingenden Tür in der Luft.

Der Expreß war soeben auf eine weitere geschwungene Brücke gefahren, die eine tief unter Wargrave gähnende Schlucht überspannte. Nur das Schwanken des Waggons verhinderte, daß seine Hand beim Zurückschwingen der Tür zerschmettert wurde. Jetzt aber begann die Tür wieder, auf den Waggon zuzuschwingen. John wartete mit der schnell vom Fußboden aufgehobenen Luger in der Hand. Er hatte keineswegs die Absicht, Wargrave zu erschießen – den Knall eines Schusses würde er nie erklären können. Wargrave sollte ganz einfach verschwinden. Er stand ja sowieso in dem Ruf, ein einsamer Wolf zu sein – wer würde sich also wundern, wenn er wieder einmal verschwand? Dies alles schoß John blitzschnell durch den Kopf, als er darauf wartete, mit dem Lauf der Luger auf Wargraves halberfrorene Knöchel einschlagen zu können, diese Knöchel zu zerschmettern.

Die Waggontür bewegte sich langsam auf John zu. Wargrave stöhnte vor Schmerz auf. Er streckte den Arm aus, ließ dann die Hand fallen und krümmte sich zusammen. John beobachtete ihn wie ein Arzt, der die Reaktion eines Patienten prüft. Sein kalkweißes Gesicht zeigte keinerlei Gemütsbewegung, keinerlei Ausdruck. Die Waggontür schwang näher heran, und John hob den Lauf seiner Luger. Er hielt den Blick auf die angespannten Knöchel gerichtet, die alles waren, was Wargrave vom Sturz ins Nichts trennte. Phillip John hob den Pistolenlauf und zielte mit vorsichtiger Sorgfalt. Die Tür schwang näher heran, Wargraves rechte Hand, die das Messer hielt, das er aus seiner rechten Socke gezogen hatte, stach auf Johns Bauch ein. Der Expreß schwankte. John fiel aus der Tür ins Freie; sein Körper verfehlte das Brückengeländer und stürzte mehr als dreißig Meter tief in den fast zugefrorenen Fluß am Grund der Schlucht. Er schlug mit dem Rücken auf. Langsam fließendes Wasser, das aus den Höhen der Alpen zu Tal floß, gefror über ihm, und sofort bildete sich ein dünner Eisfilm auf seinem Leichnam. Wargrave, der sich unterdessen in den Zug zurückgehangelt und in Sicherheit gebracht hatte, blickte in die Schlucht hinab, bevor er die Tür schloß. Aus seiner Nase rann Blut. John war mit ihm zusammengeprallt, bevor er in die Tiefe gestürzt war. Zwölf Stunden später bot sich schweizerischen Soldaten, die sich in die Schlucht heruntergearbeitet hatten, ein makabrer Anblick – sie entdeckten John, der auf dem Rücken lag, blicklos nach oben starrte und in eine dicke Eisschicht gehüllt war. Die Männer mußten Elektrobohrer einsetzen, um an John heranzukommen.

18. Das Wasserhorn

In der Seitenstraße neben dem Hotel Schweizerhof in Zürich rauchte der Funker des Funkpeilwagens eine im Dienst eigentlich verbotene Zigarette, um sich wachzuhalten. Seit der Ankunft des Peilwagens hatte es in diesem Bezirk keinerlei Anzeichen für eine illegale Funktätigkeit gegeben. Etwa einen Kilometer entfernt waren ein paar Männer General Trabers dabei, die Meldeformulare eines Hotels zu überprüfen. Bevor sie den Schweizerhof erreichten, hatten sie noch vier andere Hotels zu besuchen.

In Zimmer 207 wischte sich Heinz Golchack dicke Schweißperlen von seiner hohen Stirn. In dem gutbezeizten Hotelzimmer war es gewiß warm, aber es war nicht nur die Zimmertemperatur, die Golchack zum Schwitzen brachte. Nach sehr kurzer Zeit würde sich am Gotthard eine historische »Naturkatastrophe« ereignen, eine Katastrophe von ungeheuren Ausmaßen. Dies machte Golchack jedoch nicht zu schaffen. Ihn bewegte nur eine Frage: Würde diese Katastrophe General Sergej Marenkow töten?

Scharpinsky war sich der bei seinen beiden Begleitern ständig stärker werdenden inneren Spannung bewußt, aber er tat, als bemerkte er nichts davon. An Heinrich Baum, seinem Funker, zweifelte er am meisten. Baum war immerhin Schweizer. Laß ihn ruhig schwitzen, dachte Golchack. Und Golchack war ein Mann, der immer ein paar zusätzliche Pfeile im Köcher behielt. »Verlassen Sie sich nie auf einen Plan allein«, schärfte er seinen Untergebenen immer wieder ein. »Man muß unbedingt etwas in Reserve behalten...« Und Golchacks Eingreifreserve befand sich im Augenblick

im Atlantik-Expreß: zwei Männer waren es, auf die er seine Hoffnungen setzte.
Einer von ihnen, Phillip John, war vor drei Jahren in die moribunde amerikanische CIA eingeschleust worden. John hatte für seine amerikanischen Auftraggeber sogar einige Hinrichtungen vollstreckt, um seine Glaubwürdigkeit zu festigen. Unterdessen hatte er auf den Moment gewartet, in dem Golchack ihm befehlen würde, für seinen wahren Auftraggeber, den GRU, tätig zu werden. Es war keineswegs ausgeschlossen, daß John Gelegenheit haben würde, Marenkow irgendwann während dieser Reise zu liquidieren.
»Baum«, sagte Golchack plötzlich, »wenn ich Ihnen Bescheid gebe, müssen diese beiden Funksprüche sofort gesendet werden...« Er reichte dem Schweizer zwei Zettel. »Der kürzere, der nach Basel geht, muß als erster übermittelt werden. Dann schicken Sie den Amsterdamer Funkspruch ab. Verschlüsseln Sie beide...«
Golchack zwang sich dazu, beim Nachdenken still auf einem Stuhl sitzen zu bleiben. Der Junggeselle Golchack-Scharpinsky hatte sein Leben der Mühe geweiht, auf der Leiter zur Macht im Sowjetstaat nach oben zu kommen. Obwohl er nie geheiratet hatte, war er weiblichen Reizen durchaus zugänglich. Seine Triebe hatte er jedoch nur in kurzen Affären befriedigt, bei denen keine Gefahr bestand, daß sie ihn von seinem Lebensziel ablenkten. Selbst jetzt, nachdem er den Beginn des massiven Einsatzes in Andermatt befohlen hatte, hatte er noch immer ein paar Asse im Ärmel.
Der lange Funkspruch nach Amsterdam beunruhigte ihn ein wenig – er war für eine sichere Übermittlung vielleicht etwas zu lang. Er war aber unerläßlich. Er enthielt sehr detaillierte Anweisungen für Rolf Geiger, den Chef der Geiger-Bande, die sich jetzt in der Nähe der holländischen Grenze aufhielt. Und da war natürlich auch noch der zweite Mann im Atlantik-Expreß. Nicos Leonides war immer noch da...

Nicos Leonides. In bestimmten Kreisen auf dem Balkan brachte allein schon die Nennung des Namens so manchen Mann um den

Schlaf; prominente Antikommunisten meinten nachts Schritte auf der Treppe zu hören. Sie fürchteten, sie könnten »auf die Liste gesetzt« worden sein, wie die unschuldige Formulierung lautete. Die Bezeichnung »Berufskiller« wäre eine unzutreffende Beschreibung dessen, was Leonides war. Bei diesem Wort stellt man sich einen gemieteten Mörder vor, der für viel Geld »Kontrakte« erfüllt und bestimmte Menschen auf Befehl umbringt. Leonides, ein überzeugter Kommunist aus Saloniki, liquidierte nur wohlbekannte Antikommunisten. Sein Auftraggeber, Oberst Igor Scharpinsky, hatte ihn seltsamerweise noch nie zu Gesicht bekommen.

Leonides hatte Scharpinsky zum erstenmal seine Dienste angeboten, als dieser unter einem falschen Namen als angeblicher Militärattaché an der sowjetischen Botschaft in Athen diente. Leonides meldete sich ausschließlich von Telefonzellen aus. Scharpinsky war zunächst skeptisch gewesen; er hatte eine Falle vermutet und mißtraute zudem den Beteuerungen des Griechen, er handle nur aus idealistischen Motiven. So hatte Scharpinsky zunächst das Angebot Leonides' ignoriert, als Scharfrichter zu arbeiten. Mehrere Telefongespräche später hatte Scharpinsky dann aber dem Vorschlag Leonides' zugestimmt, daß es »angezeigt« sei, den Herausgeber einer bestimmten Athener Tageszeitung, einen älteren Mann, zu liquidieren.

Drei Tage später las der skeptische Scharpinsky zu seinem großen Erstaunen, man habe den ausgebrannten Wagen des griechischen Zeitungsmannes am Fuß eines steilen Felsens im Meer gefunden; die Leiche sei von einem Sturm hinausgetrieben worden, hieß es. Zwei Jahre und drei Morde später war Scharpinsky überzeugt, für den Notfall eine ideale menschliche Waffe zu besitzen. Da die Opfer stets von Leonides ausgesucht worden waren, sagte sich Scharpinsky schlau, daß der Grieche seine kommunistische Überzeugung mit privater Rache zu vereinen wußte. Typisch für die Bauernmentalität dieser Leute vom Balkan. Der Russe hatte den Griechen auf Umwegen aber immer ansprechen können. Und zum Glück hatte Leonides sich gerade zur rechten Zeit in Mailand aufgehalten. Er befand sich jetzt als Reisender im Atlantik-Expreß.

Jorge Santos hatte es sich an seinem Fensterplatz bequem gemacht und streckte seine langen Beine aus, die er an den Knöcheln übereinandergeschlagen hatte. Er zündete wieder seine Pfeife an und blickte kurz auf, als draußen auf dem Gang Harry Wargrave vorübereilte, um zu Phillip John zu gehen. Wie Wargrave hatte auch der Spanier nicht im Speisewagen gegessen; er hatte sich eine Flasche Wein und einige Lebensmittel mitgebracht, die er soeben verzehrt hatte.
Er paffte seine Pfeife, sah auf die Uhr und wechselte dann seine Stellung, um die Steifheit aus seinen Gliedern herauszubekommen. Er fühlte, daß im Zug zunehmendes Unbehagen spürbar wurde, als der Expreß jetzt die langgezogene Steigung in Richtung Gotthardtunnel nahm. Rein äußerlich war Jorge Santos einer der gelassensten Reisenden im Atlantik-Expreß.

»Ich bin noch immer der Meinung, du hättest es mir sagen sollen, Harry...«
Elsa benutzte einen Gazestreifen aus ihrem Erste-Hilfe-Verbandskasten, um das Blut von Wargraves Nase abzuwischen, als Julian Haller mit grimmigem Gesicht zum zweitenmal seinen Tadel aussprach. Sie saßen zusammen mit Marenkow und Oberst Springer im Schlafwagenabteil. Wargrave zeigte sich aber uneinsichtig, sogar in recht aggressiver Weise.
»Es hat funktioniert«, bellte der Engländer knapp. »Ich habe den GRU-Mann aus dem Zug gestoßen, den sie hier eingeschmuggelt hatten. Und denken Sie auch daran«, fuhr er mit Nachdruck fort, »daß Sie mir vor der Abreise aus Amerika zugesagt haben, in Europa hätte ich die Leitung des Unternehmens...«
»Sie hätten mir vertrauen können...«, fing Haller wieder an.
»Das hätte zuviel Schauspielerei erfordert«, beharrte Wargrave. »Sie hatten auch so schon genug um die Ohren. Wir sollten also aufhören, unsere Zeit zu verschwenden, und uns der nächsten Phase des Unternehmens zuwenden.«

»Und die wäre?« wollte Springer wissen.
»Ich werde mit dem Alouette-Hubschrauber losfliegen, den Sie auf diesem Güterwagen abgestellt haben. Elsa fliegt mit mir. Und dann brauche ich noch den Funker, den du mitgebracht hast, Leon – um mit dem Expreß Verbindung zu halten, wenn wir in der Luft sind...«
»Das kommt gar nicht in Frage«, polterte Haller los. »Elsa mitzunehmen...«
»Muß ich dich wirklich noch einmal daran erinnern, Julian«, versetzte Wargrave leise, »daß ich dieses Unternehmen leite, solange wir in Europa sind?«
»Warum willst du den Hubschrauber jetzt einsetzen?« fragte Springer neugierig. »Zwischen hier und Airolo habe ich in bestimmten Abständen an der Bahnlinie Soldaten postiert... Sie stehen an allen wichtigen strategischen Punkten...«
»Weil ich es vielleicht für richtig halte, die Strecken zwischen diesen Punkten zu überprüfen.« Wargrave grinste sardonisch, als Elsa den Gazestreifen wegnahm. »Wenn dir das nicht gefällt, nenn es ruhig meinen sechsten Sinn – jetzt ist schon seit einiger Zeit nichts mehr passiert, und ich rechne damit, daß Scharpinsky schon sehr bald wieder in Aktion tritt.«
Marenkow hatte sich nicht an der Diskussion beteiligt, aber die Erwähnung seines Stellvertreters, Oberst Igor Scharpinskys, rief ihn auf den Plan. Haller hatte sich erst vor kurzem entschlossen, Marenkow von der vermuteten Anwesenheit des GRU-Mannes in Zürich zu erzählen. »Ich stimme Mr. Wargrave zu«, sagte er ruhig. »Es ist schon zu lange ruhig geblieben. Ich spüre wie er, daß sich irgend etwas zusammenbraut...«
Fünfzehn Minuten später half Wargrave Elsa über den gähnenden Schlund zwischen dem schwankenden Schlafwagen und dem offenen Güterwagen, auf dem der von einigen Schweizer Soldaten bewachte Alouette-Hubschrauber angekettet stand. Elsa kletterte in die Kabine und streckte einen Arm hinunter, um die automatische Waffe entgegenzunehmen, die ihr von einem der Soldaten gereicht wurden. »Viel Glück«, rief der Schweizer aus.

Elsa trug Skihosen und eine Pelzjacke mit Kapuze, die sie sich über den Kopf gezogen hatte; dazu pelzgefütterte Stiefel – sämtliche Kleidungsstücke hatte sie von einem von Springers Gebirgsjägern erhalten, die sich im Zug befanden. Auf dem Sitz des Kopiloten saß bereits der Funker Springers, Max Bruder, ein kleiner, dünner Mann, der Englisch beherrschte. Wargrave kletterte als letzter an Bord und setzte sich auf dem Pilotensitz zurecht, als zwei Schweizer Soldaten sich auf dem schwankenden Güterwagen bückten, um auf ein bestimmtes Zeichen hin die Ketten zu lösen.
Von der offenen Tür des letzten Schlafwagens aus sah Oberst Springer besorgt zu. Sein Gesicht war von der Kälte gerötet. Er war allein – Haller war im Abteil zurückgeblieben, um Marenkow zu bewachen, während Matt Leroy auf dem Gang patrouillierte. Der Schweizer Oberst war alles andere als glücklich über das Manöver, das Wargrave vorhatte. Dieser mußte den Augenblick des Abhebens mit unglaublicher Präzision berechnen. Der offene Güterwagen schwankte beachtlich – wie immer beim letzten Wagen eines Zuges. In dem Augenblick, in dem die Ketten gelöst wurden, mußte Wargrave sofort die maximale Steigleistung zur Verfügung haben, um problemlos abheben zu können. Er durfte auf keinen Fall den Motor abwürgen, denn dann würde der Hubschrauber krachend auf den Güterwagen zurückfallen – oder auf den Gleisen zerschellen. Zudem blies ein kräftiger Seitenwind aus östlicher Richtung.
Hinter Wargrave in der beheizten Kabine saß Elsa, die sich dabei ertappte, daß sie die automatische Waffe fest umklammert hielt, als Harry den Motor anließ. Das Rotorblatt über ihnen begann sich zu drehen, erst ruckhaft, bis es ein schnelles gleichmäßiges Schwirren erreicht hatte. Elsa sah nach unten und entdeckte, daß ihre Knöchel in dem fahlen Lichtschein der Instrumententafel weiß aufleuchteten. Der Hubschrauber vibrierte vor Kraft und schien förmlich auf das Abheben zu drängen. Elsa holte tief Luft und zwang sich zu entspannen. In diesem Augenblick hob Wargrave eine Hand und ließ sie wieder sinken – das war das Zeichen für das Lösen der Ketten. Ausgerechnet in diesem Augenblick

schwankte der Güterwagen besonders heftig, und zudem erfaßte ein starker Windstoß den Hubschrauber.

»Mein Gott...«

Der Hubschrauber stieg senkrecht auf und befand sich schon über dem Zug, als der Seitenwind den Rumpf mit solcher Wucht traf, daß die Maschine zur Seite geschleudert wurde. Dann brachte Wargrave den Hubschrauber wieder unter Kontrolle, und Elsa blickte aus dem Fenster nach unten. Tief unter ihr sah sie die Lichter des Atlantik-Expreß, eine gebogene Lichterkette, als der Zug wieder einmal in eine der endlosen Kurven hineinfuhr. Elsa lehnte sich behaglich in ihrem Sitz zurück, rückte ihren Kopfhörer zurecht und sah auf ihre Armbanduhr. Es war 20 Uhr 15. Sie sprach in das Mikrophon unter ihrem Kinn.

»Was ist das für ein hoher Gipfel da hinten – drüben im Nordwesten?«

»Das«, erwiderte Wargrave, »ist das Wasserhorn.«

In Andermatt war es 20 Uhr, als ein schwerer Traktor Robert Freys Sikorsky-Hubschrauber aus der Scheune des Bauernhofs westlich des Skiparadieses zog; Anna Markos hatte sich geirrt, als sie annahm, Freys Männer würden den Hubschrauber ins Freie ziehen. Als der Hubschrauber auftauchte, stand Robert Frey neben seinem Stellvertreter Emil Platow, den er um Haupteslänge überragte.

»Beeilen Sie sich«, befahl Frey dem Traktorfahrer. »Wir haben nicht die ganze Nacht Zeit, um die Sache zu erledigen...«

Nachdem der Fahrer das Schleppseil gelöst hatte, bestieg Frey den mit Kufen ausgerüsteten Hubschrauber. Hinter ihnen sprangen Emil Platow und vier andere Männer in die Maschine. Innerhalb von drei Minuten befand sich Frey, der sich auf den Pilotensitz gesetzt hatte, in der Luft. Der Hubschrauber, der in südöstlicher Richtung auf den mächtigen Wasserhorngipfel zuflog, der sich über der Gotthardbahnlinie auftürmte, gewann rasch an Höhe.

Die Lichter Andermatts verschwanden unter ihnen, als Frey seinen Flug fortsetzte. Er hatte das Lawineninstitut in Davos bereits darüber informiert, daß er sich zu einem weiteren Flug entschlossen habe, weil die Temperatur um mehrere Grad gestiegen sei. *Eine routinemäßige Vorsichtsmaßnahme...* hatte es in seinem Funkspruch geheißen. Die Kabine hinter ihm war voll beladen – unter anderem mit einem aus fünf Mann bestehenden Team, das seinen Sprengstoffexperten Emil Platow einschloß. Mitunter wird tatsächlich eine geringe Menge Sprengstoff benutzt, um eine kleinere Lawine auszulösen, die eine spätere größere und gefährliche Lawine verhindern kann. Jetzt hatte der Hubschrauber aber zusätzlich fast eine Tonne Gelatinedynamit geladen und war damit so etwas wie ein fliegender Sprengkörper, der von Frey zu dem mächtigen Wasserhornmassiv geflogen wurde.

Kurze Zeit bevor Robert Frey von Andermatt zurückgefahren war, um den Sikorsky-Hubschrauber zu besteigen, hatte er Anna Markos in ihrem Hotelzimmer im Storchen einen Besuch abgestattet. Anna saß vor ihrem Toilettentisch und machte sich offensichtlich gerade für den Abend zurecht, als jemand an die Tür klopfte. Sie stand auf, ging an die Tür und sagte, ohne zu öffnen: »Wer ist da?« Eine tiefe, vertraute Stimme antwortete.
»Ich bin's – Robert. Robert Frey.«
Sie schloß die Tür auf, ließ ihn eintreten und kehrte zu ihrem Toilettentisch zurück. Sie betrachtete den hünenhaften Schweizer mit der wilden Mähne, der hinter ihr stand und sie mit unverhohlener Bewunderung ansah, im Spiegel. Er beugte sich über sie, umfaßte ihre üppigen Brüste und drückte sie leicht. »Und wer hätte es außer mir sein können? Habe ich etwa einen Rivalen?«
»Dutzende...« Ihre Fingernägel krallten sich in seinen vorwitzigen Händen fest, und er zog sie mit einem Grunzen zurück. Einen Augenblick lang sah sie im Spiegel einen fast tierisch wilden Ausdruck in seinem Gesicht, als er sich etwas Blut von der Hand wischte, dann lächelte er und zuckte die Achseln. »Irgend jemand hat mir meinen Schmuck gestohlen«, informierte sie ihn. »Sieh mal...« Sie öffnete die Schublade und klappte ihr leeres Schmuckkästchen auf. »Ich habe die Sachen gestern abend hineingelegt, und vorhin, als ich sie anlegen wollte...« Sie zog ihre wohlge-

formten Schultern hoch. »Ich weiß, daß die Sachen nicht sehr wertvoll sind – aber dennoch...«
»Du solltest die Polizei benachrichtigen. Wenn ich du wäre, würde ich es sofort tun. Die Wache ist ganz in der Nähe – erste Straße links, wenn du das Hotel verlassen hast...«
»Meinst du wirklich?« fragte sie zweifelnd.
»In der Schweiz nimmt die Polizei Diebstähle sehr ernst. Komm, ich helfe dir in den Mantel...«
Sie zog sich einen dicken Pullover über und ließ sich von ihm den Mantel halten. »Es würde ihnen gar nicht gefallen, wenn du einen Einbruch nicht meldest«, sagte Frey leichthin, als er sie nach unten begleitete. Die Bar war überfüllt, rauchgeschwängert und dröhnte unter den Klängen aufreizender Popmusik. Er ging mit ihr zum Ausgang und erklärte ihr nochmals, wie sie zu gehen habe. »Ich würde gern mitkommen, aber ich erwarte einen Anruf aus Davos«, bemerkte er beiläufig.
Er blieb vor dem Hoteleingang stehen, als sie wegging, rieb sich kräftig das Gesicht, als machte ihm der schneidende Wind zu schaffen, stieg dann in seinen Lieferwagen und fuhr mit hoher Geschwindigkeit zum Bauernhof zurück. Wenige Meter weiter auf der Straße parkte ein unbeleuchteter Peugeot. Am Steuer saß Erich Volcker. Er hatte das Zeichen gesehen, das Frey ihm gegeben hatte, und wartete, bis Anna Markos in der Seitenstraße verschwunden war. Dann schaltete er die Scheinwerfer ein und versuchte, den Motor anzulassen.
Anna Markos ging die leere Seitenstraße hinunter und zog ihre Ohrenschützer ab; jetzt konnte sie ihr feines Gehör wieder gebrauchen. Die Straße war kerzengerade und eng – so eng, daß sie nur ein Fahrzeug durchließ. Auf beiden Seiten waren die Fensterläden zugeklappt. Die Häuser lagen still da, und leichte Schneeflocken wirbelten träge zur Erde herab. In der abendlichen Stille hörte Anna nur das Knirschen ihrer Stiefel auf dem verharschten Schnee. Und dies, das wußte sie, war nicht der Weg zur Polizeiwache.
Dann hörte sie, wie hinter ihr der Wagen in die Straße einbog. Sie

begann, schneller zu gehen. Mit ihren langen, kräftigen Beinen schritt sie weit aus. Sie gab sich Mühe, nicht zu laufen: Ein Ausrutscher auf der vereisten Straße, und es wäre mit ihr zu Ende. Am Steuer des Peugeot saß eine groteske Gestalt: Erich Volcker war klein und sehr fett, aber es war hartes Fett, das er mit sich herumtrug. Er hatte stämmige Beine und kleine, zierliche Füße. Sein runder Schädel war völlig kahl, und seine aufgeworfenen Lippen zogen sich zusammen, als er die Griechin in den Scheinwerferkegel bekam. Er holte tief Luft und trat das Gaspedal durch.
Anna Markos hörte die Veränderung des Motorengeräuschs. Im Scheinwerferlicht sah sie wenige Meter vor sich einen großen runden Felsbrocken, der vor einer Haustür lag. Sie ging das Risiko ein, die wenigen Schritte zu laufen, bückte sich, hob den Felsbrokken auf und fuhr herum. Hinterm Lenkrad starrte Volcker sie fassungslos an, als er sie herumfahren und ihn anblicken sah. Er behielt den Fuß auf dem Gaspedal. Der Felsbrocken flog durch die Luft, traf Volckers Windschutzscheibe mit großer Wucht, und die Scheibe zersplitterte. Für einen Moment hatte er noch das volle Sehvermögen, in der Sekunde darauf konnte er nichts mehr sehen. Er hielt das Lenkrad starr auf Kurs, sah aus dem Seitenfenster und beobachtete, wie die Hauswände an ihm vorüberrasten. Er wahrte immer den gleichen Abstand von den Häusern und wartete nur noch auf den dumpfen Aufprall, wenn er die Griechin erfaßte und überfuhr.
Anna preßte sich in den Hauseingang und beobachtete, wie der Wagen an ihr vorüberglitt, weiter die Straße hinunterfuhr, an der Ecke fast zum Stehen kam und dann um die Kurve verschwand. Sie ging mit raschen Schritten die Straße zurück und bog dann nach rechts in die Hauptstraße ein, wo es Lichter und Menschen gab. Als sie wieder das Hotel Storchen betrat, zeigte ihr Gesicht das gleiche neugierige Lächeln wie in dem Augenblick, in dem sie ihren Schmuck zusammengepackt hatte, um ihn in den Gully zu werfen.
Anna Markos, die Agentin, die Harry Wargrave nach Andermatt entsandt hatte, war eine sehr tapfere Frau. Sie hatte zwar den Ver-

dacht gehabt, daß Robert Frey das Oberhaupt der von Andermatt aus operierenden kommunistischen Zelle sei, war aber nicht sicher gewesen. Unter Einsatz ihres Lebens hatte sie Frey eine Falle gestellt und sich dabei selbst als Köder angeboten – und jetzt hatte sie Gewißheit. Der Versuch, sie zu ermorden, hatte ihren Verdacht erhärtet. Als sie die überfüllte Empfangshalle betrat, packte ein Franzose sie am Arm.

»Anna, komm, laß uns einen Drink nehmen. Für den Anfang...«

»René, ich suche Robert Frey...«

»Er ist gerade weggefahren...«

»In welche Richtung? Hast du eine Ahnung?«

»Ja, er ist dort hinuntergefahren...«

René zeigte nach Westen, in Richtung auf den Bauernhof außerhalb Andermatts, wo der Hubschrauber in der Scheune stand. Anna rannte nach oben, schloß sich in ihrem Zimmer ein und rief zum zweitenmal in einer Stunde den Bahnhof von Göschenen an.

»Können Sie mir sagen, wann der Atlantik-Expreß in Göschenen erwartet wird?«

»Es hat eine Verspätung gegeben, Madame, aber der Expreß holt die Zeit wieder auf. Wir erwarten ihn für 20 Uhr 49...«

»Wenn ich also mit der Schollenen-Bahn um 20 Uhr 31 von Andermatt losfahre, müßte ich ihn rechtzeitig erreichen?«

»Aber gewiß, Madame – das ist der Anschlußzug.«

Um die Züricher Nummer zu erreichen, die sie im Kopf hatte, mußte Anna Markos länger warten. Das Mädchen am anderen Ende der Leitung wiederholte nur die Nummer. »Hier spricht Leros«, sagte Anna schnell, »ein Gespräch von Leros für Herrn Gehring. Es ist sehr dringend...«

»Einen Augenblick, bitte...«

General Traber, der in seinem Züricher Hauptquartier am Schreibtisch saß, erstarrte, als er hörte, wer ihn da verlangte. Es war das allererste Mal, daß Wargraves Agent in Andermatt ihn zu sprechen wünschte. »Stellen Sie ihn sofort durch«, erwiderte er. Er war noch überraschter, als er die Stimme einer Frau hörte, die

ihn in akzentfreiem Deutsch ansprach. »Ja, ich bin Gehring«, sagte er sofort.
»Bitte nennen Sie Mr. Roose sofort – es ist sehr dringend – einen Namen. Sie haben mich verstanden – Mr. Roose? Der Name ist Robert Frey, Robert Frey. Wiederholen Sie ihn bitte. Ja, das ist richtig...«
Anna hatte aufgelegt, bevor Traber etwas erwidern konnte. Mr. Roose war Harry Wargrave. Den Hinweis auf Robert Frey begriff der Schweizer Abwehrchef überhaupt nicht; Frey war einer der geachtetsten Bürger der Schweiz. Traber verschwendete aber keine Zeit mit Spekulationen. Er drückte einen Knopf auf seiner Gegensprechanlage und bat, mit dem diensthabenden Offizier der Funkabteilung verbunden zu werden. Innerhalb von drei Minuten war die Nachricht auf dem Weg zum Funkabteil im Schlafwagen am Ende des Atlantik-Expreß.

Robert Frey war ein Perfektionist. Er war nie mit etwas zufrieden, und mit der Art und Weise, in der sein Sabotageteam jetzt arbeitete, war er sogar höchst unzufrieden – obwohl die Männer seit der Landung des Sikorsky-Hubschraubers am Rand des felsigen Hochplateaus auf dem Gipfel des Wasserhorns durchaus schnell gearbeitet hatten. Das Wegschaufeln der obersten Schneeschicht – um an die darunterliegende Eisschicht heranzukommen – hatte nicht viel Zeit in Anspruch genommen; der Ostwind, der Wargraves Hubschrauber beim Abheben vom Güterwagen des Atlantik-Expreß fast zur Erde geworfen hätte, hatte fast den gesamten Schnee vom Gipfel des Wasserhorns hinweggefegt und nur eine dünne Schicht zurückgelassen.
»Beeilt euch«, befahl Frey. »Bewegt eure Muskeln, verdammt noch mal – wir halten den Zeitplan nicht ein...«
»Das tun wir sehr wohl«, murmelte Emil Platow zu dem neben ihm schuftenden Mann und sah auf seine Uhr.
»Wie war das, Emil?« verlangte Frey zu wissen. Seine hünenhafte Gestalt ragte drohend über dem gebückten Platow auf.
»Wir halten den Zeitplan ein«, fauchte der Schweizer gereizt.

»Diesen Teil können wir schnell erledigen. Den zweiten – nein. Benutzen Sie eigentlich nie dieses Knochengehäuse, das man Gehirn nennt?«

Und Frey hatte recht. In langen Abständen waren fünf Löcher freigeschaufelt worden. Jetzt begannen sie, die Bohrer einzusetzen, die von dem tragbaren Generator im Hubschrauber gespeist wurden. Kabel verliefen wie Rettungsleinen vom Sikorsky-Hubschrauber zu den Bohrern, die die Männer benutzten. Sie durchbohrten die Eisschicht auf dem Gipfel und trieben Löcher in den Fels. Es war ein kalkuliertes Risiko – die Bohrer einzusetzen –, aber die ausgewählten Stellen waren weit genug von den steil abfallenden Rändern des Plateaus entfernt.

Frey hatte die Bohrstellen schon vor langer Zeit ausgesucht – und Frey wußte etwas, was er in seinen Berichten nach Davos unterschlug, wenn er von seinen Inspektionsflügen zur Untersuchung der Stabilität der Berghänge hoch oben über dem Gotthard zurückkehrte. Quer über das Wasserhorn verlief im Zickzack ein riesiger Felsriß, eine große Spalte, deren Tiefe Frey einmal mit seismologischen Geräten ausgelotet hatte. Der Chef der in Andermatt beheimateten kommunistischen Zelle wußte, daß die vermeintliche Unverwundbarkeit des Bergriesen über der Gotthardbahn eine Mär war.

Als er auf dem Gipfel stand und seine ungeheuerliche Sabotageaktion leitete, während der schneidende Wind ihm ins Gesicht blies, fühlte Robert Frey sich wie ein König. War es Hingabe für die kommunistische Sache, die ihn fünfzehn Jahre lang dazu getrieben hatte, diesen Untergrundapparat aufzubauen, mit dem er den gesamten Kanton Tessin durchsetzt hatte? Sein Bezirk reichte von Airolo am Südende des Gotthardtunnel bis Chiasso an der italienischen Grenze.

Es war Robert Frey gewesen, der zunächst auf Anweisung aus Wien und dann aus Zürich das Ablenkungsmanöver geplant und angeordnet hatte, mit dem in Chiasso die drei italienischen Revolvermänner in den Zug gebracht worden waren. Es war Robert Frey gewesen, der den Überfall mit dem Maschinengewehr bei Vira befohlen hatte. Es waren seine unglaubliche Eitelkeit gewesen, die Gier nach geheimer Macht, das Gefühl, der Tessin sei seine ganz persönliche »Provinz«, die ihn dazu gebracht hatten, sein Land zu verraten.

Nachdem die Bohrlöcher fertig waren, begann der nervenzerreißende Höhepunkt des Unternehmens, das Herabsenken des Sprengstoffs in die vorbereiteten Löcher. Diesen Teil der Arbeit besorgte Frey persönlich; während Emil Platow ihm die kleinen, runden Kapseln reichte, senkte er sie behutsam hinab. Die vier anderen Männer trugen die Sprengstoffkapseln ängstlich vom Hubschrauber heran. Nachdem Frey die letzte Kapsel untergebracht hatte, blieb nur noch die Herstellung des elektrischen Zündsystems, mit dem die Detonation ausgelöst werden sollte – nicht mit einem Schlag, sondern in Abständen von einigen Sekunden. Frey hatte nicht weniger als eine Kettenreaktion im Sinn – wenn ein Teil des Berggipfels barst, sollte er auf den nächsten stürzen und dort die Wirkung verstärken, bis der tiefe Riß im Berg sich auftat und die halbe Bergspitze auf den Schienenstrang herunterfallen ließ – es sollte eine Steinlawine von nie gekanntem Ausmaß geben.

»Da kommt ein Hubschrauber«, sagte Platow plötzlich.

Frey sah nach oben; Platow übertraf seinen Chef nur in einem: Er besaß ein extrem gutes Gehör. Und Emil Platow hatte recht. Ein Hubschrauber flog auf das Wasserhorn zu.

Wargraves Alouette-Hubschrauber befand sich jetzt schon weit nördlich des Atlantik-Expreß, als er seinen Flug über dem Schienenstrang fortsetzte. Wargrave war sich seiner Sache noch immer nicht sicher; er wußte nicht, wonach er Ausschau halten sollte. Nach fahrenden Zivilfahrzeugen, sich bewegenden Männern, nach etwas, das nicht so war, wie es sein sollte? Die Sicht in der mondhellen Nacht war phantastisch – in der Ferne konnte er die Hauptkette der Alpengipfel sehen, die halb in Wolken und in den schrecklichen Schneestürmen nördlich des Gotthards verschwunden waren.

Hinter ihm blickte Elsa durch ihr Nachtglas in einem weiten Bogen nach Nordwesten und suchte die Berge ab. Sie hielt inne, als sie den Wasserhorngipfel ins Blickfeld bekam. Sie wartete einen Moment, bevor sie etwas sagte. Wargrave hatte es lieber, wenn man seiner Sache sicher war, bevor man den Mund aufmachte. Dann ließ sie das Glas sinken und sprach in das Kehlkopfmikrophon.

»Auf dem Wasserhorn ist ein Hubschrauber gelandet...«

»Bist du sicher?« wollte Wargrave wissen.

»Wenn ich nicht sicher wäre, hätte ich es nicht gesagt. Und ich glaube, auf dem Gipfel bewegen sich mehrere Männer...«

»Das ist das Wasserhorn«, bestätigte Max Bruder, der Schweizer Funker.

»Melden Sie's an Springer«, befahl Wargrave knapp. »Ich wünsche eine sofortige Überprüfung – und das bedeutet eine Antwort innerhalb weniger Minuten. Wiederholen Sie – in wenigen Minuten...«

Wargrave änderte den Kurs und flog den Hubschrauber vom Schienenstrang weg direkt auf das riesige Bergmassiv zu, das im Mondschein leuchtete. Hinter ihm steckte Elsa ein frisches Magazin in ihre Automatik und entsicherte sie. Bruder funkte seine Meldung. Elsa griff nach einem Reservemagazin und legte es sich auf den Schoß. Wargrave kniff die Augen zusammen und bemühte sich, zu erkennen, was auf dem Gipfel vorging. In weniger als einer Minute sah er, daß Elsa nur zu recht hatte. Da stand ein Hubschrauber – und in seiner Nähe bewegten sich mehrere Männer.

Nachdem Springer im Zug die Anfrage erhalten hatte, reagierte er sofort. Über Necker nahm er Verbindung mit der Armeebefehlsstelle in Andermatt auf. Die Antwort auf seine dringende Anfrage ließ nicht lange auf sich warten. Frey hatte wie gewöhnlich vor dem Abflug mit seinem Sikorsky den örtlichen Militärkommandeur von seinem Routineflug zur Prüfung der Schneesituation in Kenntnis gesetzt. Springer las die Antwort und diktierte einen Funkspruch, der sofort an Wargrave übermittelt werden sollte.

Hubschrauber auf dem Wasserhorn unter Befehl von Robert Frey, dem hochgeachteten und fähigen Bergsteiger. Sein Abflug zu ei-

ner routinemäßigen Lawinenüberprüfung vom Militärbefehlshaber in Andermatt genehmigt. Springer.

»Das wär's also«, bemerkte Elsa, als sie den Funkspruch las, den Bruder ihr gegeben hatte. »Blinder Alarm. Und ich habe uns vom Schienenstrang abgebracht. Tut mit leid, Harry...«

»Für Wachsamkeit mußt du dich nie entschuldigen, Elsa«, sagte Wargrave scharf. »Es hätte etwas dran sein können.«

»Robert Frey ist ein bemerkenswerter Mann«, meinte Max Bruder, als Wargrave von neuem den Kurs änderte, um zum Schienenstrang zurückzufliegen. »Ich bin ihm einmal begegnet – es war eine Ehre für mich, einem solchen Mann die Hand zu schütteln...«

»Ist er so etwas wie eine lokale Größe?« wollte Elsa wissen.

»Nur einer der besten Bergsteiger der Welt«, erwiderte Wargrave. »So, jetzt wollen wir uns mal wieder der Bahnlinie zuwenden...«

»Der Hubschrauber entfernt sich«, sagte Emil Platow, der seine Erleichterung nicht verhehlen konnte. »Komisch – es war kein Armeehubschrauber. Keine Erkennungszeichen...«

»Irgendein dämlicher Zivilpilot, der vom Kurs abgekommen ist und seinen Flugplatz sucht«, erwiderte Frey.

»Um diese Tageszeit?« Platow schlug sich mit seinen behandschuhten Händen auf den Körper, um den Kreislauf in Gang zu bringen. Es war bitter kalt, aber die Aussicht war großartig. Sie sahen ein weites Panorama von Bergketten mit schneebedeckten Gipfeln. Platow stand auf einem Felsblock und konnte sehen, wie tief unter ihm das Mondlicht in großen Eisspeeren glitzerte, wie große Wasserfälle mitten in der Luft gefroren waren und wie dunkle Schatten andeuteten, wo bodenlose Schluchten in die Gesteinsmassen einschnitten.

»Sie machen sich zuviel Sorgen«, bemerkte Frey und verband zwei Kabel miteinander. Wenn er diese Arbeit beendet hatte, brauchte es nur einen Knopfdruck auf der Schaltbox, um eine Reihe massiver Explosionen in Gang zu setzen. Nachdem er die Verbindung

hergestellt hatte, sah Frey auf seine Uhr. Sie waren vor der Zeit fertig geworden. Zwar nur um wenige Minuten, aber sie hatten Zeit eingespart. Und das auch nur, weil er seine gutausgebildeten Männer angetrieben hatte. Jetzt konnte nichts mehr den Atlantik-Expreß retten.
Robert Frey machte sich allerdings keinerlei Gedanken über die Folgen der ungeheuren Katastrophe, die er auszulösen im Begriff stand. Mit hoher Wahrscheinlichkeit würde die Berner Regierung gerade ihn zum Leiter der Kommission ernennen, die die Katastrophe untersuchen sollte. Wenn die Steinlawine erst einmal in Gang gekommen war, würde sich kein Mensch mehr an die dumpfen Detonationen erinnern, die den Gipfel erschüttert hatten – falls überhaupt jemand sie hören würde. Und für den Fall, daß etwas schiefging, hatte Frey den Fluchtweg schon geplant.
»Ich glaube, ich sehe ihn kommen!« rief Platow aus.
»Sind Sie sicher?« hakte Frey nach und stieg zu Platow auf den Felsen.
»Um Gottes willen, natürlich bin ich sicher!«
»Dann sagen Sie den anderen, sie sollen schnell zurück in den Hubschrauber. Los, Mann, bewegen Sie sich!«
Vor Nervosität und Aufregung fast außer sich, rannte Platow übers Plateau zu den vier anderen, um den Befehl an sie weiterzugeben. Sie standen dichtgedrängt zusammen, als wollten sie sich gegenseitig vor der durchdringenden Kälte schützen. Auf dem Felsen hob Frey das Fernglas, das er um den Hals trug, und richtete es auf den Gotthard unter ihm. Und Platow hatte recht gehabt. Tief unten waren die weit entfernten Lichter des Atlantik-Expreß aufgetaucht, der soeben aus einer Kurve gekommen war.

Die Alouette hatte beinahe wieder eine Position über dem Schienenstrang erreicht, als Bruder meldete, von Springer komme gerade eine dringende Nachricht aus dem Zug. Bruder nahm den Funkspruch auf und reichte ihn dann Wargrave, der einen Blick darauf warf und laut fluchte. Elsa verstand jedes Wort. Sie reckte gerade den Kopf, um auf die Bahnlinie hinunterzusehen.

»Gottverdammter Mist...«

Nachricht von Leros, lautete der Funkspruch, *Robert Frey. Wiederhole – Robert Frey.*

»Die Männer auf dem Wasserhorn«, brüllte Wargrave – seine Stimme überschlug sich fast, als er ins Mikrophon sprach –, »das ist ein kommunistischer Sabotagetrupp!«

Er hatte bereits mit einer heftigen Lenkbewegung den Kurs geändert. Die Alouette neigte sich so plötzlich zur Seite, daß Elsa sich an der Armlehne festhalten mußte, um das Gleichgewicht zu halten. Wargrave beschleunigte mitten in der Kursänderung, flog immer höher und schneller, bis der Rotor über ihnen sich bei einer Geschwindigkeit von einhundertdreißig Stundenkilometern schwirrend drehte. Jetzt ging es auf kürzestem Weg zum Wasserhorngipfel zurück. In der Kabine machte sich plötzlich Spannung breit, als der völlig verwirrte Bruder protestierte.

»Aber das ist Robert Frey...«

»Ein hochgeachteter und fähiger Bergsteiger«, wiederholte Wargrave gehässig die Beschreibung Springers von vorhin. »Elsa, mach dich bereit, diese Männer zu erschießen – jeden einzelnen Mann auf dem Gipfel. Du mußt schießen, um zu töten...«

Elsa reagierte augenblicklich, ließ ihr Nachtglas fallen und griff nach ihrem automatischen Gewehr. Sie näherten sich dem mächtigen Gipfel mit hoher Geschwindigkeit, als sie ein Fenster öffnete und eisig kalte Nachtluft in die beheizte Kabine strömte. Elsa kniete nieder und legte den Gewehrlauf auf die Fensterkante. Ihr Gesicht wurde urplötzlich eisig in dem schneidenden Wind. Der Hubschrauber schwankte und taumelte bei dem plötzlichen Vertikalflug, der sie in eine bestimmte Höhenposition über dem Gipfel bringen sollte. Unter diesen Umständen wird es verdammt schwierig, überhaupt auf etwas zu zielen, dachte sie. Wargrave schien ihre Gedanken zu erraten, als er seinen Steigflug fortsetzte. Seine Wangenknochen zeichneten sich deutlich vor den Lichtern der Instrumententafel ab.

»Gib ihnen einen Kugelhagel – bewege das Gewehr ein wenig von oben nach unten und dann auch noch seitlich. Wir kriegen sie nur, wenn wir sie mit Kugeln eindecken...«

Auf dem Wasserhorngipfel hatten die vier Männer fast den stehenden Sikorsky-Hubschrauber erreicht. In ihrer Angst, nicht schnell genug bei der Maschine zu sein, rannten sie über die leichte Schneedecke. Der fünfte Mann aber war plötzlich stehengeblieben, drehte sich um und richtete etwas nach oben. Ein Schuß ertönte, dann noch einer, aber beide verfehlten Wargraves Hubschrauber, der sich jetzt langsam auf den Gipfel hinabsenkte. Elsa gab einen Feuerstoß ab und bewegte dabei die Waffe in einem leichten Bogen.

Auf dem Gipfel peitschten die Kugeln den Schnee auf, erreichten Emil Platow, den Mann, der gefeuert hatte. Er sackte im Schnee zusammen. Zwanzig Meter weiter verfluchte Frey die verrückte und dumme Reaktion Emils, bückte sich über die Schaltbox und drückte auf den Auslöseknopf. Einen Augenblick lang geschah nichts. Einen Moment lang zweifelte sogar der höchst zuversichtliche Frey daran, daß die Schaltung funktionierte. Dann spürte er das erste Zittern, das erste schreckliche Grollen. Er rannte auf den Hubschrauber zu und blieb dann stehen. Sein Gehirn hatte momentan aufgehört zu arbeiten: Er konnte nicht verkraften, was er sah.

Der Sikorsky mit den vier Männern an Bord kippte um, als der darunterliegende Fels zerbrach. Frey hatte das Ausmaß der kombinierten Detonationen unterschätzt. Ein, zwei Sekunden lang blieb der Sikorsky auf dem Grat liegen, dann stürzte er in die Tiefe. Beim Aufprall auf einem Grat brach der Rotor ab, dann auch die Halterung. Der Rumpf mit den vier Männern stürzte weiter den Hang hinab, bis er – mehrere hundert Meter weiter unten – auf eine Felsnase stürzte. Der Hubschrauber explodierte, wurde zu einem glühenden Feuerball und verschwand in einer Wolke auseinanderberstender Einzelteile. Durch einen reinen Zufall war nur Robert Frey am Leben geblieben, der jetzt auf einem übriggebliebenen, kleinen Stück Fels stand und auf die Alouette starrte, die über ihm schwebte.

»Den Mann will ich lebend haben«, bellte Wargrave. »Laß den Rettungskorb hinunter, Elsa...«

Max Bruder brauchte er keinen Anweisungen zu geben. Er funkte schon an Springer. *Lawine kommt... Riesige Lawine, die auf die Bahnlinie zustürzt. Von Frey ausgelöst... Wiederhole... Lawine kommt direkt auf den Expreß zu... Vom Wasserhorn... vom Wasserhorn...*

Vom in der Luft stillstehenden Hubschrauber aus hatten sie deutlich den dumpfen Knall der Detonationen vernommen, denen das schreckliche Grollen folgte, als das Wasserhorn an dem Bergriß auseinanderbrach und Millionen Tonnen Schnee und Gestein in einer langsam beginnenden, dann immer schneller werdenden Lawine von gigantischen Ausmaßen zu Tal schickte. Aus der Luft sah es aus, als beobachtete man einen Ozean, der sich im Winkel von fünfundvierzig Grad bewegte, als der halbe Berg auseinanderbrach und donnernd zu Tal stürzte – auf die tief unten liegenden Gleise der Gotthardbahn.

Elsa, die während ihrer Zeit an der Washingtoner Botschaft mit Wargrave gelegentlich im Hubschrauber geflogen war (damals hatte er ihr beigebracht, einen Rettungskorb zu bedienen), war schon dabei, den Korb aus der geöffneten Tür hinabzulassen, während Wargrave den Hubschrauber über dem verbliebenen Rest des Gipfels in der Schwebe hielt. Es war nicht leicht; überall in der Kabine lagen Ausrüstungsgegenstände, kurze Skier, Stöcke und Bergsteigerstiefel herum. Einmal wäre sie um ein Haar aus der Tür gefallen, als sie über ein Seil mit einem großen Greifhaken stolperte.

»Bleib lieber an Bord«, bemerkte Wargrave durch sein Mikrophon.

»Dann laß mich in Ruhe, damit ich mich konzentrieren kann«, fauchte Elsa zurück. »Für den Anfang wäre es ganz gut, wenn du die Maschine still halten könntest...«

Wargrave lächelte kurz; Elsa Lang war in Form. Sie hatte Mut und Biß, und das war gut so angesichts dessen, was sie vorhatte. Beinahe wäre ihm eine Mahnung entschlüpft, wie sie mit Frey umgehen solle, wenn der erst einmal in der Maschine sei, aber dann entschloß er sich, lieber den Mund zu halten. Der schwankende Rettungskorb war jetzt kaum mehr als einen Meter von dem hü-

nenhaften Schweizer Bergsteiger entfernt. Das Gerät schwankte hin und her. Elsa, die sich auf ihre schwierige Arbeit konzentrierte, bemerkte nicht, wie Frey eine kleine 22er Pistole aus der Manteltasche zog und sie mit dem Lauf in den engen Ärmelaufschlag am linken Handgelenk steckte. Dann langte er nach oben, packte den schwankenden Rettungskorb und hielt ihn fest, während er die Gurte anlegte, justierte und festzog. Dann gab er mit einer Handbewegung ein Zeichen.
Elsa begann, ihn nach oben zu ziehen, während der Hubschrauber weiter auf der Stelle schwebte und Frey unten hin und her schwankte. Er kam Meter und Meter näher an den Hubschrauber heran. Max Bruder schickte jetzt ununterbrochen seine Warnung an Springer. Unter ihnen ging der gigantische Bergrutsch weiter, der sich immer weiter ausdehnte, je schneller die Gesteinsmassen hinunterstürzten; eine kilometerbreite Welle aus Fels und Schnee rollte jetzt auf die Baumgrenze und den Tannenwald zu, der auf ihrem Weg lag. Tief unten glänzten die Gleise der Gotthardbahn. Der Atlantik-Expreß kam immer näher und näher.
»Noch eine Minute, dann ist er an Bord«, berichtete Elsa.
»Ich will ihn lebend – aber behalte den Burschen im Auge. Ich kann dir nicht helfen...«
Wargrave war alles andere als glücklich über das, was sie da versuchten. Einerseits hatte er vermutet, wie wichtig es für Springer sein könnte, Robert Frey verhören zu können – Anna Markos' Nachricht hatte erkennen lassen, daß sie in ihm den kommunistischen Spitzenagenten der Andermatter Gruppe sah. Andererseits machte sich Wargrave Sorgen, weil Elsa mit dem Bergsteiger allein zurechtkommen mußte – er selbst mußte sich aufs Fliegen konzentrieren.
Elsa war vollauf damit beschäftigt, die schwierige Schlußphase der Bergung Freys hinter sich zu bringen und ihn in die Kabine zu holen. Mit einer Hand nahm sie Kopfhörer und Mikrophon ab. Ihre Smith & Wesson war griffbereit – sie hatte sie in den Bund ihrer Skihosen gesteckt. Sie mußte jetzt ganz allein mit diesem hünenhaften Schweizer fertig werden. Deutlich konnte sie sein Gesicht

sehen, als er zu ihr hochstarrte. Flackerte da so etwas wie Überraschung auf, als er bemerkte, daß es ein Mädchen war, das ihn in Sicherheit brachte? Sie hielt den Blick starr auf die große Adlernase gerichtet; da er eine riesige Schneebrille trug, konnte sie seine Augen kaum erkennen. Irgend etwas sagte ihr, daß dies ein besonderer Mann war, daß sie verdammt aufpassen mußte.
Dann zog sie den Rettungskorb durch die geöffnete Tür herein, und Frey war an Bord. Der Bergsteiger sah sich um, entdeckte, daß der Pilot damit beschäftigt war, den Hubschrauber unter Kontrolle zu halten, und daß der Funker neben ihm genug damit zu tun hatte, seinen dringenden Funkspruch zu senden. Als das Mädchen die Tür zuschlug, wollte Frey mit der rechten Hand die Pistole aus dem linken Ärmel ziehen. Die Waffe blieb aber, wo sie war – der Ärmel war zu eng. Elsa hielt ihn mit der Smith & Wesson in Schach. Dann kippte der Hubschrauber plötzlich weg. Elsa wurde gegen die Seitenwand geworfen, und sie verlor die Pistole. Frey stürzte sich mit seinem mächtigen Leib auf sie, warf sie im hinteren Teil der Kabine auf den Rücken und sich selbst hinterher, so daß sie hilflos unter ihm lag. Mit der rechten Hand packte er ihre Kehle und drückte zu.
Elsa, die sich unter Freys Rumpf kaum rühren konnte, tastete mit der rechten Hand über den Kabinenboden, spürte den Greifhaken, packte ihn und legte ihn um Freys kräftigen Hals. Als er die Spitze gegen die Kehle drücken fühlte, ließ er sie überrascht los. Halb erstickt und mit zornblitzenden Augen schrie sie ihn auf französisch an. »Runter, lassen Sie mich los, oder ich reiße Ihnen die Kehle auf...«
Frey bekam Angst – und das nicht nur, weil die Spitze des Hakens ihm an der Kehle saß. Der Ausdruck in den Augen des Mädchens war schrecklich. Sie würde es tun. Er wußte, daß sie es tun würde. »Stehen Sie langsam auf – sehr langsam, rate ich Ihnen«, zischte Elsa durch die Zähne. Frey rappelte sich auf. Elsa kam sofort nach ihm hoch, hielt den Haken aber weiter an seiner Kehle. Dann spürte Frey, wie ihm der Lauf einer Pistole hart in den Rücken gepreßt wurde, und er hörte die Stimme Max Bruders.

»Eine falsche Bewegung, und ich werde Ihr Rückgrat zertrümmern...«
Innerhalb von zwei Minuten hatten sie Frey die Hände auf dem Rücken festgebunden und ihn gefessselt. Elsa, die ihm seine 22er Pistole aus dem Ärmel gezerrt hatte, ging nicht sehr sanft vor, als sie die letzten Knoten zuband. Anschließend rollte sie ihn in den hinteren Teil der Kabine. Sie ließ ihn mit dem Gesicht nach oben liegen, damit er atmen konnte. Bevor sie ihn verließ, bückte sie sich und drohte ihm mit dem Greifhaken. »Ein Piepser von Ihnen, und ich benutze dieses Ding. Verstanden?«
Wargrave hatte den Hubschrauber bereits in einem Halbkreis herumgezogen und flog jetzt mit hoher Geschwindigkeit durchs Gotthardtal auf den Expreß zu. Zu diesem Zeitpunkt ahnte er noch nicht, daß er den wichtigsten Sabotageagenten der Sowjets in der Schweiz gefangengenommen hatte; er wußte auch nicht, daß Oberst Springer, der die Meldung von Bruder erhalten hatte, schon zwei eilige Funksprüche nach Andermatt und an General Traber in Zürich geschickt hatte. Schon nach wenigen Stunden waren Streifenwagen selbst in so weit voneinander entfernten Städten wie Genf und Lugano unterwegs; die Beamten hatten Listen mit allen Freunden und Bekannten Freys bei sich, von denen man wußte. Sie klopften mitten in der Nacht an viele Türen und holten die Leute zu intensiven Verhören aus den Betten. In weniger als fünf Tagen war der gesamte Sabotagering Freys zerschlagen. Im Augenblick jedoch hatte Wargrave nichts anderes im Kopf als die gewaltige Lawine, die immer weiter zu Tal schoß, als der Atlantik-Expreß die Steigung hinauffuhr.

19. Die Lawine

Robert Frey war ein brillanter Organisator, der es für richtig hielt, sich gegen die Möglichkeit zu sichern, daß sich selbst die allerbesten Pläne zerschlagen. Und das Unternehmen zur Zerstörung des Atlantik-Expreß – dem für den Ernstfall vorgesehenen Plan zur Blockierung des Gotthards entnommen – hing nicht zuletzt vom exakten Timing ab. Der Zug mußte zur genau rechten Zeit am rechten Ort sein, um von der vollen Wucht der Lawine getroffen zu werden, die Frey auf dem Wasserhorn ausgelöst hatte.

Folglich hatte er an der Bahnlinie in regelmäßigen Abständen einzelne Mitglieder seiner ausgedehnten Sabotageorganisation postiert – und zwar immer an Stellen, an denen der Zug wegen der starken Steigung langsamer fahren mußte. Frey hatte den wahrscheinlichen Verlauf der Lawine sorgfältig berechnet und herausgefunden, welcher Streckenabschnitt getroffen werden würde. Es war unerläßlich, daß der Expreß sich in diesem Streckenabschnitt befand, wenn die Lawine im Tal ankam. Und weil diese Männer Freys einzeln postiert waren und zudem weit voneinander entfernt standen, hatte Wargrave sie bei seinem Flug nicht ausmachen können.

Als Oberst Springer aus Wargraves Hubschrauber die erste Lawinenwarnung erhielt, reagierte er mit gewohnter Energie und Entschlußfreudigkeit. In dem Abteil neben dem, in dem Haller und Marenkow saßen, beugte er sich zusammen mit seinem Assistenten Jürgen Thall über eine Karte. »Da ist das Wasserhorn.« Er zog einen Kreis um einen Streckenabschnitt. »Wenn die Lawine den

Schienenstrang erreicht, dann vermutlich irgendwo in diesem Kreis…«

»Und im Augenblick befinden wir uns etwa in der Mitte«, betonte Thall.

»Ein wenig näher am Nordende der Gefahrenzone«, erwiderte Springer. »Los, rufen Sie den Lokführer an – sagen Sie ihm, daß ich Höchstgeschwindigkeit haben will…«

Thall verließ das Abteil, rannte den Gang entlang zum Funkabteil, in dem eine direkte Telefonverbindung zum Führerstand der Lok hergestellt worden war. Nachdem er in seinem Abteil allein war, machte Springer das Licht aus, zog den Vorhang hoch und öffnete das Fenster. Er achtete nicht auf den hereinströmenden Schwall eiskalter Luft und starrte das furchterregende Schauspiel an, das sich im Mondschein bot.

Da war kein dramatisches Grollen, keine rasend schnelle Bewegung, sondern nur das gleichmäßige Rutschen eines ganzen Bergs, der sich auf den Schienenstrang zubewegte. Es war, als käme eine große Flutwelle im Zeitlupentempo auf ihn zu, eine Flutwelle aus Gestein und Schneemassen, ein Erdrutsch mit Millionen Tonnen von Schnee. Als Springer nach oben blickte, erreichte die Lawine die Baumgrenze, die ersten Bäume eines großen Tannenwalds, der sich auf den unteren Hängen ausbreitete. Wie eine rieisige Meeresflutwelle überspülte der Schnee die Tannen, und Springer wußte, daß unter dieser weißen Welle große, in Jahrzehnten herangewachsene Bäume wie Streichhölzer zermalmt wurden. Dann sah er etwas, was ihm das Blut in den Adern gefrieren ließ. Die Schneelawine erreichte einen riesigen Felsvorsprung. Statt sich über ihm in die Tiefe zu ergießen, riß sie den Felsvorsprung mit. Da ging Springer auf, daß dies keine gewöhnliche Lawine war, mochte sie auch gigantische Ausmaße haben: das halbe Wasserhorn kam zu Tal, dies war eine Steinlawine, die Geschichte machen würde. Er drehte sich um, als Thall die Abteiltür aufriß.

»Wir kommen nicht zum Lokführer durch…«

»Warum denn nicht, zum Teufel?«

»Er nimmt nicht ab…«

In diesem Augenblick wurde der Expreß, der gerade eine Steigung nahm, noch langsamer, dann hielt er. Wenige Sekunden später begann er, rückwärts zu rollen, zurück in den am meisten gefährdeten Streckenabschnitt.

Im Führerstand der Lokomotive mit der Achsanordnung Bo-Bo, die den Atlantik-Expreß die Steigung hinaufzog, befanden sich zwei Männer. Sie hatten wenig zu tun und mußten nur die Meßgeräte im Auge behalten und auf die vor ihnen liegenden Signale achten. Das Motorengeräusch hatte jeden Laut der herunterstürzenden Lawine erstickt. Enrico, der Erste Lokführer, machte gerade die Hände mit einem Putzlappen sauber, als Freys Mann auf die Lok sprang und in den Führerstand stürzte. Enrico starrte ungläubig, als der Mann seinem Kollegen mit dem Lauf seiner Pistole einen brutalen Schlag auf den Kopf versetzte und ihm den Schädel spaltete. Der Mann richtete die Waffe auf Enrico. »Drehen Sie sich um...« Der Lokführer gehorchte, worauf der Saboteur ihm einen schweren Schlag versetzte, von dem er meinte, er habe den Lokführer getötet. Dieser sank zu Boden, war aber nur halb betäubt, da der Lauf abgeglitten war. Der Mann Freys, Anton Gayler, studierte kurz die Meßgeräte, bewegte dann einen Hebel und schließlich zwei weitere, nachdem der Expreß zum Stehen gekommen war. Der Atlantik-Expreß rollte zurück.
Gayler, ein kleinwüchsiger, stämmiger Mann mit vorstehenden Zähnen, fürchtete nicht, von der Lawine erfaßt zu werden; östlich des Schienenstrangs, nur wenige Meter entfernt, wartete ein Fahrer am Steuer eines mit laufendem Motor wartenden Fiats darauf, Gayler aufzunehmen und ihn auf der Ostseite der Schlucht aus der Gefahrenzone und vor der Lawine in Sicherheit zu bringen. Als der Expreß seine langsame Rückwärtsfahrt fortsetzte, sah Gayler auf der Westseite des Führerstands aus dem Fenster. Auf dem Bahndamm liefen mehrere uniformierte Männer auf ihn zu. Einer von ihnen, ein Zivilist, rannte weit vor den anderen. Gayler nahm seine Waffe und zielte.

»Schicken Sie Soldaten zum Führerstand...« befahl Springer und schob sich an Thall vorbei auf den Gang. Es war aber der Oberst, der den Zug als erster verließ. Er öffnete eine Tür am Ende des Waggons, trat aufs Trittbrett und sprang dann vorsichtig aus dem langsam zurücksetzenden Expreß auf den Bahndamm. Er hatte noch vierzehn Waggons vor sich, bevor er die Lokomotive erreichte. Zielstrebig lief er an den Gleisen entlang. Seine neunschüssige 32er Browning Automatik hielt er schußbereit in der Hand. In seinem Wettlauf gegen die Zeit hatte er aber einen Vorteil auf seiner Seite – der Expreß rollte rückwärts und kam ihm entgegen, so daß die Lokomotive schnell immer näher kam.

Er war schon recht nah an die Lok herangekommen, als er die Silhouette eines Mannes sah, der sich aus dem Führerstand lehnte, eine Silhouette ohne Eisenbahnermütze oder Uniform, eine Silhouette, die mit irgend etwas auf ihn zielte. Springer duckte sich, lief aber weiter, hörte einen Schuß, dann noch einen, während neben ihm Schotter aufgewirbelt wurde. Springer hörte plötzlich auf zu laufen, riß seine Automatik hoch, nahm sie ruhig in beide Hände und feuerte. Irgend etwas – die Pistole des Mörders – fiel aus dem Fenster und landete auf dem Bahndamm.

Gayler, der sich in den Führerstand zurückgezogen hatte, fluchte und taumelte zur anderen Seite des Führerstands hinüber. Die Knöchel seiner rechten Hand waren zerschmettert, und er blutete. Mit der linken Hand ließ er sich aus dem Führerstand auf den Bahndamm hinab und stolperte dann auf die nahe Straße. Zwölf Meter entfernt stand ein Fiat mit laufendem Motor, dessen Fahrer ihn bereits erwartete. Gayler keuchte vor Erleichterung über sein Glück, so nahe beim Fluchtfahrzeug ausgestiegen zu sein.

Auf der Ostseite des Zuges war ein Abteilfenster geöffnet worden. Das Abteil war dunkel. Der Schatten des Oberkörpers eines Mannes erschien im Fenster, das durch das Waggondach vorm Mondschein geschützt wurde. Eine Hand ragte heraus. Als Gayler auf den wartenden Fiat zustolperte, wurde ein Schuß abgefeuert, und Anton Gayler fiel tot auf die Straße. Ein zweiter Schuß wurde abgefeuert. Der Mann im Fiat sackte tot hinterm Lenkrad zusammen. Dies war Scharfschützenqualität von der Art, wie sie dem toten Phillip John zugeschrieben gewesen war. Die Gestalt im Dunkeln zog sich zurück, und das Fenster wurde geschlossen.

Der Expreß rollte noch immer rückwärts, als Springer in den Führerstand kletterte. Er erfaßte die Szene mit einem Blick. Ein Mann vermutlich tot; Enrico, der Erste Lokführer, bewegte sich schwach auf dem Fußboden, als er sich allmählich von dem Schlag erholte, der ihn nur gestreift hatte. Springer kniete neben ihm nieder und schüttelte ihn unsanft.

»Reißen Sie sich zusammen – und zwar schnell. Ich muß den Zug schnell wieder in Fahrt bringen – vorwärts. Eine Lawine kommt auf uns zu. Kommen Sie auf die Beine, Mann, um Gottes willen. Was muß ich tun, um den Expreß vorwärts fahren zu lassen...«

Enrico richtete sich mit einer ungeheuren Kraftanstrengung auf und lehnte sich mit dem Rücken gegen den Führerstand. Er zeigte auf etwas. Springer ergriff einen Hebel. Ein Kopfschütteln. Eine Handbewegung. Springer griff nach einem anderen Hebel. Enrico nickte, versuchte zu rufen: »Vorsicht...« Springer legte den Hebel um, und der Expreß blieb mit kreischenden Bremsen ruckartig stehen. Weitere Handbewegungen. Springers Hand bewegte sich von Hebel zu Hebel, bis Enrico nickte. Der stehende Expreß begann langsam anzufahren, so langsam, daß Springer entsetzt war. Der Zug schien kaum von der Stelle zu kommen. Nach ihm waren zwei Schweizer Soldaten in den Führerstand gekommen, und einer versuchte, Enrico Erste Hilfe zu geben. Der Lokführer, ein stämmiger Mann aus Basel, winkte aber ab und rappelte sich auf, um Springer zu helfen.

»Wer sind Sie?« fragte er.

»Militärischer Geheimdienst...« Das war nicht die Antwort, die Springer unter normalen Umständen gegeben hätte, aber er wollte den Mann beeindrucken und ihm klarmachen, daß dies eine extreme Notsituation war. »Ich wünsche, daß Sie die Motoren mit voller Kraft laufen lassen«, sagte Springer heftig. »Eine Lawine kommt direkt auf uns zu...«

»Könnte gefährlich sein auf diesem Streckenabschnitt...« Der

Lokführer bewegte dennoch die entsprechenden Hebel; vielleicht war ihm plötzlich aufgegangen, daß Lawinen noch gefährlicher sein können. Die Räder begannen, sich ein wenig schneller zu drehen; Springer spürte, wie die gewaltige Kraft der Motoren die Stahlplatten unter seinen Füßen erzittern ließ. Der Lokführer war seinen Anweisungen aufs Wort gefolgt, und der Atlantik-Expreß rollte jetzt eine steile Steigung hinauf, aber noch immer beängstigend langsam; er rumpelte über mehrere Brücken, die weite Schlünde überspannten, schwankte in den langgezogenen Kurven, während die Anzeigenadeln der Instrumente erzitterten. Verschiedene Nadeln waren, wie Springer bemerkte, über rote Markierungen hinausgegangen: Ein Anzeichen dafür, welch enorme Spannungen aufgebaut wurden. Er ging zur Westseite des Führerstands hinüber.

Der große Wald war verschwunden, ausgelöscht von der Sturmflut der heranrasenden Lawine, die jetzt seitlich des Zuges bis auf einen knappen Kilometer herangekommen war. Die riesige Welle aus Gestein und Schnee war so hoch, daß Springer kaum mehr daran zweifelte, daß sie den Expreß überrollen würde. Normalerweise wäre sie auf dem engen Talgrund zum Stillstand gekommen, aber diesmal kam zuviel den Abhang herunter, die Welle war zu hoch, zu schnell...

Springer rasten viele Gedanken durch den Kopf, als er die Katastrophe näherkommen sah; er dachte an seine Frau Clara und an seinen achtzehnjährigen Sohn Charles, der an der Lausanner Universität studierte – beide waren jetzt sicher zu Hause in der Züricher Wohnung. Wahrscheinlich würde er sie beide nie wiedersehen. Und dann erkannte er mit einemmal das wirkliche Ausmaß dessen, was da herangestürmt kam – es war eine *dreifache* Lawine, die dieses Ungeheuer Frey da ausgelöst hatte, nur um einen einzelnen Mann zu töten – an die anderen dreihundertfünfzig Seelen, die sich in diesem Zug befanden, hatte er keinen Gedanken verschwendet...

Zuerst hatte Springer das identifiziert, was er als eine größere Pulverschneelawine kannte, die im Sturz kaum mehr als ein zischen-

des Geräusch hören läßt, eine ungeheure Welle aus Schnee, der im Mondschein leuchtete – ein Schauspiel von einer gewissen majestätischen Größe. Aber durch das Brummen der mit voller Kraft arbeitenden Motoren vernahm er jetzt das zwischen den Bergwänden widerhallende Donnern, das ihm sagte, daß auch gewaltige Eismassen zu Tal stürzten. Und als wäre dies alles noch nicht schrecklich genug, sah er riesige Felsblöcke, die inmitten der weißen Pulverschneewolke herabflogen. Es war auch eine Gesteinslawine.
... 11. September 1881. Das Dörfchen Elm im Schatten des Plattenbergkopfs. Millionen Tonnen Gestein und Fels waren heruntergefallen, ein mächtiger Wind war dem Ansturm vorausgegangen und hatte Menschen durch die Luft gewirbelt, ganze Häuser wegfliegen und andere unter dem Druck der Luftwelle bersten lassen. Auch das war eine Gesteinslawine gewesen. Und im Expreß befinden sich dreihundertfünfzig Reisende, dachte Springer wieder. Oh, mein Gott...

Im gesamten Zug hatte sich jetzt nackte Panik der Reisenden bemächtigt, die sich trotz der Bemühungen der Schweizer Eisenbahner und der Abwehrleute auf den Gängen drängten. Nichts hielt sie mehr in ihren Abteilen. Das Donnern der fallenden Eismassen machte die Panik vollständig. Einige öffneten in ihrer Todesangst die Türen und sprangen auf den Bahnkörper, rannten auf das Ende des Zuges zu, als läge dort die Rettung – statt dessen liefen sie genau auf die Lawine zu.
Am Ende des Zuges bot sich ein noch schrecklicheres Bild. In ihrem abgedunkelten Abteil standen Haller und Marenkow am Fenster und blickten hinaus. Und Julian Haller, der rasch auf seine Uhr sah, dachte an seine Frau Linda. In New York war es jetzt 14 Uhr 35 Ortszeit. Sie arbeitete jetzt vermutlich in ihrer Modefirma in der Madison Avenue. Ob er sie jemals wiedersah? Er bezweifelte es. Zumindest würde sie in den Genuß seiner großzügigen Pensionsregelung kommen. Plötzlich lief ein langhaariges Mädchen unter dem Fenster vorüber – sie rannte auf die Lawine zu. Ihr

Gesicht war vor Angst verzerrt. Marenkow lehnte sich hinaus, packte sie beim Haarschopf. Als sie aufschrie, benutzte er die zweite Hand, um sie unter der Achselhöhle zu packen, und zog sie tatsächlich ins Abteil. Er schlug ihr mit der flachen Hand ins Gesicht, um ihre Hysterie zu durchbrechen. Haller öffnete die Abteiltür und sah sich Matt Leroy gegenüber, der draußen Wache hielt.

»Was ist los?« wollte Leroy wissen.

»Nichts Besonderes«, erwiderte Haller mit bitterer Ironie. »Bringen Sie dieses Mädchen wieder weiter nach vorn zu ihrem Abteil – übergeben Sie sie einem der Abwehrbeamten und sagen Sie ihm, er soll aufpassen, daß sie drinbleibt...«

Auf der Westseite des Bahndamms hatten Bahnbeamte und Männer aus Springers Einheit die meisten der flüchtenden Reisenden inzwischen eingefangen und schoben sie jetzt in den langsam fahrenden Zug zurück. Andere Reisende halfen, sie in die Waggons zu ziehen. Haller stellte sich wieder ans Fenster neben Marenkow und sah etwas Entsetzliches. Aus einigen Häusern in der Ferne, die in der Bahn der Lawine lagen, rannten Menschen. Beide Männer sahen, wie ein kleines Kind über ein Feld rannte, verfolgt von einer Frau, vermutlich der Mutter.

Als das Kind weiterrannte, tauchte wie aus dem Nichts ein großer Felsbrocken auf und fiel auf das Kind. Haller fühlte sich physisch krank, als er beobachtete, wie die völlig gebrochene Mutter bei dem Felsklotz ankam und vergeblich versuchte, ihn mit den Händen wegzurücken – vergeblich. Der Stein mußte eine Vierteltonne gewogen haben. Der Amerikaner warf Marenkow einen Blick zu und fühlte Wut in sich aufsteigen, als er den leidenschaftslosen Ausdruck auf dem Gesicht des Russen sah. Er hätte ihn schlagen mögen. Dann sprach Marenkow mit einem gedehnten Grollen.

»Diese Dreckskerle...«

»Ihre Leute«, fauchte Haller.

»Seien Sie so freundlich und informieren Sie Oberst Springer«, fuhr Marenkow in dem gleichen grollenden Ton fort, »daß ich ihm aus dem Kopf eine vollständige Liste der in der Schweiz tätigen

KGB-Agenten geben werde, sobald es ihm recht ist. Die GRU-Leute kenne ich leider nicht...«

Im Gang eines Erster-Klasse-Waggons stand Jorge Santos inmitten einer Menge anderer Menschen, die wie er auf die heranrasende Lawine starrten. Ihm war etwas aufgefallen, und als er mit seiner erkalteten Pfeife zwischen den Zähnen dastand, versuchte er, eine Berechnung anzustellen. Die beiden östlichen Wände des Wasserhorns waren jetzt durch eine Schlucht getrennt und neigten sich einander zu. Es kamen nun also zwei getrennte Lawinenwellen aufeinander zu. Wenn sie sich rechtzeitig begegneten, würde diese massive Kollision vielleicht den gewaltigen Felsrutsch stoppen können.

Fünfhundert Fuß über der Lawine in der Alouette war Wargrave das gleiche Phänomen aufgefallen. Er hielt den Hubschrauber auf der Stelle schwebend und ging an eine höchst gefährliche Aufgabe heran. Unter den Ausrüstungsgegenständen, die Springer auf Vorschlag des Engländers in den Hubschrauber hatte bringen lassen, befanden sich auch zweihundert Kilogramm Gelatinedynamit; schon am vorhergehenden Donnerstag hatte Wargrave eine Situation vorhergesehen, in der es vielleicht notwendig sein würde, ein feindliches Gefährt, das sich dem Expreß näherte, zu bombardieren. Wargrave hatte einige der Sprengstoffzylinder jetzt zu einer Bombe zusammengebunden, die er auf dem Schoß hielt und mit einer Zündschnur versehen hatte. Wenn er das Vorwärtsstürmen der Lawine rechter Hand mit der Bombe verlangsamen konnte, würde das der zweiten Lawine möglicherweise Zeit lassen, mit ihr zu kollidieren.

»Ihr sollt aber wissen«, sagte er warnend zu Elsa und Max Bruder, »daß dies verdammt gefährlich ist. Es ist eine kurze Zündschnur – sie muß kurz sein –, und wenn die Ladung zu früh explodiert...«

»Im Zug befinden sich mehrere hundert Menschen«, sagte Elsa leise. »Hier oben sind wir nur vier...«

Ihre Kehle war wie ausgedörrt, und sie fühlte sich krank vor

Furcht, als Wargrave das Fenster öffnete, die Zündschnur in Brand setzte und die selbstgemachte Bombe fallen ließ. In dem Moment, in dem er sie losgelassen hatte, ging er mit Vollgas in den Steigflug. Die Bombe detonierte in der Sekunde, in der sie den Erdboden berührte, und zwar nur wenige Meter vor der rechten Lawine. Die Bombe hielt die Welle nur für Sekunden auf, aber dann stieß die linke Welle in einer gewaltigen Kollision mit ihr zusammen. Das Geräusch des Zusammenpralls erreichte den Hubschrauber. Die Alouette erbebte unter der Druckwelle, als eine riesige Schneewolke hochwirbelte und den Hubschrauber einhüllte. Dann verzog sich der Schneestaub, und Wargrave ließ die Maschine in Richtung auf den Zug heruntergehen.
Die Lawine endete in dem normalen Kegel. Eine Schneezunge schob sich noch über den Bahndamm hinter dem Expreß und überflutete den Gleiskörper, aber die Wucht war jetzt gering geworden. Der Atlantik-Expreß setzte seine Fahrt in Richtung Airolo fort, der letzten Bahnstation vor dem Gotthardtunnel.

20. Die Falle im Schollenen-Tunnel

Unmittelbar nachdem sie von Andermatt aus General Traber in Zürich angerufen hatte, um ihre Warnung durchzugeben, die er weitergefunkt hatte – die Warnung, ohne die der Atlantik-Expreß nicht gerettet worden wäre –, hatte Anna Markos in ihrem Zimmer im Hotel Storchen ihre Reisetasche gepackt. Sie schätzte, daß ihr gerade noch genug Zeit blieb, den Zug um 20 Uhr 31 von Andermatt nach Göschenen zu erreichen, wo sie nach kurzem Aufenthalt in den Atlantik-Expreß zusteigen würde.

Bevor sie das Zimmer verließ – die Rechnung hatte sie schon vorher beglichen –, ergriff sie eine Vorsichtsmaßnahme. Sie faßte an ihre linke Achselhöhle, um sicher zu sein, daß das dort verborgene Messer richtig in der Scheide steckte und sich leicht herausziehen ließ. Anders als Elsa Lang, der Harry Wargrave auf dem Washingtoner Schießstand des FBI beigebracht hatte, mit Pistolen und Automatikwaffen umzugehen, war Anna ein Kind des Balkans. Dort benutzten die Frauen Messer.

Und wiederum anders als Elsa, die Tochter eines britischen Admirals, die an der Godolphin Public School in Salisbury erzogen worden war, war Anna in den ärmlichen Gassen Athens aufgewachsen. Sie war nur sieben Jahre alt gewesen, als beide Eltern zur Zeit des griechischen Bürgerkriegs von den Kommunisten umgebracht wurden – zur Zeit jenes Kriegs, den die griechischen Antikommunisten zu einem Teil dank der Militärhilfe Präsident Trumans gewonnen hatten. Und auf dem Balkan sind Leidenschaften stärker und halten länger an als im Westen. Seitdem sie achtzehn ge-

worden war, hatte Anna ihr Leben dem Kampf gegen den kommunistischen Untergrundapparat geweiht. In Athen war sie zum erstenmal Harry Wargrave begegnet und hatte sich dann mit ihm verbündet.
Sie ging durch den Hinterausgang zur Garage und zog die Decke weg, die sie über die Kühlerhaube ihres gemieteten Renaults gebreitet hatte, um das Einfrieren des Motors zu verhindern. Nach kaum zwei Minuten fuhr sie aus dem Torbogen auf die Hauptstraße. Sie brauchte nur eine kurze Strecke bis zu dem am östlichen Stadtrand von Andermatt gelegenen Bahnhof zurückzulegen, aber sie fuhr vorsichtig. Dies war nicht der richtige Moment, um gegen eine Hauswand zu schlittern. Außer ihrem waren noch ein oder zwei andere Wagen auf der Straße, und rund hundert Meter hinter ihr folgte ihr ein kleiner grauer Fiat in diskretem Abstand. Am Lenkrad saß der fette, kahlköpfige Erich Volcker, der Mann, der zuvor erfolglos versucht hatte, sie in der Seitenstraße zu überfahren.
Anna wollte zur Schollenen-Bahn, die auf der Hauptstrecke Mailand–Zürich von Andermatt nach Göschenen hinunterfährt. Dies ist eine der merkwürdigsten und düstersten Bahnstrecken ganz Europas. Mit einer Steigung von eins zu fünfeinhalb rattert und rumpelt die Zahnradbahn dahin. Unter den Waggons sind große Zahnräder angebracht, die in die Leitschiene zwischen den Gleisen eingreifen. Auf rund viereinhalb Kilometern Strecke überwindet die Bahn ein Gefälle von mehr als dreihundert Metern. Die Fahrt dauert fünfzehn Minuten. In dieser Zeit fährt sie kreischend durch eine Reihe von Tunneln und Lawinendächern, und an einer Stelle überquert sie die Reuß, die an dieser Stelle wild und reißend durch die schreckliche Schlucht zu Tal stürzt und sich in einen großen Wasserfall ergießt. Wenn man am Tage fährt, ist es ein merkwürdiges Erlebnis; bei Nacht wird die Fahrt eine erschreckende Erfahrung, die dem Reisenden unter die Haut geht, denn das mahlende Geräusch der sich nur langsam drehenden Zahnräder hallt in den dunklen Tunneln wider.
Gelegentlich geben Öffnungen im Felsen und kurze freie Strecken

den Blick auf ein großartiges Panorama frei – den Abstieg in die Schlucht, das rasende Schäumen des Flusses. Zur Zeit war die Reuß zugefroren. Als Anna vor dem Bahnhof anhielt, war sie nicht überrascht, zu sehen, daß sie offenbar die einzige Reisende war. In einer Woche würde der Zug mit heimkehrenden Urlaubern überfüllt sein. Sie ließ den Renault draußen stehen – die Leute von der Autovermietung konnte sie auch später noch informieren – und betrat die Schalterhalle, um ihre Fahrkarte zu kaufen.

»Sie werden etwa drei Minuten Zeit haben, um in Göschenen den Anschlußzug zu bekommen«, informierte sie der Schalterbeamte. »Wenn Sie da sind, gehen Sie schnell hinüber zum Hauptgebäude...«

»Vielen Dank«, erwiderte Anna auf deutsch. »Ich kenne den Weg – ich bin erst vor vierzehn Tagen hergekommen...«

Sie suchte sich ein Abteil in der Mitte des kurzen Zuges aus, legte die Reisetasche auf den Sitz neben sich, um sie beim Aussteigen griffbereit zu haben, und seufzte erleichtert auf. Sie war heil und in einem Stück aus Andermatt herausgekommen. Und sie hatte ihre Aufgabe erfüllt: Sie wußte, wer die geheime kommunistische Zelle mit Hauptsitz in Andermatt kontrollierte und lenkte. Dann ging die Abteiltür auf, und ein Mann stieg zu, als der Zug sich gerade in Bewegung setzte. Er setzte sich schräg gegenüber von Anna hin; es war Erich Volcker. Er zog eine Zigarre hervor und hielt kurz inne.

»Stört es Sie, wenn ich meine Zigarre rauche, mein Fräulein?«

Anna sah ihn kurz an, zuckte die Achseln und wandte, ohne zu antworten, den Blick ab. Das Mahlen der Zahnräder begann, und sie hatte das Gefühl, daß der Zug bei dieser steilen Abfahrt enormen Belastungen ausgesetzt war, daß die Zahnräder vielleicht aushaken und daß der Zug durch den Tunnel in die Tiefe rasen könnte. Es war eine irrationale Furcht; sie wußte, daß die schweizerischen Zahnradbahnen Wunderwerke der Ingenieurkunst sind, daß sie in ihrer gesamten Geschichte immer unfehlbar ihren Dienst versehen haben – ohne jeden Unfall.

»Einige Menschen haben etwas gegen Zigarren«, fuhr Volcker fort und paffte weiter, bis die Spitze der Zigarre rot glühte.
Anna fühlte sich angespannt, und ihre Nerven waren im Augenblick nicht die besten. Mit ihrem kurzen Blick hatte sie an Erich Volcker eine Menge bemerkt; ihr war seine muskulöse Fettleibigkeit aufgefallen, sein obszön kahler Schädel und seine kleinen, wachsamen Augen. Manche kahlköpfige Männer üben auf Frauen eine magnetische Anziehungskraft aus; Erich Volcker gehörte nicht zu dieser Kategorie. Und sie war mißtrauisch. Warum hatte er gerade dieses Abteil gewählt – der ganze übrige Zug war doch leer?
Möglicherweise hatte sie von diesem scheußlichen Mann nichts Aufregenderes als eine amouröse Attacke zu erwarten. Diese Erfahrung war Anna Markos nur zu vertraut. Als Volcker versucht hatte, sie in der Andermatter Seitenstraße zu überfahren, hatte sie im gleißenden Scheinwerferlicht keine Chance gehabt, das Gesicht des Fahrers zu erkennen, bevor sie die Windschutzscheibe zerschmtterte. Sie sah wiederholt auf die Uhr. Noch dreiundzwanzig Minuten allein mit diesem Widerling. Außerdem hatte er kein Gepäck bei sich. War er ein Bahnbeamter auf der Heimfahrt? Wenn ja, warum trug er keine Uniform? Mit einem entmutigend arroganten Gesichtsausdruck durchdachte Anna weitere Möglichkeiten, während der Zug in einen neuen Tunnel hineinfuhr. Durch eine höhlenartige Öffnung im Fels erhaschte sie einen Blick auf die mondbeschienene und zugefrorene Reuß.
»Ich hoffe, Sie haben einen angenehmen Urlaub gehabt?« Volcker sprach mit seiner kehligen Stimme unbeirrt weiter und setzte sich auf den Sitz ihr gegenüber. »In Andermatt hat jeder einen wunderbaren Urlaub.«
Zum erstenmal sah Anna Markos ihm voll ins Gesicht. Ihre vollen Lippen schürzten sich zu einem verächtlichen Ausdruck, als sie ihren Pelzmantel aufmachte, als spürte sie jetzt die Wärme im Abteil. Sie bemerkte seine auffallend großen Hände. Auf der Rückseite seiner Finger sprossen schwarze Haare. Davon könnte er auf seiner Glatze ein paar gebrauchen, dachte sie. Sie hatte die Hände

lässig im Schoß gefaltet, während er sie weiter anstarrte und an seiner Zigarre zog, bis die Spitze wiederum rotglühend war. Dann nahm er die Zigarre aus dem Mund, beugte sich blitzschnell vor und stieß ihr das glühende Ende gegen die Hand, um ihr einen Schock zu versetzen – er wollte sie für ein paar Sekunden aus dem Gleichgewicht bringen.

Wenigstens hatte er sich das vorgenommen. Annas Hände bewegten sich so schnell, daß er kaum folgen konnte. Sie schlug ihm die Zigarre aus der Hand, es regnete Funken, von denen ihm einige gegen die Wange flogen. »Sie Miststück...« Seine riesigen Hände packten ihre Kehle und umklammerten ihren Hals in einem eisernen Würgegriff. Seine langen Finger hielten sie wie ein Würgehalsband, und seine Daumen drückten ihr die Luftröhre ein. Sie zerkratzte die rechte Seite seines Gesichts. Das Blut schoß heraus, als sie ihm eine tiefe Kratzwunde beibrachte, aber Volcker ignorierte den Schmerz. Er wußte, daß es nur dreißig Sekunden dauern würde. Sie drehte sich mühsam auf dem Sitz herum und ließ sich zurückfallen, aber er hielt eisern fest und stürzte sich mit seinem massiven Rumpf auf sie. Sie sah nur noch wie durch dichten Nebel und spürte, wie ihr das Bewußtsein schwand.

Mit einer plötzlichen heftigen Bewegung schwang sie ihren kraftvollen Körper seitlich vom Sitz herunter, wobei sie Volcker mitzog. Er landete unter ihr auf dem Fußboden. Aber noch immer hielt er sie in seinem Würgegriff fest. Sie spürte das Vibrieren der Zahnräder durch den Fußboden, als der Zug seinen mühsamen Weg durch den Schollenen-Tunnel fortsetzte. Mit letzter Willenskraft bewahrte sie sich davor, ohnmächtig zu werden. Volckers fette, kahlköpfige Silhouette verschwand immer mehr im Nebel.

Annas rechte Hand steckte zwischen ihren beiden Leibern. Sie packte den Griff ihres Messers und zog es mit aller Kraft aus der Scheide und befreite es dann aus Volckers tödlicher Umklammerung. Sie knirschte mit den Zähnen, umfaßte das Messer mit ihrer ganzen Kraft und stieß es ihm nach oben in die Seite. Er stieß ein unterdrücktes, tierhaftes Keuchen aus, und dann ließen seine

Hände ihre Kehle los. Sie hörte ein eigenartiges Klopfen. Anna rang nach Luft und zog sich wieder auf den Sitz. Das Geräusch, das sie gehört hatte, war das Klopfen von Volckers winzigen Füßen, die sich zuckend bewegten. Das Geräusch erstarb. Volcker lag sehr still da. Seine Augen waren geöffnet und starrten ins Leere.
Anna sah auf die Uhr. 20 Uhr 40. Nur noch sechs Minuten bis Göschenen. Sie beugte sich über den Toten und zog und zerrte, um das Messer herauszubekommen. Sie brauchte ihre ganze Kraft, um die Waffe freizubekommen. Mit einem großen Taschentuch, das sie in einer seiner Taschen gefunden hatte, wischte sie die Fingerabdrücke vom Griff ab, nachdem sie sich zuvor Handschuhe übergezogen hatte. Dann wischte sie auch die Schneide ab, tupfte ein paar Blutflecken auf dem Fußboden weg und steckte Volcker das Taschentuch wieder in die Tasche.
In seiner Brieftasche fand sie eine Karte mit seinem Namen. Unter seinem Namen war auf deutsch gedruckt: »Flugzeugmechaniker.« Eine zweite Visitenkarte trug den Namen Robert Freys. Sie steckte die Brieftasche zurück und starrte aus dem Fenster. Der Zug, der sich noch immer im Schneckentempo bergab bewegte, hatte den Tunnel verlassen und fuhr jetzt unter einem Lawinendach hindurch. Unter dem Dach lag der Gleiskörper offen da – seitlich des Schienenstrangs fiel eine Bergwand steil ab. Bis weit in die Tiefe sah sie nichts als glitzerndes Eis. Sie öffnete die Tür und ließ sie im Takt mit dem sanften Vibrieren der Zahnräder gegen den Türrahmen schlagen.
Sie stellte sich hinter den toten Mann, bückte sich und hievte ihn an den Schultern hoch. Er schien eine halbe Tonne zu wiegen. Als sie ihn mit den Händen in seinen Achselhöhlen hochgewuchtet hatte, taumelte sie mit dem leblosen Körper vorwärts, bis er die geöffnete Tür berührte. Ihr Brustkorb wogte vor Anstrengung; sie holte nochmals tief Luft und schob Volcker mit aller Kraft nach vorn. Die Tür flog auf, Volcker fiel durch die Öffnung, fiel über den Gleiskörper hinaus und stürzte in die Tiefe, bis er nicht mehr zu sehen war. Die Nachtluft strömte herein, das Abteil wurde plötzlich eiskalt. Anna lehnte sich hinaus, blickte nach links und sah,

daß sich ein weiterer Tunnel näherte. Sie zog die Tür heran und machte sie zu.
Sie suchte den Fußboden nach Blutspuren ab und besah sich dann im Spiegel. Ihr Hals war zerkratzt und geschwollen. Sie machte ihre Reisetasche auf, nahm einen Schal heraus und band ihn sich um, machte den Pelzmantel wieder zu und zog sich die Kapuze über den Kopf. Sie nahm einen Lippenstift aus ihrer Handtasche und schminkte sich die Lippen. Danach fühlte sie sich schon viel besser. Dann fiel ihr die Zigarre ein. Sie fand sie unter einem Sitz, wo sie noch immer glomm, und warf sie aus dem Fenster.
Als der kleine Zug aus dem Tunnel auftauchte und an seinem eigenen Bahnhof hielt, stand sie an der Tür. In Göschenen, nördlich des Hauptmassivs der Alpen, tobte ein Schneesturm. Sie sah auf ihre Uhr, 20 Uhr 46. Wieder einmal war ein Schweizer Zug pünktlich angekommen. Sie hob ihre Reisetasche auf, öffnete die Tür, ging in den Schneesturm hinaus und eilte zum Hauptgebäude hinüber. Sie drehte sich nicht einmal um, um der Öffnung des Schollenen-Tunnels noch einen letzten Blick zuzuwerfen.

21. Göschenen, Zürich

Um die Zeit, als der Atlantik-Expreß Airolo erreichte, hatte Wargrave mit Hilfe des Schweizer Funkers Max Bruder die Alouette auf einem Flugplatz in der Nähe aufgesetzt. Der Flugplatz schien von der halben Schweizer Armee umstellt zu sein. Springer legte die kurze Entfernung zum Flugplatz im Wagen zurück. Als Robert Frey aus dem Hubschrauber gebracht wurde, sah er sich feindseligen und bewaffneten Männern gegenüber – sie machten so feindselige Gesichter, daß Springer den bislang so hochgeachteten Bergsteiger selbst zu einer bereitstehenden Grünen Minna begleitete. Bei den nördlich des Gotthards herrschenden scheußlichen Wetterverhältnissen würde der Hubschrauber von jetzt an ohnehin nutzlos sein; folglich ließ man ihn auf dem Flugplatz stehen. Anschließend fuhr Springer Wargrave, Elsa und Bruder zum Atlantik-Expreß, der wieder anfuhr, als sie kaum eingestiegen waren.

Der Zug hatte seine zehnminütige Fahrt durch den Gotthard-Tunnel kaum begonnen, als Wargrave in dem Schlafwagenabteil, in dem Marenkow noch immer unter Bewachung stand, einen »Kriegsrat« einberief, wie er es ausdrückte. Außer Elsa und Julian Haller war auch Oberst Springer anwesend. Wargrave eröffnete das Gespräch mit einer für ihn typischen Bemerkung. »Ich habe den Verdacht, daß das, was geschehen ist, wahrscheinlich nur der Anfang war. Wie die britischen Eisenbahner sagen; das Schlimmste kommt immer erst nach der Suppe...«

»Was ich an dir so liebe«, warf Elsa ein, »ist dein ewiger Optimismus...«

»Mein ewiger Realismus«, korrigierte Wargrave mit einem Lächeln. »Wir wissen, daß General Traber die Ankunft Oberst Igor Scharpinskys in Zürich gemeldet hat, und wie ich diesen Herrn kenne, wird er nicht so leicht aufgeben...«
»Ich kann Ihnen eine Beschreibung von dem Burschen geben«, sagte Marenkow plötzlich.
Springer starrte den Russen an; seit der Lawine hatte sich Marenkows Haltung radikal verändert. Jetzt war keine Rede mehr davon, daß er erst nach dem Abflug in die Vereinigten Staaten Informationen liefern werde. »Die könnten wir gebrauchen«, meinte der Schweizer zustimmend. »Im Westen ist er als Oberst Schatten bekannt, weil es noch nie jemandem gelungen ist, ihn zu fotografieren...«
»Und ich könnte nach Ihrer Beschreibung eine Skizze anfertigen«, schlug Elsa vor. Sie zog bereits einen großen Notizblock aus der Reisetasche. »Während meiner Zeit als Maskenbildnerin bei einer Filmgesellschaft habe ich die Pausen genutzt, um Menschen zu zeichnen...«
»Klammern wir das Thema ein paar Minuten aus«, schlug Springer vor. »Wir haben noch fast zwei Stunden, bevor wir in Zürich sind. Es gibt da etwas Rätselhaftes, das ich nicht verstehe. Der Mann, der die beiden Lokführer im Führerstand überfiel, wurde erschossen – einmal wurde er von mir getroffen, aber ich habe ihn nur angeschossen. Er schaffte es noch, auf der anderen Seite des Zuges zu fliehen, und war zu einem wartenden Wagen unterwegs, als irgend jemand ihn erschoß. Dieser Jemand hat dann noch den Fahrer des Fluchtwagens erschossen.«
»Einer Ihrer Leute?« wollte Haller wissen.
»Nein. Das ist es ja gerade – ich habe es nachgeprüft. Aber einer meiner Männer, der östlich des Zuges auf einem Felsvorsprung stand und den Expreß beobachtete, hat mir gesagt, daß jemand im Zug aus einem geöffneten Fenster gefeuert und zwei Schüsse abgegeben habe.«
Wargrave rutschte auf seinem Sitz hin und her. »Haben Sie eine Ahnung, aus welcher Entfernung die Schüsse abgegeben wurden?«

»Der Mann, der mir berichtet hat, schätzt, daß der erste Schuß aus einer Entfernung von etwa hundert Metern abgegeben wurde – und der Saboteur, der mit einem einzigen Schuß erledigt wurde, bewegte sich auch noch. Und was den Mann am Steuer des Fluchtwagens betrifft, so war er noch weiter entfernt...«

»Das muß aber ein besonderer Scharfschütze gewesen sein«, rief Elsa aus.

»Genau«, warf Springer ein. »Und genau das ist es, was mir Kummer macht – irgendwo im Expreß haben wir unter den dreihundertfünfzig Reisenden einen exzellenten Scharfschützen. Wer ist das? Warum sitzt er im Zug?«

Das Donnern des Zuges im Tunnel war sehr laut, und Elsa mußte ihre Stimme heben, um gehört zu werden. »Aber wenn er zwei von Scharpinskys Männern erschossen hat, muß er doch auf unserer Seite sein...«

»Ich bewundere deinen schnellen Verstand, dein logisches Denken«, bemerkte Wargrave trocken. »Das wirkt so beruhigend.«

»Ich habe das seltsame Gefühl, daß mich jemand auf den Arm nimmt«, erwiderte Elsa ätzend. »Oder ist es etwa so, daß ich ein bißchen Naivität ins Spiel bringe?«

Wargrave grinste, als sie ihn wütend ansah. »Naiv bist du nicht. Aber der unbekannte Scharfschütze könnte einen exzellenten Grund gehabt haben, diese beiden Männer zu erschießen – wenn er rücksichtslos genug ist. Indem er sie umbrachte, stellte er sicher, daß sie nicht mehr reden und in keinem Verhör mehr plaudern. Die Schüsse können etwas noch Schlimmeres bedeuten...«

»Daß er ein wichtiger Mann ist«, sagte Springer ruhig. »Wichtig und mächtig genug, zwei seiner eigenen Leute zu erschießen, um seine eigene Identität zu schützen...«

»Das macht die Liste möglicher Namen sehr klein«, meinte Marenkow.

»Machen Sie sie klein«, schlug Haller vor.

»Boris Wolkow. Simowitsch, der Bulgare. Leitermann, der Deutsche aus Leipzig. Sie alle sind KGB-Scharfschützen allerersten Kalibers.«

»Da stimme ich Ihnen zu«, sagte Haller. »Die Frage ist nur – wer ist es, der mit uns in diesem Zug sitzt?«
Marenkow schüttelte den Kopf. »Leitermann befindet sich in den USA und wartet auf einen Einsatz. Zehn Minuten nach dem Abflug der Boeing von Schiphol werden Sie von mir Details bekommen, und dann können Sie ihn sofort verhaften lassen.« Er winkte ab, als Haller zu sprechen begann. »Nein, darüber sind wir uns ja einig – die vollständigen Informationen erst dann, wenn ich über dem Atlantik bin. Wolkow befindet sich wegen eines Leberleidens in einer Moskauer Klinik. Die GRU-Leute kann ich nicht nennen, weil ich sie nicht kenne.«
»Bleibt also Simowitsch übrig«, betonte Haller.
Wargrave mischte sich ein. »Simowitsch ist vor achtzehn Monaten in Brüssel vom Secret Service getötet worden.«
»Das läßt keinen der von Ihnen genannten Männer übrig, Marenkow«, bemerkte Haller irritiert.
»Das stimmt nicht ganz«, entgegnete der Russe. »Es gibt noch einen vierten Mann.« Er wandte sich an Wargrave. »Sie haben einmal in Griechenland gearbeitet?«
»Wenn Sie es sagen.«
»Dann haben Sie vielleicht einmal den Namen Nicos Leonides gehört?«
»Nein.«
»Er ist Scharpinskys bevorzugter Henker – obwohl er, soviel ich weiß, bisher nur in seiner Heimat Griechenland gearbeitet hat. Ich habe keine Beschreibung von ihm, aber es wäre eine Möglichkeit.«
»Und keinerlei Beschreibung – nicht einmal ein Hinweis auf seine Gewohnheiten, Vorlieben, auf Dinge, die er nicht mag?« wollte Elsa wissen.
»Nichts.« Der Russe sah sich im Abteil um. Sein Gesichtsausdruck war düster. »Eines weiß ich allerdings genau – für Oberst Scharpinsky steht persönlich so viel auf dem Spiel, daß er sich selbst in den Zug setzen wird, wenn er erfährt, daß ich noch immer am Leben bin. Ich bin davon überzeugt, daß er dann in Zürich zusteigen

wird.« Der Russe ballte die Faust. »Darauf können Sie sich verlassen.«
»Dann müssen Sie ihn uns schnell beschreiben«, sagte Elsa mit Nachdruck.
»Das wird Ihnen nicht unbedingt weiterhelfen – er ist ein Meister in der Kunst der Verkleidung, ein geborener Schauspieler. Aber er wird diesen Zug besteigen, bevor er die Schweiz verlassen hat – darauf wette ich mein Leben.« Er lächelte ohne einen Anflug von Humor. »Wenn ich es mir recht überlege, tue ich das ohnehin – ich setze mein Leben aufs Spiel...«

Wargrave verließ das Abteil und ging durch den Zug weiter nach vorn. Der Expreß näherte sich inzwischen Göschenen. Anders als frühere Nachtzüge nach Holland würde der neue Atlantik-Expreß in nördlicher Richtung direkt nach Zürich weiterfahren und die Stadt nicht wie früher umgehen. Die nächsten Stationen würden Luzern und Basel sein. Und trotz aller Bemühungen der Schweizer Eisenbahner, die Reisenden zu beruhigen, machte sich nach dem schrecklichen Lawinenerlebnis noch immer nervöse Spannung im Zug bemerkbar.
Als er an den Abteilen vorübereilte, bemerkte Wargrave, daß manche Vorhänge zugezogen waren; dort versuchten die Leute zu schlafen, während andere hellwach waren und ängstlich hinausstarrten, obwohl sie außer den Tunnelwänden nichts sehen konnten. Als der Expreß sich dem Tunnelausgang und dem Bahnhof von Göschenen näherte, wurde er langsamer, dann glitt er am Bahnsteig entlang und hielt. Draußen tobte ein Schneesturm, und der Bahnsteig war von einem dicken weißen Teppich bedeckt. Eine einzige Reisende stieg zu.
Anna Markos hatte sich einen Platz in einem Erster-Klasse-Abteil reservieren lassen und war erleichtert, das Abteil leer zu finden. Im nächsten Abteil saß Jorge Santos und beobachtete sie, als sie vorbeiging. Er saß ebenfalls allein, hatte die Beine ausgestreckt und die Pfeife zwischen den Zähnen. Als der Expreß sich wieder in Bewegung setzte, streckte Santos sich, stand auf und trat auf den

Gang. Einen Augenblick blieb er vor dem angrenzenden Abteil stehen, in dem Anna Markos den Mantel auszog und im Profil ihre großartige Figur zeigte. Als sie zur Seite blickte, sah sie, daß Santos sie beobachtete. Der Spanier zwinkerte ihr zu. Sie kehrte ihm den Rücken, und nachdem sie sich gesetzt und die Beine übereinandergeschlagen hatte und wieder auf den Gang blickte, war er verschwunden. Zwei Minuten später betrat Harry Wargrave ihr Abteil, zog die Vorhänge zum Gang zu und setzte sich ihr gegenüber hin.

»Ich danke dir, Anna«, sagte er einfach.

»Meine Nachricht – hat sie dich erreicht?« Wie Wargrave sprach sie fast flüsternd.

»Gerade noch rechtzeitig – Gott sei Dank. Jetzt kann ich es dir sagen – du hast den Zug vor der totalen Zerstörung gerettet. Frey hat auf dem Wasserhorn eine riesige Lawine ausgelöst...«

»Oh, mein Gott...«

»Du hast uns alle gerettet, Anna«, wiederholte Wargrave sanft. »War es sehr hart in Andermatt?« Er beugte sich vor. »Du siehst angegriffen aus. Es ist etwas passiert, nicht wahr?«

Anna zuckte die Achseln. »Ja, es ist etwas passiert...« Sie beschrieb kurz ihre Erlebnisse, und Wargraves Gesichtsausdruck wurde grimmiger, als sie fortfuhr. »Ich bin zum Teil aus Instinkt auf Robert Frey gekommen. Auch durch Glück und weil ich nachgegraben habe.« Sie nahm einen tiefen Zug aus ihrer Zigarette. »Er war für mein Gefühl ein bißchen zu sehr der beliebte Supermann. Aber das bewies noch gar nichts. Ich habe dann nachgeprüft, wer sich an dem Tag, an dem Springers Agent im Eistunnel tot aufgefunden worden war, in der Nähe des Rhône-Gletschers aufgehalten hatte. An jenem Morgen war Robert Frey ganz in der Nähe, in Gletsch, gelandet. Noch immer kein schlüssiger Beweis...«

Sie beschrieb, was sich seitdem ereignet hatte. »... selbst das versteckte Sendegerät in seinem Bauernhaus war noch kein sicherer Beweis. Natürlich lagen keine Codebücher herum. Also habe ich mich, wie ich es dir erzählt habe, als lebenden Köder angeboten...

als er mich in diese Todesfalle in der Seitenstraße lockte, wußte ich Bescheid...«

»Und dann noch dieser Mann in der Schollenen-Bahn, der versucht hat, dich umzubringen«, erinnerte Wargrave sie. Er preßte ihr rechtes Bein überm Knie, und zwar so fest, daß es weh tat. »Um Himmels willen, du hattest den Auftrag, behutsam vorzugehen und nicht mit aller Gewalt...«

»Aber du gibst doch zu, daß ich den Expreß gerettet habe, Harry. Auch in Athen sind wir Risiken eingegangen, wie du dich erinnern wirst...« Sein harter Griff am Bein beruhigte sie. Es hatte einmal eine Zeit gegeben, in der sie angedeutet hatte, daß sie beide ein Liebespaar werden sollten, aber Wargrave hatte ihr – wenn auch zögernd – zu verstehen gegeben, daß es für Geheimagenten reiner Wahnsinn sei, ihren Gefühlen freien Lauf zu lassen. Sie hatte verstanden, daß er recht hatte, aber selbst jetzt noch spürte sie bei der Berührung seiner Hand dieses Gefühl von damals. »Jetzt bin ich hier – was soll ich tun?« fragte sie, als er die Hand zurückzog.

»Gib dich nicht zu erkennen. Ich werde niemandem sagen, daß du im Zug bist – es kann sein, daß ich noch jemanden brauche, von dem niemand etwas weiß.« Er beugte sich vor und nahm ihr behutsam den Schal ab. Er zuckte zusammen, als er ihre Verletzungen sah, die sich inzwischen in häßliche blaue Striemen verwandelt hatten.

»Das muß sich unbedingt ein Arzt ansehen...«

»Später. Es tut ein bißchen weh, aber ich werde es überleben. Gibt es sonst noch etwas, was ich wissen sollte?«

»Ja. Oberst Igor Scharpinsky hält sich irgendwo in Zürich auf...«

»Dieser Verbrecher! Weiß Gott, wir haben uns in Athen die größte Mühe gegeben, ihm auf die Spur zu kommen. Es kommt mir vor, als wären es hundert Jahre her...«

Wargrave erklärte, wie General Traber erfahren hatte, daß Krokodil – Scharpinskys Codename – in Zürich eingetroffen sei und daß General Marenkow überzeugt sei, daß der KGB-Oberst in Zürich in den Zug steigen werde. »Aber immerhin haben wir eine Be-

schreibung von ihm«, fuhr er fort, »und Elsa Lang zeichnet jetzt eine Porträtskizze, die uns vielleicht weiterhilft.«
»Er ist sehr schlau und total skrupellos«, sagte Anna warnend.
»Selbst wenn wir das einkalkulieren, kann es doch sein, daß Traber ihn schon aufgespürt hat...«

Die gigantische Wasserhorn-Lawine, die den Atlantik-Expreß unter sich hätte begraben können, hat ihn nur knapp verfehlt... der Zug setzt jetzt seine Fahrt nach Zürich fort...
In Zimmer 207 im Hotel Schweizerhof war es 20 Uhr 40, als Heinz Golchack das kleine Transistorradio abstellte, aus dem er soeben die Nachrichten gehört hatte. Da er sich bewußt war, daß sowohl Rudi Bühler, sein stupsnasiger Stellvertreter und Sabotageexperte des GRU, als auch Heinrich Baum, der Schweizer Funker, ihn beobachteten, setzte Golchack ein völlig ausdrucksloses Gesicht auf und putzte seine randlose Brille.
»Was zum Teufel machen wir jetzt?« fragte Bühler aggressiv, als er das Schweigen nicht länger ertragen konnte.
»Zunächst einmal vernichten wir diese Karte da...«
Er wartete, während Baum im Badezimmer die Karte verbrannte, und wartete dann weiter, als Baum eilig zurückkam, um einen Funkspruch entgegenzunehmen, der soeben über Professor Mohners Sender auf dem Zürichberg aus Moskau einging. Er las den Funkspruch schweigend und ging dann ins Badezimmer, um ihn selbst zu verbrennen. Als er zurückkam, glitzerten Schweißperlen auf seiner hohen runden Stirn.
»Funken Sie die kurze Nachricht nach Basel«, wies er Baum an, »und dann die lange an die Geiger-Gruppe in Amsterdam...« Der Baseler Funkspruch ging an Juri Gusew, den Killer des GRU, der jetzt dort eingetroffen war, nachdem er sich auf Golchacks vorhergehenden Funkspruch hin von Mülhausen im Elsaß in Marsch gesetzt hatte.
Heinrich Baum, der Schweizer Zahnarzt aus Basel, machte ein zweifelndes Gesicht. »Dieser Amsterdamer Funkspruch ist sehr lang«, fühlte er vor. »Können wir ihn nicht kürzer machen?«

Golchack starrte ihn mit seinen blassen Augen an, aber der Schweizer starrte trotzig zurück. Sie waren jetzt seit fünf Stunden ohne Nahrung in dem Zimmer eingeschlossen und hatten nur etwas Kaffee aus der Thermoskanne trinken können, die Bühler mitgebracht hatte. Golchack, der Abstinenzler war – »Alkohol verdunkelt das Gehirn und trübt das Urteilsvermögen« –, aß selbst sehr wenig und vermochte keinen Grund zu sehen, warum seine Untergebenen sich nicht seinen Gewohnheiten anpassen sollten. Im Raum herrschte aber ein Gefühl von klaustrophober Spannung, und Baum hätte eine Menge dafür gegeben, wenn er selbst in dem Schneesturm, der die Stadt einhüllte, einen kurzen Spaziergang auf der Bahnhofstraße hätte machen können.

»Wenn es möglich gewesen wäre, ihn kürzer zu machen, hätte ich das schon selbst getan«, entgegnete Golchack kalt. »Ziehen Sie meine Anweisungen in Zweifel?« fragte er sanft.

»Selbstverständlich nicht...«

»Warum sitzen Sie dann noch nicht am Sendegerät?« fragte Golchack in dem beherrschten Tonfall, den Baum so entnervend fand. Der Schweizer setzte sich vor sein Sendegerät und begann, den kürzeren Funkspruch nach Basel zu übermitteln.

Der Funker in dem Peilwagen, der in der Seitenstraße unter dem im ersten Stock gelegenen Restaurant des Hotels Schweizerhof parkte, griff nach dem Funktelefon, das ihn direkt mit General Traber verband. Traber selbst nahm den Hörer ab.

»Wir haben Funkkontakt, General.« Er gab sich Mühe, sich seine Aufregung nicht anmerken zu lassen. In einem Ernstfall schätzte Traber es nicht, wenn man sich Emotionen anmerken ließ. »Das Hotel Schweizerhof. Ja, absolut sicher.«

»Bleiben Sie dran. Ich komme selbst rüber...«

Die Polizeistreife, die die Anmeldeformulare der Hotels überprüfte, war soeben im Schweizerhof angekommen, als die untersetzte Gestalt General Trabers, der ein Zigarillo paffte und die Hände tief in den Manteltaschen vergraben hielt, die Empfangshalle betrat.

Ihm folgten sechs seiner Männer, sämtlich in Zivil und sämtlich bewaffnet.
»Was gefunden?« fragte Traber und warf einen Blick ins Register.
»Heinz Golchack ist gar nicht nach Deutschland weitergereist«, sagte einer der Polizisten schnell. »Er ist hier gemeldet – Zimmer 201.«
»Aha.« Traber paffte weiter. »Sonst noch jemand seit etwa mittags angekommen?«
»Heinrich Baum, ein Zahnarzt aus Basel – Zimmer 207. Und ein gewisser Rudi Bühler – auch aus Wien. Seine Ankunft könnte ebenfalls mit dem Flug 433 in Zusammenhang stehen – Zimmer 316.«
»Golchacks Zimmer zuerst«, befahl Traber. Er sah sich den Mann am Empfang an. »Hauptschlüssel, bitte. Und sollte irgendein Hotelgast versuchen zu telefonieren – egal aus welchem Zimmer –, dann ist Ihre Telefonzentrale vorübergehend außer Betrieb.« Er wandte sich an den Hotelportier, der jedes Wort in sich einsog. »Bringen Sie uns erst zu Zimmer 201…«
Die beiden Polizeibeamten blieben unten in der Empfangshalle, als Traber mit zweien seiner Männer im Fahrstuhl nach oben fuhr, während die anderen vier die Treppe benutzten. Vor Zimmer 201 blieb Traber stehen und wartete, während ein Agent leise den Schlüssel ins Schloß steckte, ihn umdrehte und mit erhobener Pistole die Tür aufriß und ins Zimmer stürmte. Sein Kollege folgte ihm. Als sie das Zimmer leer fanden, gingen sie den Korridor entlang zu Zimmer 207, das auf den Namen Heinrich Baum registriert war. Sie gingen wie eben vor, aber das Ergebnis sah anders aus.
Heinrich Baum hatte soeben seinen überlangen Funkspruch nach Amsterdam beendet und war gerade dabei, sein Sendegerät zu schließen, als die Tür aufgerissen wurde. Er griff nach seiner Pistole, die neben dem Sendegerät lag, und drehte sich noch um, als Trabers Mann ihn erschoß. Er fiel zu Boden und zog im Fallen den Zettel mit dem verschlüsselten Amsterdamer Funkspruch mit.

Den Baseler Funkspruch hatte er bereits vernichtet. Traber bückte sich und hob das Papier auf.
»Ein Jammer, daß wir ihn nicht mehr vernehmen können«, bemerkte er. »Und der Himmel weiß, wie lange unsere Kryptographen brauchen, das Zeug zu entschlüsseln – falls ihnen das überhaupt gelingt. Es ist vermutlich ein sowjetischer Einmalcode. Es sei denn, das Codebuch befindet sich hier im Raum...«
»Tut mir sehr leid, General«, entschuldigte sich der Mann, der Baum erschossen hatte, »aber er hat nach seiner Waffe gegriffen...«
»Sie haben richtig gehandelt. Und ich kann nicht sagen, daß es mir leid tut, daß ein dreckiger Schweizer Verräter dieses Ende gefunden hat.«
Eine kurze Durchsuchung des Zimmers förderte kein Codebuch zutage, aber im Badezimmer schnupperte Traber vernehmlich. »Hier riecht's verbrannt. Die vorhergehenden Funksprüche verbrannt und dann ins Klo gespült, natürlich.« Sie entdeckten, daß Zimmer 316 – das Zimmer Rudi Bühlers – gleichfalls leer war, und anschließend fuhr Traber mit dem Fahrstuhl in die Empfangshalle hinunter. Er wandte sich in entschiedenem Ton an den Mann am Empfang.
»Golchack und Bühler sind verschwunden. Falls sie durch den Haupteingang hinausgegangen sind, müssen Sie sie doch gesehen haben? Meine Männer durchsuchen das Hotel, aber ich bin nicht sehr optimistisch.«
Der Mann setzte ein zweifelndes Gesicht auf. »Es kann sein, daß sie gegangen sind, als ein Kollege mich für ein paar Minuten vertrat, als ich auf der Toilette war. Das war vor weniger als einer Viertelstunde...«

Heinz Golchack hatte das Hotel tatsächlich vor weniger als fünfzehn Minuten verlassen. Er hatte dem Stellvertreter am Empfang gesagt, er habe Migräne, und die kalte Nachtluft werde vielleicht guttun. Während dieser kurzen Plauderei war Rudi Bühler unbemerkt hinausgeschlüpft. Nach dem Verlassen des Hotels war Golchack die wenigen Meter zu der Rolltreppe gelaufen, die zu der unterirdischen Ladenstraße führt.

Zu dieser Stunde war die unterirdische Passage menschenleer. Er hatte rasch seine Brille abgenommen und sie in die Tasche gesteckt. Aus einer anderen Tasche hatte er eine Mütze des Typs geholt, den Chauffeure tragen, und sie tief in die Stirn gezogen. Er hatte die Ladenpassage durchquert und war auf eine andere Rolltreppe gestiegen, die ihn auf die andere Seite des Bahnhofplatzes gebracht hatte, und hatte ein Taxi herbeigewinkt.

»Zum Pelikan-Platz bitte«, hatte er dem Fahrer in makellosem Deutsch gesagt.

Nach dem Aussteigen am Pelikan-Platz hatte er gewartet, bis das Taxi verschwunden war, und war erst dann über die Straße gegangen, um anschließend in raschem Tempo durch eine Reihe von Seitenstraßen zu gehen.

Obwohl schweres Schneetreiben herrschte, fühlte Golchack sich sehr wohl. Er liebte das alte Zürich mit seinen Türmen, alten Gebäuden und gewundenen Straßen – ebenso wie er aus den gleichen Gründen Wien liebte. Er hätte sogar den Rest seines Lebens glücklich in der schweizerischen Stadt verbringen können. Außerdem waren die Züricher Mädchen großartig mit ihrem aufrechten Gang und ihren schlanken Figuren. Derlei gab es in Sowjetrußland nicht. Schließlich kam er in der Lindengasse 451 an, vor einer Villa nahe dem Ende einer Sackgasse.

Er zog einen Schlüssel aus der Tasche, öffnete die Tür und trat ein. Am oberen Ende einer Treppe in der durch zwei Stockwerke gehenden Halle kam ihm eine hochgewachsene, dunkelhaarige Frau Mitte dreißig entgegen. Sie hielt eine Automatic in der Hand, die sie wieder in ihre Handtasche gleiten ließ, als sie den Besucher erkannte.

»Laß den hier verschwinden«, befahl er.

Er hatte ihr den auf Heinz Golchack ausgestellten Paß ausgehändigt. Sie führte ihn in einen großen Raum mit schweren Vorhängen voll dunkler Möbel und Antiquitäten. Er nahm seine schneebedeckte Mütze und den Mantel ab, die beide erkennen ließen, daß er draußen herumgelaufen war, und übergab der Frau auch diese Dinge. Dann setzte er sich und zog seine durchnäßten Schuhe aus. »Und laß auch diese Sachen verschwinden. Wann wird der Expreß ankommen?«

»Als ich das letztemal die Auskunft anrief – vor zehn Minuten –, sagten sie, 22 Uhr 33. Voraussichtliche Weiterfahrt 23 Uhr.«

»Dann müssen wir uns beeilen – es gibt noch eine Menge zu tun. Ich werde mit dem Atlantik-Expreß mitfahren...«

»Der Sicherheitskordon am Hauptbahnhof wird sehr massiv sein, Herr Vogler.«

Herr Vogler... Bei der Reise von Wien nach Zürich hatte Oberst Igor Scharpinsky die Identität einer realen Person angenommen – die des armen Antiquars Heinz Golchack, dessen verbrannte Überreste jetzt in einer schneebedeckten Grube irgendwo in einem abgelegenen Teil des Wienerwalds lagen. Jetzt nahm Scharpinsky vorübergehend die Identität Eduard Voglers an, eines Schweizer Antiquitätenhändlers, der *nicht* existierte – aber dessen angebliche Existenz von Ilse Murset, einer erfahrenen Antiquitätenhändlerin, mit großer Sorgfalt aufgebaut worden war.

In der stillen Lindengasse kümmerte sich niemand um seine Nachbarn, aber dennoch wußte man dort, daß Eduard Vogler einen großen Teil seiner Zeit mit Auslandsreisen verbrachte, daß er etwas exzentrisch war, eine Nachteule, ein Mann, der meist spät in seine Villa zurückkehrte und bis in den frühen Morgen arbeitete. Nur sehr selten hatte man einen Mann, dessen Gestalt der Scharpinskys einigermaßen ähnlich sah, zu später Stunde in die Villa eilen sehen, aber im allgemeinen ging man davon aus, daß er kaum jemals zu Hause war.

Ilse brachte die nassen Kleidungsstücke weg und kam mit einem Hausmantel und Slipper wieder, die Scharpinsky anzog. Dann setzte er sich auf einen Stuhl hinter einem Schreibtisch, auf dem ganze Bündel von Rechnungen lagen. Es war höchst unwahrscheinlich, daß die Polizei sich für diese Adresse interessieren würde, aber wenn sie doch hier erschien, würde sie Eduard Vogler bei seinen Geschäften finden. »Sind alle da?« fragte Scharpinsky.

»Gut. Bring sie herunter, dann können wir uns überlegen, wie wir den Sicherheitskordon General Trabers durchbrechen...«
Es war kein Zufall gewesen, daß Scharpinsky das Hotel Schweizerhof kurz vor dem Eintreffen der Schweizer Abwehrbeamten verlassen hatte. Bei seinen seltenen Einsätzen im Ausland blieb er nie länger als fünf Stunden an einem Ort. Während er darauf wartete, daß Ilse seine Untergebenen herunterbrachte, dachte er düster an den Funkspruch, den ihm Baum ausgehändigt hatte, bevor er selbst das Hotel verlassen hatte.
Allen wichtigen Agenten wird jetzt dringend nahegelegt, Westeuropa zu verlassen...
Dieser Funkspruch war für Scharpinsky ein schrecklicher Schlag, denn er ließ erkennen, daß Moskau die Möglichkeit erwog, er könne mit seiner Mission scheitern, General Marenkow zu töten. Und die Tatsache, daß der Funkspruch keine Unterschrift trug, sagte ihm, daß Leonid Sedow ihn persönlich diktiert hatte. Sie hatten in Moskau im Rundfunk gehört, daß die Lawine den Atlantik-Expreß nicht zerstört hatte.

Um 20 Uhr 40 hatte Scharpinsky in Zürich die Nachricht gehört, daß der Atlantik-Expreß unbeschädigt geblieben war. Zu dieser Zeit war es in Moskau 22 Uhr 40. Der Erste Sekretär der KPdSU, Leonid Sedow, saß zu dieser Zeit mit den beiden anderen Politbüromitgliedern zusammen, die die Marenkow-Krise meistern sollten – Marschall Pratschko und Anatolij Sarubin. Der normalerweise so aggressive und selbstbewußte Pratschko war seltsam schweigsam, als sie dasaßen und die Nachricht verdauten. Es war Sarubin, der kleine, dunkelhaarige Handelsminister mit den verfeinerten Manieren, der die Schuld behutsam auf Pratschko lenkte.
»Ihr Schützling scheint sich in dieser wichtigen Angelegenheit nicht durch Brillanz hervorzutun«, meinte er liebenswürdig. »Bisher hat er nichts weiter vollbracht, als unseren gesamten Untergrundapparat in der Schweiz auffliegen zu lassen...«
»Er mußte schließlich etwas wagen«, meinte Pratschko selbstbe-

wußt und zupfte an den dicken Schweineborsten, die ihm aus der Nase wuchsen.
»Er hätte auch Erfolg haben müssen«, bemerkte Sarubin. »Wie lange sollen wir noch zulassen, daß er so weitermacht – etwa bis sie Marenkow ausfliegen und er unsere sämtlichen Agenten preisgibt – Männer, die wir in jahrelanger, mühsamer Arbeit ausgebildet und eingeschleust haben? Ich denke dabei besonders an die Bundesrepublik Deutschland«, fügte er hinzu.
»Scharpinsky wird schon etwas einfallen«, polterte Pratschko.
»Aber wenn nicht?« warf Leonid Sedow ein und rieb sich das Kinn. Die vor kurzem durchgeführte Operation hatte ein ständiges Kitzeln zurückgelassen, das ihn in Augenblicken der Anspannung irritierte. Seine Stimme war fest und entschieden, als er Marschall Pratschko direkt ansah. »Ist es jetzt nicht an der Zeit, eine Evakuierung all unserer wichtigen Agenten aus der Bundesrepublik, Frankreich und Belgien anzuordnen – bevor es zu spät ist? Sie können später immer noch zurückkehren.«
»Meine Informationen gehen dahin«, erwiderte Pratschko, der Zeit gewinnen wollte, »daß die deutschen Grenzkontrollstellen im Osten in Alarmbereitschaft versetzt und personell verstärkt worden sind. Und bei diesem Wetter wird es unseren Leuten noch schwerer fallen, über die Grenze in die DDR zu entkommen...«
»Dann müssen sie versuchen, den Frachter *Maxim Gorkij* zu erreichen, der im Augenblick, von der Ostsee kommend, nach Süden fährt und bald die holländische Küste erreichen wird...«
»Wenn *Sie* das empfehlen«, stimmte Pratschko listig zu.
»Nein!« Sedows Stimme klang scharf. »Sie sind der Verteidigungsminister, und wir erwarten Ihre Vorschläge...«
Pratschko saß in der Falle, und das wußte er auch. In der Schweiz hatte es das erste Debakel gegeben, das man ihm in die Schuhe schieben konnte, und jetzt stand er vor zwei unmöglichen Alternativen. Wenn er nein sagte und Marenkow heil in Amerika ankam, wäre der sowjetische Untergrundapparat in Westeuropa zertrümmert. Wenn er ja sagte, würden die Agenten zwar entkommen, aber es würde viel Zeit erfordern, sie wieder nach West-

europa einzuschleusen. Er entschied sich für die im Augenblick weniger gefährlich erscheinende Alternative.
»Ich empfehle die Evakuierung...«
Sarubin, das stellte er jetzt fest, hatte in weniger als einer Minute offiziell protokolliert, daß dies die Entscheidung des Verteidigungsministers sei. Pratschko gefiel das gar nicht, aber er konnte nichts dagegen tun. Er machte eine letzte Bemerkung.
»In diesem Moment entwickelt Oberst Scharpinsky vermutlich Pläne, die zur Vernichtung des Verräters Sergej Marenkow führen werden...«

22. Zürich, Hauptbahnhof

Es war 21 Uhr 10 – weniger als zwei Stunden vor der planmäßigen Abfahrt des Atlantik-Expreß aus Zürich –, als Scharpinsky im Wohnzimmer der Villa in der Lindengasse saß und drei Fotos betrachtete, die vor ihm auf dem Tisch lagen. Er hatte vier Männern, die die Villa inzwischen verlassen hatten, genaue Anweisungen gegeben. Jetzt war er mit Ilse Murset allein und spürte, wie seine innere Anspannung ständig stärker wurde. Das Warten war immer der schlimmste Teil eines neuen Unternehmens, aber immerhin hatte er alles vorbereitet. Und Rudi Bühler mußte inzwischen in Basel sein, um dort in den Atlantik-Expreß zuzusteigen.
Als Bühler das Hotel Schweizerhof wenige Sekunden vor Scharpinsky verlassen hatte, war er zum Hauptbahnhof hinübergegangen und in einen Zug nach Basel gestiegen. Der Mann am Hotelempfang hatte den Männern Trabers inzwischen sicher seine Beschreibung gegeben – falls diese ihre vorübergehende Operationsbasis ausgehoben hatten –, und es war nur zu ratsam, daß er sofort die Stadt verließ.
Als Oberst Scharpinsky die drei Fotografien betrachtete, berührte Ilses schlanke weiße Hand seinen Nacken.
»Was können dir diese Fotos denn sagen?«
»Studiere den Feind«, erwiderte Scharpinsky. »Wenn ich diese Bilder betrachte, glaube ich, daß es möglich ist, vorherzusehen, wie diese Männer unter Druck reagieren werden...«
Das erste Foto, das am unschärfsten war, zeigte Oberst Springer, der seine Hutkrempe heruntergezogen hatte. Das Bild war von ei-

nem Fenster in der Bahnhofstraße aus mit einem Teleobjektiv aufgenommen worden. Das zweite – sehr viel klarere – Bild zeigte General Max Scholten, dessen rosiges Gesicht leicht zu identifizieren war. Der holländische Abwehrchef war vor dem Hotel Astoria gegenüber dem Haager Bahnhof aufgenommen worden. Auf dem dritten, vor mehreren Jahren in Athen geschossenen Bild war Harry Wargrave zu sehen. Scharpinsky tippte mit dem Finger auf dieses dritte Bild. »Dieser Mann ist der gefährlichste der drei…«

»Du bist angespannt…« Ilses Finger fuhr fort, den Nacken des Russen zu streicheln. »Wollen wir nach oben gehen?« Ihre hochgewachsene, schlanke Figur straffte sich, als sie den Reißverschluß auf der Vorderseite ihres Kleides aufmachte. Der Russe zögerte und sah auf seine Uhr.
»Wir haben keine Zeit, nach oben zu gehen.«
»Dann machen wir's eben hier auf dem Fußboden…«

Zwei der Männer, die die Villa sofort nach Empfang der Anweisungen Scharpinskys verlassen hatten, gingen zu einem Citroën, der weiter unten auf der Straße abgestellt war. Der hochgewachsene und massive Klaus Jaeger, ein DDR-Bürger, setzte sich ans Steuer, während sein kleinerer und schlankerer Begleiter Hans-Otto Nacken, ebenfalls ein DDR-Bürger, sich neben ihn setzte. Beide hatten gefälschte westdeutsche Papiere bei sich. Nach nur wenigen Minuten näherten sie sich dem Hauptbahnhof.
Jaeger hielt nicht direkt vor dem Bahnhof, sondern fuhr den Citroën um das Bahnhofsgebäude herum, wo er ihn im Schatten parkte. Beide Männer stiegen aus und betraten den Bahnhof durch den Seiteneingang. Sie schlenderten an der Gepäckaufbewahrung vorüber. Um nicht aufzufallen, trug Jaeger eine Reisetasche. Sie gingen mehrere Minuten umher und beobachteten die Gepäckträger, die auf die Ankunft der Nachtzüge warteten.
»Der da drüben«, sagte Jaeger, blieb stehen und zündete sich eine Zigarette an. »Der hat in etwa den richtigen Körperbau und die richtige Größe.«

Nacken ließ Jaeger stehen und schlenderte zu dem relativ kleinen und gutgebauten Gepäckträger hinüber, der in seiner Erscheinung eine gewisse Ähnlichkeit mit Scharpinsky besaß. »Ich sehe an der Anzeigentafel, daß der Atlantik-Expreß erst um elf abfährt. Ich habe mich in der Zeit vertan und habe also eine lange Wartezeit vor mir. Die Zeiten auf der Tafel stimmen doch, oder?«
»Ja, mein Herr. Und es ist ein Wunder, daß der Zug aufholt. Haben Sie die Nachricht gehört?«
»Welche Nachricht?«
»Südlich des Gotthards hat es eine Lawine gegeben – die schlimmste dieses Jahrhunderts, sagt man. Sie hätte den Expreß um ein Haar unter sich begraben.«
»Mein Gott! Nein, davon habe ich nichts gehört. Nun, zwischen hier und Basel kann es Gott sei Dank keine Lawine geben.« Er bot dem Gepäckträger eine Zigarette an. »Muß 'ne ziemlich langweilige Arbeit für Sie sein – hier die ganze Nacht herumzuhängen. Wie lange haben Sie noch Dienst?« fragte er beiläufig.
Der Gepäckträger nahm einen tiefen Zug aus seiner Zigarette. »Morgen früh um acht ist meine Schicht zu Ende. Man gewöhnt sich dran...«
Nacken plauderte noch einige Minuten weiter und ging dann weg. Er steckte die linke Hand in die Manteltasche. Das war das Signal, auf das Jaeger, der aus der Ferne zusah, gewartet hatte. Er ging zu dem Gepäckträger hinüber. »Könnten Sie das restliche Gepäck aus meinem Wagen holen? Er steht an der Stirnseite des Bahnhofs.« Er stellte die Reisetasche, die er bei sich hatte, auf den Karren des Gepäckträgers und folgte dem Mann nach draußen. Sie gingen an der Gepäckaufbewahrung und einem schlechtbeleuchteten Seitengewölbe vorbei. Niemand sonst war zu sehen.
Als sie den Citroën erreicht hatten, öffnete Jaeger die hintere Tür. Er sah sich um, um sicherzugehen, daß sich niemand in der Nähe befand. »Der Koffer da auf dem Rücksitz«, sagte er. »Seien Sie vorsichtig, er ist schwer...« Als der Gepäckträger sich hineinbeugte, zog Jaeger einen kleinen lederbezogenen Totschläger aus Stahl aus der Tasche, beugte sich über den Gepäckträger und schlug ihm mit

beträchtlicher Kraft auf den Kopf. Der Mann brach tot zusammen.
Nacken löste sich aus dem Schatten des Bahnhofs und half Jaeger, den Leichnam im Wagen zu verstauen. »Der Gepäckkarren...« erinnerte Jaeger seinen Begleiter, als er ein Reiseplaid über den leblosen Körper breitete. Nacken rollte den Gepäckkarren in den Schatten des Bahnhofsgebäudes zurück. Sie würden das Ding später noch brauchen. Dann setzten sich die beiden Männer auf die Vordersitze, schlossen leise die Türen, und Jaeger fuhr los, zunächst über die Limmatbrücke.
Er fuhr zu einem stillen Teil des Sees jenseits der Quaibrücke und hielt am Ufer unter einer Baumgruppe an. Dann stellte er den Motor ab und schaltete die Scheinwerfer aus. Es bedurfte der Anstrengungen beider Männer, um den toten Mann zu entkleiden, ihm seine Uniform, Mütze und Stiefel abzunehmen. Jaeger nahm seine Brieftasche an sich und prüfte im Schein einer Taschenlampe, ob der Eisenbahnerausweis des Toten dabei war. »Das wär's«, sagte Jaeger. »So, jetzt müssen wir den Kerl verschwinden lassen...«
Sie umwickelten den Leichnam mit schweren Ketten – dem Inhalt des schweren Koffers, auf den Jaeger den Gepäckträger aufmerksam gemacht hatte – und trugen ihn gemeinsam zum See hinunter. An diesem Ende des Sees war das Eis nur dünn. Die Wassertiefe betrug rund zwanzig Meter. Einer hielt die Füße der Leiche, der andere die Schultern, dann ließen sie sie schaukeln, um Schwung zu bekommen, und warfen sie dann in den See. Der beschwerte Leichnam durchbrach das klirrende Eis und versank.
Jaeger setzte sich wieder ans Steuer des Wagens und fuhr zur Quaibrücke zurück, überquerte sie und fuhr dann weiter zur Lindengasse. Sie hatten jetzt bei sich, was sie hatten holen sollen, eine Gepäckträgeruniform, und außerdem würde die Frau des Toten ihren Mann erst am nächsten Morgen als vermißt melden – wenn er überhaupt verheiratet gewesen ist, dachte Jaeger gefühllos –, also erst lange nach Abfahrt des Atlantik-Expreß. Immerhin wäre sein Dienst, wie er Nacken erzählt hatte, erst morgens um acht zu Ende gewesen.

Das zweite Zwei-Mann-Team, das von der Lindengasse aus losgeschickt worden war, hatte eine leichtere Aufgabe als Jaeger und Nacken. Sie setzten sich in einen anderen Wagen und fuhren zur Westseite der Stadt, bis sie in einem Industrievorort eine große Garage erreichten. Einer der Männer stieg aus, öffnete die Doppeltür und schloß sie wieder, nachdem der Wagen in die Garage gefahren worden war. Er hielt neben einem riesigen Lastwagen, der auf der Seite die Aufschrift *Möbelhaus Salzburg* trug.
Der Fahrer stieg aus, machte in der Garage Licht und nahm eine Schachtel aus dem Wagen. Als er sie aufmachte, enthielt sie nichts Schrecklicheres als Leberwurstbrote und eine Thermosflasche mit Kaffee. »Keinen Alkohol«, hatte Scharpinsky ihnen eingeschärft. »Wenn ich herausbekomme, daß Sie mir nicht gehorcht haben, werde ich dafür sorgen, daß man Sie abruft und sofort nach Hause beordert...« Der zweite Mann ging zu einem Wandtelefon und wählte eine Nummer. Ilse Murset nahm am anderen Ende ab.
»Hier André«, meldete sich der Mann. »Die Sendung ist jetzt lieferfertig...«
»Verstanden!« Ilse legte auf.
Der Mann, der Ilse angerufen hatte, kletterte in der Garage in die Fahrerkabine des Möbelwagens, zog die Persenning beiseite und prüfte die Ladung. Auch der Lastwagen enthielt nichts Schlimmeres als eine Ladung Möbel, war aber sehr schwer beladen, und die Ladeklappe ragte gefährlich nach hinten. Außerdem war da noch eine seltsame Seilrolle, die die Ladeklappe mit der Fahrerkabine verband.
»Alfred, hier ist deiner...«
Der Mann in der Fahrerkabine warf einen Overall herunter, kletterte dann selbst wieder hinab und ging dann zum hinteren Ende der Garage, wo mehr Platz war. In wenigen Minuten hatten beide sich umgezogen und sahen jetzt aus wie Möbelfahrer. Sie setzten sich auf eine Bank, aßen ihre belegten Brote und tranken ihren Kaffee. Der Fahrer sah in regelmäßigen Abständen auf seine Uhr.

Sobald sie die Kleidung des Gepäckträgers in der Lindengasse 451 abgeliefert hatten, fuhren Jaeger und Nacken wieder im Citroën davon und überquerten von neuem die Quaibrücke. Diesmal fuhren sie aber nicht in südlicher Richtung am Seeufer entlang, sondern bogen nach Norden ab und folgten der Limmat. Sie fuhren auf der Hauptstraße bergauf in Richtung Zürichberg. Sie durchfuhren gerade eine teure Wohngegend mit hübschen Villen und gepflegten Gärten, als Jaeger das Lenkrad herumriß und in eine Auffahrt einbog.

Hinter ihnen schloß ein Mann, der in der bitteren Kälte auf sie gewartet hatte, das schmiedeeiserne Tor. Jaeger hielt vor einer zweistöckigen Villa, von deren Balkon Eiszapfen herabhingen. Er stellte den Motor ab und stieg aus. »Checken Sie den Wagen«, befahl er Nacken. »Und vor allem die Maschine...«

Eine Frau von etwa fünfzig mit einem strengen Gesicht hatte den Wagen ankommen hören und öffnete die Vordertür. Sie ließ Jaeger eintreten und schloß die Tür wieder. Sie hatte das Haar hinten zu einem Knoten gebunden und trug ein langes dunkles Kleid, das ihr das Aussehen einer Haushälterin verlieh. »Ihre Kleidungsstücke liegen alle im großen Schlafzimmer bereit«, erklärte sie.

»Lassen Sie das hier verschwinden...« Jaeger reichte ihr seinen Ausweis. »Und wo ist der Reisepaß?« Sie sprachen in fließendem Russisch miteinander. Die Frau zog einen Reisepaß aus der Tasche und gab ihn ihm. Er prüfte ihn rasch. Der sowjetische Diplomatenpaß war auf den Namen Boris Wolkow ausgestellt; Rang: Hauptmann. Jaeger ging nach oben, um sich umzuziehen.

Der Tagesanzug, der auf dem Bett lag, hatte einen russischen Schnitt und war aus russischem Tuch. Jaeger zog sich auch russische Unterwäsche, Schuhe, ein Hemd und eine Krawatte an. Auch der Hut war aus Rußland. Als er wieder hinunterging, sah er, daß sich auch Nacken umgezogen hatte, der jetzt eine russische Chauffeuruniform trug. »Den Wagen«, sagte Jaeger, »ich möchte ihn mir selbst noch einmal ansehen...« Er folgte Nacken und betrat die Garage direkt durch eine Tür an der Rückfront der Villa.

In der Garage stand ein glitzernder Mercedes, der vor kurzem blitzblank poliert worden war. Der Glanz wird bei dem Wetter nicht lange halten, dachte Jaeger. Der Wagen trug die Kennzeichen eines Diplomatenfahrzeugs, nämlich die Schilder der sowjetischen Botschaft in Bern. Er ließ Nacken einsteigen und den Anlasser betätigen, um den Motor zu testen. Der Wagen sprang sofort an. Jaeger ging zufrieden und beruhigt ins Haus zurück und wählte die Telefonnummer der Lindengasse 451. Wieder nahm Ilse Murset den Hörer ab.

»Hier Bernard«, meldete sich Jaeger. »Die Sammlung ist jetzt versandfertig...«

»Verstanden!« Ilse legte auf.

»Sämtliche Arrangements sind getroffen«, sagte sie Scharpinsky und zog den Reißverschluß ihres Kleides hoch. »Jeder ist auf seinem Posten, und ich bin bereit, dich zum Hauptbahnhof zu fahren.«

Oberst Igor Scharpinsky, der noch im Hemd dasaß, nickte. »Jetzt dauert's nicht mehr lange, General Traber«, sagte er. »Jetzt dauert's nicht mehr lange...«

Der Atlantik-Expreß holte die verlorene Zeit bei seiner Nonstopabfahrt vom Gotthard durch einen wüsten Schneesturm rasch auf. Im Führerstand der Bo-Bo-Lokomotive half Enrico jetzt ein ausgeruhter Lokführer. Springer hatte darauf bestanden, daß er Enrico von Airolo an begleitete. Dieses Arrangement hatte dem stämmigen Mann aus Basel gar nicht behagt.

»Es braucht schon mehr als einen Schlag auf den Kopf, um mich außer Gefecht zu setzen«, brummte er, als er die Instrumente prüfte und die Signale beobachtete. »Und wir werden planmäßig in Zürich eintreffen. Verflucht noch eins – mein Ruf steht auf dem Spiel...«

In dem Abteil im letzten Schlafwagen, in dem Marenkow bewacht wurde, herrschte eine gespannte Atmosphäre, die immer unangenehmer wurde, je mehr der Zug sich Zürich näherte. Julian Haller war irritiert, daß der Russe jetzt schon zum drittenmal die gleiche Bemerkung machte, war aber schon zu erschöpft, um sich darüber aufzuregen.

»Ich bin überzeugt, daß Scharpinsky in Zürich zusteigt...«
»Daß er den Versuch machen wird«, korrigierte ihn Elsa. Sie hielt die Porträtskizze Igor Scharpinskys hoch, die sie nach Marenkows Beschreibung auf ihren Block gezeichnet hatte. »So, jetzt wissen wir zum erstenmal, wie er aussieht.«
Der untersetzte, breitschultrige Russe winkte ungeduldig ab. »Das wird nichts nützen – ich kann immer wieder nur sagen, daß er ein genialer Verkleidungskünstler ist...«
»Seien Sie doch nicht immer so verdammt pessimistisch«, fauchte Elsa zurück. »Ich sage Ihnen doch, daß ich ein volles Jahre als Maskenbildnerin beim Film gearbeitet habe. Ich weiß, wie man das Aussehen eines Schauspielers verändert. Wenn überhaupt jemand in der Lage ist, ihn zu identifizieren, wenn er einsteigt, dann ich...«
Das bejahten sowohl Wargrave wie Springer, der gleichfalls im Abteil saß. Der Plan bestand also darin, daß Elsa sich nach der Ankunft in Zürich an die Sperre stellen und jeden ansehen sollte, der in den Zug einstieg. Der Schweizer Oberst hatte ohnehin Grund, zufrieden zu sein. Marenkow hatte aus dem Kopf bereits eine Liste mit Namen und Adressen sämtlicher KGB-Agenten in der Schweiz geliefert – allerdings keine der GRU-Agenten, über die er kaum etwas wußte.
»In welchen Gebieten außerhalb der Sowjetunion hat Scharpinsky gearbeitet, als er unter Tarnnamen an den verschiedenen sowjetischen Botschaften diente?« wollte Wargrave wissen.
Marenkow zählte die Posten an den Fingern ab. »Paris – sechs Monate. London weitere sechs Monate. Washington zwei Jahre. Athen ein Jahr. Schließlich ein weiteres Jahr in Den Haag.«
»Er spricht also wahrscheinlich fließend Griechisch, Französisch, Englisch und Amerikanisch?«
»Ich habe bisher immer den Eindruck gehabt, daß die beiden letzten ein und dieselbe Sprache sind«, warf Haller maliziös ein.
»Wir haben alle unsere Illusionen«, erwiderte Wargrave grinsend. »Hab' ich nicht recht, General?«
»Absolut«, erwiderte Marenkow. »Scharpinsky hat eine beachtli-

che Sprachbegabung. Das war einer der Gründe für seine zahlreichen Versetzungen und für seinen raschen Aufstieg zu meinem Stellvertreter. Anders als die meisten Russen ist er ein geborener Kosmopolit. Außerdem spricht er noch fließend Deutsch«, fügte er hinzu. »Er hat einige Zeit in Ost-Berlin gearbeitet und von dort zu Terroristengruppen Kontakt gehalten.«

Haller streckte sich und gähnte. »Nun, wir werden einfach abwarten müssen, was passiert, wenn wir in Zürich angekommen sind…« Er blickte auf seine Uhr. »… und das wird nicht mehr lange dauern.«

»Scharpinsky wird in diesen Zug einsteigen«, wiederholte Marenkow bockig. »Ich kenne ihn.«

»Wenn die Zeit da ist, wollen wir hoffen, daß auch ich ihn dann gut genug kenne«, sagte Elsa mit Nachdruck, als sie ihre Skizze studierte.

Der mit einer Eiskruste überzogene Atlantik-Expreß glitt in das riesige Gewölbe des Züricher Hauptbahnhofs hinein, wurde auf Gleis vier geleitet und hielt an. Der Sicherheitskordon, mit dem Traber den Hauptbahnhof umgeben hatte, war einer der engsten, die er je organisiert hatte. In einem unauffälligen schweren Mantel und einem weichen Hut stand er in der Nähe der Sperre und paffte seine kurze Zigarre, als die Reisenden aus dem Zug zu strömen begannen. Die meisten waren hohlwangig vor Mangel an Schlaf und überstandener Angst. Es waren aber nicht die aussteigenden Reisenden, die Traber ruhig studierte; ihn interessierten die sich drängenden Fahrgäste, die in den Expreß einsteigen wollten.

Dreißig Abwehrbeamte, bewaffnet und in Zivil, waren über das Bahnhofsgebäude verteilt. In der Bahnhofshalle patrouillierten zudem ungewöhnlich viele uniformierte Polizisten. Draußen im Schnee stand an strategischen Punkten ein Dutzend Streifenwagen mit Verstärkungen. Sie standen sämtlich mit dem Assistenten Trabers in Funkverbindung, Major Kurt Dobler, der mit einem kompakten Walkie-Talkie in der Hand dicht bei seinem Chef

stand. Oberst Springer ging durch die Sperre, zeigte seinen Dienstausweis in der Handfläche und begrüßte Traber.
»Wie steht's im Expreß?« murmelte Traber.
»Gespannte Atmosphäre. Aber alles unter Kontrolle. Unsere VIP ist überzeugt, daß Scharpinsky versuchen wird, in den Expreß einzusteigen...«
»Scheint unwahrscheinlich, jetzt, wo Sie eine Beschreibung haben...« Springer hatte seinen Chef vom Zug aus informiert, daß Marenkow ihnen vom Aussehen des KGB-Obersten erzählt hatte.
»Andererseits«, fuhr Traber fort, »haben wir noch immer nicht die Schweizer Schaltzentrale der Sowjets lokalisiert...«
An der Sperre waren außergewöhnliche Sicherheitsvorkehrungen getroffen worden. Neben den Schalterbeamten warteten Sicherheitsbeamte, um die Reisepässe zu kontrollieren, und hinter denen stand eine Gruppe uniformierter Polizisten. Wenige Meter weiter rechts war eine weitere Sperre geöffnet – sie war für Gepäckträger reserviert, die Gepäck zum Zug bringen sollten. Jeder Gepäckträger wurde angehalten, während ein Hundeführer einen abgerichteten Schäferhund die Gepäckstücke nach Sprengstoff beschnuppern ließ.
»Wer ist dieses attraktive Mädchen im Pelzmantel, das da auf der anderen Seite der Sperre wartet?« wollte Traber wissen.
»Eine von uns. Elsa Lang. Es kann sein, daß sie Scharpinsky erkennt, falls er versucht, in den Expreß einzusteigen...«
Auf der anderen Seite der Sperre stand Elsa mit hochgeschlagener Kapuze, um sich vor der Kälte zu schützen. Sie rauchte eine Zigarette, wobei sie die wartenden Reisenden offen musterte, als wartete sie auf einen Freund, mit dem sie sich verabredet hatte. Von ihrer Arbeit als Maskenbildnerin her wußte sie, wie leicht man das Erscheinungsbild eines Menschen ändern kann. Folglich konzentrierte sie sich auf Größe und Körperbau und hielt nach einem kleinen, gutgebauten Mann Ausschau. Vergiß alles andere, mahnte sie sich selbst – Schnurrbärte, Bärte, Kleidung, Alter –, richte deine Aufmerksamkeit auf das, was nicht leicht geändert werden kann. Ein in ihrer Nähe stehender Mann in Zivil kam nä-

her und sprach hinter vorgehaltener Hand, während er sich eine Zigarette anzündete.
»Abwehr. Oberst Springer hat mir von Ihnen erzählt. Wenn Sie ihn sehen, sagen Sie es mir – selbst wenn Sie nur glauben, daß er es sein könnte. Sehen Sie ihn dann nicht wieder an...«
»Ich beherrsche meinen Job...«
»Das habe ich schon gemerkt. Und entfernen Sie sich deutlich von mir, sobald Sie auf ihn gezeigt haben. Es könnte zu einer Schießerei kommen...«
»Vielen Dank für die Warnung«, erwiderte Elsa etwas liebenswürdiger hinter ihrem Taschentuch. Ihre Augen waren noch immer auf die Menge gerichtet, die hinter der Sperre zusammengedrängt stand.
Jorge Santos, der sich aus dem Fenster seines Erster-Klasse-Abteils lehnte, rauchte noch immer seine Pfeife. Nur jemand, der ihn sehr gut kannte, hätte etwas leicht Auffallendes an ihm bemerkt, als er am offenen Fenster dastand und die letzten Reisenden aussteigen und durch die Sperre gehen sah. Normalerweise hielt er seine Pfeife beim Rauchen fest in den rechten Mundwinkel geklemmt; jetzt ragte die Pfeife aus dem linken Mundwinkel. Wenige Schritte von ihm entfernt öffnete Wargrave eine Tür und sprang auf den Bahnsteig hinunter. Wargrave nahm eine Position ein, von der aus er Elsa Lang Feuerschutz geben konnte. In der Manteltasche hielt er die Smith & Wesson umklammert.
Auf beiden Seiten der Sperre meinten die Abwehr- und Sicherheitsbeamten, auf eine unmittelbar bevorstehende Gefahr zu warten, als die Reisenden langsam durch die Sperre zu gehen begannen, während ihre Reisepässe und Fahrkarten kontrolliert wurden. Jetzt gingen auch schon die ersten Gepäckträger durch die Sperre; sie blieben stehen und warteten, während der Schäferhund das Gepäck beschnupperte. In diesem Augenblick fuhr ein großer Möbelwagen mit der Aufschrift *Möbelhaus Salzburg* am Ostufer der Limmat entlang. Der Fahrer sah auf seine Uhr und bog mit dem schweren Fahrzeug auf die Brücke ein, die direkt zum Hauptbahnhof führt.

»Bis jetzt Fehlanzeige«, murmelte Traber. Major Dobler, sein Stellvertreter, erhielt gerade eine Meldung durchs Walkie-Talkie. »Mein Gott!« murrte er. »Sind Sie sicher? Lassen Sie es in Bern nachprüfen. Höchste Dringlichkeitsstufe...«
»Was ist passiert?« fragte Traber ruhig, als Springer näher kam.
»Draußen ist soeben ein Mercedes mit sowjetischen Diplomatenkennzeichen vorgefahren. Ein Fahrgast – da kommt er...«
Ein hochgewachsener, schwergebauter Mann mit geradem Rükken und entschieden militärischer Haltung betrat jetzt das Bahnhofsgebäude. Er trug einen Pelzmantel und Hut. Hinter ihm nahm einer von Trabers Männern seinen Hut ab, ein Signal für seinen Chef. Der Neuankömmling reihte sich in die Schlange ein.
»Was zum Teufel geht hier vor?« zischte Springer.
»Mir gefällt das gar nicht«, erwiderte Traber energisch. »Halten Sie die Augen offen...«
Als der Fahrgast aus der sowjetischen Diplomatenlimousine die Sicherheitsbeamten erreichte, kam die Schlange der Wartenden ins Stocken, und es schien einige Verwirrung zu geben. Ein anderer Abwehrbeamter entfernte sich behutsam von der Sperre und eilte zu Traber hinüber. »Was sollen wir tun? Er hat einen Diplomatenpaß bei sich. Militärattaché an der sowjetischen Botschaft in Bern. Ein Hauptmann Boris Wolkow...«
»Wer?« explodierte Springer. »Boris Wolkow ist ein bestens ausgebildeter Killer! Zum Teufel mit seinem Diplomatenpaß. Halten Sie ihn an der Sperre auf...« Er verstummte, als draußen vor dem Bahnhofsgebäude ein fürchterliches Krachen zu hören war. Dort war der große Möbelwagen aus Salzburg auf den Bürgersteig gefahren. In der Fahrerkabine hatte der Fahrer das mit der Ladeklappe verbundene Seil gelöst, so daß ein Sturzregen von Möbeln sich auf die Reisenden ergoß, die nach einem Taxi anstanden. Die dann folgende Szene war schrecklich. Männer und Frauen, die unter Möbelstücken begraben lagen, begannen zu schreien. Unter einem Kleiderschrank ragte eine Frauenhand hervor, die sich zunächst noch schwach bewegte und dann reglos hing. Im Bahnhofsgebäude wandten alle die Augen in die Richtung, aus der der Lärm

gekommen war, alle bis auf die Männer Oberst Springers, die die Sperre auch weiterhin im Auge behielten, an der Klaus Jaeger in der Gestalt eines sowjetischen Hauptmanns aufs heftigste protestierte.

Durch die zweite Sperre betrat ein kleiner, gutgebauter Gepäckträger, dessen Karren soeben von dem Schäferhund beschnuppert worden war, den Bahnsteig. Der Mann hatte seine Mütze in die Stirn geschoben und schob seinen Gepäckkarren weiter auf den Bahnsteig. Als er an Jorge Santos vorüberkam, dem er nur einen kurzen Seitenblick zuwarf, ging er weiter den Bahnsteig hinunter. Auf dem Karren lag ein einziger blauer Koffer. Santos lehnte noch immer aus dem Fenster.

»Können Sie denn einen Diplomatenpaß nicht erkennen, wenn Sie einen vor sich haben?« rief Jaeger auf deutsch. »Meine Botschaft wird von diesem Vorfall erfahren, das schwöre ich Ihnen...«

Er protestierte immer noch, als der Abwehrbeamte mit dem Paß verschwand. Als er vor Springer stand, reichte er diesem den Paß.

»Sieht echt aus«, bemerkte der Beamte.

»Und wenn er vergoldet wäre, ich pfeife drauf«, sagte Springer wütend. »Der Mann steigt nicht in den Zug. Los, gehen Sie hin und sagen Sie ihm, der Paß sähe nicht echt aus, wir müßten in Bern nachfragen.« Er sah Traber an. »Und es wird ungeheuer lange dauern, bis wir mit Bern Verbindung haben...«

»Hier scheint eine Menge auf einmal zu passieren«, bemerkte Traber und blickte zur Hauptseite des Bahnhofsgebäudes, wohin Major Dobler gerannt war, um sich den Unfall des Möbelwagens anzusehen. »Fast so, als hätte jemand geplant, unsere Aufmerksamkeit abzulenken.«

»Um Wolkow Zeit zum Einsteigen zu geben, natürlich«, bellte Springer. Dann runzelte er die Stirn. »Nein, das kann nicht stimmen. Wenn dieser Mann selbst Boris Wolkow wäre, könnte er niemals mit seinem richtigen Namen auftreten. Da ist etwas, was ich nicht verstehe – was mir nicht gefällt...«

Der Hauptbahnhof war in Aufruhr. Der Möbelwagen war inzwischen zwischen Streifenwagen eingekeilt. Unter einigen Möbelstücken schrien noch immer Menschen. Ein Krankenwagen hielt mit heulender Sirene neben dem Möbelwagen an. Der Fahrer und sein Begleiter, die dieses brutale Ablenkungsmanöver inszeniert hatten, waren zuversichtlich gewesen, in dem allgemeinen Durcheinander zu entkommen. Mit einer Rolltreppe tauchten sie ins Untergeschoß mit der Ladenzeile hinab. Dort trennten sie sich und gingen auf verschiedene Rolltreppenausgänge zu. Beide Männer erschienen mit Pistolen in den Händen auf der anderen Seite des Bahnhofsplatzes.

Sie fanden sich einem Gemenge aus Passanten und Polizisten gegenüber. Um noch mehr Verwirrung zu stiften, schossen sie wild um sich, und verschiedene Fußgänger, die Deckung suchten, stießen mit Polizeibeamten zusammen. Zwei Beamte ignorierten aber den Tumult, hoben ihre eigenen Pistolen, zielten mit beiden Händen. Jeder der beiden Polizisten feuerte zweimal. Der Lastwagenfahrer lief noch, bis er tot zusammenbrach. Sein Komplize starb fünf Sekunden später.

Im Bahnhofsgebäude stürmte Klaus Jaeger, der noch immer seine Rolle eines sowjetischen Hauptmanns spielte, zu Springer und entriß dem Schweizer den Diplomatenpaß. »Sie werden von Moskau noch mehr über diesen Vorfall zu hören bekommen«, rief er aus. »Er könnte durchaus eine diplomatische Verstimmung mit Ihrer Regierung auslösen...« Springer ließ ihn mit dem Paß gehen, als Jaeger mit raschen Schritten zu seiner wartenden Limousine zurückging, in der Nacken in seiner Chauffeuruniform sitzengeblieben war. Als Major Kurt Dobler zurückkam, um von dem schrecklichen Desaster mit dem Möbelwagen zu berichten, ergriff Springer das Walkie-Talkie und begann, schnell zu sprechen. Jetzt war seine Stimme sehr sachlich.

»Ich wünsche, daß alle nicht gekennzeichneten PKW's und Lieferwagen – wohlgemerkt alle nicht gekennzeichneten – der sowjetischen Limousine folgen. Sie sollen sich ablösen. Sie sollen ihr folgen, sie aber nicht abfangen. Und sämtliche verfügbaren Funkpeilwagen tun das gleiche. So, los jetzt!«

Er gab Dobler das Walkie-Talkie zurück und sah Traber an. »Darf

ich jetzt wieder an Sie übergeben? Ich steige jetzt lieber wieder in den Zug ein...«
Selbst als Nacken – mit Jaeger auf dem Rücksitz – den Mercedes vom Hauptbahnhof wegfuhr, funktionierte das große Netz, das Springer ausgeworfen hatte, hervorragend. Ein Wäschereiwagen, der den Weg zum Zürichberg gewählt hatte, fuhr sogar vor der sowjetischen Limousine her, als deren Scheinwerfer im Rückspiegel auftauchten. Der Beifahrer meldete über Funk die Position, und von da an folgten ihnen Funkpeilwagen auf der Straße zum Zürichberg.
Bei der Ankunft vor der Villa auf dem Hügel bog Jaegers Wagen in das schmiedeeiserne Tor ein, das auch diesmal wieder prompt hinter ihnen geschlossen wurde. Jaeger war überzeugt, daß niemand ihn verfolgt hatte, denn hinter ihnen hatte er keine Wagen gesehen. In der Villa begann Nacken, der auch als Funker arbeitete, den bereits vorbereiteten verschlüsselten Funkspruch an Professor Mohner zu senden, der auf dem Zürichberg in seinem Wohnwagen saß. Der Funkspruch informierte Moskau, daß Oberst Igor Scharpinsky den Atlantik-Expreß bestiegen hatte.
Keine zehn Minuten später kreuzten sich die Peilstrahlen zweier Funkmeßwagen, die in der Nähe des Zoos oben auf dem Zürichberg standen. Damit war ein Sender im Heubeeri-Weg im Wald des Berggipfels lokalisiert. Professor Mohner, der hochgeehrte Meteorologe, hatte soeben seinen überlangen Funkspruch beendet, als an die Tür seines Wohnwagens geklopft wurde. Als er aufmachte, sah er sich Abwehrbeamten mit Pistolen in den Händen gegenüber.
»Ich habe mich schon gefragt, wie lange es dauern wird, bis Sie kommen«, sagte er.

Pünktlich um 23 Uhr rollte der Atlantik-Expreß im Züricher Hauptbahnhof an. Vor ihm lag die Fahrt nach Basel und dann in die Bundesrepublik Deutschland. In verschiedenen Abteilen machten es sich die zahlreichen neu Zugestiegenen gemütlich und hörten sich von Reisenden, die schon in Mailand eingestiegen waren, die Geschichte von der großen Lawine an. Als der Bahnsteig an ihm vorüberglitt, fiel Jorge Santos, der noch immer aus dem Fenster lehnte, ein Gepäckkarren auf, der verlassen auf dem Bahnsteig stand. Sein Mund preßte sich zusammen, als er das Fenster auf dem Gang hochzog und zu seinem Abteil zurückging. Wie in vielen anderen Abteilen waren auch in seinem die Vorhänge auf der Gangseite zugezogen. Erst als Santos die Tür aufmachte, sah er den Mann, der in dem sonst leeren Abteil auf seinem Fensterplatz saß. Santos trat ein und schloß die Tür. Seine Pfeife hing noch immer im linken Mundwinkel.

»Hallo, Nicos«, sagte Wargrave. »Ich habe mir gedacht, jetzt ist der Moment gekommen, gemeinsam vorzugehen.«

»Da gebe ich dir recht«, erwiderte Nicos Leonides. »Oberst Igor Scharpinsky ist soeben zugestiegen...«

23. Basel, Den Haag

Drei Jahre zuvor in Athen war es Harry Wargraves Einfall gewesen, daß Nicos Leonides, insgeheim ein überzeugter Antikommunist, versuchen sollte, sich in den sowjetischen Untergrundapparat auf dem Balkan einzuschleusen, indem er sich den Sowjets als privater Killer anbot. »Mir ist aus zuverlässiger Quelle zu Ohren gekommen, daß Oberst Scharpinsky hier in Athen an der sowjetischen Botschaft arbeitet«, hatte er erklärt. »Versuche, an ihn heranzukommen...«

»Das wird Zeit und Einfallsreichtum erfordern«, hatte Leonides gemahnt.

»Dann werden wir ihm Leichen liefern«, hatte Wargrave vorgeschlagen. »Leichen prominenter antikommunistischer Griechen, die er liebend gern tot sähe...«

Wargrave, der damals für den britischen Secret Service arbeitete, hatte neben seiner normalen Arbeit in der für ihn typischen Weise auf eigene Faust operiert. In einem bestimmten Zeitraum hatten Wargrave und Leonides – nachdem der Grieche Scharpinsky am Telefon überredet hatte, er solle ihm erlauben, sich zu bewähren – drei wichtige Hinrichtungen, drei »Leichen« geliefert.

Das erste »Opfer« war der ältere antikommunistische Herausgeber einer führenden Athener Tageszeitung gewesen. Er war nur einer von Leonides' zahlreichen Freunden – und auf dem Balkan stehen sich Freunde weit näher als im Westen. Als ihm klarwurde, daß er bei den Sowjets ohnehin auf der Abschußliste stand, hatte sich der Zeitungsmann willig bereit erklärt, mitzumachen. Seinen ausgebrannten Wagen hatte man nach einer stürmischen Nacht am Fuß eines steilen Felsens gefunden, und es war angenommen worden, sein Leichnam sei in die offene See hinausgespült worden. Statt dessen war der »tote« Verleger, ein Witwer, heimlich mit einem Motorboot auf eine der entlegeneren griechischen Inseln gebracht worden, wo er sich noch immer seines ungewöhnlichen Ruhestands erfreute.

In angemessener Folge hatten sich zwei weitere »Opfer« zur Zusammenarbeit bereit erklärt, beides Freunde Leonides' aus dem griechischen antikommunistischen Untergrund. Auch sie waren Witwer, so daß es keine familiären Komplikationen geben konnte. Einer, ein alternder Politiker, war in einem Flugzeug »ums Leben gekommen«, das nach einer Bombenexplosion ins Meer gestürzt war – aber erst nachdem der Politiker, der die Maschine geflogen hatte, sich zuvor mit dem Fallschirm über Land in Sicherheit gebracht hatte. Der dritte Mann, ein ranghoher älterer Abwehrmann, der kurz vor der Pensionierung stand, war »verstorben«, als sein Wagen beim Drehen des Zündschlüssels explodierte. Die Überreste des Leichnams, die man weit verstreut fand, waren die eines Toten, den Leonides aus einem Leichenschauhaus gestohlen hatte.

Alle drei griechischen »Opfer« lebten jetzt auf der entlegenen Insel in der Ägäis – und lebten vom »Erlös« eines großen Bankraubs, den Leonides selbst begangen hatte, allerdings ohne einem Menschen auch nur ein Haar zu krümmen. Damit hatte sich Nicos Leonides in den Augen Scharpinskys als einzigartig effektiver Killer qualifiziert, der »Unfälle« zu inszenieren wußte, die niemals auf sowjetische Hintermänner zurückgeführt werden konnten.

Es war Harry Wargrave gewesen, der Leonides vor dem Abflug aus Montreal telegrafiert hatte, er solle nach Mailand fliegen und die Wiener Nummer anrufen, die man ihm für den Fall genannt hatte, daß er sich mit Oberst Scharpinsky in Verbindung setzen wolle. Der KGB-Oberst hatte den Köder geschluckt und Leonides befohlen, mit dem Atlantik-Expreß mitzufahren und Marenkow zu töten, sobald sich eine Gelegenheit bot.

»Ich nehme an, daß er noch immer auf mich zählt«, sagte Leonides mit einem ironischen Lächeln, als er sich Wargrave gegenüber hinsetzte.
»Woher weißt du, daß er gerade eingestiegen ist?« fragte Wargrave scharf.
»Weil ich angewiesen worden bin, im Züricher Hauptbahnhof vom Fenster aus zu signalisieren, ob Marenkow noch am Leben sei – und zwar dadurch, daß ich meine Pfeife in den linken Mundwinkel stecke...«
»Und wer ist nun Scharpinsky?«
»Ich habe keine Ahnung...« Leonides breitete resigniert die Hände aus. »Ich habe sorgfältig beobachtet, und keiner der Reisenden, die in den Zug einstiegen, hat mich beachtet. Das war mein Fehler...«
»Welcher Fehler?«
»Ich glaube, daß er als Gepäckträger verkleidet durch die Sperre gekommen ist.«
Leonides beschrieb den verlassenen Gepäckkarren, den er beim Anrollen des Expreß auf dem Bahnsteig gesehen hatte. »Ein Gepäckträger nimmt seinen Karren immer mit«, betonte der Grieche. »Inzwischen wird er sich in einen der zahlreichen Reisenden verwandelt haben, die in Zürich zugestiegen sind. Was soll ich als nächstes tun?« fragte er plötzlich. »Und was ist mit Anna im Abteil nebenan?«
Anna Markos, Leonides' Schwägerin, hatte in Athen ebenfalls zu Wargraves geheimer Agentenzelle gehört. Ihre Schwester, einst Leonides' Frau, war bei einem in der Innenstadt Athens von Kommunisten verübten Bombenanschlag ums Leben gekommen. Für mich arbeitet sehr viel Haß, dachte Wargrave, als er den Blick des hünenhaften Griechen erwiderte.
»Ihr bleibt beide getarnt«, entschied er. »Übrigens, ich gehe doch wohl mit Recht davon aus, daß du diese beiden Saboteure erschossen hast, als der Expreß auf freier Strecke hielt?«
»Mein bisheriger sehr magerer Beitrag zu unseren vereinten Bemühungen«, erwiderte Leonides.

»Ja, ihr behaltet beide eure Tarnung bei«, wiederholte Wargrave. »Ich habe so eine Vorahnung, daß ich vor Ende dieses Unternehmens ein paar recht ungewöhnliche, um nicht zu sagen total ungesetzliche Methoden anwenden muß. Nehmen wir also einen Moment an, wir befänden uns noch in Athen.«

»Ich habe vor, Scharpinsky zu töten, wenn wir ihn erst einmal entdeckt haben«, sagte Leonides leise. »Ich will nicht, daß dieser Mann gegen einen unserer Leute ausgetauscht wird, die in Rußland im Gefängnis sitzen. Ich will ihn töten. Habe ich mich klar genug ausgedrückt?«

Wargrave stand auf. Sein Gesicht war blaß. »Und bis wir in Schiphol ankommen und Marenkow an Bord dieser bereitstehenden Boeing haben, die ihn in die Staaten fliegen soll, leite ich das gesamte Unternehmen und gebe jeden einzelnen Befehl. Habe auch ich mich klar genug ausgedrückt, Nicos?«

»Zu meinem Bedauern muß ich sagen – ja...«

In dem Single-Schlafwagenabteil, das für einen gewissen Waldo Hackmann reserviert worden war, einen amerikanischen Staatsbürger – die Reservierung war von Lugano an bestätigt –, hatte sich Oberst Igor Scharpinsky seiner Gepäckträgeruniform entledigt. Aus dem blauen Koffer, den er mit in den Zug genommen hatte, hatte er neue Kleidungsstücke genommen und sich umgezogen. Die Gepäckträgeruniform hatte er in einen mit Ziegelsteinen beschwerten Kunststoffsack gesteckt. Er zog das Fenster herunter, wartete, ohne auf den Schwall eisiger Luft zu achten, der ins Abteil strömte, bis der Expreß eine Brücke über einen Fluß überquerte, und schleuderte dann den Kunststoffsack hinaus. Er fiel lange durch die Luft, bis er auf dem dünnen Eis aufschlug, es durchbrach und versank. Scharpinsky schloß das Fenster und zog das Rollo herunter. Dann drehte er die Heizung auf, um das Abteil warm zu bekommen, bevor irgendein Schweizer Beamter es betrat.

Er trug jetzt ein kariertes Sportjackett und Hosen amerikanischen Schnitts. Seine Wangen hatte er mit Wattebäuschen ausgestopft.

Vor dem Verlassen der Villa in der Lindengasse 451 hatte ihm Ilse Murset noch den Schädel kahl rasiert. Er setzte seine Hornbrille auf und betrachtete sich prüfend im Spiegel. Unter seinem karierten Sportjackett – das Etikett auf der Innenseite zeigte den Namen eines Herrenausstatters in der Fifth Avenue in New York – trug er einen sehr dicken Pullover, der ihm ein beleibtes Aussehen verlieh. Er zündete sich eine dicke Zigarre an, zog seinen amerikanischen Reisepaß hervor und prüfte ihn. Jetzt war er Waldo Hackmann, ein Kunsthändler aus Boston, der sich auf alte Meister spezialisiert hatte.

Sein Koffer, den er auf dem Bett hatte liegen lassen, trug verschiedene Aufkleber, die ihn als weitgereisten Mann erscheinen ließen. Hotel Georges V., Paris; Dorchester, London; Ritz-Carlton in Boston und Mark Hopkins in San Francisco. Er hatte soeben den prüfenden Blick in den Spiegel beendet, als jemand an die Abteiltür klopfte. Hackmann machte auf und sah den Schlafwagenschaffner vor sich.

»Dieses Abteil ist von Lugano an für einen Mr. Waldo Hackmann reserviert worden«, erklärte der Schaffner.

»Ich bin Hackmann«, erwiderte Scharpinsky mit perfektem amerikanischem Akzent. »Ich bin gestern mit einem anderen Zug nach Zürich gefahren – ich habe meine Pläne ändern müssen...«

Er zeigte seinen Reisepaß und seine Fahrkarte, als hinter dem Schaffner ein Schweizer Paßkontrollbeamter erschien, an dem Schaffner vorbeilangte und begann, das Dokument zu kontrollieren. Scharpinsky bemerkte, daß der Beamte nicht nur den Paß prüfte, sondern sich auch den Namen und die Paßnummer notierte. Er blickte auf und sah den Reisenden an. »Und Ihre Heimatanschrift, Sir?« Scharpinsky nannte ihm eine Adresse in Beacon Hill, Boston. Als sich die Tür schloß und er wieder allein war, nahm Scharpinsky einen tiefen Zug aus seiner Zigarre. Wie er vorhergesehen hatte, wurden jetzt sämtliche Reisenden genau unter die Lupe genommen. Und schon sehr bald würden sie in den Vereinigten Staaten nachfragen...

Nach der Rückkehr aus Nicos Leonides' Abteil zum Schlafwagen am Ende des Zuges war es Wargrave plötzlich eingefallen, daß sämtliche Reisenden, die in Zürich zugestiegen waren, einer gründlichen Kontrolle unterzogen werden sollten. Waldo Hackmanns Papiere waren unter den ersten, die unter die Lupe genommen wurden.

Aus dem Funkabteil, in dem Peter Necker seinen Dienst versah, ging sofort ein Funkspruch mit einer genauen Personenbeschreibung Hackmanns an das Hauptquartier der Interpol in Paris, in dem auf Wunsch General Trabers einige Beamte Nachtdienst machten. Von Paris aus wurden die Informationen unverzüglich ans FBI-Hauptquartier in Washington weitergeleitet; in der amerikanischen Hauptstadt war es 17 Uhr 15 Ortszeit. Von Washington aus erfolgte dann sofort ein Anruf bei der FBI-Außenstelle in Boston.

Die Agenten Crammer und Hinds fuhren sogleich zu der Adresse in Beacon Hill, die Hackmann angegeben hatte, obwohl ein Blick ins Telefonbuch bereits bestätigt hatte, daß unter dieser Anschrift ein Waldo Hackmann wohnte. Das Haus in der ruhigen Straße mit ihren alten und pittoresken Gebäuden schien zwar leer zu sein, aber Crammer und Hinds hatten strikte Anweisungen. Sie öffneten die Vordertür mit Nachschlüsseln und durchsuchten das Innere des Hauses. Es war Crammer, der in einem Papierkorb die zerknüllte Kopie von Hackmanns Terminplan für die Europareise fand.

Sonnabend, 8. Januar: Zürich; Sonntag, 9. Januar: Amsterdam; Montag, 10. Januar: Paris; Dienstag, 11. Januar: Brüssel...

Die an Washington gerichtete Bitte um Überprüfung der Angaben und Daten Waldmanns hatten den Vermerk »dringend« getragen, so daß Crammer sofort in Washington anrief. Von dort ging die Antwort zunächst nach Paris und dann an Necker im Atlantik-Expreß. Und niemandem kam der Verdacht, daß der echte Waldo Hackmann – ein kommunistischer »Schläfer«, der Anweisungen befolgt hatte, die Scharpinsky ihm in Wien vor seinem Abflug nach Zürich gegeben hatte – im Augenblick ein angenehmes Wo-

chenende im New Yorker St. Regis Hotel verbrachte, wo er unter falschem Namen abgestiegen war. Der Atlantik-Expreß näherte sich Basel, als Springer Waldo Hackmann von der Liste der Verdächtigen strich.
Mehr als fünfhundert Kilometer weiter nördlich von Basel änderte der sowjetische 17000-Tonnen-Frachter *Maxim Gorkij*, der neue Stolz des Sowjetadmirals Gorschkow in seiner Flotte von Spionageschiffen, den Kurs. Das Schiff war mit hochentwickelten elektronischen Geräten ausgerüstet und befand sich auf der Fahrt von der Ostsee nach dem afrikanischen Staat Angola. Der Kapitän des Schiffs, Josef Morow, hatte von seinem Heimathafen Leningrad einen dringenden verschlüsselten Funkspruch empfangen, in dem ihm befohlen wurde, vor der Rheinmündung in der Nähe Rotterdams vor Anker zu gehen. Das Schiff durchpflügte schwere See, als der Kapitän diese neue Anweisung mit Kommissar Walentin Rykin erörterte, der ebenfalls einen Funkspruch erhalten hatte.
»Ich würde gern wissen, wie lange wir noch warten sollen«, sagte Morow barsch. »Ich bin für die Sicherheit dieses Schiffes verantwortlich, und das Barometer fällt sehr schnell...«
Rykin, ein kleinwüchsiger, breitschultriger Mann mit einem dichten schwarzen Haarschopf, dessen Rang höher war als selbst der des Kapitäns, zuckte nur die Achseln. »Zwölf Stunden, vielleicht. Dann kehren wir um und fahren mit voller Kraft nach Leningrad zurück...«
»Mit voller Kraft! Bei diesem Wetter...«
»Das ist Ihr Problem. Sie müssen darauf vorbereitet sein, eine große Zahl wichtiger Agenten an Bord zu nehmen, die in Abständen mit Motorbooten zum Schiff kommen – möglicherweise werden sie sogar von holländischen Torpedobooten verfolgt werden.«
»Wir werden uns in holländischen Gewässern befinden. Wenn die Leute der niederländischen Küstenwache an Bord kommen wollen...«
»Sie werden davon abgehalten werden«, bellte Rykin. »Ich habe schon Befehl gegeben, Maschinengewehre zu montieren...«

»Sie müssen verrückt sein«, protestierte Morow. »Sie können doch nicht auf holländische Schiffe das Feuer eröffnen – das wird eine internationale Krise geben...«

»Es wird nur geschehen, falls es notwendig werden sollte...« Eine riesige Welle traf die Kommandobrücke, und Kommissar Rykin wurde gegen die Holzvertäfelung geschleudert, als der Bug des Schiffs in die schäumenden grünen Fluten eintauchte. Rykin gewann das Gleichgewicht wieder und zwang sich, nicht mehr den schmerzenden verletzten Ellbogen zu reiben; ein Sowjetkommissar war gegen Schmerz unempfindlich. »Nur im Notfall«, wiederholte er. »Außerdem ist Holland nichts weiter als ein Spielzeugstaat«, schnaubte er verächtlich. »Wie viele Panzerdivisionen können die schon auf die Beine stellen?«

Es war Mitternacht, als der Atlantik-Expreß sich Basel näherte. In Den Haag war es ebenfalls Mitternacht, als General Max Scholten im Hauptquartier der niederländischen Abwehr am Fenster seines Büros im zweiten Stock stand. Das Gebäude stand am Hofvijver-See mitten in der Stadt. Der stürmische Wind der Stärke acht, der von der Nordsee her hereinwehte, peitschte die Oberfläche des Sees auf und brachte das sonst so ruhige Gewässer in Wallung. Ähnlich sah es im Kopf des holländischen Abwehrchefs aus. Sein Assistent, Major Sailer, legte den Hörer auf und meldete die Neuigkeit.

»Der Atlantik-Expreß wird in fünf Minuten in Basel einlaufen – und bislang hat General Marenkow überlebt...«

»Was die Berichte erklärt, die ich aus Deutschland und Frankreich erhalte, daß nämlich die sowjetischen Spitzenagenten zu laufen anfangen – und offensichtlich in unsere Richtung. Die Deutschen haben ihre Grenze zur DDR abgeriegelt...«

»Und Sie erwähnten, Sie hätten zuverlässig erfahren, daß die Geiger-Gruppe tatsächlich nach Holland kommt«, erinnerte Sailer seinen Chef. »Nicht daß ich da einen Zusammenhang sehe...«

»Na, ich weiß nicht...« In der Ferne konnte der rundgesichtige holländische Abwehrchef die verschwommenen Umrisse des Parlamentsgebäudes sehen. Sailer stellte sich neben ihm ans Fenster. »Meinen Sie nicht, daß wir vielleicht den Minister informieren sollten...«

»Um diese Uhrzeit?« fragte Scholten mit gespieltem Entsetzen. »Und außerdem ist Wochenende – fast Sonntagmorgen. Nein, diese Sache werde ich allein in die Hand nehmen...« Er verstummte, als Sailer den Hörer des Telefons abnahm, das für Gespräche der höchsten Dringlichkeitsstufe reserviert war. Sailer hörte zu, bedankte sich und legte auf.

»Die Hochsee-Radar-Leute von der Marine haben soeben diesen sowjetischen Superfrachter *Maxim Gorkij* auf die Schirme bekommen. Sie sagen, er habe den Kurs geändert und laufe direkt auf die Rheinmündung zu...«

Scholten warf einen Blick auf eine Wandkarte Westeuropas. »Jetzt würde ich aber wirklich gern wissen, was das zu sagen hat – ich spüre, daß sich hier ein Mosaik ergibt, das den Atlantik-Expreß mit dem Frachter in Zusammenhang bringen könnte. Ich möchte mit Harry Wargrave im Expreß telefonieren...«

»Aber der Expreß kommt nicht einen Moment auch nur in die Nähe der Maasmündung...« Sailer meinte die Rheinmündung. »Er fährt direkt über das Rheinland nach Amsterdam...«

»Versetzen Sie sämtliche Torpedoboot-Patrouillen in Alarmbereitschaft«, befahl Scholten.

Als der Atlantik-Expreß durch die Baseler Außenbezirke auf den Bahnhof zurollte, sprach Wargrave in Neckers Funkabteil über Funktelefon mit General Max Scholten. Es war keine lange Unterhaltung, da beide Männer über die Gabe verfügten, sich knapp und präzise auszudrücken. Als er auf Wiederhören sagte, dankte Wargrave im stillen Gott, daß am Ende des Fluchtwegs – im holländischen Sektor – einer der überzeugtesten und rücksichtslosesten Abwehrchefs Europas zuständig war. Dem rosigen Max Scholten sah man seinen harten Antikommunismus nicht ohne weiteres an.

Seitdem der Zug Zürich verlassen hatte, hatte Necker zahlreiche

Funksprüche senden müssen. Einer war an Hauptmann Franz Wander vom deutschen BND gegangen, der in Basel auf dem Badischen Bahnhof wartete – dem Bahnhof jenseits des Baseler Bundesbahnhofs, an dem die deutschen Grenz- und Zollbeamten sämtliche nach Deutschland gehenden Züge besteigen. Selbst wenn der Funkspruch von den Sowjets aufgefangen worden wäre, hätte er für sie keinen Sinn ergeben. Er lautete: *Inge befindet sich im Atlantik-Expreß. Bitte besteigen Sie den Zug und nehmen Verhaftung vor, sobald deutsches Territorium erreicht ist.* Im Klartext bedeutete der Funkspruch, daß Marenkow alias Inge noch am Leben sei und daß um umfassende Sicherheitsvorkehrungen gebeten werde, sobald von den Schweizer Behörden übernommen werde.

Zwei Minuten später rollte der Expreß unter dem Dach des Baseler Bundesbahnhofs in die Gleishalle und hielt. In seinem Abteil hatte Waldo Hackmann das Rollo hochgezogen und das Licht ausgemacht und saß jetzt im Dunkeln auf seinem Platz. Nur die glühende Spitze seiner Zigarre war zu sehen. Der Zufall wollte es, daß er von seinem Fenster aus auf den mit einem Drahtzaun abgesperrten »Käfig« blicken konnte, in dem Reisende warten mußten, die nach der Schweizer Zollkontrolle in die Züge einsteigen wollten.

Hackmann nahm seine Zigarre fester zwischen die Zähne, als er die Menschen im »Käfig« studierte. Unter ihnen erkannte er deutlich Jurij Gusew, den »Star« unter den Killern des GRU, ein Stück weiter entfernt Rudi Bühler, seinen Stellvertreter, der schon vorher mit der Bahn von Zürich nach Basel gefahren war. Bühler, ein massiger Mann mittlerer Größe mit einem ledern wirkenden Teint, hatte seine äußere Erscheinung verändert. Er trug jetzt französische Kleidung und hatte einen langen Regenmantel an, der ihn etwas größer erscheinen ließ. In der Tasche trug er einen Reisepaß, der ihn als Pierre Masson, Werbegraphiker, auswies.

Jurij Gusew war klein, hatte einen breiten Brustkorb und große Füße, die in handgearbeiteten Schuhen steckten. Er trug nur eine Aktentasche – die bereits durchsucht worden war – und stand mit

hochgezogenen Schultern neben dem geschlossenen Ausgangstor, als Oberst Springer den »Käfig« betrat. Hinterher konnte Springer sich nie Klarheit darüber verschaffen, was es gewesen war, das seine Aufmerksamkeit auf Jurij Gusew gelenkt hatte. Sein Instinkt? Vielleicht eine Aura der Anspannung, die den in der Nähe des Ausgangs stehenden Mann umgab, der ungeduldig darauf zu warten schien, den engen Drahtkäfig verlassen zu können?
»Wer ist das?« fragte er einen der Abwehrleute.
»Ein Holländer namens Stoel...«
Springer blieb, wo er war, und starrte immer noch Gusew an, der zwei Meter entfernt stand. Während eines langen Urlaubs in den Niederlanden hatte Springer, ein sehr sprachbegabter Mann, sich einige Kenntnisse der Landessprache angeeignet. Er rief auf holländisch aus: »Warum reisen Sie nach Holland? Welchen Beruf haben Sie? Wie lange haben Sie sich in der Schweiz aufgehalten?«
Gusew erstarrte. Er verstand nichts, antwortete dann auf deutsch. »Sprechen Sie mit mir? Wie lange will man uns hier noch wie Tiere in den Käfig sperren?«
»Wenn der Holländer ist, bin ich es auch«, murmelte Springer.
»Man hat seine Aktentasche untersucht und außerdem eine Leibesvisitation vorgenommen. Keine Waffen«, erwiderte der Abwehrbeamte.
Springer musterte den Mann von oben bis unten, bis sein Blick an den übergroßen Schuhen mit den schweren Absätzen hängenblieb. »Ziehen Sie die Schuhe aus«, befahl er auf deutsch.
Gusew bückte sich sehr langsam. Seine rechte Hand begann, den rechten Schuh auszuziehen, dann riß er mit einer blitzschnellen Bewegung den Absatz herum und zog die kleine Bayard-9-Millimeter-Automatic aus dem präparierten Absatz und wirbelte mit einer Drehung herum, der man mit den Augen kaum folgen konnte. Zwei Schüsse ertönten, und Gusew taumelte auf das Drahtgitter zu, an dem sich seine Hände festkrallten. Springer sah ihn an. Die Browning, mit der er die beiden Schüsse abgegeben hatte, hielt er noch in der Hand. Und in seinem abgedunkelten Abteil betrach-

tete Hackmann den makabren Anblick seines Killers Gusew, der ihn direkt anzustarren schien. Die Hände Gusews klammerten sich noch immer am Drahtgitter fest, als er langsam auf den Betonfußboden sank und zusammenbrach.
Der »Käfig« wurde sofort geöffnet, um die übrigen Reisenden auf den Bahnsteig zu lassen. Rudi Bühler stieg ein, ohne behelligt zu werden. In seinem Abteil saß Scharpinsky in der Gestalt Waldo Hackmanns und dachte voller Bestürzung nach. Er hatte so sehr darauf gebaut, daß Gusew einen Weg finden würde, um sich Zugang zu dem letzten Schlafwagen zu verschaffen und Marenkow zu töten. Jetzt blieb ihm nur noch Rudi Bühler, und der war alles andere als ein ausgebildeter Killer. Und Nicos Leonides, den er vorhin zum erstenmal gesehen hatte – denn er hatte gewußt, in welchem Fenster welches Wagens er zu suchen habe, als er mit seinem Gepäckkarren an dem Expreß entlanggegangen war –, besaß nicht mehr das Vertrauen des KGB-Obersten. Wäre Leonides zuverlässig, hätte er seinen Auftrag schon längst erledigt.
Als der Expreß aus dem Baseler Bundesbahnhof hinausrollte und auf den Badischen Bahnhof zufuhr, traf Scharpinsky eine Entscheidung. Jetzt gab es nur noch eine mögliche Lösung: Die Geiger-Gruppe mußte den gesamten Atlantik-Expreß zerstören und mit ihm Marenkow.

24. Deutschland, Amsterdam, Den Haag

»Mein Gott, sieh dir das an – Crufts Hundeschau!«

Elsa stand neben Matt Leroy und starrte verblüfft die Szene auf dem schneebedeckten Bahnsteig an, als der Zug in Basel, Badischer Bahnhof, hielt. Auf dem Bahnsteig standen vierzig Schäferhunde, jeder mit einem Hundeführer. Die Tiere zerrten an den Leinen, als könnten sie es nicht erwarten, in den Zug zu kommen.

»Ich kapiere das nicht«, erwiderte Matt Leroy, als die Türen der drei Schlafwagen aufgingen und die Tiere in den Zug sprangen.

Hauptmann Franz Wander vom Bundesnachrichtendienst, ein breitschultriger Mann mit einem lächelnden Gesicht, dessen Englisch einen leichten Cambridge-Akzent hatte, erklärte Julian Haller und Wargrave seine Taktik. Im Nachbarabteil bewachte Elsa Marenkow.

»Es ist gerade Mitternacht vorbei. Bei der Fahrt durch die Bundesrepublik wird es meist überwiegend dunkel sein – und das bedeutet, daß die Leute kaum einen Grund haben werden, durch den Zug zu laufen. Durchschnittlich drei Hunde könnten pro Waggon eingesetzt werden, um im Gang aufzupassen. Das wird die Reisenden in den Abteilen halten. Ich wünsche eine totale Kontrolle aller Fahrgäste, bis Sie die holländische Grenze erreicht haben.«

»Sie könnten ein paar Beschwerden kriegen«, bemerkte Haller mit einem trockenen Lächeln.

»Mit Beschwerden werde ich schon fertig.« Trotz seiner massigen Figur wirkte Wander recht elegant in seinem grauen Tagesanzug.

Er grinste breit. »Wir werden den Leuten erzählen, es habe eine Bombendrohung gegeben – und daß die Hunde hier sind, um den eventuell versteckten Sprengstoff aufzuspüren.« Er sah Wargrave an. »Irgendwelche Einwände, Harry?«

»Keine.« Wargrave breitete die Hände aus. »Das nenne ich brillant. Wir könnten nachts vielleicht sogar mal wieder schlafen...«

»Einige Leute in den normalen Waggons werden vielleicht den Waschraum aufsuchen wollen«, bemerkte Haller.

»Wir werden ihnen ein prachtvolles Geleit geben, hin und zurück – mit je einem Hund...«

In der Öffentlichkeit ist noch immer nicht allgemein bekannt, daß die meisten Terrororganisationen, die im Westen arbeiten, vom KGB oder vom GRU finanziert – und oft genug auch bewaffnet werden; mögen die Verbindungen auch noch so indirekt sein. Die Kontakte laufen häufig über Ost-Berlin.

Für die Sowjetunion zahlt sich diese Politik in hohen Dividenden aus. Indem so im Westen ständig die Unruhe geschürt wird, kann die sowjetische Propaganda die Lebensbedingungen im Westen mit den »friedlichen Zuständen« in der Sowjetunion vergleichen, einem »Frieden«, der durch den engmaschigen polizeistaatlichen Apparat des KGB gewährleistet wird. Die terroristische Geiger-Gruppe, die in der Bundesrepublik Deutschland zahlreiche Anschläge verübt hatte, war ein hervorragendes Beispiel für diese Politik.

Sie wurde von Rolf Geiger angeführt, einem Armenier, dessen wirklicher Name Dikran Kikojan war. Die Gruppe hatte kurz vor dem Grenzübertritt nach Holland gestanden, um dort Anschläge zu verüben, als Geiger – der sein neues Hauptquartier in Amsterdam bereits eingerichtet hatte – Scharpinskys frühe Warnmeldung aus dem Hotel Schweizerhof in Zürich erhielt. *Bereiten Sie einen Plan zur Zerstörung des Atlantik-Expreß vor. Warten Sie auf weitere Nachricht.*

In Amsterdam war es Mitternacht – der Atlantik-Expreß rollte gerade auf den Baseler Bundesbahnhof zu, und wenige Kilometer weiter südlich von Amsterdam, in Den Haag, hatte General Max Scholten soeben von der Kursänderung der *Maxim Gorkij* erfahren. Rolf Geiger stand im dritten Stock eines alten Hauses am Fenster und ging die Pläne durch, die er entwickelt hatte. Vom Fenster aus blickte er auf einen Kanal; gegenüber, auf der anderen Seite, standen fünfstöckige Lagerhäuser mit großen Flaschenzügen über Doppeltüren. Die Flaschenzüge hatten einmal dazu gedient, Waren in die Lagerhäuser zu befördern. In diesem Augenblick tukkerte ein Patrouillenboot der Polizei unter einer gewölbten Brücke hindurch und passierte dann das Fenster, an dem Geiger stand. Hinter ihm telefonierte sein Assistent Joop Kist, ein kleiner, schmalgesichtiger Mann von dreißig, mit dem Amsterdamer Bahnhof. Kist bedankte sich und legte auf.

»Sie erwarten den Atlantik-Expreß für zehn Uhr morgen früh…«

»Gut. Schick Erika zu mir und bleib mit dem Funker unten, bis ich dich rufe.«

Geiger war ein kleiner, lebhafter Mann Anfang der Fünfzig. Sein Gesicht war hager; er hatte eine lange Nase und einen Schnurrbart, dessen Farbe der seines sorgfältig gepflegten Kopfhaars entsprach. Geiger entsprach kaum dem Bild, das sich der Mann auf der Straße von einem Terroristenchef macht. In London wäre er als Dandy durchgegangen, und mit seinen höflichen Manieren und seiner Fähigkeit, Mädchen zum Lachen zu bringen, hatte er auch einigen Erfolg bei Frauen. Joop Kist, seine jüngste Neuerwerbung, hatte er absichtlich weggeschickt, weil er seine Pläne mit Erika Kern besprach. Kist war vor allem wegen seiner holländischen Muttersprache unentbehrlich.

Geiger wandte sich vom Fenster ab, als die junge Frau eintrat. Erika Kern, eine attraktive dunkelhaarige Frau mit einer vollen Figur, war zweiunddreißig Jahre alt und gebürtige Ostdeutsche. Sie war außer Geiger das einzige Gruppenmitglied, das davon wußte, daß die Bande vom sowjetischen GRU kontrolliert wurde. Die anderen – »Bauern«, wie Geiger sie mitunter abschätzig nannte –

lebten in der Vorstellung, sie kämpften für die Befreiung unterdrückter Völker in aller Welt – was die Bewohner der Sowjetunion nicht einschloß.
»Alles vorbereitet für den Fall, daß wir in Aktion treten müssen?« fragte Geiger.
»Ja«, erwiderte Erika energisch. »Erstens wird der Expreß nach Belgien umgeleitet werden müssen, damit gesichert ist, daß er über die Maasbrücke fährt. Das ist erledigt.«
»Geh noch mal alles durch...«
»In Willich sind vier Männer mit Sprengstoff zurückgeblieben, um den Bahndamm nördlich von Düsseldorf in die Luft zu sprengen – das bedeutet, daß sie den Expreß ab Köln über Brüssel umleiten müssen. Dann wird er über die Maasbrücke nach Amsterdam weiterfahren.«
»Und die Hauptgruppe?« wollte Geiger wissen.
»Befindet sich schon in Dordrecht – nahe an der Maas und mit genügend Sprengstoff ausgerüstet, um drei Brücken kilometerhoch in die Luft zu jagen. Der ganze Expreß wird im Fluß versinken. Was ist mit Uniformen?«
»Die üblichen.« Geiger lächelte und strich sich über den Schnurrbart. »Wenn man uns sieht, wollen wir wenigstens unser Erkennungszeichen zurücklassen.«
Die Wahl der »Uniform« war ein Teil der Vorliebe Geigers für die Verbreitung von Angst und Schrecken gewesen, als er noch in der Bundesrepublik operierte – damals hatte die Gruppe Banken und öffentliche Gebäude in die Luft gesprengt und Geiseln genommen. Jedes Mitglied der Gruppe trug im Einsatz eine schwarze wollene Skimaske, eine schwarze Windjacke und schwarze Skihosen. Diese Aufmachung machte einen tief erschreckenden und düsteren Eindruck. Geiger blickte auf die Uhr.
»Jetzt können wir nichts weiter tun, als auf den nächsten Funkspruch zu warten...«
»Du vertraust diesem Joop Kist?« fragte Erika zweifelnd.
»Der ist auch so ein Bauer, ein Idealist – jedenfalls habe ich dafür gesorgt, daß er sehr wenig über unsere Pläne weiß...«

»Er macht mir trotzdem Kummer. Wenn es einen Notfall gibt und ich recht behalte?«
»Dann erschieß ihn«, sagte ihr Geiger fröhlich.

Der Atlantik-Expreß raste schon durch die von Schneestürmen heimgesuchte Bundesrepublik, als Elsa Lang vom Anfang des Zuges zum letzten Schlafwagen zurückging. Sie war jetzt fast am Ende ihrer Kraft. Es war ihre eigene Idee gewesen, sämtliche Reisenden des Zuges anzusehen, um herauszufinden, ob der KGB-Oberst sich im Zug befand. Die Skizze Igor Scharpinskys hatte sie sich längst eingeprägt. Als sie den nächsten Schlafwagen erreichte, drehte sich Waldo Hackmann – nachdem er dem Schaffner am Ende des Waggons ein großzügiges Trinkgeld gegeben hatte – um und ging mit einem großen Glas Kognak in der Hand zu seinem Abteil zurück.
Einen Moment lang trafen sich ihre Blicke, dann ging Hackmann vor ihr her und verschwand in sein Abteil. Als sie an der Tür vorüberkam, merkte sich Elsa automatisch die Nummer. Abteil 19. An diesem Reisenden war ihr nichts bekannt vorgekommen. Als sie an einem von Hauptmann Wanders Hundeführern vorbeikam, streichelte sie das Tier, kehrte zu einem der leeren Abteile im letzten Schlafwagen zurück und sagte Matt Leroy gute Nacht, der gerade Wache hielt. »Angenehme Träume«, wünschte ihr der schnauzbärtige Amerikaner.
»Ich werde schlafen wie ein Stein...«
Sie ließ sich angezogen auf das untere Bett fallen und schlief augenblicklich ein. Sie hatte aber keine angenehmen Träume; stattdessen wälzte sie sich ständig unter Alpträumen unruhig hin und her. Sie befand sich im Baseler Hauptbahnhof, um wieder einmal eine dieser elenden Kassetten zu übernehmen... sie landete mit Wargrave auf dem Flugplatz vor Bukarest und sah, wie General Marenkow und nicht Anatolij Sarubin auf die Maschine zuging... hörte das plötzliche Maschinengewehrfeuer auf dem Mailänder Flughafen, als aus dem falschen Krankenwagen auf die Rückseite des Lastwagens gefeuert wurde, in dessen Fahrerkabine sie mit

Wargrave und Marenkow saß... wieder Maschinengewehrfeuer, als sie bei Vira auf dem Fußboden lag, während aus dem vorbeifahrenden Jeep ein Kugelhagel den Schlafwagen durchsiebte... sah die heranstürmende Lawine näher kommen, die alles unter sich begrub – da wachte sie auf. Sie seufzte erleichtert auf und lauschte dem gleichmäßigen Geräusch der Räder des Expreß, der sie nach Schiphol bringen sollte, in Sicherheit...

Um 2 Uhr 30 näherte sich der Expreß Karlsruhe, wo er einen kurzen Aufenthalt haben würde. In Abteil 19 schlürfte Scharpinsky den letzten Rest Kognak aus. Dann sprach er mit Rudi Bühler, der vor zehn Minuten, als der deutsche Hundeführer vorübergehend aus dem Gang verschwunden war, ins Abteil gekommen war.
»Sie müssen zusehen, daß Sie diesen Funkspruch auf den Weg bringen«, sagte Scharpinsky seinem Stellvertreter. »Sie müssen in Karlsruhe aussteigen – dort wird ein Wagen auf Sie warten –, zum Haus fahren und sich dort persönlich vergewissern, daß der Funkspruch sofort nach Amsterdam übermittelt wird. Irgendwelche Fragen?« Er sagte dies in einem Ton, als könnte es keine geben.
»Das ist ein sehr langer Funkspruch«, bemerkte Bühler, als er die verschlüsselte Nachricht betrachtete, die der Russe ihm ausgehändigt hatte. »Wenn die Deutschen Funkpeilwagen einsetzen...«
»In diesem Stadium des Unternehmens sind wir alle entbehrlich«, sagte ihm Scharpinsky brutal. »Auch ich«, fügte er unverblümt hinzu.
»Sie haben also vor, im Expreß zu bleiben?«
»Bis zum allerletzten Moment – für den Fall, daß ich die Aufgabe selbst erledigen kann. Obwohl ich da meine Zweifel habe – bei all diesen verdammten Hunden, die der BND hier im Zug eingesetzt hat.«
Bühler warf seinem Chef einen Blick zu, der mit gewohnter Selbstbeherrschung gesprochen hatte. Bühler hatte Igor Scharpinsky noch nie gemocht, aber jetzt, kurz vor dem Abschied, empfand er doch so etwas wie widerwillige Bewunderung für den KGB-Oberst. Der Kerl hat Schneid, dachte er. Mit dem zusam-

mengerollten Funkspruch in der zum Teil ausgehöhlten Zigarre, die er gerade rauchte, verließ Bühler das Abteil. Der Expreß befand sich kurz vor Karlsruhe und wurde schon langsamer. Der deutsche Hundeführer, der wieder im Gang stand, sah nichts Merkwürdiges an einem Reisenden, der aussteigen wollte.

Zu dieser frühen Morgenstunde verließ nur eine Handvoll Reisende den Zug. Rudi Bühler verließ den Bahnhof, ging ein paar hundert Meter zu Fuß und setzte sich dann auf den Rücksitz eines BMW, der sofort losfuhr. Bühler drückte seine Zigarre mit dem Funkspruch aus. Eine Minute später folgte ein als Kühlwagen getarnter Funkpeilwagen dem BMW – ein wenig verspätet, weil der Fahrer Mühe gehabt hatte, den Motor in Gang zu bekommen. Hauptmann Wander hatte den Karlsruher Hauptbahnhof mit verschiedenen BND-Fahrzeugen umstellen lassen. Jeder einzelne Reisende, der den Zug verlassen hatte, wurde beschattet.

Als sie vor einem Mietshaus ankamen, eilte Bühler hinein und ging die Treppen zum fünften Stock hinauf, wo sein Funker mit dem Sendegerät wartete. Wie er zu Scharpinsky gesagt hatte, war der Funkspruch überlang. Kurz vor dem Ende des Funkspruchs hatten zwei Funkpeilwagen den Sender lokalisiert. Bühler hatte die verschlüsselte Nachricht an Amsterdam gerade vernichtet, als deutsche Polizei in die Wohnung stürmte. Der Sabotagechef des GRU befand sich gerade in einem der Schlafzimmer, als er die Wohnungstür zersplittern hörte. Er reagierte sofort und sehr schnell. Er riß das Schlafzimmerfenster auf, schwang sich hinaus, trat auf einen Mauervorsprung, drehte sich um und schoß mit seiner Walther fünfmal auf die Polizisten, die ins Zimmer kamen. Dann tastete er sich eilig das Gesims entlang. Er hatte aber eines übersehen: Der Stein war mit Eis überzogen. Bühler rutschte aus, schlitterte und versuchte sich festzuhalten, als er übers Geländer fiel. Er ließ einen langgezogenen Schrei hören, der erst verstummte, als er fünf Stockwerke tiefer aufs Pflaster fiel.

In dem alten Amsterdamer Haus am Kanal las Rolf Geiger um drei Uhr morgens den entschlüsselten Funkspruch aus Karlsruhe. Er blickte auf und sah Erika Kern an, die ihn mit erwartungsvollem Gesicht anblickte. Er nickte.

»Haben wir grünes Licht?« fragte Erika.

»Das haben wir«, bestätigte Geiger freundlich. Er schnippte sich ein Staubkorn vom Jackenärmel. »Funke die Nachricht nach Willich. Sag ihnen, sie sollen sich beeilen – sehr beeilen...«

Willich ist ein kleines Dorf, das etwa auf halbem Weg zwischen Düsseldorf und der niederländischen Grenze liegt. Zehn Minuten später fuhren vier Männer von einem der neuen Reihenhäuser zur Autobahn nach Düsseldorf, von der sie nach kurzer Zeit auf eine Seitenstraße abfuhren, die sie zu einer Scheune führte. In der Scheune zogen sie sich um und verkleideten sich als Krankenwagenfahrer. Dann bestiegen sie den in der Scheune versteckten Krankenwagen, ein Fahrzeug, das sie vor einem Monat für ein Unternehmen gestohlen hatte, zu dem es nie gekommen war. Mit heulender Sirene verließen sie die Scheune und fuhren mit hoher Geschwindigkeit durch den Schneesturm zu einer Stelle nördlich von Düsseldorf, an der die Bahnlinie Basel–Amsterdam auf einem langen Erddamm verläuft.

Die Männer brauchten fünf Minuten, um die schweren Sprengladungen anzubringen, die sie im Krankenwagen mitgebracht hatten. Sie brachten die Sprengsätze an verschiedenen sorgfältig ausgewählten Stellen an und legten dann die Kabel für den Zeitzünder. Dann verließen sie den Bahndamm, fuhren ein kurzes Stück in Richtung Holland, hielten an und warteten. Die Detonation war gewaltig. Es gab ein grelles Aufblitzen, dann flogen in einer Schneewolke Teile der Gleisanlagen in die Luft. Und mit einem gewaltigen Erdrutsch senkten sich einhundert Meter Damm auf die nahegelegene Straße.

Darauf fuhr der Krankenwagen wieder an und raste auf die holländische Grenze zu. Die Sirene heulte ununterbrochen. Nach wenigen Minuten kam ihnen ein Streifenwagen entgegen. Der Fahrer des Polizeifahrzeugs dachte kurz über den Krankenwagen nach und bemerkte zu seinem Kollegen: »Irgendein armer Teufel, dem es dreckig geht...«

Um 4 Uhr 20 hatte der Atlantik-Expreß Mainz verlassen und befand sich auf dem Weg nach Köln. Hauptmann Franz Wander weckte jeden im letzten Schlafwagen auf und bat alle in Marenkows Abteil. Julian Haller, der vor Mangel an Schlaf bleischwere Lider hatte, war noch immer wach, aber Wargrave und Elsa hatten eine Weile ruhen können, bis der deutsche Abwehrmann sie holte.
»Ich finde, Sie sollten wissen«, informierte Wander sie knapp, »daß der Expreß ab Köln umgeleitet werden muß, um dann über Aachen und Brüssel nach Amsterdam zu fahren...«
»Warum?« fuhr Wargrave dazwischen.
»Ein Stück Bahndamm nördlich von Düsseldorf ist in die Luft gesprengt worden, so daß der Zug nicht die direkte Route nach Amsterdam nehmen kann. Wir erwarten noch mehr solcher Späße von der Geiger-Gruppe«, fügte er in seinem hervorragenden Englisch hinzu.
»Da liegt was im Busch«, bemerkte Wargrave, »das rieche ich förmlich...«
»Ich sehe keinen Zusammenhang mit der Tatsache, daß General Marenkow sich im Zug befindet«, erwiderte Wander. »Wäre der ganze Zug zerstört worden, wenn wir zur fraglichen Zeit über diesen Streckenabschnitt gefahren wären? Ich glaube kaum – einige Waggons wären vermutlich schwer mitgenommen worden, aber die meisten hätten es unbeschädigt überstanden.«
»Genau«, erwiderte der Engländer. »Sie hätten nicht absolut sicher sein können, Marenkow erwischt zu haben.« Er stand auf. »Ich glaube, ich führe per Funktelefon mal ein langes Gespräch mit General Scholten...«
Wargrave ging zum Funkabteil und fragte Peter Necker, ob er das Funktelefon mal allein bedienen könne. Nachdem Necker hinausgegangen war, sprach Wargrave nicht weniger als zwanzig Minuten mit Scholten, dann ging er weiter nach vorn, um Nicos Leonides zu sprechen. Er schloß die Tür und sprach schnell auf den Griechen ein. »... also halte dich für mich bereit...«, waren Wargraves letzte Worte, als er hinausging und ins Nebenabteil trat, um mit Anna Markos das gleiche zu besprechen. Als er sie verließ, hatte er

einen grimmig entschlossenen Gesichtsausdruck. Er würde sich am Ende auf seine griechische Zelle verlassen müssen, um die Sache zu erledigen.

Zehn Minuten vor dem langen Telefonat Harry Wargraves mit General Max Scholten erreichte den holländischen Abwehrchef ein Ortsgespräch. Sein Stellvertreter, Major Sailer, nahm den Hörer ab und wandte sich dann an Scholten.
»Da ist ein gewisser Panhuys am Apparat...«
»Ich nehme das Gespräch an«, sagte Scholten schnell. Er hörte nur kurze Zeit zu, sagte ab und zu ja oder nein, legte dann auf und ging zur Wandkarte hinüber. »Diese Explosion auf der Strecke nördlich von Düsseldorf bedeutet, daß der Atlantik-Expreß über Aachen und Brüssel geleitet wird«, bemerkte er.
»Das wissen wir schon«, erwiderte Sailer. »Wir haben die Nachricht vor fünfzehn Minuten erhalten.«
Scholten zog einen Bleistift aus der Tasche und kreiste auf der Karte schwungvoll ein bestimmtes Gebiet ein. Der Kreis, den er gezeichnet hatte, schloß in etwa das Rheindelta ein. »Irgendwo in diesem Kreis wird sich der Höhepunkt ereignen«, sagte er voraus. »Versetzen Sie das Venlo-Team in Alarmbereitschaft«, fügte er beiläufig hinzu.
Die Anweisung ließ Sailer aufhorchen. Das Venlo-Team war eine Gruppe handverlesener holländischer Scharfschützen, die von Scholten höchstpersönlich wegen ihrer ganz besonderen Schießkünste ausgewählt worden waren, eine streng geheime Einheit zur Terroristenbekämpfung, die dem holländischen Abwehrchef direkt unterstand.
»Wo bringen wir sie unter?« fragte Sailer.
»In der geheimen Basis in Dordrecht...«
Ohne es zu wissen, entsandte Scholten seine Männer in dieselbe Stadt, in der sich die Geiger-Gruppe versammelte, aber das war kein purer Zufall. Scholten machte sich daran, seine Gründe zu erläutern.
»Wir wissen, daß der Atlantik-Expreß via Brüssel und Roozendal

nach Amsterdam umgeleitet wird, Sailer. Wie würden Sie einen ganzen Eisenbahnzug zerstören – um sicher zu sein, daß Sie den einen Reisenden erwischen, dem Sie nach dem Leben trachten?«
»Ich würde den Bahndamm in die Luft jagen – so wie sie es nördlich von Düsseldorf getan haben...«
»Aber damit wäre nur ein Teil des Zuges zerstört. Marenkow könnte durchaus überleben. Überlegen Sie weiter.«
»Mir sind die Ideen ausgegangen«, bekannte Sailer.
»Ich würde eine ganze Brücke in die Luft sprengen, während der Expreß sich auf ihr befindet – sagen wie die lange Maasbrücke. Dann würde der gesamte Expreß in den Fluß stürzen...«
»Oh, mein Gott...« Sailer verstummte, als das Telefon läutete. Er nahm den Anruf entgegen und reichte seinem Chef den Hörer. »Harry Wargrave möchte mit Ihnen sprechen; der Anruf kommt direkt aus dem Atlantik-Expreß...«
»Lassen Sie mich allein, während ich mit ihm spreche.« Scholten sprach zwanzig Minuten lang mit dem Engländer über die funktelefonische Verbindung, legte dann auf und rief Sailer über die Gegensprechanlage zurück. Sein Stellvertreter erschien einigermaßen aufgeregt wieder auf der Bildfläche.
»Es laufen Berichte ein, daß etliche schnelle Motorboote mit hoher Geschwindigkeit auf die *Maxim Gorkij* zufahren. Die meisten haben es schon geschafft, aber zwei sind in der schweren See gekentert, bevor sie das Schiff erreichten. Es hat keine Überlebenden gegeben.«
»Und alle waren Sowjetagenten, die sich absetzen wollten. Ich mag es, wenn Ungeziefer sich selbst vernichtet«, bemerkte Scholten. »Und jetzt muß ich Sie bitten, einer Verschwörung zwischen Ihnen und mir zuzustimmen...« Scholten behielt seinen Stellvertreter sorgfältig im Auge. »Sind Sie dazu bereit?«
»Ich habe mich schon immer für einen Verschwörer gehalten«, erwiderte Sailer mit einem trockenen Lächeln.
»Dann gehen Sie los und stehlen Sie aus zwei verschiedenen Sportgeschäften vier komplette ›Kostüme‹, wie sie von der Geiger-Gruppe getragen werden – schwarze Skimasken, schwarze

Windjacken und schwarze Skihosen. Sie können Nachschlüssel benutzen, damit es nicht nach einem Einbruch aussieht, und lassen Sie sich um Himmels willen nicht von der Polizei erwischen. Zwei verschiedene Geschäfte, vergessen Sie das nicht – es kann sein, daß der Verlust erst nach Monaten bemerkt wird.«

»Irgendwelche speziellen Größen?«

»Ja, darauf wollte ich gerade kommen. Zwei Ausstattungen für hochgewachsene Männer, zwei für mittelgroße. Wir wollen versuchen, den Sowjets einen sehr schweren Schlag zu versetzen, Sailer. Oh, da sind noch zwei Dinge. Schnappen Sie sich De Vos, den Kommandeur der Torpedoboote – sagen Sie ihm, er soll sich nicht zuviel Mühe geben, eins dieser Motorboote abzufangen. Bei diesem Wetter ohnehin eine riskante Arbeit«, fügte er beiläufig hinzu. »Danach möchte ich gern selbst ein Wörtchen mit meinem Freund De Vos reden...«

Rund eine halbe Stunde zuvor, kurz nachdem Scholten den Anruf des Mannes angenommen hatte, der sich Panhuys nannte, war Erika Kern in Amsterdam mit der Luger in der Hand ins Erdgeschoß hinuntergeschlichen. Sie öffnete die Hintertür, die zu einem mit Kopfsteinpflaster belegten Durchgang führte, und sah sich Joop Kist gegenüber, der gleichfalls eine Luger in der Hand hielt.

»Was zum Teufel haben Sie hier draußen zu suchen?« fuhr sie ihn auf deutsch an.

»Ich habe irgendeinen Herumtreiber gehört – es hat einen Einbruchsversuch gegeben...« Kist zeigte ihr, daß sich Spuren einer Brechstange an der Tür befanden. »Ich glaube, die Brüder haben es erst nebenan versucht und dann hier. Ich muß sie verscheucht haben...«

Die noch immer mißtrauische Erika ging zum Fenster des Nachbarhauses hinüber, dessen Scheibe zerbrochen war, und sah hinein. Sie konnte nichts sehen. Joop Kist dankte Gott, daß sie keine Taschenlampe mitgenommen hatte – sonst hätte sie womöglich das Telefon entdeckt, mit dem er General Scholten angerufen hat-

te, vielleicht sogar das Brecheisen, das er auf dem Fußboden hatte liegen lassen und mit dem er den Einbruchsversuch in Geigers Haus vorgetäuscht hatte.
»Gehen wir wieder nach oben«, sagte Erika böse. »Und verriegeln Sie ja diese Tür gut...«
Als Kist wieder allein war, atmete er erleichtert auf und verriegelte die Tür. Es war für Scholten ein Glücksfall gewesen, daß es ihm gelungen war, einen Agenten in die Geiger-Gruppe einzuschleusen. Bedauerlicherweise hatte Kist ihm am Telefon nicht viel sagen können – nur daß Geiger eine unmittelbar bevorstehende Aktion plane und daß er Erika Kern befohlen habe, den Wagen für eine Fahrt in Richtung belgische Grenze jederzeit verfügbar zu halten. Mit anderen Worten, was Scholten sofort erkannt hatte, für eine Fahrt in Richtung Dordrecht und Maasbrücke.

Auf dem Flughafen Schiphol, dem einzigen in Westeuropa, von dem aus noch Flüge von und nach den Vereinigten Staaten möglich waren, bewachten holländische Soldaten die Boeing 707, die in einem abgelegenen Hangar stand. Jeeps mit aufmontierten Maschinengewehren kurvten Tag und Nacht um den Hangar herum; in der Halle selbst befanden sich weitere Soldaten, die sich dauernd die Füße vertraten, um sich warm zu halten, während sie die Maschine bewachten. Sie war bereits vollgetankt, und die Crew schlief in einem nahe gelegenen Gebäude.

Die *Maxim Gorkij*, die in der Rheinmündung beigedreht hatte, mußte jetzt schwere Sturzseen hinnehmen. Trotz seiner Größe machten dem 17000-Tonner die Brecher schwer zu schaffen, und der Kapitän des Schiffs, Josef Morow, wurde zunehmend zorniger, als er in der privaten Atmosphäre seiner Kabine mit Kommissar Rykin die Lage erörterte.
»Indem Sie mich zwingen, hierzubleiben, gefährden Sie das Schiff und die gesamte Mannschaft«, brüllte er.
»Meine Befehle bleiben unverändert«, entgegnete Rykin kalt.
»Sie reden wie ein dressierter Papagei!« Morow übersah Rykins

kalten Gesichtsausdruck und tobte weiter. »Ich habe schon einen Mann der Besatzung bei dem Versuch verloren, einen dieser Irren aufzunehmen, die mit Barkassen und Motorbooten zu uns kommen...«

»Diese Irren sind einige der wichtigsten Bürger der Sowjetunion. Wir haben schon mehr als einhundert Männer gerettet – Spitzenagenten, deren Ausbildung Jahre gekostet hat, die Elite unseres Untergrundapparats...«

»Und wie lange dauert es wohl, ein Besatzungsmitglied meines Schiffs auszubilden?« fragte Morow wütend. »Wir drehen in einer der schlimmsten Seen bei, die ich je erlebt habe.«

»Ich habe gedacht, Sie seien ein fähiger Kapitän«, schnaubte Rykin. »Sie werden doch wohl mit so einem Sturm fertig werden...«

»Das fällt nicht in Ihren Verantwortungsbereich«, konterte Morow wütend. »Sie sitzen nur auf Ihrem dicken Hintern herum und verlangen dann den ganzen Ruhm für sich, falls wir jemals nach Leningrad zurückkehren sollten. Nicht daß ich auch nur einen Pfifferling für diesen Ruhm gäbe«, fuhr er fort. »Und seien Sie bloß nicht so gleichmütig – es ist schon vorgekommen, daß Schiffe kentern.«

»Sie übertreiben«, erwiderte Rykin, aber jetzt lag ein Anflug von Nervosität in seiner Stimme.

»Sehen Sie mal aus dem Bullauge«, befahl ihm Morow.

Rykin hielt sich an den Möbeln fest, um nicht das Gleichgewicht zu verlieren, ging zum Bullauge und zog den Vorhang beiseite. In diesem Augenblick schoß ein gigantischer, schaumgekrönter grüner Brecher auf das Bullauge zu. Rykin zuckte zusammen, als dieses Ungeheuer das Schiff traf, das Bullauge verdunkelte und ihn quer durch die Kabine schleuderte. Er lag noch immer auf dem Fußboden, als Morow plötzlich über ihm stand und etwas sagte, was ihn bis ins Mark erschreckte.

»Sie scheinen auch vergessen zu haben, daß wir ursprünglich nach Angola fahren sollten – und was dieses Schiff geladen hat.«

Es war der Hinweis auf die Ladung, die Rykin solche Angst machte. Die *Maxim Gorkij*, ursprünglich nach dem kommunistischen Staat Angola in Afrika unterwegs, transportierte in ihren Laderäumen Waffen und Munition für Guerilla-Streitkräfte im südlichen Afrika einschließlich zweitausend Tonnen Gelatinedynamit und Amytol. Als Rykin sich wieder aufrappelte, wußte er, daß er auf einer schwimmenden Sprengladung stand.

25. Maxim Gorkij

Um 6 Uhr 15 verließ der Atlantik-Expreß Köln und fuhr dann in westlicher Richtung nach Aachen; die Umleitung würde dann über Brüssel nach Amsterdam führen. Im letzten Schlafwagen saß Elsa Lang mit Marenkow und Julian Haller zusammen, wobei sie mit verschiedenen Variationen der Skizze experimentierte, die sie von Scharpinsky angefertigt hatte. Sie arbeitete nach dem nach Marenkows Beschreibung hergestellten Original und strichelte jetzt immer neue Bilder des KGB-Obersten hin – Scharpinsky mit Bart, mit Schnurrbart, glatt rasiert und mit randloser Brille.

»Was soll diese Kritzelei?« fragte Haller gereizt. Er hatte sich nachts geweigert zu schlafen und befand sich jetzt am Rande der totalen Erschöpfung.

»Der General sagt, Scharpinsky sei ein Verkleidungskünstler«, erwiderte Elsa ungerührt und strichelte weiter. »Wir sind alle ziemlich sicher, daß Scharpinsky in Zürich zugestiegen ist. Es kann doch sein, daß eine dieser Skizzen irgendeinem Mann, der in diesem Zug sitzt, ähnelt...«

»Du machst dir vielleicht Hoffnungen«, sagte Haller.

»Ich bin nur hartnäckig, Schildkröte«, entgegnete sie und benutzte dabei Hallers Spitznamen. »Du steckst den Kopf heraus – und jetzt tue ich es, denn früher oder später werde ich ihn entdecken...«

Sie machte noch immer neue Skizzen, als sie in der Grenzstadt Aachen ankamen, in der Hauptmann Wander den belgischen Abwehrleuten übergab. »Sichere Reise nach Schiphol«, wünschte der Deutsche, als er Harry Wargrave die Hand schüttelte. »Ich bin sicher, daß Sie es jetzt schaffen werden...«

»Vielen Dank, daß Sie uns heil durch Deutschland gebracht haben«, erwiderte Wargrave. »Das haben wir wahrscheinlich Ihren vierbeinigen Freunden zu verdanken...« Er zeigte auf die Schäferhunde, die jetzt mit ihren Hundeführern den Zug verließen. »Das war eine verdammt schlaue Idee.«

Zwischen Aachen und Brüssel Nord hatte der Speisewagen zum Frühstück geöffnet. Als einer der ersten erschien Waldo Hackmann im Speisewagen. Er trug noch immer seinen karierten Sportanzug und seine Hornbrille. Er wählte einen Eckplatz am hinteren Ende des Wagens, so daß er alle Speisegäste übersehen und auch den Eingang zur Küche im Auge behalten konnte. In seinem amerikanischen Akzent bestellte er sich ein üppiges Frühstück mit Schinken und Eiern, zündete sich eine Zigarre an und begann in einem Exemplar der *Time* zu lesen.

Im Schlafwagen am Ende des Zuges hatte Wargrave Elsa soeben vorgeschlagen, sie sollten im Speisewagen frühstücken. Julian Haller sagte, er wolle nur Kaffee, und bat sie, das Frühstück für Marenkow, Matt Leroy und Peter Necker bringen zu lassen. In der Küche werde ein belgischer Abwehrmann die Zubereitung der Speisen überwachen, damit kein Gift hineinpraktiziert werden könne.

Als sie den Speisewagen betreten hatten, wählten Wargrave und Elsa den Eckplatz an der Küche. Wenige Tische weiter saß Nicos Leonides Anna Markos gegenüber. Er tat so, als wäre sie Luft, als würden sie sich nicht kennen. »Mein Gott, was für ein herrliches Gefühl der Freiheit, mal wieder an einem Frühstückstisch zu sitzen«, murmelte Elsa und brach ein Brötchen. »Mit alltäglichen Mitreisenden zusammenzusitzen und die Landschaft vorübergleiten zu sehen.«

»So fabelhaft finde ich die Landschaft nun auch wieder nicht«, bemerkte Wargrave.

Sie fuhren gerade durch die Ausläufer der Ardennen. Es schneite noch immer heftig, und die Bäume waren dick mit Schnee bedeckt. Beim Frühstücken nahm Elsa die anderen Reisenden im Speisewagen unter die Lupe; ob einer von ihnen Scharpinsky war? Am an-

deren Ende des Speisewagens hatte Waldo Hackmann Wargrave beobachtet, und es bereitete dem Russen ungeheure Befriedigung, den Engländer dort sitzen zu sehen. Er sah auf seine Uhr. 8 Uhr 15. In zwei Stunden würde der Engländer auf dem Grund der Maas liegen; später würde seine Leiche von der Rheinströmung ins Meer gespült werden. Bei diesem Gedanken schlürfte er seine nächste Tasse Kaffee mit doppeltem Behagen.
Er saß noch immer an seinem Tisch, als Wargrave und Elsa auf dem Weg zu ihrem Schlafwagen an ihm vorbeigingen. Es amüsierte Scharpinsky, daß der Engländer Waldo Hackmann, den amerikanischen Kunsthändler aus Boston, Massachusetts, keines zweiten Blicks würdigte.

Um 7 Uhr 45 – als Wargrave und Elsa noch im Speisewagen frühstückten – verließ Rolf Geiger sein Amsterdamer Hauptquartier, um nach Süden, zur Maas, zu fahren. Er saß allein auf dem Rücksitz seines Mercedes 450 SEL. Er trug einen eleganten Mantel mit Pelzkragen und las die jüngste Ausgabe von *Le Monde*. Neben ihm lag ein Aktenkoffer. Am Steuer saß Erika Kern in einem schicken Chauffeusenkostüm und fuhr energisch und schwungvoll durch den frühmorgendlichen Verkehr. Auf dem Beifahrersitz hockte stumm und düster Joop Kist.
Rolf Geiger zog eine eindrucksvolle Schau ab; er hatte in der Vergangenheit schon mehrmals festgestellt, daß die Insassen von Streifenwagen ihn keines zweiten Blicks mehr würdigten, wenn die attraktive Erika Kern am Steuer saß und ihre Aufmerksamkeit ablenkte. Nach einer Viertelstunde hatten sie Amsterdam hinter sich gelassen und fuhren mit hoher Geschwindigkeit nach Süden. Erika trat jetzt kräftig aufs Gaspedal. Sie passierten ein Hinweisschild, und Geiger warf einen Blick darauf. *Flughafen Schiphol*.
Weniger als eine Stunde später befanden sie sich schon südlich von Dordrecht und in der Nähe der großen Maasbrücke. Wie in fast ganz Holland lag auch hier kaum Schnee – nur ein paar schmale Reste zwischen den Birken, die sie auf einem einsamen Streckenabschnitt passierten. In diesem Augenblick machte Joop Kist zum erstenmal den Mund auf.

»Halten Sie an. Ich muß mal pinkeln...«
»Um Himmels willen«, fauchte Erika. »Wir sind fast da.«
»Ich muß aber mal«, beharrte Kist. »Und zwar jetzt!«
Auf dem Rücksitz seufzte Geiger auf. »Halt an und laß ihn austreten«, sagte er. »Und Sie beeilen sich, wenn ich bitten darf«, sagte er zu Kist.
Der Holländer stieg aus und eilte hinter eine Baumgruppe. Er öffnete seine Gürtelschnalle, zog die kleine elektronische Sendekapsel, die dahinter versteckt gewesen war, und legte sie neben einen Feldstein. Auf den Feldstein kritzelte er einen etwas mißratenen Pfeil, der nach Süden zeigte. Als er zum Wagen zurückging, nestelte er an seinem Reißverschluß herum. Kist hatte nicht die Absicht, eine Leibesvisitation durch die mißtrauische Erika zu riskieren, wenn sie erst einmal am Ziel waren – und er hatte keinerlei Chance, die Kapsel am Mercedes anzubringen. Mit einem ungeduldigen Schnauben fuhr Erika wieder los.
Hinter ihnen hatte das von Scholten in Dordrecht stationierte Venlo-Team das Piepen der kleinen Sendekapsel aufgefangen, nachdem der Mercedes die Stadt erreicht hatte. Ein neutraler Lastwagen, in dem sechs der holländischen Scharfschützen saßen, hielt sich mindestens zwei Kilometer hinter Geigers Wagen und folgte dem Piepen in südlicher Richtung.
Kurz nachdem sie angehalten hatten, um Kist zum Austreten aussteigen zu lassen, fuhr Erika plötzlich von der Hauptstraße ab und bog auf einen Feldweg ein, der durch ein kleines Wäldchen zu einer von der Straße nicht sichtbaren Scheune führte. Hinter der Scheune stand ein großer Tankwagen, mit dem die übrigen Angehörigen der Geiger-Gruppe ihren Bestimmungsort erreicht hatten. Er war mit einem besonderen Belüftungssystem ausgerüstet und besaß eine in der Rückwand ausgeschnittene Eingangstür. Die Terroristen waren in einem leeren Benzintank vor der Scheune angekommen.
Geiger stieg sofort aus dem Wagen und betrat die Scheune. Es war eine seltsame Szene. Weder die Umgebung – die Scheune mit ihrem strohbedeckten Fußboden und ihrem Gestank nach Tier-

losung – noch die sechs Männer in schwarzen Skimasken, Windjacken und Skihosen paßten zu dem eleganten Armenier.
»Alles fertig zur Sprengung der Maasbrücke?« fragte er.
Der Anführer des eigentlichen Sabotagetrupps, Jacek Wojna, ein hünenhafter, mehr als einen Meter fünfundachtzig großer und unheimlich wirkender Pole, antwortete. »Die Bomben sind fertig. Ich habe ursprünglich Zeitzünder benutzen wollen, aber die könnten versagen – ich werde die Ladungen jetzt aus der Ferne elektrisch zünden.«
»Und die Wachen auf der Brücke?« erkundigte sich Geiger in scharfem Ton.
»Nur zwei.« Wojna umfaßte die Automatik, die er in der Hand hielt. »Die sind ein Kinderspiel. Und das Fluchtboot liegt bereit...«
»Sie müssen warten, bis der Expreß sich genau auf der Mitte der Brücke befindet«, beharrte Geiger.
»Auch das versteht sich von selbst«, erwiderte Wojna gleichgültig. »Wir werden bald mit dem Tankwagen losfahren...«
Er erstarrte. Eine plötzliche Spannung erfüllte die Scheune. Die Männer in Skimasken umklammerten ihre automatischen Waffen und sahen Wojna an, als erwarteten sie von ihm Hilfe und Rat. Aus der Ferne ertönte der Motorenlärm eines Hubschraubers, der immer näher kam. Geiger wandte sich an Erika. »Wir müssen sofort losfahren – und unseren Freund aus dem Atlantik-Expreß abholen...«

In General Scholtens Kommandozentrale strömten auch weiterhin Meldungen zusammen – Berichte von Wagen, die illegal nach Holland kamen, was bei der unübersichtlich verlaufenden Grenze sehr leicht war; Meldungen vom Kommandeur der Torpedoboote aus der Rheinmündung, daß weitere schnelle Motorboote zur *Maxim Gorkij* unterwegs seien. Es war aber besonders ein Bericht, der die Aufmerksamkeit des Abwehrchefs erregte.
»Diese Meldung von dem Hubschrauberpiloten, Sailer. Er erwähnt, er habe südlich von Dordrecht draußen auf dem Land einen Tankwagen und einen Mercedes gesichtet...«

»Wahrscheinlich macht der Fahrer nur eine kleine Pause.«

»Die Fahrer, meinen Sie wohl – da sind zwei Fahrzeuge. Eine kleine Pause einlegen, sagten Sie? Bei diesem Wetter? An so einem gottverlassenen Ort?«

»Scheint tatsächlich ein bißchen eigenartig...«

»Und es ist in der Nähe der Maas«, fuhr Scholten fort und betrachtete die Wandkarte. »Mehr noch – der Platz befindet sich nahe der Stelle, an der sie Joop Kists Sendekapsel gefunden haben.« Er stand auf. »Wie dem auch sei – wir müssen jetzt zu unserem Rendezvous aufbrechen. Ich glaube, wir haben sie endlich gefunden. Gott sei Dank. Fahren Sie wie der Teufel, wenn wir erst mal im Wagen sitzen...«

»Jetzt erinnere ich mich, wo ich Scharpinsky gesehen habe...«

Der Atlantik-Expreß befand sich jetzt schon ein gutes Stück nördlich von Brüssel, hatte Roozendal passiert und näherte sich der großen Maasbrücke, als Elsa diese Worte sprach. Sie war inzwischen zu ihrer ursprünglichen Skizze zurückgekehrt, der sie eine Hornbrille aufgemalt hatte. Haller setzte ein zweifelndes Gesicht auf, aber Wargrave reagierte augenblicklich.

»Wo? Wann?«

»Beim Frühstück am Ende des Speisewagens. Aber auch schon früher – heute nacht. Er sitzt in Abteil 19. Im übernächsten Wagen...«

»Dann gehen wir sofort hin«, sagte Wargrave erregt.

»Nehmen Sie zwei belgische Abwehrleute mit«, mahnte Haller.

Draußen auf dem Gang schüttelte Wargrave den Kopf. »Keine belgischen Abwehrleute. Zeig mir nur das Abteil – dann holen wir erst einmal zwei andere Leute...« Elsa folgte Wargrave, nachdem Leroy sie in den nächsten Waggon gelassen hatte. Sie hielt sich dicht hinter Wargrave und ergriff ihre Smith & Wesson in der Handtasche. Als sie an Abteil 19 vorüberkam, zeigte sie stumm auf die Tür, und Wargrave nickte, ohne seine Schritte zu verlangsamen. Er sah einmal kurz auf seine Uhr, dann blickte er auf die vorübergleitende holländische Landschaft hinaus. Sie waren noch zwanzig Kilometer von der Maasbrücke entfernt.

Als sie Anna Markos' Abteil erreichten, gab er ihr ein Zeichen, ihm zu folgen, und betrat dann das nächste Abteil, in dem Nicos Leonides saß und seine Pfeife rauchte. Wargrave stellte Elsa kurz vor. »... und dies sind Anna Markos und Nicos Leonides – sie arbeiten mit mir zusammen.«

»Freut mich, Sie kennenzulernen.« Leonides stand auf und verneigte sich. Anna Markos und Elsa starrten sich an – zwei Frauen, die sich gegenseitig musterten und vorsichtig abschätzten. Dann streckte Elsa die Hand aus und war über den festen Händedruck der Griechin verblüfft. Wargrave sprach ungeduldig weiter.

»Elsa hat Scharpinsky erkannt und weiß, wo er sitzt – wir werden ihn jetzt schnappen. Und wir haben noch reichlich Zeit, die Sache zu erledigen...«

Wargrave sprach noch, als der Expreß erbebte, heftig schwankte, viel zu schnell abbremste und mit kreischenden Bremsklötzen anhielt. Das überstürzte Bremsen des Zuges wirbelte sie durcheinander. Wargrave rappelte sich auf, und Leonides half sowohl Elsa wie Anna auf die Beine. Im gesamten Expreß kam es zum Durcheinander, als Koffer aus den Gepäcknetzen flogen und Reisende von ihren Sitzen gerissen wurden.

»Es war vereinbart, daß ein Signal den Zug stoppt«, erregte sich Wargrave.

»Das war kein Signal«, sagte Elsa warnend. »Jemand hat die Notbremse gezogen – Scharpinsky...«

»Er steigt aus«, vermutete Leonides. »Ich habe vor ein paar Sekunden auf der Landstraße einen parkenden Wagen gesehen, der kurz mit den Scheinwerfern blinkte – auf der Ostseite...«

Wargrave lief voran und rannte den Gang hinunter. Er riß die Waggontür auf der Ostseite auf und sprang auf den Gleiskörper hinunter. In der Ferne sah er die Umrisse eines Mannes, der zwischen den entlaubten Bäumen hindurch auf die nahe gelegene Straße zulief. »Da drüben ist er...« Sie liefen durch ein Wäldchen auf die Straße zu, die sie nicht sehen konnten. Als Wargrave zwischen den Bäumen ins Freie lief, raste ein Mercedes in nördlicher Richtung davon. Wargrave war erstaunt, eine Frau am Steuer zu

sehen, eine Frau in Chauffeusenuniform. Auf dem Rücksitz zwei Männer.
»Himmel!« explodierte Leonides hinter ihm. »Zwei Sekunden früher, und ich hätte ihn töten können.«
Wargrave stand auf der Straße, als ein BMW, der ebenfalls nach Norden fuhr, mit etwas mäßigerer Geschwindigkeit auf sie zukam. Wargrave ruderte mit den Armen und brachte den Fahrer dazu, anzuhalten. Als das Fahrzeug stand, riß er auf der Fahrerseite die Tür auf. Der Fahrer saß allein im Wagen. Es war ein nüchtern aussehender Mann in einem grauen Tagesanzug. Wargrave hielt ihm eine Karte unter die Nase. Da er bemerkt hatte, daß der Wagen ein französisches Kennzeichen trug, sprach Wargrave den Fahrer auf französisch an.
»Abwehr... wir müssen Ihren Wagen leihen. In dem Wagen, der eben hier vorbeigekommen ist, sitzen Terroristen...«
»Und ich soll hier warten – mitten in der Wildnis?«
»Steigen Sie aus, um Gottes willen! Hinter dem Wäldchen da steht ein Zug. Gehen Sie zum Schlafwagen am Ende des Zuges und fragen Sie nach einem Mann namens Haller. Sagen Sie ihm, wir verfolgten den Mann, den wir gesucht hätten...«
Wargrave schlüpfte hinters Lenkrad. Leonides setzte sich neben ihn, während Anna und Elsa hinten einstiegen. Wargrave war erleichtert zu sehen, daß der völlig verwirrte Eigentümer des Wagens durch das Wäldchen auf den Zug zustolperte, als er selbst anfuhr. Wargrave trat das Gaspedal durch. Die Straße vor ihnen war leer. Die Fahrerin des Mercedes hatte ihren Vorsprung gut genutzt. Vom Rücksitz stellte Elsa eine Frage.
»Du sagtest gerade etwas von einem Signal, als der Expreß anhielt...«
»Alles mit General Scholten von der holländischen Abwehr besprochen – um den Zug anzuhalten, bevor er die Maasbrücke erreicht.«
»Die Maasbrücke?«
Leonides zeigte mit einer Handbewegung auf den Schienenstrang zu ihrer Linken, der jetzt näher an der Straße verlief. »Ist das dein

Signal?« Er zeigte auf ein Warnsignal, das auf Rot stand. Plötzlich nahm Wargrave den Fuß vom Gaspedal. Vor ihnen parkten zwei Fahrzeuge am Straßenrand, ein Citroën und ein militärisch aussehender Lastwagen mit einer Persenning über der Ladefläche. Neben dem Citroën stand die kleine, rundliche Gestalt General Max Scholtens, der einen schweren Ledermantel trug.

»Hier ist kein Mercedes vorbeigekommen«, sagte Scholten, nachdem Wargrave ihm erzählt hatte, was passiert war. »Er muß auf einen Feldweg abgebogen sein, der zur Maas hinunterführt – wahrscheinlich zu einer Anlegebrücke, an der ein Boot wartet, um Scharpinsky aufzunehmen und ihn zur *Gorkij* zu bringen. Es ist alles für Sie bereit...« Er sah Elsa und Anna Markos an, die beide noch auf dem Rücksitz des BMW saßen. »Sind das wirklich die beiden anderen?« fragte er zweifelnd.

»Sie sind genauso viel wert wie Männer«, entgegnete Wargrave scharf. »Eine von ihnen hat vor zwölf Stunden einen kommunistischen Agenten erstochen.«

»Ich bitte um Vergebung«, erwiderte Scholten. »Ich weiß schließlich, wie loyal Frauen sein können. So, jetzt sollten wir uns lieber auf den Weg machen...«

Wargrave setzte sich wieder ans Steuer des BMW und fuhr hinter dem Citroën des Holländers her. Dahinter folgte der LKW mit der Persenning. Wargrave war durchaus imstande, schnell zu fahren, aber Scholten legte ein geradezu beängstigendes Tempo vor. Leonides, der im BMW auf dem Beifahrersitz saß, schloß die Augen, als Scholten wie ein Wahnsinniger die Kurven beinahe auf zwei Rädern nahm und fast mit mehr Glück als Geschicklichkeit auf der Straße blieb. Dann bog er nach rechts auf einen Feldweg ab, der sich zwischen Bäumen hindurchschlängelte, und hielt vor einer Scheune. Alle stiegen aus. Sechs Männer mit Gewehren kamen ihnen entgegen.

»Dies ist das Venlo-Team«, sagte Scholten zur Wargrave. »Sie haben die Geiger-Gruppe vernichtet.« Er wandte sich an einen der Männer. »Jan, haben Sie es geschafft, Joop Kist zu retten?«

»Es tut mir sehr leid, nein...« Jan zeigte auf eine Gestalt, die auf dem Boden lag. »Es war dieser große Dreckskerl, der ihn im letzten Augenblick getötet hat. Er muß geahnt haben, daß er einer von uns war...«
»Und was ist mit dem Kerl passiert?«
»Er liegt da drüben...« Jan zeigte auf eine zusammengekrümmte Gestalt, die in der Ecke der Scheune lag. »Ich habe ihm mein halbes Magazin verpaßt...«
»Gut.« Scholten ging zu Joop Kists Leiche hinüber und breitete ihm behutsam ein Taschentuch übers Gesicht. Der Abwehrchef konnte einen Anflug von Bewegung nicht verbergen, als er auf den toten Kist hinabsah. »Er war einer von diesen altmodischen Burschen, ein Patriot. Nun, Joop, wir werden die Schuld hundertfach zurückzahlen...« Seine Stimme wurde härter, als er sich in der Scheune umsah, in der die Leichen von sechs Männern mit schwarzen Skimasken und Skihosen lagen. Sie waren von Kugeln aus den automatischen Gewehren des Venlo-Teams durchsiebt. »Sie wissen, was Sie zu tun haben – wir brauchen vier Leichen in dem Lastwagen, den ich fahren werde, Jan. Und unsere Freunde...« Er zeigte mit einer Handbewegung auf Wargrave. »... werden den Citroën nehmen, der, wie ich zu meinem Bedauern gestehen muß, heute morgen in Den Haag aus einer Garage gestohlen worden ist.«
»Dann bleiben noch zwei Leichen übrig einschließlich des Hünen«, hob Jan hervor.
»Werfen Sie sie in die Maas«, sagte Scholten brutal.
Er wandte sich an Wargrave, als dieser näher kam und mit leiser Stimme sprach. »Können Sie darauf vertrauen, daß diese Männer den Mund halten? Und wie sieht es mit Ihrem Minister aus? Ich will nicht, daß Ihr Kopf rollt, Max.«
»Das Venlo-Team ist mir ergeben«, erwiderte Scholten. »Verstehen Sie, offiziell haben sie heute ihr Quartier in Dordrecht nie verlassen. Was den Minister betrifft, so wird er meine Geschichte schlucken, weil sie ihm in den Kram paßt. Wie jeder Minister in der Welt ist er vor allem auf seine Karriere bedacht. Außerdem

habe ich einer Nachrichtenagentur den vertraulichen Tip gegeben, daß die Geiger-Gruppe nach Holland eingesickert ist und hier etwas Großes plant. So, Harry, jetzt müssen wir los...«

An Bord des sowjetischen Frachters *Maxim Gorkij* war der Funker soeben aufgeregt in Kommissar Rykins Kabine gelaufen. »Dieser Funkspruch, den ich nach Moskau senden sollte – ich kann ihn nicht funken...«
»Warum denn nicht, zum Teufel?« fragte Rykin barsch. »Es ist unerläßlich, daß wir über die gegenwärtige Lage berichten.«
»Wir werden massiv gestört, Genosse. Ich kann überhaupt keinen Funkspruch durchgeben...«
Auf Befehl Scholtens hatten Störsender entlang der niederländischen Küste jetzt begonnen, die Sendeanlagen der Sowjets massiv zu stören. Die *Maxim Gorkij* hatte keinerlei Kontakt zur Außenwelt mehr.

Die vier Gestalten in schwarzen Skimasken, Windjacken und schwarzen Skihosen bewegten sich vorsichtig auf die Anlegebrücke weiter unten. Dort lag das niederländische Torpedoboot im Schutz einer kleinen Landzunge, die in die Maas hinausragte, vor Anker. Das Torpedoboot war von Kommandeur De Vos auf Vorschlag General Scholtens in Reserve gehalten worden; der Marinemann kannte zwar die genauen Gründe nicht, war aber ein enger persönlicher Freund des holländischen Abwehrchefs und hatte zugestimmt, ohne Fragen zu stellen. Die beiden Holländer, die das Boot bewachten, saßen in der Kabine und spielten Karten.
Eine hochgewachsene Gestalt glitt allein durchs Schilf und schlüpfte mit der oft geübten Behendigkeit eines erfahrenen Kommandosoldaten an Bord. Als der Mann die Kabinentür erreichte, drückte er den Türgriff behutsam herunter und stürmte dann hinein. Der erste Holländer wandte dem Eindringling den Rücken zu, der ihm nicht zu hart mit einem Totschläger auf den Kopf schlug – aber doch hart genug, ihn außer Gefecht zu setzen. Der Holländer gegenüber war schon halb aus dem Stuhl, als auch

er von dem Totschläger getroffen wurde und ohnmächtig zu Boden sank.
»Fesseln«, befahl Wargrave aus seiner Skimaske, als die drei übrigen Gestalten ihm in die Kabine folgten, »und lassen Sie sie in dem Schuppen am Bootssteg liegen...«
Elsa Lang und Anna Markos widmeten sich den Gefangenen, während Wargrave Leonides zur Kommandobrücke führte. »Hier gibt's keine Probleme«, sagte er dem Griechen. »Ich hab' mal eins von diesen Dingern gefahren, als ich noch beim Geheimdienst der Navy war. Britische und französische Torpedoboote kenne ich auch. Ich hoffe nur, daß du im kritischen Moment das Ruder übernehmen kannst – ich werde anderweitig beschäftigt sein...«
»Ich bin Grieche«, erinnerte ihn Leonides, »und habe mein halbes Leben auf der Ägäis zugebracht, mit motorgetriebenen Kajiks und anderen Booten. Du brauchst mir nur alles zu zeigen...«
Fünf Minuten später bewegte sich das Torpedoboot mit Leonides am Ruder auf die Fahrrinne der Maas zu. Er schaltete auf volle Kraft, um ein Gefühl für das Boot zu bekommen, und nickte dann Wargrave zu, der ihn beobachtete. Der Grieche ging mit dem Boot um, als hätte er es schon jahrelang gefahren – zudem wurde er immer selbstbewußter, als er die Kraft der Motoren spürte und sah, wie der Bug den hohen Seegang durchschnitt. Wargrave ging an Deck und entdeckte Anna, die die Persenning von dem drehbaren Maschinengewehr abnahm.
»Zeig mir, wie es funktioniert«, verlangte sie.
»Das Ding ist in unserem Plan nicht vorgesehen...«
»Zeig mir, wie es funktioniert«, befahl sie.
Wargrave zuckte die Achseln und erklärte rasch den Mechanismus. Es war immerhin möglich, daß sie das Maschinengewehr brauchen würden, wenn er nicht verfügbar war, um es zu bedienen. In der Kabine hatte Elsa Lang ein Nachtglas vom Kartentisch genommen und suchte das gegenüberliegende Ufer der Maas ab. Mit hochgezogenen Schultern und den Ellbogen auf die Handleiste gepreßt, fuhr sie fort, angestrengt auf das Ufer zu blicken. Als Wargrave die Kabine betrat, lag Erregung in ihrer Stimme.

»Auf der anderen Seite legt gerade ein großes Motorboot ab. Ich bin verdammt sicher, daß ich Scharpinsky habe an Bord gehen sehen – zusammen mit einem kleineren Mann. Ich habe sie voll ins Blickfeld bekommen, als sie noch an Deck standen...«
»Bist du sicher?« fragte Wargrave.
»Sag das noch einmal, dann kriegst du von mir eins verpaßt...«
»Dann müssen sie auf besseres Wetter gewartet haben.«
Das Wetter wurde tatsächlich besser; der stürmische Wind hatte nachgelassen. Auch der schwere Seegang auf der geschützten Maas war geringer geworden, als Wargrave beobachtete, wie das große Motorboot schneller wurde und auf die offene See zusteuerte – in Richtung *Maxim Gorkij*. »Wollen wir versuchen, ihm den Weg abzuschneiden?« schlug Elsa vor.
»Zu spät, aber er könnte uns genau dorthin führen, wohin wir wollen.«
Wargrave ging zurück auf die Brücke, wo Leonides am Ruder stand und sich zunehmend wohler fühlte. Er wurde mit dem Boot vertrauter, ließ die Maschinen noch stärker arbeiten und genoß das sonore Brummen. Sie befanden sich jetzt schon fast in der Mitte des Flusses zwischen den beiden Ufern. Vor ihnen lag die offene See. »Halte dich hinter dem Motorboot«, befahl Wargrave. »Es bringt uns direkt zur *Gorkij*...«

In der Fahrerkabine des Lastwagens mit der Persenningabdeckung saß General Scholten selbst am Steuer. Major Sailer saß neben ihm auf dem Beifahrersitz. Scholten lenkte das schwere Fahrzeug auf der gewundenen, einsamen Landstraße auf eine Stelle an der Maasmündung zu. Auf der Ladefläche lag ihre schreckliche Fracht – die vier Leichen der ehemaligen Geiger-Terroristen, die noch immer ihre scheußliche »Uniform« trugen. Zwischen Scholten und Sailer lag eine große Signallampe auf der Sitzbank.
Als sie weiterfuhren, war es eher Nacht als Tag; über ihnen hingen in geringer Höhe schwere, dunkle, schnell dahinfliegende Wolken. Scholten fuhr nur mit Standlicht. Er wollte vermeiden, mit weithin sichtbaren Scheinwerfern auf sich aufmerksam zu machen.

»Glauben Sie, wir kommen damit durch?« fragte Sailer.
»Wir haben eine gute Chance. Eins habe ich Ihnen noch gar nicht gesagt – inzwischen wird meine Frau der Nachrichtenagentur einen weiteren anonymen Tip gegeben haben, daß nämlich das Gerücht gehe, die Geiger-Gruppe habe sich eines unserer Torpedoboote bemächtigt. Das Ende der ganzen Geschichte könnte verdammt ironisch werden.«
»Ironisch?« fragte Sailer.
»Das GRU kontrolliert die Geiger-Gruppe – obwohl wir das nie haben beweisen können. Auf Moskau wartet eine sehr böse Überraschung.«
Das Motorboot mit Oberst Igor Scharpinsky und Rolf Geiger an Bord hielt auf die *Maxim Gorkij* zu und durchpflügte die See mit hoher Geschwindigkeit. Der Sturm flaute ab. Das Boot fuhr auf den Ärmelkanal zu; die Schrauben wirbelten schäumendes Kielwasser auf, als das Boot durch die Wellen raste. Das Schiff vor ihnen mit den Zwillingsschornsteinen, dessen Masten vor elektronischer Ausrüstung starrten, stieß Rauchwolken aus, als es zu seiner schnellen Fahrt zum Kattegatt, zur Ostsee und nach Leningrad ansetzte. Es wartete nur noch auf das Eintreffen des schweren Motorboots, dann würde Kapitän Morow den Befehl geben: »Volle Kraft voraus...«
Hinter dem Motorboot durchpflügte Wargraves Torpedoboot mit Höchstgeschwindigkeit die See. Leonides stand am Ruder, während Anna Markos, den Skianzug vom sprühenden Gischt durchnäßt, mit gespreizten Beinen am Maschinengewehr hockte, um das Gleichgewicht zu halten. Elsa, die ihr Nachtglas auf das sowjetische Schiff gerichtet hielt, entdeckte als erste das auf dem Deck der *Gorkij* montierte Maschinengewehr, dem auf Befehl Rykins die Persenning abgenommen worden war. An einer anderen Stelle des Decks, an der Ladung festgezurrt war, hatte sich eine weitere Persenning gelöst, die im Wind flatterte.
»Sie haben ein Geschütz an Deck«, sagte sie warnend zu Wargrave, der neben ihr stand. »Und ich glaube, ich kann sogar einen Panzer sehen...«

»Wahrscheinlich ein Panzerspähwagen...«
»Leckereien für die hungernden Afrikaner«, bemerkte Elsa säuerlich.
Wargrave verließ sie, um Leonides Anweisung zu geben, er solle das Torpedoboot in die erforderliche Position bringen. Sein Blick fiel auf die beiden Torpedorohre. Torpedos waren die Hauptbewaffnung des Boots, und er versuchte sich an die präzisen Instruktionen zu erinnern, die ihm ein holländischer Torpedoboot-Kapitän einmal während eines Probelaufs gegeben hatte. Er würde nur eine Chance haben, alles richtig zu machen. Er betrachtete die beiden Knöpfe, einen für jeden Torpedo. Er war keineswegs sicher, daß er es schaffen würde, selbst bei dieser ruhigeren See.
Durch ihr Nachtglas konnte Elsa jetzt die Leiter sehen, die vom Deck des Frachters zu einer Plattform über der Wasserlinie führte, die oft von den Wellen überspült wurde, als das Schiff rollte und stampfte. Am oberen Ende der Leiter warteten Männer in Ölzeug, um Scharpinsky, Rolf Geiger und Erika Kern an Bord zu helfen, sobald das Motorboot längsseits beigedreht hatte. Wargrave schätzte die Entfernung ab, gab einen Befehl, und Leonides riß das Ruder herum. In diesem Augenblick eröffnete Rykins Maschinengewehr das Feuer.
Die Entfernung war noch zu groß, und der Kugelhagel ließ nur kleine Spritzer auf der Wasseroberfläche tanzen – aber das Torpedoboot kam jetzt mit jeder Sekunde näher auf Schußweite heran. Anna hockte hinter ihrem Maschinengewehr und wartete noch ab. Ihr Gesicht war zu einer harten Maske erstarrt und zeigte keinerlei Spur von Furcht. Elsa war starr vor Angst – um Anna –, und Wargrave blickte jetzt konzentriert durch die Zielvorrichtung. Seine rechte Hand hielt sich in der Nähe der Auslöseknöpfe.
Scharpinskys Motorboot hatte jetzt die Fahrt verlangsamt und befand sich in der Nähe der Plattform. Durch ihr Nachtglas konnte Elsa ihn deutlich erkennen, wie er sich bereit machte, auf die schwankende Plattform zu springen. Dann eröffnete Rykins Maschinengewehr von neuem das Feuer, diesmal aus weit kürzerer Entdernung. Ein Kugelhagel schlug auf dem Deck des Torpedo-

boots ein. Zwei der Geschosse trafen Anna Markos in der Schulter, und sie sackte über ihrem Geschütz zusammen. Elsa rannte aufs Deck hinaus und hangelte sich an der Reling weiter, bis sie bei Anna war.

»Halt mich fest und zieh mich hoch!« Die Griechin spie die Worte förmlich aus. »Ich erwische diese Schweine noch...«

Elsa packte sie unter den Achselhöhlen und hielt selbst das Gleichgewicht, indem sie sich an der verwundeten Frau festklammerte. Anna ließ den Lauf des Maschinengewehrs langsam kreisen und feuerte eine Garbe nach der anderen ab. Plötzlich erstarb das Feuer von Rykins Geschütz, als der sowjetische Schütze zusammenbrach. Der leichtfüßigere und kleinere Geiger war jetzt auf die Plattform gesprungen und kletterte in Windeseile die Leiter hinauf, als Anna ihr Geschütz drehte und ununterbrochen weiterfeuerte. Geiger wurde von einer Garbe erfaßt, als er gerade das obere Ende der Leiter erreicht hatte. Er schien rückwärts vom Schiff zu springen und fiel ins Meer. Unter ihm standen Scharpinsky und Erika Kern bis zu den Schenkeln im Wasser auf der Plattform und sahen wie erstarrt zu.

Wargrave, der unbeirrt durch die Zielvorrichtung blickte, war sich dessen, was um ihn herum vorging, kaum bewußt. Er merkte kaum, daß Elsa Anna vom Maschinengewehr weg auf die Kabinentür zuschleppte. Sein Gesicht war vor Konzentration angespannt, und seine Wangenknochen traten scharf hervor, als er erst auf den einen Knopf und dann auf den anderen drückte.

»Nummer eins abgefeuert. Nummer zwei...«

Er sah kurz die beiden Torpedos aufblitzen, als sie ins Wasser fielen. Sie waren mit einem akustischen Zielsuchgerät ausgerüstet, das die glänzenden »Zigarren« auf das nächstliegende Maschinengeräusch zusteuern würde – auf das der *Maxim Gorkij*, die Kurs auf Leningrad genommen hatte. Dann waren die beiden Torpedos verschwunden. Leonides riß von neuem das Ruder herum und steuerte das Torpedoboot in einem weiten Halbkreis, bevor er wieder auf Geradeausfahrt ging und auf die aufblitzende Signallampe zuhielt, mit der Scholten ihm an Land den Kurs wies.

Ein Torpedo traf die *Gorkij* am Heck und riß ein gewaltiges Loch in die Ruderanlage. Der zweite Torpedo schlug ein, als Scharpinsky gerade das obere Ende der Leiter erreichte – dieser Torpedo traf aber mittschiffs und drang in den Hauptladeraum ein, in dem zweitausend Tonnen hochexplosiven Sprengstoffs verstaut waren. Ein donnerndes Brüllen ertönte. Die Mitte des Frachters wurde buchstäblich in den Himmel gehoben. Die Zwillingsschornsteine lösten sich in eine Wolke von Einzelteilen auf. Ein riesiger Rauchpilz stieg zum Himmel auf und verschmolz mit den tief hängenden Wolken, bis Rauch und Wolken nicht mehr zu unterscheiden waren. Der Bug des Frachters trieb noch kurz verloren in der See, kippte dann um und ging wie die zertrümmerte Schwanzflosse eines mißgebildeten Hais unter. Das Echo der Explosion dröhnte Leonides noch in den Ohren, als er schon die Maschinen drosselte und das Torpedoboot in der Nähe der Stelle, an der die Signallampe noch immer aufblitzte, auf Grund setzte. Es gab keine Überlebenden von der *Maxim Gorkij*.

General Scholten und Major Sailer brauchten mit Hilfe der anderen nur wenige Minuten, um die vier Leichen der Geiger-Terroristen an Bord des auf Grund gesetzten Torpedoboots zu bringen. Sie ließen sie in der Kabine liegen. Aus der Ferne ertönte das Geräusch eines anderen näher kommenden Torpedoboots. »Begeben Sie sich sofort auf die Ladefläche des Lastwagens und verhalten Sie sich still«, befahl er Wargrave und dessen drei Begleitern. »Und dies wird der verwundeten Frau helfen – wir werden sie in ein Krankenhaus bringen, sobald wir können...« Er reichte Wargrave, der sofort auf die Ladefläche sprang, einen Erste-Hilfe-Verbandskasten. Elsa und Leonides kümmerten sich dort schon um Anna Markos.

Das näher kommende Torpedoboot kam um eine Landzunge herum, als Scholten und Sailer das auf Grund gesetzte Torpedoboot unter Feuer nahmen. Sie deckten das Boot mit einem Kugelhagel aus ihren automatischen Gewehren ein. Sämtliche Scheiben an Bord wurden zertrümmert. Sie hatten gerade ihre Magazine leergeschossen, als das ankommende Torpedoboot kurz vor dem Strand beidrehte. Kommandeur De Vos, Scholtens guter Freund, watete in Gummistiefeln an Land.

»Sie haben einen Fehler gemacht«, klärte Scholten den hochgewachsenen Offizier mit dem zynischen Gesicht auf. »Sie sind zu dicht unter Land gefahren und dann auf Grund gelaufen... Ich glaube, du wirst sie alle tot finden.«

»Da bin ich völlig sicher«, erwiderte De Vos mit ausdruckslosem Gesicht. Er warf dem Lastwagen einen Blick zu und sah dann wieder weg. »Und ich habe alles mitangesehen, und falls...« Er lächelte trocken. »... es eine Untersuchung geben sollte, werde ich dein bester Zeuge sein. Meinen Glückwunsch, General – die Geiger-Gruppe hat soeben ihren letzten Einsatz hinter sich gebracht...«

26. Nachspiel

Eine Stunde später hob eine Boeing 707 von der Startbahn des Flughafens Schiphol ab und nahm Kurs auf Washington. An Bord befanden sich General Sergej Marenkow, Julian Haller und Matt Leroy. Marenkow leistete sich einen kleinen Scherz mit Julian Haller, den der vor Schlafmangel zum Umfallen erschöpfte Amerikaner nicht recht zu schätzen wußte. Der Russe beharrte darauf, er wolle sich erst auf dem Höhenmesser vergewissern, daß sie sich tatsächlich in dreißigtausend Fuß Höhe befänden, bevor er sich einverstanden erkläre, mit seinen Aussagen zu beginnen – und aus seinem fabelhaften Gedächtnis eine Liste sämtlicher KGB-Agenten in der westlichen Hemisphäre herunterzusagen.
Eine Woche später statteten Harry Wargrave, Elsa Lang und Nicos Leonides Anna Markos in ihrem Amsterdamer Krankenhaus einen weiteren Besuch ab. Sie fanden sie aufrecht im Bett sitzend und sehr unhöflich mit ihrem Arzt umgehend. »Er behält mich nur hier, damit er meine Figur anstarren kann«, beklagte sie sich vor den anderen.
»Eine sehr schöne Figur«, bestätigte der Arzt. »Sie ist so schön, daß ich zu meinem Bedauern sagen muß, ich könnte mich versucht fühlen, Sie schon in vierzehn Tagen als völlig gesund zu entlassen...«
Annas dunkle Augen blitzten. »Bis dahin wird er weiter mit dem Stethoskop herumfummeln und so tun, als wäre er Arzt...«
Draußen auf dem Korridor verabschiedeten sich Wargrave und Elsa von Nicos Leonides. Nachdem er gegangen war, nahm War-

grave Elsa beim Arm und ging mit ihr zu seinem Wagen. »Dies ist mein letzter Job dieser Art gewesen«, sagte er ihr. »Ich bin ohnehin von Julian Haller dazu gepreßt worden. Warum fahren wir jetzt also nicht nach Kanada zurück, vielleicht nach British Columbia – ich sehne mich schon lange danach, mir mal den Puget Sound ein bißchen näher anzusehen.«
»Wir?« fragte Elsa. »Ist das ein Vorschlag oder ein Antrag?«
»Beides.«
»Dann werde ich das erste genießen und auf dem zweiten bestehen.«

Im zehnten Stock des Baton Rouge Building in Montreal hatte sich Julian Haller eingefunden, um sich von William Riverton zu verabschieden, dem kanadischen Industriellen, der den Sparta-Leuten auf Bitten Präsident Joseph Moynihans Geld und Quartier gewährt hatte. Zum erstenmal seit Beginn des Unternehmens vor mehr als einem Jahr stand Riverton in der Bürosuite, die von den Sparta-Leuten benutzt worden war.
Sie war jetzt leer und kahl. Sämtliche Möbel und Einrichtungsgegenstände sowie die Sendeanlagen waren entfernt worden, und die Stimmen der beiden Männer hallten von den Wänden wider, als sie sprachen. »Wie ich erfahren habe«, bemerkte Riverton und sah starr geradeaus, »ist Marschall Pratschko zusammen mit seinen Gesinnungsgenossen aus dem Politbüro entfernt worden – das bedeutet, daß wenigstens vorübergehend die Gemäßigten im Kreml die Oberhand gewonnen haben. Ich habe es heute morgen in der Zeitung gelesen.«
»So etwas wie ein Sieg für uns, nehme ich an«, erwiderte Haller.
»Sie werden mir alle sehr fehlen«, fuhr Riverton fort, »aber das läßt sich nicht ändern. Und wie in der Vergangenheit wird der Westen auch in Zukunft nur von einer Handvoll Männern gerettet werden.« Sein Tonfall veränderte sich, als er die Hand ausstreckte. Obwohl er kein junger Mann mehr war, klang seine Stimme fest und entschlossen.
»Am Ende werden wir die Sowjets schlagen...«